Jean-Luc Aubarbier

UN KIBBOUTZ EN CORRÈZE

Roman

TERRES DE FRANCE

Les Presses de la Cité

92, avenue de France – 75013 Paris
ISBN 978-2-258-19501-1
Dépôt légal : septembre 2021

A ma mère

Les Juifs pessimistes ont fini à Hollywood, et les optimistes à Auschwitz.

Billy Wilder, cinéaste juif
qui a fui l'Allemagne nazie
en 1934

Ils s'appelaient Jean-Pierre, Natacha ou Samuel, certains priaient Jésus, Jéhovah ou Vichnou, d'autres ne priaient pas, mais qu'importe le ciel, ils voulaient simplement ne plus vivre à genoux.

Jean Ferrat,
« Nuit et brouillard »

Et dire que tout cela a commencé avec quelques Juifs, quelques monarchistes… et les pêcheurs de l'île de Sein.

Le général de Gaulle,
débarquant en Normandie
en juin 1944

PREMIÈRE PARTIE

Le kibboutz Machar

1933

1

Les quatre garçons descendaient lentement le chemin en pente raide. Ils trébuchaient sur les cailloux, et les chaussures de ville qu'ils avaient aux pieds n'arrangeaient pas les choses. Le soleil dardait ses derniers rayons avant la trêve hivernale, la sueur coulait sur leur visage. Il va faire froid en Corrèze à cette saison, leur avait-on dit. Le manteau qu'ils avaient posé sur leur bras gauche les embarrassait inutilement et leur costume bien coupé se révélait inadapté pour ce genre d'exercice. Leur main droite tenait solidement la poignée d'une lourde valise. L'un d'eux s'était également encombré d'un sac à dos. En descendant du train, à la gare de Noailles, ils avaient voulu couper à travers champs pour gagner du temps, mais ils s'étaient perdus en route.

— On se croirait en plein désert, dit celui qui marchait en tête, un grand et solide gaillard, en contemplant les collines pierreuses du causse corrézien qui s'étendait à perte de vue.

L'herbe rare faisait des taches vertes sur le sol gris ; les arbrisseaux dispersés avaient revêtu leurs couleurs automnales.

— Il paraît que ça ressemble à la Palestine, dit le second. Qu'en penses-tu, Yohann ?

— Je n'en sais pas plus que toi, Haïm. Je crois qu'ici les chênes remplacent les oliviers. Heureusement que le soleil apporte un peu de gaieté, sinon ce serait tout à fait sinistre.

Un frisson les traversa à l'évocation des frimas à venir dans ce pays inconnu. Ils rêvaient de contrées lointaines et chaudes.

— Regardez ! Il y a des moutons, là-haut, dit le garçon au sac à dos. On va pouvoir demander notre chemin.

Les deux paysans avaient gagné les estives pour reconduire les brebis à la bergerie. Elles avaient bien profité de ce regain d'été et renâclaient à se laisser conduire. En quelques mois, elles avaient retrouvé le goût du pâturage en toute liberté. Le chien s'activait autour d'elles, leur mordant légèrement les jarrets pour les tenir ensemble. Ce fut lui qui le premier repéra les visiteurs. Il donna aussitôt de la voix pour avertir son maître.

— Qu'est-ce qui nous arrive là ? dit le plus grand des deux hommes, un quinquagénaire vêtu de coutil bleu et coiffé d'un béret.

— Il n'y a guère que les bohémiens pour traîner à pied, de ferme en ferme, dit le second, un petit homme noir de poil, à peine plus jeune que le premier. Nous devrions nous méfier, Paul.

— Des romanos drôlement bien habillés, répondit Paul Barentin, qui avait mis ses mains en visière sur son front pour mieux distinguer les nouveaux venus, quatre silhouettes sombres qui avançaient à contre-jour. Je crois que nous avons affaire à des gens de la ville.

Les garçons s'étaient arrêtés à distance respectueuse, effrayés par le chien qui jappait furieusement et menaçait de s'en prendre à leurs mollets. Il tournait autour d'eux en montrant les dents. Son maître ne fit pas un geste pour le calmer. Yohann s'avança le premier, d'un pas résolu, et le cabot s'apaisa tout seul. C'était un grand jeune homme blond d'une vingtaine d'années, à l'allure décidée. N'osant tendre la main à un inconnu, il planta son regard bleu dans les yeux de son interlocuteur, en gage de sincérité.

— Désolés de vous déranger, messieurs. Nous nous sommes égarés. Nous cherchons le chemin de Nazareth.

Paul, juché sur le sommet de la pente, pouvait encore le toiser de haut. Il resta silencieux un moment, comme s'il n'avait pas entendu, ou pas compris, la question. Puis il désigna du doigt un clocher, en contrebas, qui dressait sa flèche entre les arbres.

— Nazareth ? C'est là, en bas, marmonna-t-il entre ses dents.

Après moult remerciements, les voyageurs entreprirent de redescendre la colline dans la direction indiquée. Bientôt, ils ne furent plus que quatre ombres dans la chaleur écrasante du jour finissant.

— Pourquoi tu leur as indiqué la mauvaise direction ? demanda le Noiraud à son compagnon. Ils vont devoir se taper l'ascension du coteau s'ils veulent gagner Nazareth à partir de Jugeals !

Paul garda à nouveau le silence pendant une bonne minute devant la mine interrogative, un rien inquiète, de son camarade. Puis il cracha par terre.

— Tu n'as pas vu que c'était des boches !

L'autre roula des yeux incrédules.

— Des boches ! Ici ? Ben merde, alors ! Tu plaisantes. Ces garçons parlaient français comme toi et moi...

— Un peu trop bien, justement. Crois-moi, les boches, j'ai passé quatre ans à cent mètres de leurs tranchées, je peux renifler leur odeur mieux que mon chien !

L'autre doutait encore en regardant les silhouettes se perdre dans le paysage, à présent à peine visibles, avec le sentiment d'avoir échappé à un improbable danger.

— Qu'est-ce qu'ils viennent foutre ici ?

— Nous espionner, pardi !

Le Noiraud partit d'un franc éclat de rire.

— Espionner quoi, mon pauvre ? Tes moutons ?

Paul lui balança une bourrade dans le dos qui le fit avancer de plusieurs mètres.

— Tu peux croire ce que je dis, couillon !

2

Le samedi soir, le café de Marcel Courrèges faisait le plein. Il n'y avait guère d'autres distractions à Nazareth, si l'on ne voulait pas rester en famille. Le petit commerce tenait lieu d'agora. Toute la communauté s'y retrouvait, que l'on soit riche ou pauvre, de droite ou de gauche, croyant ou libre-penseur. Paul Barentin poussa la porte de l'estaminet et pénétra en traînant les pieds dans la salle bruyante et enfumée. Il était un peu en retard sur son horaire habituel ; les verres de vin et de pastis, les chopes de bière avaient déjà tourné plusieurs fois sur les tables. Dans un coin, les excités de la belote faisaient claquer les cartes en criant, l'alcool ayant déjà produit son effet.

— Atout, ratatout et dix de der ! hurla l'un d'eux, au milieu des exclamations de dépit.

Paul nota une entorse à la tradition du lieu. La plupart des consommateurs avaient tourné leurs chaises vers le comptoir, comme pour écouter une conférence. Marcel Courrèges pérorait, tout en essuyant ses verres à l'aide d'un torchon douteux :

— Je vous dis que ce n'est pas possible ! affirmait-il

de sa grosse voix, qu'il n'avait pas besoin de hausser pour se faire entendre.

Une femme brune d'une quarantaine d'années répliqua vertement :

— Je les ai vus ! Ce sont des scouts. Ils sont hébergés à la ferme Valbénac. D'ailleurs, si André était ici, il vous le confirmerait. Monsieur le curé en avait parlé, à la Toussaint. Il voulait accueillir une compagnie de louveteaux pour nous offrir une messe chantée à la Noël…

Paul remarqua qu'il y avait beaucoup de femmes ce soir-là. Toutes accompagnées de leur mari, car aucune ne se serait aventurée seule dans un café, au risque de ruiner sa réputation. D'habitude, elles appréciaient peu ce genre de soirées par trop alcoolisées. Les hommes, de leur côté, se préféraient entre eux, pour pouvoir raconter des histoires salaces et évoquer leurs souvenirs militaires. Mais la nouvelle avait parcouru le village comme une traînée de poudre, et même gagné les hameaux alentour : il y avait des jeunes à la ferme Valbénac. Cela faisait belle lurette que l'on n'avait pas vu une bande de gamins à Nazareth ! Depuis la guerre, qui avait fauché treize d'entre eux et plongé les maisons dans le deuil.

— Il ne sait plus ce qu'il dit, notre curé ! lança Courrèges, qui faisait partie des mécréants du coin.

— Je vous dis que ce sont des scouts ! répliqua la femme, qui ne voulait pas en démordre. Je les ai vus passer dans leur uniforme brun. On aurait dit de braves petits soldats.

— Ma pauvre Marthe, tu as le délire, affirma

Eugène Dutronc, son époux, dont la ferme voisinait celle des Valbénac. Je les ai vus, moi aussi, tes soi-disant scouts : il y a des filles, et elles portent joliment le short, comme les garçons.

Des rires et des plaisanteries graveleuses fusèrent aussitôt.

— Les scouts, c'est pas mixte, que je sache ! poursuivait Dutronc. Ou alors ils ont bien changé, depuis mon époque.

Les remarques reprirent de plus belle à propos de ces adolescents que l'on avait vus, ou cru voir, et qui ne semblaient guère pressés de se montrer en public.

Paul Barentin, après avoir vidé d'un trait son verre d'anis, le fit claquer sur le comptoir pour réclamer le silence.

— Il y a trois jours, j'en ai vu quatre, de vos jeunes, qui demandaient après Nazareth.

Il laissa planer un silence pour ménager ses effets.

— C'était des boches.

Le bruit des conversations se fit assourdissant et Paul en profita pour obtenir un verre à l'œil. Marcel Courrèges voulait absolument connaître le fin mot de l'histoire. Son commerce devenait tout à coup plus important que la radio.

— J'étais avec le Noiraud, reprit Barentin après s'être essuyé les lèvres de sa manche. On descendait les brebis…

Le berger savourait son moment de gloire et le fit durer en réclamant un troisième jaune. L'auditoire frémissait d'impatience.

Soudain, un homme se leva. La soixantaine, bien

habillé, on aurait pu le croire de la ville. Mais sa face burinée, ses bras musclés aux mains puissantes, son dos large signalaient le travailleur de force, habitué aux rudes tâches de la terre. Thierry Montalembert était riche et respecté, propriétaire de cent hectares de champs, herbages et forêts, entre Jugeals et Nazareth. On le disait plus influent que le maire. Il était resté silencieux, solitaire, depuis le début de la soirée. Son épouse, Madeleine, ne sortait plus de chez elle, depuis que le malheur avait frappé à leur porte. Benoît, leur fils unique, avait péri à Verdun en 1916. Certes, il n'était pas le seul mort du village ; douze autres petits n'étaient pas revenus. Mais on voyait bien qu'il occupait une place privilégiée. A l'office de novembre, le curé Jaumart évoquait la mémoire des disparus en les comparant au Christ et à ses douze apôtres. Il y en avait un qui comptait plus que les autres. Sur le monument aux morts flambant neuf, les martyrs de la République étaient alignés sur le même plan. Le village, déjà dépeuplé par l'exode rural qui entraînait les jeunes à Brive, Limoges et même Paris, avait failli ne pas se relever de cette saignée. A peine y comptait-on deux cents âmes. En 1924, il avait fallu accepter la fusion avec la commune voisine de Jugeals, tout aussi ravagée que Nazareth.

Thierry Montalembert avait sagement attendu la fin des ragots imbéciles et des vaines hypothèses avant de se lever, afin que tous l'écoutent. Il allait dire le vrai, sceller les débats. C'était un homme qui savait. Il fréquentait la ville ; pas le bourg de Noailles, mais Brive, la sous-préfecture, où il se rendait toutes les semaines au volant de sa puissante Donnet-Zedel bleu nuit. Il se racla la gorge, ce qui fut suffisant pour obtenir le silence. L'assistance était pendue à ses lèvres.

— Ce sont des Juifs ! lança-t-il d'un ton méprisant.

Les discussions repartirent de plus belle ; l'incrédulité gagnait les esprits.

— On n'a jamais vu de Juifs ici ! déclara Courrèges au milieu du brouhaha.

— On est envahis par les youpins ! lança Marthe, la femme à la langue bien pendue, qui regrettait déjà ses bons scouts catholiques.

Montalembert leva la main avant de prononcer la sentence définitive :

— Des Juifs… allemands et communistes.

3

En mars, quelques mois avant les événements qui nous occupent, un luxueux bureau du huitième arrondissement, sis au deuxième étage de l'hôtel de Marigny, à Paris, avait vu se tenir une étrange réunion. Les hautes fenêtres, soigneusement voilées de tentures rouges qui gardaient la pièce dans la pénombre, la grande bibliothèque vitrée garnie de livres reliés de cuir, le bureau Empire à l'élégante austérité laissaient supposer le lieu de travail d'un grand bourgeois pétri de traditions. Seule la présence discrète d'une menorah indiquait la religion du propriétaire, le baron de Rothschild, qui venait d'y installer le siège du Comité national de secours aux réfugiés allemands victimes du nazisme. Les deux fondateurs de cette instance, créée juste après l'accession au pouvoir d'Adolf Hitler, discutaient vivement, sans se laisser distraire par le timide soleil printanier qui tentait de percer l'épaisseur des rideaux. Malgré la proximité du palais de l'Elysée et la fonction de conseiller d'Etat qu'exerçait le juriste Jacques Helbronner depuis trente-cinq ans, la politique nationale n'était pas l'objet de leurs propos, pas plus que la situation économique, encore fragile après la crise de 1929. Bien qu'il détînt un tiers de la banque familiale et dirigeât plusieurs compagnies de chemin de fer, d'assurances et de mines dans le monde entier, Robert de Rothschild ne s'inquiétait pas ce jour-là du cours de ses actions.

— Il n'osera pas ! protestait Jacques Helbronner, le plus âgé des deux, un sexagénaire mince et distingué. Jamais il ne mettra en œuvre ce programme de folie qu'il a ébauché dans *Mein Kampf*...

— Il est capable de tout, répliqua le baron, son cadet de sept ans. Il vient d'obtenir le soutien du patronat allemand. J'enrage que nos collègues germaniques, les Krupp, les Opel et consorts, avec qui nous sommes en affaire depuis longtemps, aient pu prêter allégeance à ce clown sinistre !

Un mois plus tôt, le 20 février, vingt-quatre des plus grands patrons de l'industrie allemande s'étaient engagés à financer le parti nazi, qui venait de remporter les élections en janvier. A peine Adolf Hitler avait-il été nommé chancelier qu'un flot de réfugiés avait franchi le Rhin. Des Juifs, des communistes, des étrangers devenus indésirables en Allemagne, tous convaincus qu'un mauvais sort les attendait s'ils demeuraient en Germanie.

La France, encore mal remise de la crise économique qui avait porté les nazis au pouvoir, hésitait entre la joie d'accueillir les adversaires de l'ennemi héréditaire et la crainte devant cet afflux de miséreux, dont beaucoup n'étaient même pas allemands. Ceux qui avaient fui la répression communiste en

URSS, ou les pogroms polonais, imaginant que la patrie de Goethe et de Kant leur serait accueillante, se retrouvaient dépourvus de passeport, des apatrides dont personne ne voulait. Beaucoup étaient israélites ; Robert de Rothschild et Jacques Helbronner avaient aussitôt fondé le Comité de secours pour leur venir en aide.

— Il nous faut trouver une solution, dit le baron, sinon les Français ne tarderont pas à réagir négativement devant cette invasion. Vous connaissez aussi bien que moi notre situation dans le monde.

Edouard de Rothschild, son cousin, présidait aux destinées du Consistoire central. Fondé par Napoléon, il avait donné la nationalité aux Juifs de France. Ancien aide de camp de Clemenceau pendant la Grande Guerre, le commandant Jacques Helbronner en était le vice-président. Les deux familles montraient un attachement viscéral au pays, qui avait su se montrer généreux malgré les déclamations antisémites de Drumont et l'affaire Dreyfus, encore dans toutes les mémoires.

— Avez-vous réfléchi à ma proposition de fonder un Einsteinville dans le Lot ? demanda alors Helbronner. Nous pouvons envisager de créer une cité nouvelle, près de Figeac, en achetant des terres entre Livernon et Corn, comme je vous l'ai montré. L'endroit est quasiment désert et, selon mes calculs, nous pourrions rapidement accueillir une population de trente mille habitants, spécifiquement juive et parfaitement intégrée…

Le baron soupira et, pour se donner du temps

avant de répondre, se leva pour remplir deux verres d'un très ancien whisky venu tout droit d'Ecosse. Il en posa un devant son interlocuteur puis, après que son ami eut refusé son offre, il alluma pour lui-même un long cigare cubain.

— Mon cher Jacques, je vous ai toujours trouvé trop optimiste. Les régions que nous pensons vides le sont rarement…

Ils se concentrèrent un moment sur leur alcool tourbé, réfléchissant aux événements qui perturbaient le monde depuis peu.

— Si nous créons une ville juive de plusieurs milliers d'habitants dans le Lot, reprit Rothschild, nous ne tarderons pas à être haïs par la population française.

— Avez-vous mieux à proposer ?

— Peut-être.

Le banquier étala sur le bureau napoléonien une carte routière Michelin et pointa du doigt une zone peu peuplée, au sud de Brive. Son interlocuteur dut ajuster ses lorgnons sur ses yeux fatigués pour lire les minuscules caractères.

— Nazareth ! Sapristi ! Que vient faire ici cette ville de Judée ?

Le baron laissa éclater un petit rire de satisfaction, tout en envoyant au plafond le nuage de fumée de son havane.

— Une de mes relations, marchand de biens en Corrèze, m'a signalé ce lieu au nom prédestiné. Un vague héritage des croisades, sans doute. J'y ai vu un signe. C'est une zone rurale, peu habitée, ravagée par les massacres de la guerre et en manque de main-d'œuvre. Je me suis renseigné. Nous pourrions y louer soixante à quatre-vingts hectares pour y former les jeunes Juifs qui désirent partir en Palestine. Vous connaissez les exigences britanniques : les migrants doivent être cultivateurs.

L'ancien militaire acheva son verre avant de répondre :

— Je vois, je vois. Plutôt que de stocker les réfugiés en France, où ils risquent d'éveiller un ressentiment contre la communauté, vous voulez ouvrir un robinet, un écoulement vers le Proche-Orient, où a commencé à se créer un embryon d'Etat israélien. C'est très habile.

— Enchanté que cela vous plaise ! déclara Rothschild d'un air satisfait.

— J'ai toujours préféré l'intégration à la fuite vers des paysages lointains et les rêves utopiques, mais je reconnais que l'urgence vous donne raison. Toutefois, une chose m'inquiète.

Helbronner fit quelques pas dans le bureau, en se caressant le menton de la main, signe de grande perplexité.

— Qui va diriger ce projet ? Vous êtes banquier, je suis juriste, nous pouvons le financer et lui donner une existence légale. Mais nous ne sommes pas des cultivateurs. Il nous faut un directeur d'exploitation, des professeurs… et des gens de confiance.

Le baron garda un instant le silence, redoutant la réaction de son interlocuteur dont il savait les préventions.

— J'ai pensé le confier au mouvement des Pionniers. Aux kibboutzniks.

Jacques écarquilla les yeux, comme devant une chose horrible et inimaginable.

— Le Hechaloutz ? Mais... ce sont des communistes !

— Certes, nous ne partageons pas leurs idées, mais ils sont redoutablement efficaces. Ils sont capables de former un fermier en quelques mois, de lui apprendre des rudiments d'hébreu et de le lancer sur le terrain, en Palestine, dans un environnement hostile. Grâce à leur discipline militaire, personne ne meurt de faim dans leurs kibboutz. Et personne n'abandonne un pouce de terrain. Ils sont le fer de lance du sionisme.

L'ancien militaire en laissa tomber les bras de découragement.

— Si l'on m'avait dit qu'un jour je défendrais un projet communiste ! Que vont penser les autorités françaises ? Les idées de Staline ne sont pas en odeur de sainteté...

— Nous devrons surtout faire valoir que les jeunes n'ont pas vocation à rester sur le territoire national. Une fois formés, ils devront partir. L'administration ne sera que trop heureuse de refiler la patate chaude aux Britanniques. Il y aura des réticences, bien sûr, mais j'ai quelques idées pour protéger nos coreligionnaires.

— Nous devrons absolument veiller à ne déroger en rien aux lois de la République ! rappela Jacques

Helbronner. Je m'y opposerai formellement. Quant aux relations avec les forces de droite, je m'en charge. Vous n'ignorez pas que, depuis la Grande Guerre, le maréchal Pétain m'honore de son amitié.

4

Le Hechaloutz fut chargé par Robert de Rothschild de sélectionner les candidats qui partiraient se former à Nazareth, en Corrèze, au sein du premier kibboutz français, dénommé Machar, ce qui, en hébreu, signifiait « demain », comme un gage d'espoir, un chèque en blanc tiré sur l'avenir. Les dirigeants du mouvement des Pionniers mirent le baron en garde : ils seraient les seuls maîtres à bord, Rothschild pourrait utiliser sa fortune uniquement pour lancer le projet. Le kibboutz devrait ensuite subvenir lui-même à ses besoins. En recevant une lettre qui avait valeur de contrat, le baron comprit les préventions des dirigeants sionistes contre son titre et son patrimoine. Le Hechaloutz formait à l'agriculture les jeunes israélites européens, avant de les envoyer piocher le sol aride de Palestine. Il régnait au sein de l'institution une discipline militaire, et l'idéologie marxiste y était de rigueur. L'égalité absolue et le refus de la propriété individuelle constituaient une véritable religion laïque. A l'instar de la première communauté, Degania Alef, créée en Galilée en 1910, il s'agissait d'inventer pacifiquement un nouvel ordre mondial.

A la fin de l'été 1933, à Munich, Yohann serra ses parents dans ses bras, avant de rejoindre un train en partance pour la France. Son père, Anton Gutman, était un grand juriste, engagé auprès du parti communiste ; Yohann, étudiant en droit, marchait dans ses pas. Ayant achevé sa licence, il s'imaginait déjà défendre les faibles, faire appliquer la loi, censée protéger les opprimés. Ils avaient vu avec désespoir le KPD, inspiré par les révolutionnaires spartakistes, refuser toute alliance avec les partis démocrates et laisser les nazis arriver au pouvoir. Dans la nuit du 27 au 28 février 1933, le Reichstag, le Parlement allemand, avait été incendié et Hitler avait aussitôt accusé les communistes. Quatre mille d'entre eux avaient été arrêtés et le Parti interdit. L'oncle et deux cousins de Yohann avaient été internés dans le tout nouveau camp de Dachau, près de Munich. De plus en plus fréquemment, les israélites étaient agressés, molestés, voire emprisonnés sans raison. On leur interdisait désormais l'enseignement et les emplois publics. Le 10 mai, Hitler avait organisé un « autodafé rituel des écrits juifs nuisibles », selon ses propres dires. Anton avait décidé d'envoyer d'urgence son fils en France.

— Pars, Yohann ! Ouvre-nous la voie vers une terre nouvelle ! L'Allemagne est perdue pour nous. Le temps de mettre de l'ordre dans nos affaires et nous te rejoindrons.

Le jeune homme gagna Paris la rage au cœur, bien décidé à mener, où qu'il soit, le combat pour la justice et la liberté.

Au moment où Yohann débarquait sur le quai de la gare de l'Est, à Francfort Haïm embrassait son père, un modeste accordeur de pianos, très fier de ce fils qui venait d'être reçu au conservatoire.

— Un musicien peut exercer partout son art ; ne l'oublie jamais, lui dit-il tandis que les larmes lui montaient aux yeux.

Haïm était un garçon brun, aux traits fins, qu'il vieillissait d'une fine moustache. Il se savait artiste jusqu'à la moelle et redoutait la rude férule du kibboutz. Mais il ne se voyait plus d'avenir dans son pays natal, et le bel idéal des pionniers le faisait rêver. Il avait suivi, dans les livres et les journaux, les débuts du sionisme. Des milliers de Juifs, chassés par les pogroms, qui voulaient bâtir un univers plus juste et plus libre. C'était une belle idée, qu'on ne savait pas où réaliser : en Ouganda ? En Argentine ? La majorité avait finalement mis le cap sur la Palestine, le pays de leurs ancêtres. Une révolution était en marche. Haïm voulait participer à cette aventure qu'il berçait de son romantisme personnel. Il ne serait pas le plus productif des défricheurs, mais il voulait devenir le chantre de cette épopée.

A Dresde, Magda, une grande et forte fille aux cheveux blonds et bouclés, quitta sa maison dans un grand rire destiné à rassurer ses parents, des ouvriers membres du parti communiste désormais dissous.

— Je m'en vais chambouler le monde ; ne vous inquiétez pas !

Son enthousiasme et son énergie étaient tels qu'ils

voulaient bien la croire. Elle avait peur pour eux, piégés dans ce pays sinistre et doublement dangereux. Elle ambitionnait de construire un Etat véritablement socialiste, pas dans les mots mais dans les cœurs, une société parfaite dans ses moindres actes, une nation où tout le monde s'aimerait. Elle avait travaillé comme ouvrière dans une entreprise de machines-outils. Les cadences infernales, la fatigue, le bruit, la promiscuité ne lui faisaient pas peur. Elle avait déjà connu tout cela.

Dans le train, elle rencontra Rachel, une jeune fille brune au regard farouche, que le Hechaloutz avait sélectionnée, elle aussi.

Samuel et Sonja s'étaient rencontrés à Strasbourg, perdus sur le quai, dans un pays étranger. Elle l'avait entendu parler en polonais à un cheminot et s'était approchée timidement. La langue les avait réunis. Le gouvernement autoritaire de Varsovie peinait à conserver l'unité du pays. Les minorités allemande et ukrainienne entretenaient un climat de violence et les Juifs, qui représentaient dix pour cent de la population, étaient accusés de tous les maux. Malade, le vieux maréchal Pilsudski ne parvenait plus à les protéger. On appelait au boycott de leurs magasins et à l'interdiction pour eux des professions libérales. Plusieurs d'entre eux avaient été assassinés.

Sonja avait fui la Pologne antisémite, croyant trouver un havre de paix dans la république de Weimar. Les nazis l'avaient promptement expulsée.

Samuel avait connu un destin encore plus étrange.

Ses parents l'avaient emmené en Palestine, pour réaliser le projet utopique et ambitieux de Theodor Herzl, ce journaliste autrichien, las de l'antisémitisme européen, qui avait inventé le sionisme. Ils n'avaient pas pu supporter la rudesse du climat et l'agressivité des populations arabes. Ils étaient rentrés en Europe, en Allemagne, qui leur offrit l'hospitalité avant de les chasser en tant qu'étrangers indésirables. Le jeune homme se retrouvait avec un passeport palestinien sans aucune valeur. Il n'était plus de nulle part.

Ils s'étaient tous rassemblés à Paris, pour une brève entrevue avec un responsable du mouvement des Pionniers qui leur avait remis leur feuille de route jusqu'à Nazareth. Le nom les faisait rêver ; ils s'imaginaient déjà arrivés en Terre promise, le pays où coulaient le lait et le miel.

« Vos uniformes, et tout ce dont vous avez besoin, vous attendent en Corrèze », leur avait précisé le responsable.

Il les avait congédiés en leur souhaitant bon voyage. A la gare d'Austerlitz, ils s'étaient entassés dans le train à destination de Brive.

5

L'hiver, qui s'était tardivement annoncé, faisait souffler un vent glacial sur la cour de la ferme, désormais nommée kibboutz Machar, où vingt-quatre jeunes, dont six filles, écoutaient dans un silence religieux et un garde-à-vous maladroit le discours de bienvenue de leur chef.

David, avec ses trente ans, faisait figure d'ancien. Né à Berlin, il avait travaillé trois ans comme ouvrier agricole en Palestine. Puis, en adoptant la France après 1928, il avait passé cinq ans dans la Légion étrangère. Son comportement en opération lui avait valu de finir comme secrétaire à l'état-major. Cet homme d'exception, qui connaissait aussi bien l'art concret du terrain que celui de diriger ses semblables, avait été choisi par le Hechaloutz pour présider aux destinées de la ferme-école. Sa voix, qui n'avait pas besoin de s'élever pour être entendue, pénétrait en profondeur dans les jeunes têtes.

— Pionniers, nous avons dû agir dans l'urgence pour vous permettre d'échapper aux crocs des nazis. Vous allez devoir apprendre vite, car d'autres, derrière vous, attendent votre place pour sauver leur vie.

Vous devez vous former, et partir. Ici, rien n'est prêt pour vous recevoir, ou presque. Notre hôte, André Valbénac, et moi-même, nous vous enseignerons l'art de cultiver, l'élevage et le maraîchage. Mais vous devrez aménager vous-même votre lieu d'habitation. Vous venez pour la plupart de familles aisées, bourgeoises ; vous êtes habitués à une existence confortable. Vous trouverez qu'ici la vie est dure. Et je serai plus dur encore avec vous. Car ce qui vous attend en Palestine, ce n'est pas le luxe et le repos, mais le travail. C'est un pays impitoyable. J'y ai vu les récoltes desséchées par le soleil, à notre grand désespoir. J'y ai vu les maisons de bois que nous avions édifiées abattues par le vent en une nuit, et je suis resté avec mes camarades, à rire en grelottant. Nous avons tout recommencé le lendemain. J'ai eu faim et j'ai eu froid…

Il laissa un instant planer le silence, regardant dans les yeux les pionniers dont les joues et les jambes rougissaient dans la bourrasque glaciale.

— C'est un pays impitoyable, mais c'est le nôtre… Celui que nous allons bâtir, car s'il existe déjà dans nos cœurs il n'a pas de frontières. Nous aspirons à donner concrètement une terre aux Juifs apatrides, une terre qui se cultive, car ils en ont été privés par les lois iniques des pays qui les ont accueillis. Il ne s'agit pas d'y créer une caste de propriétaires, comme l'ont fait les premiers migrants en exploitant la main-d'œuvre locale, mais d'y ériger des coopératives qui vivront en autarcie et voteront leurs propres règles. Un kibboutz, c'est une utopie en marche, un champ d'expérience, un laboratoire idéologique et social, une révolution spirituelle, sans massacres ni guillotine. Ceux qui ont une vision bucolique de la campagne seront vite déçus. Ici, on travaille la terre avec acharnement. Nul salaire ne vous sera versé, car ici, tout est à tous. J'attends de vous l'obéissance la plus totale aux lois et règlements que, librement, nous nous sommes donnés et qui sont, pour nous, plus impérieux que la Bible. N'oubliez pas non plus que vous êtes en France, le pays qui nous a reçus. Le berceau de la laïcité inspire notre modèle en écartant le religieux du politique. Ce sera tout, mettez-vous au travail !

David se retira aussitôt dans son bureau, laissant les jeunes gens à leurs émotions. S'il n'était pas beaucoup plus vieux qu'eux, il avait une solide expérience. La plupart de ses pionniers avaient encore besoin d'un père et d'une mère pour les soutenir. Ils allaient devoir apprendre à s'en passer, et grandir… vite.

— J'aurais aimé parler de la Palestine avec lui, dit Yohann à Haïm. Il a déjà connu tout ce que nous allons découvrir.

— Tu peux en parler avec moi, dit Samuel, que tous surnommaient le Palestinien. J'y ai passé deux ans.

— Tu n'étais qu'un gamin ! Tu ne sais rien.

— Nous avons fui Safed lors du pogrom de 1929, c'est vrai. Mes parents se sont embarqués directement à Haïfa après les massacres.

— Pourquoi les choses ont-elles mal tourné ? demanda Haïm, fort de ses connaissances livresques.

Lorsque les Turcs ont laissé des milliers de Juifs gagner la Palestine, les musulmans locaux les ont plutôt bien accueillis…

— C'est la faute des Anglais, répliqua Samuel d'un ton qui mêlait colère et amertume. Pendant la Première Guerre mondiale, ils ont promis l'indépendance aux Arabes et la création d'un foyer juif autonome. Mais ils n'ont tenu aucune de leurs promesses et les deux communautés se sont retrouvées déçues et en rivalité.

André Valbénac leur fit les honneurs des bâtiments qui leur étaient réservés : des corps de fermes, d'anciennes étables. Le kibboutz se constituait curieusement de trois constructions parallèles, probablement bâties successivement. La première formait un porche sous lequel passait un chemin caillouteux, blanc de poussière. Des courettes extérieures séparaient les logis. L'ensemble, ancien et en mauvais état, avait un aspect désordonné. Il semblait inoccupé depuis longtemps. La vieille bâtisse délabrée qui devait servir d'habitation menaçait ruine. Une partie de la toiture s'était effondrée, rendant inutilisables plusieurs pièces. La poussière s'était accumulée dans le taudis et il allait falloir retrousser ses manches pour tout remettre en état.

— Il y a beaucoup de place pour nous, dit Magda, qui affichait toujours une bonne humeur contagieuse.

— La plupart doit être réservée aux travaux agricoles. David a commandé quelques vaches, des moutons, de la volaille, un mulet et deux bœufs. Ainsi que du matériel. Il vous faut de la surface pour stocker le foin et les récoltes. Et puis vous n'êtes pas au complet. D'autres vont venir.

— Est-ce qu'il y a beaucoup de travail à la ferme ? demanda Haïm.

— En hiver, la terre se repose, et nous aussi.

— Alors, nous sommes en vacances ! plaisanta le jeune homme, qui avait hâte de retourner à ses gammes.

— Non, vous devez aménager vos logements.

— Mais où va-t-on dormir ce soir ? questionna Magda avec un charmant sourire.

— Dans la paille ! Les garçons d'un côté et les filles de l'autre. C'est là que vous coucherez tant que vous n'aurez pas achevé votre dortoir.

Depuis quelques minutes Magda observait Rachel, qui se tortillait dans son coin. Prévenant la demande de sa camarade, qui ne parlait pas très bien le français, la grande blonde interpella leur hôte :

— Monsieur Valbénac, pouvez-vous me dire où se trouvent les toilettes ?

— Ah, les cagadous !

Un peu gêné, l'homme se gratta la tête.

— C'est dehors. Venez ! Je vais vous montrer.

Le fermier les conduisit jusqu'à une cabane malodorante installée au fond du jardin, dont il ouvrit la porte verte percée d'un cœur. Deux trous sinistres apparurent. Les filles crurent bien s'évanouir d'horreur.

— Ils sont à deux places, ajouta le paysan, de plus en plus embarrassé, avant de se retirer sur la pointe des pieds, laissant les jeunes filles un rien désemparées.

Elles étaient habituées au confort des villes, aux water-closets, au papier toilette, ici remplacé par de vieux journaux.

— Viens ! dit Magda en prenant Rachel par la main. J'y vais avec toi.

Par la suite, les pionniers prirent l'habitude d'aller conférer aux cagadous, où ils pouvaient lire les nouvelles de la veille ou de l'avant-veille.

— On pourrait prendre un abonnement au *Völkischer Beobachter*, dit Yohann à ses camarades. Cet infâme torchon nazi servirait enfin à quelque chose.

6

Quelques jours après l'arrivée des jeunes pionniers, Abel Bourriagues, le maire de Nazareth, souhaitant faire taire les rumeurs, réunit la totalité de la population dans la grande salle de la mairie. Il sentait que la collectivité dont il avait la charge se divisait sur le sujet. Traditionnellement, un édile rural devait être l'expression de tous. A Nazareth, comme partout, il existait des courants, des tendances. Le clan clérical, rassemblé derrière le curé Jaumart, pouvait compter sur le soutien sans faille et la fortune de Thierry Montalembert. Des bigots, comme Marthe et Eugène Dutronc, lui faisaient escorte. Le parti communiste pointait le bout de son nez derrière Paul Barentin, qui avait été converti lors de son séjour à l'armée. Abel lui-même appartenait aux radicaux, majoritaires. Mais il suffisait de peu de chose, la perte de la confiance de ses électeurs, pour que son écharpe tricolore s'envole. Plus que les opinions, c'était le caractère individuel qui comptait, et les intérêts de chacun.

Le petit bâtiment était plein à craquer, la moitié

des gens avaient dû rester debout, et les mécontents faisaient entendre leurs voix :

— C'est scandaleux ! On nous cache tout !

— C'est une invasion !

Abel Bourriagues, assisté de son secrétaire, Joseph Sorel, qui était aussi l'instituteur du village, faisait face à la foule en colère. Il réclama le silence et en quelques mots exposa son histoire :

— Lorsque Robert de Rothschild en personne m'a écrit pour me proposer de louer la ferme Valbénac, j'ai pensé à une mauvaise blague. Puis son intermédiaire, un marchand de biens de Brive, a pris contact avec moi. J'ai compris que c'était sérieux. Il m'a demandé la plus grande discrétion sur cette opération. Seuls André Valbénac, bien sûr, et Joseph Sorel étaient au courant. Accueillir une école d'agriculture et plusieurs dizaines d'habitants est une chance pour l'économie de notre commune...

— Vous auriez pu nous demander notre avis avant de laisser les boches envahir notre village ! vitupéra Paul Barentin.

— Il s'agissait de sauver des jeunes gens innocents des griffes d'Adolf Hitler. Vous l'aimez, vous, Hitler ?

Tous baissèrent le nez et proclamèrent leur hostilité envers le petit caporal de Bohême, même s'ils avaient du mal à différencier un Allemand d'un autre Allemand.

— Quand même, ce ne sont pas des gens comme nous, dit Marcel Courrèges, le propriétaire du café. Beaucoup ne parlent même pas notre langue. Comment voulez-vous qu'ils s'intègrent ?

— Il y a des Français parmi eux, reprit Barentin. Les voir fraterniser avec des boches, ça me retourne les sangs…

— Vous avez vu comment les filles s'habillent ? glissa Marthe. Elles montrent leurs bras, leurs cuisses, même par temps froid. Ou bien elles portent des pantalons, comme les garçons…

Deux hommes lancèrent en s'esclaffant des remarques salaces sur les rondeurs révélées et les chairs apparentes. Apparemment, ils n'étaient pas hostiles à un peu d'exhibition.

— Elles vont pervertir nos jeunes ! répliqua la mégère.

Les quelques adolescents du village n'avaient pas encore osé aborder les nouveaux venus. Ils les observaient de loin.

— Ils ne sont pas destinés à rester ici, dit le maire. Ils apprennent juste à travailler, puis ils vont partir pour la Palestine… la Terre sainte, si vous préférez.

— Bon débarras ! lança Marthe. Monsieur le curé dit que les Juifs ont assassiné le Christ !

Sorel leva les yeux au ciel avant de répliquer à la bigote :

— Ceux-là sont bien trop jeunes pour avoir tué qui que ce soit. Pas plus Jésus que vos enfants durant la guerre.

— Il raconte aussi qu'au Moyen Age, on brûlait les Juifs parce qu'ils empoisonnaient les puits, reprit la femme.

— Il ferait mieux d'éviter de dire des conneries,

notre curé, répliqua le maire. D'ailleurs, où est-il ? Il a décliné notre invitation ?

Les hommes commençaient à s'agacer devant l'inanité des propos. Ils auraient préféré poursuivre la conversation au bistrot.

— En tout cas, je ne leur offrirai pas l'eau de ma source, conclut Marthe. Il n'y a qu'une citerne sèche, dans leur ferme Machin. Quand ils s'en apercevront, ils partiront.

— Machar, pas machin, intervint le secrétaire. Dans leur langue, ça veut dire « demain ».

Thierry Montalembert, comme à son habitude, se réserva le mot de la fin :

— Moi non plus, je ne les ferai pas profiter de mon puits. Pas pour des raisons de superstitions, ajouta-t-il en jetant un regard noir à sa voisine. Mais je ne peux être d'accord avec le projet du maire. Je n'ai rien contre les Juifs, en revanche je n'aime pas les Allemands. Les pères, les frères de ceux que nous hébergeons ont tué vos parents, et mon fils Benoît.

Sa voix s'étrangla légèrement quand il prononça le nom du disparu.

— Et je n'aime pas les communistes. Ils confisquent les terres et assassinent les propriétaires, ajouta-t-il en désignant du doigt ses collègues comme autant de futures victimes de Staline. Or je connais l'idéologie qui anime ces pionniers. Je me suis renseigné : ce sont des marxistes purs et durs.

Paul Barentin, le berger, posa le masque de la réprobation sur son visage, mais se garda de répliquer, se sachant en minorité.

— Ils ne resteront pas, rappela l'instituteur.

— Certes, mais il en viendra d'autres, beaucoup d'autres ! N'est-ce pas, monsieur le maire ?

Abel Bourriagues regarda ses chaussures sans répondre, déclenchant un brouhaha qui opposait le scepticisme des uns à l'indignation des autres.

— Ils sont bien différents des bolcheviks que vous redoutez, reprit Joseph Sorel, volant au secours de son chef. Ils votent démocratiquement leurs projets et s'interdisent d'imposer quoi que ce soit à autrui.

Par respect pour la neutralité républicaine, il n'osait afficher publiquement ses opinions, mais tous savaient sa sympathie pour le communisme et son appartenance à l'Internationale ouvrière.

— Moi aussi, je connais leurs idées, reprit Montalembert. Ce sont des collectivistes. Ils refusent la propriété et la famille. Dans leurs kibboutz, les enfants sont élevés par tous, comme des animaux. Bien sûr, ils ne resteront pas à Nazareth… Juste le temps d'infecter les cerveaux de nos jeunes. Je n'aime pas ce monsieur Hitler, mon cher Abel, mais pas non plus vos protégés. Je désapprouve votre méthode et me garde le droit d'en référer à qui de droit. Je suis prêt à tout pour faire interdire votre colonie.

Dans l'après-midi, Joseph Sorel proposa aux pionniers de visiter le village, et il leur raconta son histoire. Il se régalait de pouvoir à nouveau revêtir son costume d'enseignant. Yohann traduisait pour ceux qui ne comprenaient que l'allemand.

— Le nom de Nazareth a été donné par le seigneur

Elie de Malemort, à son retour de la première croisade, pérorait l'instituteur. Il a chargé les templiers de tenir une léproserie, dont les caves se trouvent sous l'actuelle mairie.

— Il y a beaucoup de portes qui affleurent du sol, remarqua Magda.

— En effet, le village médiéval se trouve en partie sous terre, de part et d'autre de la voie romaine qui conduit à L'Hôpital-Saint-Jean, une commanderie hospitalière que le vicomte de Turenne, lui aussi revenant de croisade, avait nommée Jaffa.

— Jaffa, Nazareth, nous sommes vraiment dans la mémoire de la Palestine ! s'exclama Yohann.

— Peut-être une conséquence du paysage, sec et caillouteux comme le Proche-Orient, répondit Sorel en les conduisant au sommet de la colline pour qu'ils puissent découvrir le panorama. Ici, à Nazareth, nous sommes à la porte septentrionale de la vicomté de Turenne et du comté de Toulouse.

Au loin, les tours en ruine du château de Turenne, autrefois protectrices, rappelaient que les civilisations pouvaient être mortelles.

7

Les jeunes passèrent leurs premières semaines à transformer leur campement en résidence. Le geste fondateur fut de mettre en commun tout ce qu'ils possédaient, c'est-à-dire pas grand-chose. Simon, le garçon au sac à dos, en vida le contenu sur la grande table de bois qui formait le centre de la collectivité. Quelques dizaines de boîtes de conserve se répandirent sur les planches.

— Mes parents craignaient que je ne meure d'inanition, dit-il. Et surtout que je ne trouve pas de produits kasher en France. Je trimballe ce fardeau depuis Berlin.

Tous regardaient le trésor étalé avec des yeux écarquillés. Leur ventre criait famine.

— Il va falloir se rationner, prévint Magda. Si vous le voulez, je tiendrai les comptes.

— Les nourritures rituelles, on s'en fout, ajouta Yohann. Quand on a faim, on mange ce qu'il y a.

Une ombre de désapprobation traversa le groupe. Aussi peu religieux qu'ils soient, ils avaient des habitudes.

— Je t'ai bien vu, hier soir, chez les Valbénac,

intervint Rachel. Tu t'es goinfré de rillettes de porc et de saucisson. C'est à croire que tu n'es pas juif !

— Après la révolution marxiste, répliqua-t-il, un sourire aux lèvres, il n'y aura plus d'interdits alimentaires.

— Tu veux dire que les bolcheviks vont contrôler ce que nous mangeons ? Drôle de liberté ! se moqua Haïm.

— Nous sommes en France, nous devons faire comme les Français, persista Yohann.

— Mais en Palestine il n'y aura pas de porcs pour nous nourrir, conclut Magda. Ici, nous n'en élèverons pas.

Tout naturellement, ils entraient dans la pratique du kibboutz, qui était de débattre de tout, sans aucun préjugé. La règle était d'une réunion par semaine, mais David, au début, tint à les rassembler tous les deux jours, afin de les souder ensemble. Peu après le débat sur la nourriture, ils durent constater que la querelle du kasher n'était pas close.

— L'ancienne porcherie est le bâtiment le plus solide. Je propose que l'on y établisse les dortoirs... déclara David.

— Une porcherie ! s'indigna Haïm. N'est-ce pas contraire à nos coutumes ?

Plusieurs l'approuvèrent, tordant la bouche en signe de dégoût.

— L'endroit est propre. Les bêtes l'ont déserté depuis des années. Préférez-vous l'étable pleine de courants d'air ?

Magda se fit la porte-parole de ses amies :

— Nous, les filles, on en a marre de dormir dans la paille avec quatre couvertures pour six. On doit se blottir les unes contre les autres pour ne pas mourir de froid…

— Faites-moi une petite place parmi vous et vous aurez plus chaud ! s'écria Simon, aussitôt rabroué par le clan féminin.

Ils votèrent, et la proposition de David l'emporta à une courte majorité. Les kibboutzniks nettoyèrent la pièce à grande eau, bouchèrent les ouvertures avec un papier jaunâtre translucide qui peinait à laisser pénétrer la lumière du jour. Puis ils se procurèrent des planches, bâtirent des châlits, remplirent les paillasses.

— Ce n'est pas du grand art ! constata Magda en découvrant le résultat.

Malgré leur maladresse, un dortoir avait pris forme, bien séparé entre garçons et filles. Un coin toilette fut aménagé autour d'un tub métallique.

— Quand je pense que chez moi j'avais une baignoire… soupira Yohann.

— Tu la regrettes ? demanda Haïm.

— Pas le moins du monde ! répliqua le jeune juriste, qui contemplait pour la première fois un travail qu'il avait produit de ses mains. Ce que nous faisons est enthousiasmant !

Peu à peu, il sentait l'intellectuel diminuer en lui. Il n'avait pas ouvert un livre depuis son arrivée en Corrèze. Il commençait à éprouver dans ses doigts, dans son corps, les résultats de cette étrange révolution que proposait la ferme-école.

A chaque réunion, un homme d'une quarantaine d'années, qui faisait office de *maskir*, de secrétaire du kibboutz, prenait soigneusement en notes ce qui se disait. Il se nommait Heinrich Löwe et vivait avec sa femme et sa fille dans une petite maison à l'écart de Machar, également louée par le Hechaloutz. Il échappait ainsi à la vie en collectivité. Son statut et son âge en imposaient aux pionniers. Il avait été officier dans l'armée du Kaiser, et les jeunes gens ne le nommaient pas autrement que « capitaine ». Entre eux, ils le surnommaient Ari, ce qui signifiait « le lion ». L'horreur des tranchées l'avait converti à un pacifisme absolu. Depuis l'avènement de Hitler, il ne cessait de répéter à qui voulait l'entendre :

« Il va y avoir la guerre ! La guerre ! Elle sera pire que l'autre… »

Sa voix prenait alors un accent désespéré et il semblait au bord des larmes. Quand il avait pu jeter son uniforme aux orties, il s'était mis à cultiver quelques arpents de terre non loin de l'Elbe. Aussi ses connaissances agricoles se révélaient-elles précieuses pour les jeunes. Le mouvement des Pionniers ne l'avait pourtant pas recruté pour ses connaissances agraires, mais comme professeur d'hébreu. Idiome mort et spécifiquement liturgique, à l'instar du latin, l'hébreu avait été ranimé comme un signal lumineux dans la nuit noire de l'époque. Une pratique minimale de la langue ressuscitée était exigée pour émigrer en Palestine. Les Britanniques, qui bénéficiaient naturellement d'un langage universel, se moquaient bien que l'on parle ou non le dialecte biblique. Mais le

Hechaloutz y tenait, comme seul moyen d'unir une population autour de l'idée d'un pays neuf, encore sans frontières ni existence légale.

Heinrich Löwe s'aperçut vite que ceux de ces élèves qui pratiquaient le yiddish, mélange de germanisme et d'hébraïsme, étaient très avantagés. La plupart venaient de l'est de l'Europe et appartenaient à des classes plus populaires. En quelques semaines, ils pourraient prétendre au départ. Les autres, les plus intellectuels, associaient Goethe et Molière. Tous ces mots mis en commun, véritable sabir, constituaient la langue vernaculaire du kibboutz Machar.

Les pionniers travaillèrent d'arrache-pied tout le mois de décembre et celui de janvier. Ils ne respectaient aucun des jours fériés du calendrier chrétien ou républicain. La Noël vit l'achèvement du dortoir, inauguré à la nouvelle année, sans qu'aucune bougie ait été allumée. Ils cessaient leur ouvrage le vendredi à la tombée de la nuit jusqu'à l'apparition des premières étoiles le samedi soir. En suivant le rythme qui deviendrait le leur en Palestine, ils pratiquaient un shabbat qui n'avait pas grand-chose de religieux. Le dimanche était pour eux une date comme les autres, au grand scandale du curé Jaumart.

« Ils ne respectent pas le jour du Seigneur ! vitupérait-il du haut de sa chaire. Ils ne sont pas comme nous ! »

Le shabbat juif et le sabbat des sorcières se mélangeaient dans son discours. Les villageois, même les plus laïcs, horrifiés par ces coutumes qui n'étaient pas les leurs, continuaient de tourner le dos aux migrants. Hormis l'aide régulière que leur fournissait André Valbénac, en leur prodiguant fagots et nourriture dans la limite de ses moyens, ils n'avaient aucun contact avec les autres paysans.

1934

8

Les pionniers, à peine installés, découvrirent vite que le repos hivernal de la terre était très relatif. Le Hechaloutz, sur l'avis de David et Heinrich, avait décidé de spécialiser le kibboutz Machar dans le maraîchage, qui requérait une formation plus brève. Cela permettrait d'envoyer plus rapidement, et en plus grand nombre, les jeunes Allemands en Palestine. Mais les légumes poussaient tout le temps, les uns remplaçant les autres, et demandaient un soin continu. Dès janvier, il était nécessaire de récolter les plantations d'hiver. Chaque mois, de nouveaux végétaux sortaient de terre, comme un enfantement permanent. Aux topinambours et autres rutabagas succédaient les choux, les poireaux, les radis noirs. Fin février, il fallut préparer le sol, sarcler et bêcher après avoir passé la herse.

— On va pouvoir nourrir un régiment ! protesta Yohann en dirigeant, derrière la paire de bœufs, la planche cloutée qui ameublissait la glèbe, cassait les mottes et nettoyait la surface des mauvaises herbes.

— N'oublie pas que nous devrons vendre une partie de la récolte pour être autonomes, lui rappela Magda.

Le jeune juriste se débrouillait plutôt bien dans sa nouvelle peau de fermier. Il menait d'un geste sûr les bêtes paisibles, leur faisant faire demi-tour, une fois atteint le bout du champ. Il était moins habile à la traite, où les filles excellaient. Magda leur avait montré un secret qu'elle tenait de sa grand-mère. Si on chantait aux vaches une berceuse lente comme une mélopée, elles cessaient de piétiner, au risque de renverser le seau, et de vous balancer leur queue dans la figure. Mais la loi du kibboutz était inflexible : tous devaient savoir tout faire. Dès le lendemain, Yohann tirerait maladroitement sur les pis des vaches, qui appréciaient peu sa voix, tandis que Magda poserait le joug sur le cou puissant des bœufs qui reprendraient leur ronde.

« C'est moins pénible que l'usine », répétait la grande blonde, qui savait ce que voulait dire « travailler de ses mains ».

Souvent les jeunes kibboutzniks se trompaient ; leur maladresse, leur méconnaissance étaient flagrantes. Ils recommençaient alors leur ouvrage sans rechigner, heureux d'apprendre. Ce jour-là, tandis qu'il refaisait un hersage raté, Yohann songeait aux paroles de David, aux maisons mal construites en Palestine, que le vent emportait.

— C'est comme l'histoire des trois petits cochons, dit-il à Magda. Ce n'est qu'à la troisième tentative que l'on échappe au loup.

— Pas sûr qu'il nous laisse même une deuxième chance !

Ils avaient vu le film en Allemagne, avant de fuir.

— Les œuvres de Walt Disney sont désormais interdites, dit la jeune femme. Il paraît qu'elles sont trop juives !

Walt Disney n'hésitait pas à traiter ses collaborateurs de « sales youpins », mais il était franc-maçon, ce qui valait une circoncision.

Partout autour du kibboutz, les champs s'éveillaient. On voyait, tôt le matin, des hommes et des femmes au labeur, avant même que la brume et le frimas ne se soient dissipés. Dans la ferme Montalembert, on faisait pétarader le tracteur McCormick Deering flambant neuf.

« Il développe douze chevaux », disait fièrement son propriétaire.

Les voisins, un rien jaloux, imaginaient une machine aussi puissante que douze percherons. Selon une tradition établie, il faisait profiter ses collègues des bienfaits de la technique que son compte en banque bien garni lui permettait de s'offrir. La solidarité agricole était une nécessité enracinée dans les habitudes. Mais les jeunes pionniers de Machar furent soigneusement tenus à l'écart.

« On s'en fiche ! Nous avons nos bras », disait Haïm, qui ahanait sous le balancier d'un fléau soutenant à chaque extrémité deux grands seaux.

Le problème de l'eau se révélait crucial à Machar. La ferme ne possédait qu'une citerne remplie par la pluie, si elle voulait bien tomber. Pour leur malheur, on n'avait jamais vu un hiver aussi sec depuis des années. Et le printemps ne s'annonçait pas mieux.

On aurait cru que le climat se faisait le complice de Hitler pour pourrir la vie des Juifs. La source se trouvait à un kilomètre de la ferme, au fond d'un vallon ombragé auquel on accédait par un raidillon. Il fallait s'y rendre quotidiennement, et même plusieurs fois dans la journée. Au début de leur séjour, ils avaient pris la chose avec humour.

« Il va falloir choisir, plaisantait Magda. Boire ou se laver ! »

Ils découvrirent bien vite que les légumes buvaient comme les hommes, et même plus. Tous les jours, à tour de rôle, ils partaient pour la corvée de l'eau. Le mulet chargé de bidons était conduit par cinq pionniers porteurs de divers récipients. Les paysans qui les croisaient guettaient en vain une plainte, un reproche. Rien n'aurait été plus facile que de proposer l'eau de leur puits. Refuse-t-on à boire à celui qui a soif ? La charité chrétienne était tout à fait absente de leur comportement, et beaucoup se sentaient un peu honteux devant ces jeunes qui peinaient sous le fardeau et qu'un geste anodin eût soulagés. Le maire, laïc et son secrétaire, plus laïc encore, ne se privaient pas de leur faire la morale. Mais les consignes de Thierry Montalembert, relayées par le curé du village, étaient aussi rigides que la loi. Pas d'eau pour les boches !

— Ce sont des êtres humains, quand même, murmura Marthe, la bigote, en se signant au passage d'un groupe de ces bêtes de somme à peine sorties de l'adolescence comme elle l'aurait fait devant un cortège funèbre. Ça va mal finir !

— Ils sont courageux, les petits, ajouta Paul, qui cheminait à ses côtés. J'aurais pas cru !

Croisant la route de Magda, qui portait avec fierté le fléau sur ses épaules, ayant même distancé ses camarades, le curé Jaumart, qui ne brillait guère par l'esprit, tenta de la décourager :

— Bientôt, la terre sera assez chaude pour y planter les légumes à racines, les radis et les courges. Vous n'aurez jamais assez d'eau. Tu ferais bien d'abandonner et de retourner d'où tu viens, ma pauvre fille...

— Je ne renonce jamais, je suis comme ça, répondit Magda en lui lançant son sourire le plus enjôleur, comme si sa charge ne pesait rien. S'il le faut, je frapperai le rocher avec mon bâton, comme Moïse, et je ferai jaillir une source.

Elle éclata de rire en s'éloignant, laissant le prêtre maugréer contre cette hérétique qui osait se comparer à un prophète.

9

En février, un nouvel arrivage de jeunes Allemands porta l'effectif du kibboutz à près de quatre-vingts résidents. On était à la limite de la capacité. Deux personnages éminents se firent remarquer dès leur entrée dans la ferme.

Sarah débarquait tout droit de Cologne. Etudiante en beaux-arts, elle fuyait les persécutions des nazis, qui brûlaient les livres et les œuvres qu'ils considéraient comme décadentes. Elle se distinguait des autres par son origine mixte. Son père, un austère luthérien, pensant qu'il saurait la protéger, aurait voulu la garder auprès de lui. Sa mère avait su la convaincre que la judéité qu'elle lui avait transmise était devenue une maladie mortelle dans l'Allemagne nouvelle. Elle les avait quittés dans un climat de dispute.

Ce qui frappa d'emblée ses camarades, ce fut sa beauté : l'ovale parfait de son visage, encadré d'une longue chevelure ondulée, d'un blond doré, la minceur et l'harmonie de son corps, le galbe de ses jambes. Elle était si menue que ses condisciples la trouvèrent peu faite pour les travaux des champs.

Oubliant la règle, les garçons, comme envoûtés par sa plastique, s'offraient à chaque instant pour l'aider. Yohann, ébloui, n'était pas le moins empressé. Lors de la réunion habituelle des membres du kibboutz, David, sans citer personne, dut rappeler le principe d'absolue égalité qui devait régner entre les membres de la communauté – ce qui n'excluait pas de seconder son prochain.

Mordechaï les rejoignit pour la fête de Tou Bichevat, le nouvel an des arbres. Beaucoup ignoraient que leur religion différenciait le cycle de la nature de celui des humains en offrant deux débuts d'année. Ce fut lui qui le leur apprit, enchanté de cette date symbolique. Il étonnait par sa maturité – il avait près de trente ans – et l'étrangeté de son parcours. Il s'était évadé du camp de concentration de Dachau. Yohann se sentit immédiatement attiré par la sagesse, la personnalité du nouveau venu, qui arborait une barbe de prophète et des yeux pleins de bonté. Il voulut savoir s'il avait vu son oncle et ses cousins lors de son séjour forcé.

— Il y a des milliers de prisonniers, lui apprit le jeune homme. Des Juifs, des communistes, des opposants, des étrangers. Certains sont transférés vers d'autres camps, beaucoup disparaissent sans laisser de trace.

Une ombre de peur traversa son regard brun, et les autres frémirent à l'évocation de cet enfer qu'ils croyaient avoir laissé loin derrière eux, et qui soudain les agrippait.

— J'ai profité de la pagaille pour me faire la malle,

ajouta Mordechaï. Je me suis caché dans un camion qui évacuait les ordures… et je suis passé en France.

Les autres le considéraient comme un héros et lui demandaient des précisions. Il racontait sans se faire prier, dans un certain désordre, mais ses mots finissaient par s'assembler comme les pièces d'un puzzle.

— J'y ai croisé un être étrange, un SS nommé Adolf Eichmann, dit-il à David, qui fit soigneusement enregistrer sa déclaration par Heinrich avant de la transmettre au Hechaloutz. Il occupe une place éminente au sein de cette organisation.

— C'est quoi, les SS ? demanda Rachel, qui n'avait croisé jusque-là que des nazis en chemise brune, imbéciles et brutaux.

— Une sorte de chevalerie inventée par Himmler, répondit le jeune homme. Des êtres qui se proclament racialement supérieurs. On dirait qu'ils ont rencontré une puissance maléfique qui désormais les habite. Pourtant, celui-là présentait un physique des plus ordinaires.

— Que te voulait-il ? questionna David.

— Il cherchait un Juif cultivé pour parfaire son apprentissage de l'hébreu, qu'il pratique à ses heures. J'ai feint d'accepter, mais je me suis évadé avant la première leçon.

Le jeune homme suspendit sa parole, et laissa errer son regard dans le vide. Face à lui, David semblait inquiet.

— Il m'a dit que la place des nazis était partout, et celle des Juifs nulle part.

Mordechaï les surprit également parce qu'il n'était

pas allemand mais russe. Il était né dans un *shtetl* près de Leningrad, qu'il persistait à nommer Saint-Pétersbourg. Il avait eu la chance de quitter cet univers confiné pour entreprendre des études d'histoire. Il rêvait de devenir écrivain. Enfant, il avait connu les pogroms tsaristes. Curieux de tout ce qui était religieux, il s'était caché dans un monastère chrétien, avant de quitter son pays. En 1925, il avait fui la toute nouvelle Union soviétique en profitant de la fin de la guerre civile. Il ne pensait pas de bien du régime. Selon lui, rien n'avait vraiment changé entre Ivan le Terrible et Joseph le sanguinaire.

— Staline est un fou dangereux, presque autant qu'Adolf Hitler, proclama-t-il haut et fort, au grand scandale de Yohann, qui persistait à croire à la Révolution universelle. Il fait fusiller tous ceux qu'il soupçonne être des opposants à sa politique. Il a ouvert des camps en Sibérie qui n'ont rien à envier à Dachau.

Le sujet était brûlant parmi les kibboutzniks épris d'idéal et sans expérience. L'URSS était pour beaucoup un modèle ou, pour le moins, une société bien supérieure à ce que proposait le capitalisme. Et voilà que ce garçon, plus âgé qu'eux, qui affirmait avoir échappé deux fois à l'enfer, condamnait sans appel leur référence. Sagement, David accepta qu'un débat puisse être ouvert sur ce thème.

— Ne sommes-nous pas communistes ? s'écria Yohann.

— Nous essayons de vivre notre rêve utopique au quotidien, lui répondit David. Nous n'avons pas fait allégeance au Kominterm et ne devons rien à Moscou.

— Mais la Révolution…

— Pour le mouvement des Pionniers, elle se passe dans le cœur de chacun. Nous ne prêchons ni la dictature du prolétariat ni le parti unique. Dans un kibboutz, chacun peut s'exprimer librement, sans rencontrer l'opprobre des autres. Nous acceptons par principe le vote de la collectivité, mais chacune est autonome. Nous n'allons pas imposer des rideaux rouges à nos voisins s'ils préfèrent les bleus.

— Quand notre modèle sera répandu sur la surface de la terre, nous aurons fait une révolution sans verser une goutte de sang, ajouta Magda. C'est cela, notre communisme.

Mordechaï éclata de rire devant l'habileté rhétorique du dirigeant de Machar.

— Pourquoi avoir choisi le Hechaloutz, si tu n'es pas socialiste ? lui demanda David.

Il regardait avec curiosité cet individu aussi âgé que lui, et aussi riche d'expérience, et pourtant si différent.

— D'abord, pour sauver ma peau, répondit le jeune homme avec une étonnante sincérité. Ensuite, parce que la vie en kibboutz m'intéresse. Elle ressemble à ces communautés chrétiennes que l'on nomme des monastères. L'histoire des religions me passionne, ajouta-t-il, comme pour excuser la comparaison.

Certains de ces camarades prirent un air scandalisé, quand d'autres rirent franchement en imaginant David en père abbé.

Très vite, ses compagnons s'aperçurent que Mordechaï n'avait aucune disposition pour le travail manuel. Il était maladroit, rêveur, et suivait sa pensée sans se soucier d'adhérer à celle des autres. En revanche, il parlait couramment le yiddish et l'hébreu. Un hébreu certes archaïque et sacerdotal, très éloigné de sa version modernisée, mais il était si doué qu'il put bientôt aider le capitaine Löwe. Au lever du jour, chaque matin, avant de gagner les champs, les pionniers recevaient leur leçon. Beaucoup s'arrachaient les cheveux devant les difficultés d'une langue étrangère qui devait devenir la leur. Ils en profitaient pour apprendre aussi le français, qui leur semblait plus facile. L'afflux de migrants nécessitait bien un deuxième professeur. Mordechaï possédait également sur le bout du doigt les thèmes et les grands mythes du judaïsme. Il pouvait réciter la Torah par cœur.

— A quoi cela peut-il servir pour cultiver des patates ? demanda le pragmatique Simon.

— A nous souvenir de qui nous sommes, répondit David.

— Je suis désolé d'être aussi empoté, et si peu apte à la vie de fermier, se désola Mordechaï, avec cet air innocent qui faisait qu'on lui pardonnait tout.

— Ce n'est pas grave, dit Yohann en le prenant dans ses bras. Tu seras notre rabbin.

10

Un samedi matin de février, le kibboutz reçut une visite dont il se serait bien passé. La plupart des jeunes profitaient des premiers rayons d'un soleil encore pâle pour lézarder en plein air. Le samedi était le jour de repos des pionniers, même si aucun shabbat religieux, pas l'ombre d'une prière, ne venait rythmer la journée. Une Citroën Rosalie noire pénétra en pétaradant dans la cour de la ferme, effectuant une large boucle avant de s'arrêter devant le porche d'entrée. Un homme en sortit, escorté de deux gendarmes. Il était grand, entièrement vêtu de noir, chapeauté et ganté de même. Sa tenue sombre faisait ressortir la pâleur de son teint.

— Qui commande ici ? demanda-t-il sans préambule à Yohann, comme si le garçon n'avait aucune importance à ses yeux.

— Personne ! répondit le pionnier, blessé dans son orgueil. Nous sommes tous égaux.

L'homme en noir prit un air exaspéré, faisant claquer dans sa main gauche le gant qu'il avait retiré. Il pointa un index menaçant vers le jeune Allemand.

— Ne fais pas le malin ! Je suis Albert Malaterre, le sous-préfet de Brive. Va chercher ton chef !

Yohann n'eut pas à obtempérer. David, alerté par le bruit, surgit de son bureau pour venir de lui-même à la rencontre de l'émissaire de la République. Après quelques paroles convenues, les deux hommes gagnèrent l'intérieur du bâtiment. Les gendarmes et le chauffeur s'installèrent contre le véhicule pour fumer une cigarette. Un voile de méfiance était soudain tombé sur la ferme.

L'homme en noir marchait de long en large dans le bureau du directeur, une modeste pièce à l'ameublement spartiate. David l'écoutait, raide, comme s'il était prêt à recevoir des coups.

— Depuis le premier jour, je surveille votre... communauté.

Il semblait que le sous-préfet ne puisse nommer l'endroit où il se trouvait, comme s'il était hors du temps, hors de la France, en dehors du droit commun.

— Dès le 30 novembre de l'an passé, j'ai envoyé un rapport à la préfecture à votre sujet. Un rapport défavorable, dois-je le préciser ?

— Que nous reprochez-vous, monsieur le sous-préfet ? Nous n'enfreignons pas la loi française.

— C'est justement ce que je me demande ! répliqua l'autre en se retournant brusquement vers son interlocuteur. J'aime l'ordre, et ma fonction consiste à faire des dossiers sur tout et sur tous. Votre organisation n'est pas nette. Il règne ici un flou... désagréable, qui n'augure rien de bon.

— Si nous nous asseyions, nous serions plus à

l'aise pour parler, dit David en désignant de la main un fauteuil fatigué qui avait connu des jours meilleurs. Voulez-vous une tasse de café ?

L'officiel refusa d'un geste, comme s'il était pressé de quitter les lieux.

— Vous attirez ici une cohorte d'étrangers, des gens plus ou moins indésirables qui peuvent mettre en danger l'ordre public. L'installation d'une colonie israélite ne peut être neutre.

David se racla la gorge avant de commencer sa plaidoirie :

— Comme vous le savez, ces garçons et ces filles ont fui l'Allemagne nazie, un pays qui n'est pas l'ami du nôtre. Ils n'ont pas vocation à rester sur le sol français. Très bientôt, un premier contingent doit quitter la Corrèze pour la Palestine, avec l'aval des autorités britanniques. Tous doivent prendre le même chemin.

— Je comprends, je comprends, dit le sous-préfet en plantant ses yeux noirs dans ceux du chef du kibboutz, comme pour lui faire avouer quelque chose. Il y a aussi des Français parmi vous.

— Quelques-uns. Nous avons même un Corrézien.

— Que cherchent-ils ? Veulent-ils fuir la République ? demanda ironiquement le fonctionnaire.

— Ils sont ici par idéal, par goût de l'aventure. Bâtir un monde nouveau est exaltant.

— Voilà une chose que je ne peux comprendre ! Venir volontairement s'enterrer dans ce trou et vivre dans la misère !

Il réfléchit une minute, puis se leva d'un bond,

apparemment incapable d'accepter plus longtemps cette mise en infériorité.

— Monsieur, vous avez obtenu pour votre organisation le parrainage des plus hautes autorités françaises, en particulier de monsieur Paul Painlevé, ancien président du Conseil.

— C'est exact. Il était proche du baron de Rothschild, notre mentor.

— Vous n'ignorez pas qu'il est mort quelques mois plus tard.

— Je n'y suis pour rien, dit David avec un petit sourire. Vous ne me soupçonnez quand même pas de l'avoir assassiné !

— Non pas ! Mais cela fragilise votre position. Heureusement pour vous, votre hôte, André Valbénac, est honorablement connu dans la région.

— Nous avons signé avec lui un bail de neuf ans, jusqu'en octobre 1942, pour exploiter soixante-quinze hectares à travers une ferme-école. Qu'y a-t-il là de répréhensible ?

Le sous-préfet avait repris ses va-et-vient dans la pièce, comme s'il ne voulait pas se soumettre aux explications de son interlocuteur. Ainsi, il se sentait mieux placé pour mener l'interrogatoire.

— Nous avons reçu des lettres dénonçant vos agissements, et les mœurs… légères de vos protégés.

— Rien de précis, je suppose. Il s'agit de malveillance émanant de gens du village…

— Comprenez-moi ! Je voue un véritable culte à la loi, dit l'homme en haussant le ton, comme s'il prêchait une religion nouvelle. Vous n'êtes pas en règle !

Fouillant dans sa sacoche, il sortit une liasse de documents.

— Vous n'avez pas signé toutes les autorisations nécessaires ! dit-il en tapant les feuillets de la main.

— Qu'à cela ne tienne ! J'ai autorité pour le faire sur-le-champ.

Le chef du kibboutz s'empara de son stylo-plume, dont il dévissa le capuchon.

— Il n'y a pas que cela, poursuivit l'homme en reprenant le dossier pour empêcher David d'y apposer son paraphe. Plusieurs de vos jeunes sont en situation irrégulière. Leurs papiers ne sont pas en règle.

On sentait, pour lui, le crime de lèse-majesté irrévocablement établi.

— Beaucoup ont dû fuir l'Allemagne précipitamment, répliqua David. Abel Bourriagues, le maire de Nazareth, leur a décerné un certificat de séjour.

— Le premier magistrat s'est bien comporté en m'informant, dès votre arrivée, de l'installation d'une colonie de Juifs allemands sur nos terres. Il m'a demandé l'envoi d'imprimés en grande quantité pour délivrer des cartes d'identité provisoires qui autoriseraient vos ressortissants à séjourner en France pour une durée de trois ans, à condition qu'ils ne troublent pas l'ordre public…

— Donc tout est correct et conforme à la loi !

Le sous-préfet hésita, rassemblant ses ultimes arguments :

— Je crains que monsieur le maire n'ait fait un usage abusif de son autorité.

— Expliquez-vous !

— Cette dernière mesure ne concerne que les réfugiés allemands. Je crois que vous hébergez également des citoyens polonais, autrichiens et d'autres nationalités qui peuvent librement rentrer dans leurs pays. Vous devez les renvoyer !

— Mais ils sont juifs, et maltraités comme tels ! s'indigna le chef du kibboutz en devinant le piège que lui tendait le représentant de la République.

— Ce n'est pas mon affaire. Nous sommes un pays laïc et n'intervenons pas dans les problèmes religieux. Je ne connais que la loi… et elle exige le départ de vos protégés non allemands. A l'avenir, je m'opposerai à la venue d'étrangers dans votre… kibboutz. Les villageois n'en veulent pas, et le droit leur donne raison.

David sentit un bouillonnement de colère agiter son esprit et son corps. Il ne pouvait croire que l'intervention du sous-préfet soit due au simple hasard et à la paperasserie.

— Dois-je comprendre que les récents événements qui ont agité la capitale, je parle des émeutes du 4 février et de la chute de l'éphémère gouvernement Daladier, inquiètent tant les autorités qu'elles aient décidé de sacrifier quelques jeunes en quête d'un asile ?

Quelques jours plus tôt, les partis d'extrême droite avaient marché sur le Parlement au cri de « A bas les voleurs ! ». L'affaire Stavisky, qui s'était achevée par un suicide douteux, avait permis aux forts en gueule de mobiliser, au-delà de leurs militants, une partie du peuple. Un rassemblement hétéroclite de cinquante mille personnes avait voulu prendre d'assaut le Palais-Bourbon. On y reconnaissait la Fédération des contribuables, qui réclamait une meilleure répartition de l'impôt, les monarchistes de l'Action française, les phalanges des Jeunesses patriotes, les Croix-de-Feu du colonel de La Rocque, qui réunissaient des anciens combattants. Les membres de la Solidarité française du parfumeur François Coty, et plus encore les Francistes de Marcel Bucard rêvaient d'un destin à la Mussolini et se réclamaient ouvertement du fascisme. La manifestation avait viré à l'émeute et, malgré le retrait du colonel de La Rocque, saisi par un sursaut républicain, la troupe avait dû tirer. On avait relevé deux mille blessés et quatorze morts, dont le nombre avait doublé quand certains, trop amochés, avaient succombé à leurs blessures. Le gouvernement était tombé le lendemain.

A l'évocation de ces sinistres journées, le sous-préfet Malaterre tordit la bouche, comme si tout ce désordre lui donnait la nausée.

— Je ne fais pas de politique, dit-il sèchement.

Il ramassa d'un geste brusque son chapeau et ses gants posés sur la chaise et, sans un mot de plus, se retira.

11

La voiture du sous-préfet démarra dans un grand nuage de poussière sous les yeux de David. Frisant l'impolitesse, l'homme de la loi avait à peine pris congé. Le chef du kibboutz murmura entre ses dents un vieil adage paysan :

— Chien qui aboie ne mord pas.

Une entrevue avec Abel Bourriagues, le maire, acheva de le rassurer. L'administration française pouvait se montrer tatillonne, mais elle était connue pour son incurie. Avant qu'elle ne mette en œuvre ses menaces, les jeunes seraient à l'abri. Il espérait bien ne plus revoir l'ombre d'un képi sur les terres de Machar.

La vie reprit son ordinaire au kibboutz ; les règles communautaires strictes empêchaient la routine de s'installer. Chaque pionnier était affecté pendant quinze jours à une tâche précise, puis il changeait de travail.

— Je déteste ces corvées de bois ! s'exclama Haïm, qui craignait toujours d'abîmer ses belles mains d'artiste.

Avec Yohann, Sarah et Simon, il avait gagné la

partie forestière du domaine pour confectionner des fagots. Le printemps s'annonçait, les pionniers avaient dû renoncer à se chauffer et grelottaient dans leur dortoir froid et humide. Les bûches étaient réservées à la cuisson des aliments. Dans les semaines précédentes, ils avaient déjà nettoyé les étables, cuit le pain, réparé les outils, recousu leurs habits. Il leur semblait apprendre un métier différent chaque semaine.

— Quand crois-tu que nous allons quitter la France ? demanda Yohann.

Des rumeurs persistantes faisaient état d'un départ imminent pour la Palestine. Yohann rêvait d'en faire partie. Un nouveau souci le taraudait pourtant : il n'avait plus aucune nouvelle de ses parents depuis plus d'un mois. La situation des Juifs en Allemagne se dégradait de jour en jour, et il craignait qu'ils n'aient été emprisonnés dans quelque camp, sans jugement ni avocat.

« Mon père est de taille à se défendre », déclarait-il, plus pour se rassurer que par conviction.

Il n'était pas le seul à rester sans nouvelles des siens. Des correspondances s'interrompaient brutalement, sans explication. Les parents de Magda, la mère de Sarah redoutaient une incarcération. L'inquiétude s'emparait des esprits, et plusieurs jeunes parlaient de quitter la communauté pour rentrer en Allemagne. Au cours d'une réunion, par souci d'égalité, il avait été décidé que ceux qui recevaient encore du courrier le liraient à haute voix devant les autres. La lettre était ensuite placée dans une boîte et laissée à la disposition de tous.

« C'est avec des petits détails que nous ferons naître l'homme nouveau », affirmait le chef du kibboutz.

Cette perte de discrétion se terminait souvent dans les rires. Beaucoup de parents considéraient encore leur progéniture comme des gamins immatures. S'ils avaient pu voir les adultes qu'ils étaient devenus en peu de temps ! La rigolade dissipait l'angoisse.

Yohann était amoureux. Ce n'était pas la première fois, bien sûr, mais il en pinçait vraiment pour Sarah. Il recherchait constamment sa compagnie, s'arrangeait pour se retrouver seul avec elle, malgré les règles inflexibles qui régissaient la collectivité. Elle se montrait réservée, timide, presque sauvage. Elle aimait les longues promenades solitaires en forêt. Il s'étonnait qu'une fille aussi sophistiquée, issue des beaux quartiers de Cologne, se retrouve aussi à l'aise qu'une biche dans la nature.

— J'ai tendance à fuir la compagnie des humains, lui avoua-t-elle, un matin où ils s'employaient tous les deux à nettoyer l'écurie.

— Tu vas être servie ! lui dit-il. Ici, il n'y a pas l'ombre d'une intimité.

— Je sais m'enfermer dans ma bulle.

— Je crains qu'elle n'éclate vite. Ce qu'il te faut, c'est un ami sûr et fidèle. Tu n'as jamais eu de fiancé ?

— Non.

La jeune fille se détourna, gênée par le ton que

prenait la conversation. Elle n'était pas dupe des manœuvres du garçon.

— Tu ne voudrais pas que je sois cet homme-là ?

Les yeux bleus de Sarah se firent plus foncés, dévoilant une profondeur insoupçonnée. Yohann mourait d'envie d'y plonger tout entier. Ils étaient tout près l'un de l'autre, adossés au box du mulet qu'ils entendaient piétiner derrière eux.

— J'aime bien être avec toi, lui dit-elle. Tu es rassurant et on a envie de te suivre.

Sans réfléchir plus avant, il se pencha vers elle et embrassa sa bouche petite et charnue, retenant un long instant sa lèvre inférieure entre les siennes. Il devinait le feu brûlant sous la glace.

— Ne fais pas ça, dit-elle doucement en se reculant.

— Pourquoi pas ?

— Nous sommes tout sales ! Ce n'est pas très… romantique.

Yohann prit sa dernière phrase pour un encouragement.

12

Le manque de nourriture était un problème récurrent. Ils avaient faim tout le temps. Même en mettant en commun le peu d'argent qui leur parvenait de l'extérieur, ils ne pouvaient acheter grand-chose et la source allemande avait tendance à se tarir. La générosité d'André Valbénac trouvait ses limites devant le nombre. Les jeunes gens au corps vigoureux, à peine sortis de l'adolescence, mangeaient la plupart du temps des galettes de farine, des pommes de terre dont ils avaient trouvé une provision dans la ferme, et les premiers légumes de leur maigre récolte. Ils avaient mis beaucoup d'espoir dans l'idée d'assurer leur subsistance, mais ils avaient vite dû déchanter.

— Nous devons vendre la moitié de notre production pour procurer des fonds au kibboutz, répéta David.

— Ce sont les règles du capitalisme ! s'indigna Yohann.

— Le jour où les aliments tomberont tout seuls dans ton assiette, et les outils tout faits entre tes mains, nous reparlerons du bolchevisme, se moqua Mordechaï.

— Le kibboutz est une île, affirma David. Socialiste à l'intérieur, libéral au-dehors…

— A qui allons-nous vendre nos produits ? questionna Rachel. Les gens du village ne peuvent pas nous voir !

— A ceux de la ville qui aiment les aliments frais et naturels, répondit David.

Depuis le mois d'avril, chaque semaine, cinq pionniers attelaient le mulet et partaient pour le marché de Brive-la-Gaillarde. Aucun paysan des environs ne ratait cette fête, et les volontaires ne manquaient pas au kibboutz. On bousculait même le repos du shabbat pour participer à la foire du samedi. Une recommandation du maire de Nazareth leur avait réservé un emplacement, entre un marchand de volailles et un fromager.

La première fois, l'arrivée des cinq jeunes, porteurs de l'uniforme du kibboutz, sur la grand-place de la ville fut des plus remarquées. Les filles en short, surtout, attiraient les regards et les commentaires. Heureusement, les kibboutzniks ne comprenaient pas les discours des paysans qui, pour la plupart, s'exprimaient en patois limousin, mais ils constataient que l'on venait les voir, comme au zoo. Il faut dire qu'ils ne manquaient pas d'allure, dans leur tenue beige. Les gens s'interrogeaient :

— Il paraît que ce sont des boches ! Ça fait drôle de les voir là !

— Mais non, ce sont des Juifs. Ils ont fui l'Allemagne et ce salaud de Hitler.

— Vous avez vu les filles ? Elles montrent leurs cuisses ! Il y en a de belles…

Magda révéla un exceptionnel talent de vendeuse, avec son bagout digne d'une poissonnière de Marseille. Debout derrière son étal, elle attirait le chaland, autant par sa haute taille et sa plastique que par la fraîcheur de ses produits :

— Ils sont beaux, mes poivrons, ils sont beaux ! Belles et bonnes, mes courges ! criait-elle à tue-tête.

— Moi, je préfère les citrouilles que tu caches sous ton chemisier, lui lança un homme, l'œil égrillard.

La jeune femme lui sourit, bombant le torse, faisant rire tout le banc.

— Si vous m'en prenez un kilo, je vous embrasse, répliqua-t-elle.

Il ne fallut que quelques minutes pour qu'un attroupement se forme devant le stand des pionniers. Bientôt, plus personne n'ignorait que quelque chose de nouveau se passait à Brive, et Magda fut surnommée sur-le-champ « la Gaillarde ».

— On a tout vendu en deux heures de temps, dit fièrement Haïm. On pourrait profiter un peu de la fête.

Autour d'eux, la foire grouillait de vie. Ça les changeait du désert de Nazareth. Même si on les regardait comme des bêtes curieuses, ils se découvraient mieux intégrés à Brive, comme réconciliés avec la nature humaine. Ils se perdaient parmi les badauds, retrouvant les habitudes citadines qui étaient les leurs en Allemagne. Voir des maisons alignées, des avenues bien droites, des commerces, les rassurait. Ils se sentaient comme des poissons relâchés dans la rivière, après un séjour en aquarium.

— Méfiez-vous des pickpockets ! leur lança un acheteur prévenant.

Ils regardaient avec curiosité ces paysannes en jupes noires, assises à même le sol, un fichu sur la tête, qui vendaient champignons et légumes, rangés sous des parapluies dans des paniers en châtaignier. Ils comparèrent leur production à celles d'agriculteurs plus expérimentés, se jugèrent à la hauteur. Puis ils gagnèrent le marché aux bestiaux, où seule opérait la gent masculine. Les robes des bêtes fumaient dans la fraîcheur du matin, caressées par un timide soleil. Une odeur forte, entêtante, imprimait l'air. Les maquignons en blouse bleue discutaient les prix avec force gestes. Les jeunes écoutaient, passionnés, les boniments des marchands de chevaux, qui peinaient à dissimuler maladie et boiterie.

« Tape ! Tape ! L'affaire est faite ! » disait le vendeur en tendant sa main ouverte, la paume vers le haut.

L'acheteur faisait mine de s'éloigner en déclarant la bête trop chère, avant de revenir sur ses pas. De loin, on aurait cru une pièce de théâtre jouée dans la rue. L'acordaire, sorte d'arbitre de la place, intervenait alors pour tenter une conciliation.

Cette première sortie fut pour les pionniers comme une journée de vacances. Ils osèrent même s'offrir un café en terrasse, heureux de se retrouver au milieu des gens, identiques aux autres et acceptés par eux. Paul Barentin, venu vendre les fromages tirés du lait de ses brebis, les gratifia même d'un vigoureux « Salut la compagnie ! ».

Ils en rosirent de plaisir. Au soir de ce premier samedi, David comprit qu'ils venaient de remporter une victoire essentielle.

13

A la mi-avril, les pionniers apprirent qu'un premier contingent d'une vingtaine de membres allait quitter la Corrèze pour la Palestine. On ignorait encore le nom des heureux élus ; tous espéraient être du voyage. Déjà, ils connaissaient leur destination :

— Ayelet Ashahar, leur dit David.

— « La Biche de l'aurore », traduisit Mordechaï.

— Quel joli nom ! s'exclama Sarah. On croirait le début d'un poème.

— Tu ne te trompes pas. C'est tiré du psaume 22, attribué au roi David en personne, lui précisa le jeune rabbin. J'espère que ce n'est pas trop loin de Jérusalem. Je rêve de pouvoir fréquenter la faculté, les vieilles rues, et de prier contre le Mur.

Ils se précipitèrent dans le bureau de leur chef, vers la grande carte qui en ornait la cloison. Le directeur du kibboutz les laissa découvrir par eux-mêmes l'endroit où seraient désormais envoyés les membres de Machar.

— Oh non ! C'est au bout du monde ! se lamenta Mordechaï en découvrant un minuscule point, au nord de la Galilée, coincé entre le Liban et la Syrie.

— C'est un honneur d'être affecté à Ayelet Ashahar, intervint David. La colonie a été fondée en 1915, c'est une des plus anciennes de Palestine. Aujourd'hui, c'est un kibboutz militaire ; il forme les officiers de notre future armée. Vous savez tous qu'à la suite des pogroms de 1921 et 1929 les fermes collectives sont devenues des forteresses. Il ne faut plus seulement apprendre à cultiver la terre, mais à la défendre.

— « L'épée dans une main et la truelle dans l'autre », cita Mordechaï. Comme les Juifs ont dû le faire au retour de l'exil à Babylone.

Avec les attaques palestiniennes contre les propriétés, le bel idéal pacifiste des migrants avait été adapté. Il n'était plus question de paix perpétuelle, d'amour universel, mais de survie. Les kibboutz s'étaient entourés de palissades en bois ou de fossés ; une tour de guet, occupée en permanence par un garde armé, dressait sa tête au-dessus des exploitations, tel un clocher, un minaret, signalant au loin l'existence d'une communauté. Une force militaire clandestine, la Haganah, voyait peu à peu le jour. Indifférent, le gouvernement britannique laissait faire.

— Faudra-t-il passer par le Liban pour y aller ? demanda Yohann.

— Non, seuls les clandestins empruntent ce chemin. Vous débarquerez à Haïfa et gagnerez la Haute-Galilée par la route de Tibériade.

— Formidable ! s'écria Mordechaï après avoir consulté une fois de plus la carte. Nous passerons par Nazareth. De Nazareth en Corrèze à Nazareth en Galilée, il faut y voir un signe. Savez-vous quel jour nous sommes ? C'est Pessah.

— Pâque, dit Sarah. J'ai entendu sonner les cloches à l'église. Cette année, chrétiens et juifs la célèbrent à la même date.

— Pour ceux qui ne partent pas encore, et j'en fais sûrement partie, dit le jeune rabbin, nous chanterons désormais, lors de la Pâque, « L'an prochain à Nazareth »...

Tous rirent de cette adaptation plaisante du rituel « L'an prochain à Jérusalem ».

— Nazareth est une ville arabe et chrétienne, les prévint David. Vous n'y serez pas forcément bien reçus.

— Ça ne nous changera pas beaucoup d'ici, maugréa Haïm.

— Au contraire, répliqua Magda. Je crois qu'il faut aller à leur rencontre. L'idéal du kibboutz ne peut pas se limiter à la seule culture juive. Il est universel.

Les jeunes applaudirent l'ouverture d'esprit de leur camarade. David pensa qu'ils étaient encore bien naïfs, mais que cela les sauverait peut-être. Les rapports qu'il recevait directement de Palestine, par l'embryon de l'espionnage israélien, n'étaient pas optimistes. Avant de livrer la liste des partants, il convoqua Yohann et Magda dans son bureau.

— Je voudrais vous demander un service, leur annonça-t-il d'emblée. Une chose difficile. Même si je sais que l'égalité doit régner entre vous, vous êtes, tous les deux, les meilleurs éléments du groupe. Vous méritez de partir les premiers.

Yohann sentit une bouffée d'orgueil l'envahir, tandis que Magda, plus prudente, ouvrait largement ses grands yeux bleus, dans l'attente de la suite.

— Mais… osa-t-elle.

— Notre communauté est fragile. Dans l'urgence de la fuite devant les nazis, le Hechaloutz ne peut pratiquer une sélection aussi rigoureuse qu'il le voudrait… Nous avons besoin de cadres, ajouta-t-il après un bref silence. J'aimerais vous demander…

— Je reste, annonça immédiatement Magda. Je partirai la dernière, s'il le faut.

Tous savaient combien la vie en Terre promise était importante pour elle. Elle leur avait raconté comment, contre l'avis de ses parents, elle avait élaboré son projet de départ. Elle n'était pas issue d'une famille riche. Attirée par l'aventure, elle avait fréquenté de jeunes sionistes à Dresde. Semaine après semaine, elle avait dissimulé des vêtements, un peu d'argent, quelques biens, comme le trousseau d'une fiancée, dont elle avait fait don à la communauté en arrivant à Machar. Elle avait même acquis quelques notions d'agriculture avant de poser sa candidature, pour être certaine d'être retenue. Souvent, dans la discrétion de la nuit, elle versait quelques larmes sur les siens, de fervents communistes, un peu bornés, restés en Allemagne. Elle appréhendait de ne jamais les revoir.

Yohann jeta un regard admiratif à la jeune femme. Elle était la générosité même, l'image de l'amour du prochain. D'un coup, il comprit les erreurs qu'il avait commises. Avec l'arrogance des lettrés, il croyait que le bonheur de l'humanité pouvait tenir dans des idées, des révolutions, des appareils politiques, toutes choses qu'il pensait maîtriser dans sa tête bien pleine. Alors que l'essentiel résidait dans le cœur de l'homme. Si un modèle n'était pas vécu dans la chair, il ne valait pas grand-chose. Pire ! Il pouvait dévorer ceux qu'il prétendait protéger. Les paroles de Mordechaï sur l'Union soviétique atteignirent enfin son esprit. Ce n'était pas un paradis pour prolétaires, c'était une dictature. Le choix du kibboutz lui était infiniment supérieur, où la vie pour les autres n'était pas un vain mot. Magda était bien meilleure que lui. Il se leva et embrassa la jeune femme sur la joue.

— Je reste aussi, dit-il.

David dissimula sa grande fierté sous le masque de l'impassibilité.

Les vingt pionniers désignés pour former le premier contingent en partance pour la Palestine étaient, pour la plupart, issus de familles ouvrières et paysannes. Ils venaient de l'est de l'Europe et parlaient le yiddish. Ils étaient mieux adaptés aux difficultés matérielles que leurs camarades intellectuels éduqués dans les grandes villes allemandes. Ils avaient très vite appris les rudiments du métier d'agriculteur, que certains maîtrisaient déjà avant de venir. Parmi eux figurait Rachel, la fille que Magda avait rencontrée dans le train pour la France.

— Je t'écrirai, dit-elle en embrassant la grande blonde avant de monter dans le bus. Je vous écrirai à tous.

14

Avec le printemps vint le temps des semailles. Les grains de blé noir étaient jetés à la main, à l'ancienne, dans les sillons bien tracés. La terre, préalablement labourée, fut soigneusement hersée pour enfouir la semence à la bonne profondeur. Le renouveau de la nature appela les paysans dans leurs champs, comme s'ils faisaient partie d'un cycle immuable. Après leur journée de labeur, ils se retrouvaient au café Courrèges pour une heure de détente, avant de retourner dans leurs foyers.

Les jeunes pionniers commençaient à se sentir un peu à l'étroit dans leur ferme. Cela faisait des mois qu'ils étaient cloîtrés comme des moines. Depuis qu'ils fréquentaient le marché de Brive, ils avaient des envies de sorties, de rencontres. Machar leur semblait un navire luttant en pleine mer contre les flots de l'adversité. Ils aspiraient à poser leur sac à terre.

— On devrait aller, nous aussi, au bistrot, proposa Yohann. A quelques-uns, pour ne pas effrayer les villageois. Juste des garçons, pour commencer.

L'angélus venait de souligner la septième heure du soir quand le jeune juriste poussa la porte de l'estaminet, suivi de Haïm et de Jean-Pierre, un des Français du kibboutz. Les conversations cessèrent aussitôt.

— Tiens, voilà les intellectuels ! lança enfin Paul Barentin, déclenchant aussitôt un rire forcé.

— Bonsoir, messieurs, dit Yohann en commandant trois bières.

Autour d'eux, les paysans n'avaient pas repris leurs causeries, comme s'ils avaient des secrets à préserver.

— Alors, ces légumes, ça pousse ? leur demanda Marcel Courrèges en remplissant les verres. J'ai vu que vous avez aussi semé du blé.

Il avait l'habitude de parler le premier ; dans son commerce, il fallait bien dire quelque chose.

— Nous espérons une bonne récolte, lança Yohann en roulant les épaules comme un vieil habitué.

Il ne pouvait s'empêcher de fanfaronner un peu.

— Avec la terre que vous n'avez pas assez tassée, ça m'étonnerait que vous ayez beaucoup à moissonner ! lança Paul. Remarquez, ça vous fera des vacances…

— Nous sommes là pour travailler, répliqua Jean-Pierre.

Il pensait que sa nationalité française le ferait mieux admettre que les autres. Il était venu à Machar, depuis Brive, avec l'autorisation de ses parents, après avoir interrompu des études de commerce qui ne le menaient à rien. Il ne se voyait pas passer sa vie à vendre des chaussures dans le magasin familial, et rêvait d'aventures.

— Notre professeur nous a dit que le sol était assez humide pour ne supporter qu'un léger roulage, poursuivit-il avec assurance.

— Alors, s'il l'a dit ! se moqua Marcel. C'est vrai que le blé, ça pousse pas dans les livres !

Toute l'assistance éclata d'un rire cette fois très naturel. Les jeunes gens eurent l'intelligence d'apprécier la plaisanterie.

— Très juste, reprit Yohann. Nous avons encore beaucoup à apprendre. Pour accroître notre maigre rendement, nous avons prévu d'ensemencer le champ de Peyrebrune, laissé à l'abandon depuis des années…

Les consommateurs, après s'être regardés du coin des yeux, s'esclaffèrent de plus belle.

— Il n'y a jamais poussé que des cailloux ! Il est juste bon à y tirer les perdreaux, répliqua le mastroquet. Mon grand-père a essayé autrefois, il s'y est cassé le dos.

Après s'être bien bidonnés aux dépens des jeunes et de leurs extravagances, les villageois retournèrent à leurs parties de cartes sans plus leur prêter attention.

Yohann avait lancé l'idée de rendre Peyrebrune à la culture. Il rêvait toujours d'un exploit qui le mettrait en valeur. André Valbénac le lui avait déconseillé, mais son trop-plein d'énergie le poussait à continuer. Il voulait aussi, sans se l'avouer, briller aux yeux de la belle Sarah, dont il guettait le moindre signe d'approbation. Depuis leur premier baiser, elle se tenait loin de lui, à une distance respectable, et semblait ne plus rechercher son amitié. Il se demandait si elle faisait partie de ces filles qui excitaient les garçons avant de les laisser en chemin. Il en était mortifié. Et puis, se plonger dans un travail difficile lui permettrait d'oublier un moment l'inquiétude qui le tenaillait à propos du sort de ses parents.

Un beau matin, il s'était rendu sur place, accompagné de Heinrich Löwe.

Il s'entendait bien avec l'ancien officier du Kaiser et lui rendait fréquemment visite pour l'entendre évoquer son métier d'autrefois, et ses batailles. Le capitaine profitait d'une existence en famille et évitait le casernement du kibboutz, son inconfort et sa précarité. Son épouse accueillait toujours aimablement le jeune juriste et lui offrait à boire, selon l'heure, une tasse de café ou un fort alcool de prune. Leur petite fille, âgée de cinq ans, sautait sur ses genoux et lui réclamait une histoire, que Yohann inventait aussitôt pour elle.

Heinrich lui racontait par le menu ses combats et ses souffrances. Il n'épargnait pas les détails des horreurs. Yohann était le seul, avec David, à recevoir ses confidences. Anton Gutman, son propre père, engagé sur le front des Ardennes, ne lui en avait jamais parlé. Heinrich décrivait aussi l'Allemagne impériale d'autrefois, avec un brin de nostalgie, avant d'aborder sa vie nouvelle de paysan pacifiste. Ils s'étaient donné rendez-vous à Peyrebrune.

Au premier regard, le découragement s'était abattu sur leurs épaules. La pièce était entièrement mangée par les ronces. Des massifs de buissons noirs menaçaient les visiteurs de leurs épines profondes. Aussi loin que portait le regard, on ne voyait que des cailloux.

« Les pierres cachent la terre, bien sûr, avait constaté le capitaine, qui avait assuré de semblables travaux en Allemagne, après la guerre. Il suffirait de venir en nombre pour les déposer tout autour du champ. »

Les deux hommes avaient parcouru Peyrebrune d'un bout à l'autre. Le professeur cueillait des herbes, arrachait un arbuste ici et là.

« Il faudrait y lâcher des boucs et des chèvres. Ils regagneraient le terrain tenu par la sauvagine…

— Mais nous n'en avons pas ! » avait grogné Yohann, dont le moral s'effondrait au fur et à mesure de leur exploration.

Löwe constatait le désastre avec un regard de propriétaire.

« Il y a des arbres maigrichons, pourtant. Il doit bien y avoir de l'eau quelque part… »

Il avait commencé à creuser, avec ses mains, entre les racines accrochées aux rochers. Une terre noire était apparue, qu'il avait fait rouler entre ses doigts, humée et goûtée du bout des lèvres avant de la recracher.

« Bien sûr, elle n'est pas grasse, mais son acidité est correcte. Elle peut donner du blé, si on la travaille. »

Après un débat collégial au kibboutz, il fut décidé d'envoyer, pendant huit jours, l'essentiel des troupes pour préparer le futur champ. Des bras, il n'en manquait pas, à Machar ; c'était même la première richesse.

Peyrebrune fut envahi par une quarantaine de pionniers qui compensèrent l'absence de compétence par le nombre et l'enthousiasme de la jeunesse. Equipés de paniers d'osier, ils se mirent en colonne et vidèrent en un clin d'œil le champ de ses pierres. Les plus grosses furent traînées hors des lieux par le mulet. Les arbustes furent coupés, les souches arrachées. De loin, Paul Barentin surveillait l'avancée du chantier. Il avait parié trois sous avec le Noiraud que les boches allaient tout laisser tomber avant deux semaines.

— On dirait des fourmis, vu d'ici, dit-il à son compagnon, avec une certaine admiration dans la voix. Rien ne les arrête ! Je dois reconnaître qu'ils ne manquent pas de courage.

Il ne pouvait s'empêcher de les comparer à ces soldats, camarades ou ennemis, qui retournaient sans cesse sous la mitraille, comme insensibles à la souffrance et à la mort. Les jeunes travaillaient dans une calme effervescence, ni trop vite ni trop lentement, avançant avec détermination.

— Ils ont compris le rythme du paysan, siffla le berger entre ses dents.

En dix jours, le labeur titanesque était achevé. Le curé Jaumart eut beau dénoncer, du haut de sa chaire, l'orgueil de cette nouvelle Babel, les pierres reposaient désormais en bordure du champ ; les arbres arrachés avaient été brûlés sur place. Avec à peine un mois de retard, les pionniers purent labourer, herser et ensemencer Peyrebrune, avec la promesse de germinations futures.

Le dimanche, en promenade, les villageois venaient voir le résultat. Les hommes prenaient leur fusil, soi-disant pour abattre une ou deux bécasses. Les femmes emportaient leur panier, des fois qu'il y aurait des champignons. Tous se retrouvaient devant l'ancienne friche, rendue à la civilisation par la folie de quelques gamins. Les visiteurs ne pouvaient que s'incliner devant la réalisation, vantant l'organisation germanique qui faisait la force de ce pays. André Valbénac n'était pas peu fier de se rendre au café Courrèges pour y entendre les commentaires élogieux. Il précisait bien, à chaque fois, qu'il n'y était pour rien.

15

— Pourquoi nous déteste-t-on, nous, les Juifs ?

La voix de Sarah s'était élevée, douce et claire comme le pleur d'un enfant. Le débat sur la nécessité de clôturer certains champs se suspendit instantanément – David avait saisi qu'ils avaient mieux à faire. Cette question, tous se la posaient, depuis des générations. Ils avaient atteint l'essentiel.

— Pourquoi les gens du village nous en veulent-ils ? Nous ne leur avons fait aucun mal !

— Les chrétiens nous accusent d'avoir tué le Christ, dit Simon. Tout vient de là.

— Certains Juifs ont assassiné un des leurs, nommé Jésus, en qui les chrétiens ont voulu voir le Messie, dit David. Tous les premiers disciples de ce Christ étaient juifs.

La parole tournait autour de la table, comme pour une partie de cartes. Certains passaient leur tour, d'autres insistaient.

— Hitler et ses sbires ne sont pas chrétiens, reprit Sarah, qui voulait une réponse. On dirait même qu'ils songent à revenir au paganisme. Et pourtant, ils nous haïssent encore plus que les autres, et souhaitent même nous anéantir, nous faire disparaître de la mémoire des hommes…

La voix de la jeune femme s'étrangla légèrement, comme si elle était au bord des larmes. La question la taraudait, provoquant une souffrance bien au-delà de la peur.

— Ce sont des fous, dit Yohann. Ils se tournent vers le Mal.

— Même les marxistes soviétiques, dont nous attendions tant de bien, nous persécutent. Mordechaï nous l'a dit. Qu'est-ce qu'on leur a fait ? Ils veulent construire une société unie, égalitaire, sans classes, dont nous serions exclus.

— Le communisme rejette toutes les croyances. La religion est l'opium du peuple, jeta le jeune juriste, sans grande conviction, comme s'il n'adhérait plus lui-même à ce slogan.

Plus personne dans le groupe n'était en fait convaincu par l'argument, qui leur paraissait désuet. Un silence pesant s'instaura. C'était la première fois que le kibboutz restait muet. Il semblait bien que l'absurde allait remporter la partie. Discret dans son coin, presque anonyme, Mordechaï se fit alors le tribun de la mémoire. Sa voix douce et pénétrante s'éleva au milieu d'eux, telle la fumée d'un holocauste. Il parlait comme un prophète.

— Le monde nous déteste parce que nous lui avons appris la liberté… Il ne le supporte pas. Il est tellement plus confortable d'avoir des certitudes irrévocables !

Le mutisme des autres, suspendus à ses lèvres,

laissait la place à l'unique parole qui flottait au-dessus des erreurs, des errances, des solutions faciles.

— Dans notre religion, on ne connaît pas le véritable nom de Dieu. En hébreu, on ne peut pas prononcer Iahvé ou Jéhovah, comme le font les chrétiens. On ne peut que l'épeler : Iod, Hé, Vav, Hé. Dans la Torah, lorsque ses quatre lettres sont réunies, on leur substitue un autre mot : Adonaï, qui veut dire « seigneur ». Un mot humain pour remplacer le nom divin, qui reste inconnu et inconnaissable.

La plupart des jeunes pionniers, qui n'avaient reçu qu'une instruction religieuse limitée, le regardaient avec des yeux effarés. Toutes ces vieilleries, ces bondieuseries qui encombraient leurs souvenirs avaient donc un sens ?

— Cela signifie que la vérité absolue n'est pas accessible à l'esprit humain, poursuivit le jeune homme. Des savants kabbalistes, dont je ne partage pas toujours l'opinion, affirment que, Dieu étant la totalité des possibles, on peut même envisager la possibilité qu'Il n'existe pas.

Que le judaïsme puisse être une religion athée en étonnait plus d'un.

— Ils ont réussi la quadrature du cercle, intervint David, qui voyait où Mordechaï voulait en venir. C'est l'union des contraires, la contradiction comme source de vérité, l'obligation de respecter les croyances d'autrui, la fin des dogmes…

— Exactement, répondit le Russe en levant vers lui son visage barbu et souriant. En fait, le judaïsme fait de l'humilité la première des vertus, et en tire la tolérance nécessaire. Je saurais réciter la Torah par cœur, mais je dois avouer que je ne sais rien. Une telle idée est insupportable pour tous ceux qui ne veulent croire qu'en une seule religion, une philosophie, une doctrine politique. Nazis, communistes, fondamentalistes religieux, tous nous haïssent pour cela.

— Mais pourquoi la haine ressurgit-elle aujourd'hui avec tant d'acuité ? insista Sarah.

Mordechaï réfléchit un long moment. Le visage dans la main, les yeux fermés, il cherchait une explication. On pouvait presque croire entendre fonctionner son cerveau.

— C'est à cause de la science, ou plutôt du mauvais usage que l'on en fait. Le monde moderne, qui rejette les religions, coupables, il est vrai, de beaucoup de crimes, lui demande de remplacer Dieu. Les gens veulent des certitudes, ce qui est incompatible avec la vérité. La rationalité a ses limites, elle ne peut couvrir tout le champ des possibles. D'où la foi nécessaire. Mais nous, les Juifs, nous posons une multitude de questions, et donnons bien peu de réponses.

— « J'ai la réponse, j'ai la réponse… mais quelle est la question ? » disait le rabbin.

La vieille blague lancée par Magda fit éclater de rire l'assistance et suffit à détendre l'atmosphère, bien plombée par la gravité des propos. Le jeune érudit poursuivit son discours :

— Le marxisme affirme que l'histoire, l'économie, la politique sont des sciences, alors que ces disciplines échappent à la rigueur mathématique. Le nazisme est construit sur une pseudoscience des races. Toute critique, toute remise en cause est interdite. Les affirmations dogmatiques, qu'elles soient religieuses ou rationnelles, posent une obligation de vérité. Or tout système qui ne prévoit pas sa propre remise en cause est dangereux. Voilà pourquoi on déteste les Juifs et leurs interrogations permanentes.

— « Deux Juifs, trois opinions », reprit Magda, ce qui déclencha à nouveau une hilarité nerveuse, vite stoppée par le sérieux du débat.

— Nous avons posé les bases ontologiques de la démocratie parlementaire, reprit Mordechaï. Les chrétiens, en l'occurrence les Britanniques, nous les ont empruntées au dix-septième siècle en acceptant que des points de vue différents puissent être également tenus pour vrais. Aujourd'hui, les kibboutz proposent le seul modèle marxiste qui respecte les lois de la liberté individuelle.

Les jeunes pionniers et David lui-même, malgré son expérience, n'avaient jamais songé à cela. Ils se regardaient avec étonnement, comme s'ils étaient devenus, pour eux-mêmes, des bêtes curieuses.

— Crois-tu vraiment que nous soyons meilleurs que les autres ? lança Magda d'un ton goguenard.

Mordechaï fit une nouvelle pause avant de répondre :

— Certes non, mais je crois que la destruction du temple de Jérusalem, il y a près de deux mille ans, et la dispersion du peuple juif sur la surface de la terre ont finalement été de bonnes choses. Affranchi des obligations politiques, le judaïsme a pu évoluer librement vers une pensée tolérante, qui n'avait pas à se soucier d'alliance et de gouvernance. Il s'est adapté à toutes les cultures, les a inséminées pour les faire accoucher de la démocratie. On nous a privés de terre, du métier de soldat, nous avons cultivé les choses de l'esprit.

— Bientôt, tu vas nous dire que l'antisémitisme nous a été favorable, maugréa Yohann.

— Non pas, répondit le prophète du kibboutz avec un sourire. Mais quand nous aurons retrouvé un pays, en Palestine, quand nous aurons nos lois, nos terres, quand nous serons majoritaires quelque part, quand nous serons devenus un peuple comme les autres, nous devrons nous souvenir de notre histoire, sinon nous risquerons de nous comporter comme nos persécuteurs.

A partir de ce jour, Mordechaï s'instaura la mémoire du kibboutz. Chaque soir, sur une vieille machine à écrire Remington qu'il avait dénichée on ne sait où, il écrivait l'histoire de Machar et l'expérimentation humaine qu'il représentait. Il noircissait des dizaines de pages.

16

Magda, Haïm et le jeune Elie étaient occupés à tailler des piquets pour installer une clôture à l'extrémité du territoire du kibboutz. Un pré ombragé devait y accueillir leur troupeau de brebis, qui y passerait un bel été. Ils travaillaient en silence, avec application. La fraîcheur du matin s'estompait peu à peu sous le soleil de mai. Soudain, Elie, qui maniait maladroitement la hache, poussa un cri de douleur. Le fer, en rebondissant sur le bois, lui avait profondément entaillé la jambe. Le garçon s'effondra sur le sol, soutenant son genou des deux mains.

— Il faut arrêter l'hémorragie, dit Magda en voyant le sang ruisseler sur sa chaussure.

Haïm avait l'air affolé à la vue du liquide rouge, mais la jeune femme gardait son calme. Elle ôta son foulard et en fit un garrot, qu'elle serra aussi fort qu'elle le put.

— Je ne pourrai jamais marcher jusqu'à la ferme, gémit le pionnier.

— Je vais aller chercher le mulet, dit Haïm, comme s'il était heureux de quitter les lieux de l'accident. Reste avec lui !

— Il y en a pour plus d'une heure, répliqua la jeune femme en tentant de masquer son inquiétude.

Elle n'osa pas dire « Ce sera trop tard ». Elle se leva et parcourut du regard le paysage champêtre, comme pour y trouver de l'aide. A quelques centaines de mètres, la toiture rouge d'une belle maison émergeait des bois.

— N'y pense pas ! intervint Haïm. C'est la ferme Montalembert. Ils ne nous donneront pas un verre d'eau.

Le hobereau poursuivait toujours de sa haine la colonie allemande et montait contre elle le clan catholique de Nazareth.

— Eh bien, je vais essayer quand même ! répliqua Magda en relevant l'éclopé et en l'appuyant sur son épaule.

Ils frappèrent, timidement d'abord, puis de plus en plus fort, en demandant de l'aide. La maison paraissait vide. Ils allaient renoncer quand un pas lent, qui semblait se traîner, se fit entendre derrière l'huis. Ils appelèrent encore. La porte s'ouvrit et une femme apparut, toute de noire vêtue. Ils ne l'avaient encore jamais vue au village. Elle ne devait pas avoir atteint la soixantaine, mais ses cheveux gris, ramenés en un chignon sévère, sa tenue, son corps voûté la faisaient paraître plus âgée. Ils devinèrent qu'ils étaient en présence de Madeleine Montalembert.

— Mon mari n'est pas là. Que voulez-vous ? demanda-t-elle, dans un souffle qui se voulait hostile.

— Elie s'est blessé, nous avons besoin de secours, dit Magda en entrant sans attendre l'invitation.

La pièce était obscure, les volets clos malgré le beau soleil. Les jeunes pionniers furent saisis par l'air glacé conservé entre ces vieilles pierres. Un froid de mort régnait en ces lieux. Partout, sur les murs, les meubles, ils découvrirent le visage d'un jeune homme. Les photos étaient toutes bordées de noir. Sur la table, dans un cadre, une croix de guerre et une médaille militaire rappelaient la mémoire du disparu.

— On croirait pénétrer dans un tombeau, grommela Magda pour elle-même, avant de se reprendre : Avez-vous de quoi soigner notre ami ? dit-elle à haute voix.

La femme examina la blessure sans rien dire, puis s'éloigna de son pas bancal de crapaud. Elle revint quelques minutes plus tard avec de l'alcool, du coton, des bandages. Elle posa le tout sur la table, contemplant le jeune blessé aux vêtements tachés de sang.

— Il ne doit pas être plus âgé que mon Benoît quand il est mort, murmura-t-elle. Les Allemands me l'ont tué. Des Allemands, comme vous.

— Nous… nous avons fui l'Allemagne, madame, balbutia Magda.

La vieille femme se pencha sur Elie, défit le garrot improvisé et commença à le soigner avec des gestes maternels. Le regard doux qu'elle posait sur lui s'adressait à un autre.

Haïm, se sentant inutile, laissait ses yeux errer dans la pièce sombre aux allures de caveau. Son attention se figea soudain quand il le vit. Dans un coin du salon, un piano paraissait l'attendre. Il s'en approcha avec un respect religieux, caressa des doigts le couvercle fermé, l'ouvrit avec d'infinies précautions. Les touches d'ivoire appelaient ses mains, qu'il hasarda jusqu'à les frôler. Sur le lutrin, les partitions de Chopin, Schubert, Schumann parlaient à sa mémoire. Une musique lointaine résonnait à l'intérieur de sa tête. La voix de la femme s'éleva dans son dos :

— Personne n'y a touché depuis que mon Benoît est parti à la guerre. Il doit être terriblement désaccordé.

— Peut-être pas, dit le jeune homme en s'asseyant sur le tabouret. C'est le métier de mon père, d'entretenir ces merveilles. Je saurai lui rendre son âme. Vous permettez ?

Il osa quelques notes qui montèrent dans le noir de la pièce, comme une fumée d'encens. Le son n'était pas parfait mais agréable. Haïm tendit la main vers le premier feuillet, tourna la page. Chopin. *Tristesse.* Il oublia le lieu où il se trouvait et se mit à jouer.

Ce fut comme une lumière qui éclaira la maison, une source tout intérieure. Les notes emplissaient l'espace jusqu'au plafond ; elles s'échappaient au-dehors, couraient la campagne, parlaient au soleil. Madeleine Montalembert s'était redressée, les yeux brillants. Elle paraissait rajeunie.

— Benoît est revenu, murmura-t-elle.

Elle voyait en Haïm le fils disparu, en chacun de ces jeunes Juifs l'enfant qu'elle avait perdu. Le pianiste enchaînait les morceaux, il ne pouvait plus s'arrêter. Magda le regardait comme si elle le voyait pour la première fois. Un sentiment fort montait en elle. Elle avait toujours été attirée par lui. Sa finesse, sa fragilité la fascinaient. Mais elle pensait qu'une fille d'ouvrier, un peu lourde, sans beaucoup d'éducation ni d'instruction, ne pourrait jamais se faire remarquer de ce prince qui vivait dans un autre monde. Le jeune blessé ne geignait plus, bercé par ce concert improvisé.

Au bout de dix minutes de bonheur musical, un pas lourd se fit entendre ; une porte s'ouvrit, puis se referma. Haïm plaqua un dernier accord. Thierry Montalembert venait d'entrer dans sa demeure. Le temps suspendu semblait prêt à s'effondrer pour laisser la place à la colère et à la violence.

— J'ai entendu… J'ai cru entendre de la musique, dit-il en regardant sa femme.

Cela faisait vingt ans qu'il ne l'avait pas vue ainsi : alerte, transfigurée, presque heureuse. Il leva les yeux sur le jeune pianiste.

— Continuez, s'il vous plaît. Jouez-nous… quelque chose de français.

Haïm réfléchit un instant, se demandant comment ces brutes de nazis pouvaient afficher une telle admiration pour les génies du romantisme allemand dont il venait d'égrener quelques notes. Puis il posa ses mains sur le clavier, et ce fut une merveille. Ses doigts effleuraient les touches, une à une, lentement, détachant chaque son. Cela semblait facile, comme un jeu d'enfant, et pourtant la magie de l'harmonie s'emparait du corps et de l'âme des assistants.

— *Gymnopédie*, d'Erik Satie, dit Haïm en achevant le morceau. Il est mort il y a dix ans.

Tous avaient le regard fixe ; ils étaient descendus dans leur abîme intérieur.

— Je crois qu'il est temps de nous occuper de notre blessé, dit Magda pour revenir à des choses concrètes.

— Je vais vous conduire à l'hôpital, dans ma voiture, dit Thierry Montalembert. Revenez quand vous voulez... Aussi souvent que vous le pourrez, ajouta-t-il à l'adresse du pianiste.

17

La résurrection du piano du jeune mort causa une véritable révolution dans la vie des pionniers. Le mot d'ordre de Thierry Montalembert, qui les frappait d'ostracisme, avait été aboli. En lui rendant, en partie, son fils, la musique lui avait permis de faire enfin son deuil. Le riche fermier ne tarissait pas d'éloges à l'égard d'une jeunesse si courageuse et travailleuse. Il vint en personne présenter ses excuses à David et lui offrir tous les services que sa fortune lui autorisait.

— J'étais aveuglé par la douleur, dit-il au chef du kibboutz. Je ne voulais voir que l'Allemand détesté et non l'être humain dans chacun de vos pionniers. Je vous demande de bien vouloir pardonner mon attitude.

— C'est tout à fait compréhensible, répondit David, qui ne voulait que des relations apaisées avec le voisinage. Votre chagrin est inconsolable.

Montalembert semblait mal à l'aise, comme s'il avait encore une faute à confesser.

— Vous comprenez, j'étais tellement en colère… J'ai écrit aux autorités, pour vous faire du mal. Je suis quelqu'un d'important, que l'on écoute. Je sais que le sous-préfet en personne est venu vous menacer…

— Ça n'est rien. Je pense qu'il ne reviendra plus.

— Méfiez-vous de lui ! C'est un homme déterminé, entêté, même. Je ferai mon possible pour arranger les choses. En attendant, mon matériel est à votre disposition.

David l'assura qu'ils n'avaient besoin de rien, car sa ferme avait pour objectif d'être autonome et de ne rien devoir à personne.

— Vous prendrez bien l'eau de mon puits, tout de même ! De l'eau, c'est peu de chose pour moi. Je souffre de voir ces adolescents peiner sous leur fardeau.

David accepta cette dernière proposition, qui améliorerait notablement leur confort. Tous les voisins voulurent faire de même et, bientôt, le kibboutz assoiffé connut l'abondance.

— On va pouvoir cultiver des fleurs ! s'exclama Magda.

Montalembert avait quitté Machar le chapeau à la main, en signe d'humilité. Par autorisation spéciale de la communauté, Haïm put jouer du piano une fois par mois. Il ne se fit pas prier, se laissant toujours accompagner par deux ou trois camarades, qui profitaient de l'occasion. Les villageois n'étaient pas en reste. Il leur fit découvrir des rythmes inconnus en Basse-Corrèze. Même Paul Barentin, qui ne jurait que par le communisme, finit par se rendre chez Montalembert, qu'il accusait pourtant de « chercher la particule ».

— Qu'est-ce que c'est que ce boucan ! s'écria-t-il. On dirait de la musique de Nègres.

— C'est exactement ça, répondit Haïm en accélérant le tempo. Les Américains nomment cela le jazz. Hitler déteste et l'a fait interdire.

— Alors nous, nous l'aimerons, conclut le berger, fier d'avoir appris quelque chose tout en donnant un coup de griffe à la Germanie.

Désormais acceptés et traités en égaux, les pionniers, quand ils étaient libres de leur temps, parcouraient avec délice les rues du minuscule village, dont les belles demeures aux fenêtres à meneaux disaient la grandeur passée. Nazareth était plongé dans un bain de jouvence. On n'y avait jamais vu autant de jeunes, qui fraternisaient avec la population. Le curé Jaumart vitupérait bien encore un peu, et se signait discrètement quand il croisait des filles en short, aux belles cuisses finement musclées. Mais elles le saluaient joyeusement d'un « Bonjour, monsieur le curé ! » auquel, désormais, il répondait d'un onctueux « Bonjour, mes enfants ».

Les kibboutzniks n'hésitaient plus à franchir la porte du café, moins pour y consommer – ils n'avaient que très peu d'argent – que pour profiter de l'ambiance. Le bistrot de Nazareth évoquait un peu pour eux les établissements étudiants qu'ils avaient fréquentés à Munich, Cologne ou Berlin. La nostalgie les prenait parfois au bruit des godets qui s'entrechoquaient. Beau joueur, Marcel Courrèges avait offert une tournée générale pour leur première apparition.

— Ils sont bien, pour des Juifs, dit la bigote, qui se voulait désormais l'amie de tous.

— Ma pauvre Marthe ! Tu n'en rateras jamais une ! s'exclama le mastroquet.

Haïm était devenu le héros de Nazareth, le musicien attitré du village.

— Il pourrait tenir l'harmonium, le dimanche, à la messe… dit Marthe.

— Non ! Il ne le pourrait pas ! la coupa Marcel Courrèges en levant les yeux au ciel devant tant de bêtise.

Les verres se remplissaient sur les tables ; la bonne humeur était au rendez-vous.

— Haïm, ton nom est trop difficile à prononcer pour nous, dit Marcel, qui, comme tous les villageois, avait des difficultés avec la sonorité gutturale de l'hébreu, dont le *h* dur rappelait la langue allemande. Désormais, tu t'appelleras Henri.

L'assistance applaudit à cette sage décision. Le bistroquet, qui avait l'habitude de donner des surnoms à tout le monde, baptisa sur-le-champ Mordechaï Maurice.

— A Henri et à Maurice, levons nos coupes !

— Attendez, leur cria le nouvel Henri. En hébreu, mon prénom signifie « la vie ». Et nous avons l'habitude de trinquer ainsi : *Le Haïm*, à la vie !

— A la vie ! reprit l'assistance à l'unisson.

Profitant de cette toute nouvelle popularité, Yohann décida de prendre contact avec les communistes locaux. Il avait toujours dans l'idée, par-delà l'utopie du kibboutz, d'unir les prolétaires de tous les pays. Le danger que représentait le nazisme était un motif noble et justifié. Il voyait bien que la plupart des Français ne différenciaient pas les Allemands des hitlériens. Les pionniers avaient déjà fait les frais de cette confusion.

Par l'intermédiaire de Paul Barentin, il rencontra les quelques villageois qui adhéraient au marxisme-léninisme. Leurs arguments étaient grossiers et leur conscience politique des plus limitées. Ils se contentaient, pour la plupart, de critiquer Abel Bourriagues, le maire radical de Nazareth, et d'envier la fortune de Montalembert. Seul Joseph Sorel, l'instituteur, émergeait du lot, avec une véritable culture ouvrière.

— Ne commettez pas les mêmes erreurs que les spartakistes allemands, leur dit-il. Ne rompez pas avec la gauche traditionnelle. C'est ce qui a permis aux nazis d'arriver au pouvoir.

Jean-Pierre lui ouvrit les portes de la cellule de Brive. Le jeune homme avait surmonté ses frustrations intellectuelles en se formant largement à l'école du Parti. Tout en plaidant pour la révolution, il n'en conservait pas moins un fort attachement national et un goût pour la démocratie directe qui trouvait son accomplissement à Machar. Il présenta le jeune juriste au chef de la section locale.

— Nous avons besoin de renfort, dit ce dernier. Nous sommes bien implantés, mais ici, à Brive, c'est le catholicisme social qui règne en maître.

Yohann pensa qu'en cas de coup dur il pourrait compter sur lui.

18

Réunir en un même lieu des garçons et des filles de vingt ans n'allait pas sans poser quelques problèmes. En tirant la nature de son sommeil, le printemps réveillait aussi les désirs dans les jeunes corps. La plupart des membres de Machar venaient de familles juives traditionnelles. Les mariages y étaient, le plus souvent, arrangés. Le respect de l'autre, la séparation des hommes et des femmes y étaient la règle. L'idéologie sioniste et les fracas de l'Histoire avaient bouleversé les données. Privés de leurs parents, dont l'autorité leur manquait, les pionniers bénéficiaient d'une totale liberté. L'homme nouveau qu'ils prétendaient construire ne voulait pas s'encombrer de la morale bourgeoise. Pourtant, le cadre sévère et disciplinaire du kibboutz les tenait en laisse… Une servitude toute volontaire ! Mais quel barrage pouvait-on construire contre les sentiments ? Depuis leur arrivée, tout le monde savait que Samuel et Sonja se retrouvaient, le soir, dans la réserve de foin. Malgré la forte conviction communautaire, ils se sentaient isolés par leur origine polonaise. Privé de passeport, le garçon vivait dans une inquiétude permanente. Personne ne voyait de mal dans leur tendre idylle. Depuis l'épisode du piano, Magda et Haïm ne se quittaient plus. Elle, la fille grande et forte, aux seins généreux, au rire communicatif (le curé Jaumart, qui ôtait ses lunettes quand il la croisait, voyait en elle l'image même de la prostituée) ; lui, l'artiste fin et fragile qui vivait dans un monde irréel où la musique nourrissait les êtres. On ne pouvait imaginer couple plus dissemblable ! Et pourtant, ils s'attiraient comme le fer et l'aimant.

« Tu me plais, Haïm », lui avait dit la grande blonde, prenant l'initiative.

Elle redoutait que le garçon trop bien élevé n'ose lui déclarer sa flamme. On pouvait pourtant deviner son émoi rien qu'en regardant ses yeux. Il s'était blotti contre elle, ils s'étaient embrassés, l'amour avait fait le reste.

— Pour le moment, je dois rester à Machar, dit-elle. Mais une fois en Palestine nous nous marierons.

— Je ne partirai pas sans toi, lui affirma-t-il. N'oublie pas que je suis l'ambassadeur du kibboutz auprès de la famille Montalembert.

Magda n'arrivait pas à croire ce qu'elle vivait. Si elle était restée en Allemagne, elle n'aurait jamais rencontré quelqu'un comme Haïm. L'urgence, le danger, la nécessité et l'ambiance atypique du kibboutz rendaient possible l'extraordinaire.

Les situations particulières finirent par peser sur la vie du groupe. Il fallut bien en parler un jour, et, à la réunion hebdomadaire, on mit le sujet sur la table.

— Les relations amoureuses mettent-elles en cause le principe d'égalité ? jeta David.

La question laissa un froid et plus encore quand les pionniers s'aperçurent qu'ils étaient divisés en la matière.

— Ne sommes-nous pas libres d'aimer qui nous voulons ? répliqua Yohann.

Il essayait par tous les moyens de séduire la jolie Sarah, qui persistait à se refuser à lui. Il se montrait prévenant, souriant, direct parfois. Des images récentes se bousculaient dans son cerveau :

« Tu ne pourras rester sans mari quand nous serons en Terre promise. Epouse-moi ! Je t'aime et tu ne trouveras pas meilleur parti que moi pour te chérir et te protéger. »

Elle s'était laissée aller à poser sa tête blonde sur son épaule, tandis qu'il la serrait fort contre lui. Il la sentait prête à céder. Elle était dans une phase de découragement, sans nouvelles de sa mère, que les nazis harcelaient. Ils avaient tous deux des angoisses d'orphelins.

« Je suis trop jeune, et trop indécise, avait-elle dit en se redressant vivement pour éviter un baiser. Pour le moment, je ne cherche que ton amitié. »

Il l'avait assurée de son soutien, tout en gardant au cœur le fervent espoir de la convaincre.

— Est-ce à la communauté de décider avec qui nous devons convoler ? s'indigna le pragmatique Simon.

Yohann prônait la liberté mais, secrètement, il

espérait qu'une pression de la hiérarchie jetterait Sarah dans ses bras. Parfois, l'autorité avait du bon.

— Comment éprouver un sentiment individuel sans que cela nuise à la collectivité ? lança Samuel.

Mordechaï, d'habitude si disert, se tenait coi. La Torah disait beaucoup de choses sur l'amour, mais elle ne parlait pas des règlements du kibboutz.

— L'idéal, reprit Samuel, serait de ne désirer en l'autre que le reflet de l'humanité tout entière.

Le conseil s'esclaffa, ce qui n'était pas dans ses habitudes, toute parole devant être respectée.

— Trop théorique ! se récria David. Et un rien hypocrite. Nos inclinations ne peuvent pas être soumises à des lois ni posées en équation.

— Le couple est évidemment un avatar de la société bourgeoise, une corruption de notre idéal, reprit Yohann, qui voyait bien qu'il n'arriverait à rien dans l'immédiat avec Sarah et préférait noyer le poisson.

— On ne va tout de même pas mettre les femmes en bien commun, dit Simon.

— Et pourquoi pas les hommes ? jeta Magda.

Ils décidèrent que si rien ne pouvait empêcher deux êtres d'éprouver de l'amour l'un pour l'autre ils devraient le faire discrètement. Les couples déjà formés, Samuel et Sonja, Haïm et Magda, devraient se séparer lors du travail et des repas pris en commun.

Les filles, parfois, éprouvaient le besoin de se réunir entre elles, loin des garçons, pour parler de problèmes bien spécifiques. L'idée que les enfants ne devaient pas être des propriétés privées travaillait leur esprit.

— Il paraît que c'est comme ça en Palestine, dit Sarah.

— Si la société du futur doit ressembler à cela, dit Sonja, je m'inclinerai. Mais ça me fait un peu peur.

— Moi, je n'accepterai pas que les miens soient mis en communauté, reprit la jolie blonde. Je les veux tout à moi.

— Cela ne me dérangerait pas, dit Magda. Je crois à la force du collectif et aux bienfaits des expériences multiples.

Il était vrai que, devant la fragilité de Sarah, elle semblait aussi solide qu'une déesse descendue de l'Olympe.

— J'ai croisé le curé Jaumart, ce matin. Il m'a dit que je ressemblais à la Vierge Marie, avoua Sarah, que la parole cléricale avait troublée.

Le prêtre avait appris que son père était chrétien et il s'employait à la ramener à la « vraie religion ».

— Celui-là, il ne perd pas une occasion de faire sa propagande, répliqua vertement Magda. La Sainte Vierge, elle n'était pas bretonne, que je sache ! Elle était juive, comme toute sa famille !

Les filles s'ébahissaient aussi que la France, terre de liberté, prive encore les femmes du droit de vote.

— Nous sommes considérées comme des mineures, dit Sonja.

— Marcel Courrèges m'a dit : « Si on les laisse

faire, elles donneront leurs voix aux curés », rapporta Magda, guère convaincue par l'argument.

— En Allemagne, elles ont accès au scrutin depuis longtemps, s'étonna Sarah.

— Si c'est pour voter pour Adolf Hitler !

19

Lorsque la Citroën Rosalie du sous-préfet s'engagea sous le porche du kibboutz Machar, David, alerté par le bruit du moteur, comprit qu'il avait sous-estimé la détermination du fonctionnaire. Albert Malaterre surgit brutalement du véhicule, que le chauffeur avait garé au même endroit que la première fois, comme si la place lui était réservée. Les ardeurs du soleil printanier lui avaient fait abandonner son manteau et ses gants, mais il portait toujours un costume strictement noir qui lui donnait des allures de croque-mort. Il se dirigea tout droit vers le chef du kibboutz et l'interpella rudement. Ses yeux sombres et tristes ne laissaient paraître aucun sentiment, comme si sa fonction était purement mécanique.

— Vous n'avez pas tenu compte de mes avertissements, dit-il d'un ton glacial. Je suis venu requérir l'application de la loi.

— Entrez, je vous en prie, répondit David en indiquant de la main la porte de son bureau.

Redoutant cette colère froide qui ne laissait pas de place à la discussion, il s'efforçait de garder son calme. Il gagna du temps, fit appeler Heinrich, le secrétaire du kibboutz, qui arriva avec ses registres sous le bras. L'apparence d'une rigoureuse organisation comptable apaiserait peut-être le fonctionnaire tatillon.

— Vous hébergez des individus en totale irrégularité avec le droit, poursuivit Malaterre. Je vous avais prévenu : les citoyens français et les Allemands dotés de papiers en règle ne posent pas de problème. Mais votre communauté comporte des Polonais et des Autrichiens, qui doivent rentrer chez eux !

Il exhiba une liste que David et Heinrich comparèrent à la leur. A l'intérieur des volumes à la couverture de moleskine noire, des mots raturés, biffés, des notes incomplètes donnaient l'impression d'un grand désordre. Les deux hommes cochèrent plusieurs noms.

— Ceux-là sont partis pour la Palestine le mois dernier...

— Qu'ils aillent au diable s'ils le veulent, pourvu qu'ils ne demeurent pas sur le territoire national. J'ai vu que vous logiez aussi un Lituanien et un Turc, un Letton, deux Roumains et des Tchèques.

— Et un Américain, dit David, espérant ainsi apaiser la colère préfectorale. Thierry Montalembert nous avait assuré avoir retiré sa plainte, et que tout serait arrangé...

Le teint blafard du sous-préfet sembla pâlir encore.

— Je ne veux pas connaître ce monsieur ! Ni ses hautes relations. Je ne connais que la loi.

— Le Lituanien craint une invasion de son pays

par les Soviétiques, objecta Heinrich. Vous autorisez bien notre Russe à rester…

— La Lituanie est indépendante ; il doit partir. Vous avez aussi un Hollandais ; ne me dites pas qu'il est en danger !

— Le Turc n'est pas ottoman, poursuivit le secrétaire. C'est un Juif né en Palestine avant 1918, à l'époque du Califat.

— Il est donc turc, conclut le sous-préfet d'un ton triomphant. Il doit regagner la Turquie au plus vite. Vous n'ignorez pas que, devant l'afflux de réfugiés en provenance d'Europe de l'Est, la France a durci sa politique migratoire. Elle ne peut accepter un trop-plein d'indigents, qu'elle doit nourrir et qui prennent le travail des Français.

— Nous ne consommons que ce que nous produisons, rappela David. Et nos membres doivent tous quitter la France pour la Palestine.

L'homme en noir, raide comme la justice, son corps effleurant à peine le dossier du fauteuil, agita la main, comme pour chasser une mouche agaçante.

— Peu importe ! Le règlement s'applique à tous, et votre communauté est en faute. C'est un vrai capharnaüm où n'importe qui vient s'abriter quand il veut, et qui entasse pêle-mêle les garçons et les filles, dans une totale pagaille. C'est une situation qui ne peut plus durer, et les avertissements que vous avez reçus sont suffisants pour que, désormais, tout manquement à la loi soit sanctionné. Votre colonie compte actuellement cinquante-cinq membres. Seuls trente-deux sont munis d'un récépissé de carte d'identité d'étranger. Les autres ne possèdent que des passeports périmés. Certains sont même détenteurs d'un avis de refoulement. Ce sont vos propres registres qui l'affirment. Voici seize noms, seize individus qui doivent avoir quitté le sol français sous huit jours. Faute de quoi, ils pourront être arrêtés et expulsés de force.

En argumentant sur un plan strictement juridique, les considérations humanitaires n'ayant aucune chance de toucher le sous-préfet, David parvint à réduire le nombre d'indésirables à huit. Huit sacrifiés !

— Pour les autres, prétendit-il, leur dossier est en cours de régularisation auprès des autorités françaises. Vous devez reconnaître que, d'un point de vue judiciaire, ils ne sont pas expulsables.

Le représentant de l'Etat tordit la bouche de dégoût, mais dut se rendre à l'argument.

— J'admets votre position pour le moment. Ils peuvent rester. Pour les autres, les gendarmes viendront constater leur départ. Dans huit jours.

David réunit d'urgence le conseil du kibboutz. Un vent d'affolement se répandit parmi les jeunes. Sonja devait partir ; Samuel, son compagnon, ne figurait pas sur la liste. Un apatride n'avait pas d'existence légale. David révéla alors le filet de sécurité qu'avait prévu, dès l'origine, le baron de Rothschild.

20

Robert de Rothschild et Jacques Helbronner, après avoir fondé le kibboutz Machar et en avoir confié la gestion au Hechaloutz, n'avaient jamais perdu de vue leur création. Régulièrement, l'hôtel de Marigny, bien à l'abri derrière le porche sculpté de son entrée, réunissait les deux hommes, comme en ce mois de février 1934.

— Tout se passe bien, mon cher Robert, dit le conseiller d'Etat en lisant, une fois encore, le rapport d'activité en provenance de Corrèze. Nous sommes en place jusqu'en 1942. D'ici là, ce sont des milliers et des milliers de jeunes Juifs que nous aurons sauvés !

Les deux hommes avaient interrompu une partie d'échecs lorsque le courrier était arrivé.

— Ce David auquel nous avons confié la direction des opérations est un individu remarquable, dit le baron. Tout à fait l'homme de la situation.

— D'ailleurs, c'est un ancien militaire, poursuivit Jacques, qui ne manquait jamais une occasion de rappeler son titre de chef de bataillon. Comme moi, il a connu l'état-major, bien qu'à un rang inférieur.

Il s'était aussitôt emparé de la lettre, qu'il avait soigneusement décachetée à l'aide d'un coupe-papier en argent, et il jubilait devant les bonnes nouvelles. Robert observait pensivement le plateau de jeu et les pièces éparses. Son ami était adepte de l'offensive, comme il l'avait appris en 1916 auprès du maréchal Pétain, et ne regardait pas aux pertes. Lui-même était la prudence incarnée. Il calculait soigneusement chaque coup, mesurait les dommages à venir et n'aimait guère sacrifier ses troupes. D'ailleurs, à la guerre il préférait de loin l'art, et il était mécène.

— L'opinion est en train de tourner en notre défaveur, reprit-il. Les réfugiés indisposent l'extrême droite. Elle crie haut et fort qu'ils viennent manger le pain des Français. L'Etat totalitaire, à l'image du régime de Mussolini, est ouvertement prôné, ainsi que l'autodéfense ethnique des peuples, au nom de laquelle on réclame des lois racistes et antisémites...

— Vous voyez tout en noir, mon cher Robert ! Nous n'en sommes plus à l'affaire Dreyfus, où vous et moi nous nous sommes impliqués. Ce n'était pourtant qu'un problème de circonstance. Dreyfus aurait pu être coupable, et l'armée, dans ce cas, en droit de se défendre.

— Mais il était innocent... et condamné parce que juif, objecta le baron. Aujourd'hui, par peur du communisme ou par pacifisme, on voit même des gens de gauche rallier ces thèses nauséabondes. Comme l'ancien ministre socialiste Pierre Laval, un disciple de Jean Jaurès !

— Il n'y a rien de bon à attendre de la gauche ! jeta le vieux conservateur avec dégoût.

— Il y a quelques jours, dois-je vous le rappeler, les manifestants d'extrême droite ont tenté de s'emparer du Parlement, avec l'appui d'une partie du peuple. Ces émeutes ont été d'une terrible violence. Je ne vous le cache pas : j'ai peur pour nos jeunes, dit Rothschild. Ils risquent de subir le sort du capitaine Dreyfus et d'être sacrifiés au nom de la raison d'Etat.

— Ce serait effroyable, en effet. Mais les dés sont jetés. Que pouvons-nous y faire ?

Rothschild avait le regard pétillant, comme chaque fois qu'une idée originale lui venait. Il déplaça habilement sa reine pour mettre en péril le redoutable dispositif de son compagnon.

— J'ai repensé à votre idée de terrains dans le Lot…

— Vous vous ralliez enfin à mon Einsteinville ? s'étonna Jacques, surpris par cette soudaine offensive. Vous approuvez la création d'une cité spécifiquement juive en France ?

— Non pas ! Trop voyant ! Mais que diriez-vous si nous louions, pour nos jeunes, quelques arpents de vigne du côté de Cahors ? Ils pourraient y apprendre la viticulture.

De part et d'autre de l'échiquier, deux verres emplis d'un breuvage sombre, du château-pétrus, montaient la garde.

— Il n'y a pas de vigne en Palestine ! Vous savez bien que les musulmans ne boivent pas d'alcool…

— Mais les Juifs et les Britanniques ne s'en privent

pas. Le sol caillouteux, proche de celui du Lot, pourrait produire un breuvage digne de Noé.

— N'oubliez pas que le patriarche s'est enivré au sortir de l'arche ! jeta l'ancien militaire pour faire diversion.

Il hasarda sur le damier une défense qui n'était pas son fort. Le baron porta son estocade :

— J'ai déjà retenu quelques hectares à Roquebillière, à quatre kilomètres de Cahors. Je sais que les autorités corréziennes ont reçu un rapport défavorable du sous-préfet de Brive. S'il cherche des noises à nos pionniers, nous les enverrons dans le département voisin, à Roquebillière ou à Sarrazac, près de Gourdon, à un jet de pierre de Nazareth, mais dans le Lot et non plus en Corrèze. J'y ai également retenu une ferme de soixante-dix hectares... Mat en deux coups ! ajouta-t-il, changeant de registre.

— Bien joué ! dit Helbronner en caressant sa barbe. (On ne savait s'il parlait des échecs ou de Machar.) Je devine que vous voulez dissimuler la présence des sans-papiers que nous hébergeons.

Délaissant son armée défaite, il porta son verre à ses lèvres. Un petit clappement de langue indiqua qu'il appréciait le nectar.

— Vous savez que je n'approuve pas ce choix. Vous allez nous mettre en porte-à-faux avec les autorités françaises. Le respect de la loi m'est cher, tout comme à vous.

— Nous ne pouvons tout de même pas accepter que des Juifs soient jetés dans la gueule du loup sous le prétexte qu'ils ne sont pas en règle. J'ai d'ailleurs loué également une propriété en Touraine, où l'on pratique l'élevage de chevaux. On ne pourra reprocher à nos jeunes de vouloir se former aux métiers équestres, jubila Rothschild, que sa propre idée paraissait beaucoup amuser. Si les autorités veulent expulser certains membres de Nazareth, comme je peux le craindre, nous les déplacerons d'une propriété à l'autre, jusqu'à ce qu'on perde leurs traces.

Helbronner secoua la tête en signe de désapprobation. De sa propre initiative, le baron avait mis en place un réseau de kibboutz, une imprenable défense, sur l'échiquier national.

En mai 1934, un mois plus tard, quand les gendarmes de Brive vinrent s'emparer de Sonja et de ses camarades pour les reconduire dans leur pays d'origine, ils ne trouvèrent sur place plus aucun des condamnés.

— Ils sont partis, dit David en jouant les imbéciles.

— Partis pour où ?

— Nous ne le savons pas. Chacun est libre de quitter le kibboutz quand bon lui semble. Ils sont probablement retournés en Pologne, en Lituanie ou ailleurs, puisque c'était le souhait des autorités.

Les jeunes pionniers prirent alors l'habitude de jouer à cache-cache avec les gendarmes. Ils allaient de ferme en ferme, travaillaient la vigne, soignaient les chevaux, avant de revenir à Nazareth, où de nouveaux papiers avaient été rédigés à leur intention.

21

La bonne entente qui régnait désormais entre les villageois et les pionniers avait particulièrement enchanté la poignée de jeunes gens qui habitaient encore Nazareth. Ils n'avaient pas tant de camarades de leur âge. En fin d'après-midi, une fois achevée leur journée dans les champs, on les voyait désormais traîner ensemble et « caler le mur de l'église », comme disait Marthe. Au cours d'interminables discussions, ils échangeaient leurs idées, leurs expériences, leurs espérances. Ils avaient gagné en légèreté.

— Est-ce que vous viendrez samedi au bal de Noailles ? questionna Louis, un adolescent débrouillard qui exploitait une grosse ferme avec ses parents. C'est la première grande célébration qui ouvre la période des moissons.

— Si nous avons fini nos travaux, pourquoi pas, répliqua Yohann, anticipant la réponse de David.

Intérieurement, son cœur s'était mis à battre plus fort. Il se réjouissait d'avance de ce moment de liberté, de cette évasion d'un soir. Et puis un bal, ce serait l'occasion de tenir Sarah dans ses bras.

— Merci de nous avoir conviés à la fête, reprit-il. C'est très aimable à toi.

— Surtout, amenez les filles ! conclut Louis. Il y aura foule, on va bien s'amuser.

Pour cela, il serait entendu. Légères et court vêtues, les filles du kibboutz étaient toujours l'objet des fantasmes les plus divers. Leur cohabitation avec la gent masculine, leur tenue vestimentaire les faisaient supposer plus faciles que les Corréziennes, souvent en quête d'un mariage.

L'annonce de l'invitation lancée par Louis déclencha des cris d'enthousiasme. La danse représentait pour les kibboutzniks bien plus qu'une distraction. Dans l'univers militarisé de Machar, où les relations de couple étaient sévèrement codifiées, tandis que la proximité entre garçons et filles exacerbait les désirs, la danse collective était un exutoire. David leur avait appris la *hora*, qui se pratiquait en Palestine, une ronde très rapide où l'on se tenait juste par la main. Parfois, un deuxième manège tournait à contresens à l'intérieur du premier. Cela n'avait rien de la sensualité d'un tango ou d'une java, mais permettait une pratique sans distinction de sexe. Les danseurs tournaient de plus en plus vite, au son d'un violon et d'un tambour, s'il y avait des instruments, ou bien en chantant à tue-tête. Ils tournaient jusqu'à en perdre le souffle, jusqu'au bord de l'évanouissement. Ils exprimaient par ce mouvement tous les désirs de leur chair, tous les espoirs de leur âme idéaliste. Ils oubliaient la dureté du travail, la peur de l'avenir, le sort de leurs proches. Ils se livraient à cœur ouvert et lisaient, comme dans un livre, en chaque camarade qui dansait avec eux. Mordechaï, d'habitude si pudique, n'était pas le dernier à sauter comme un cabri.

« Tu en négliges la Torah et l'Eternel ! lui lançait Yohann.

— Pas du tout ! Nous sommes même au cœur du sujet. Pense aux derviches tourneurs.

— Mais ce sont des musulmans !

— Personne d'autre n'est aussi près du Nom. Danser, c'est crier avec le corps les mots que l'on ne peut prononcer. »

Le conseil se réunit pour savoir si l'on pouvait répondre favorablement à l'invitation. La fièvre qui brillait dans les yeux des pionniers fut vite douchée par Mordechaï :

— Samedi, c'est shabbat. Nous ne pouvons pas faire la fête.

L'argument porta auprès d'un grand nombre de jeunes qui, sans être religieux, respectaient le repos sacré.

— Moi j'irai, dit Yohann. En France, je pratique le shabbat républicain et laïc.

L'assistance éclata d'un rire joyeux à cette boutade. Les filles surtout voulaient aller au bal ; il n'y avait pas besoin de les y pousser. Rien n'aurait pu empêcher Magda et Sarah de s'y rendre.

— Pouvons-nous utiliser la charrette et le mulet pour gagner Noailles ? demanda la grande blonde.

— Le mulet a travaillé toute la journée, répondit

sévèrement David. Il a besoin de se reposer. Il ne va pas au bal, lui. Vous irez à pied.

Le vendredi soir, comme chaque semaine, Mordechaï se préparait à célébrer le shabbat. Il avait rappelé à ses camarades, souvent peu scrupuleux, que, parmi les trente-neuf travaux défendus le samedi, il était interdit de semer, labourer, faucher et moissonner, lier les gerbes, battre le blé, vanner, trier, moudre le grain, bref, la totalité des travaux agricoles. Le vendredi soir, une heure avant le coucher du soleil, il allumait deux bougies. Puis il récitait la prière et chantait le cantique pour célébrer le rendez-vous de l'homme et de Dieu. Il buvait ensuite la coupe de vin du kiddouch, se lavait les mains dans un récipient spécial, partageait le pain. A défaut de synagogue et de rabbin, il revêtait le talit, le châle de prière, et lisait la Torah à haute voix. Il y avait toujours un petit groupe de pionniers pour se joindre à lui, plus par nostalgie que par conviction.

Le grand jour venu, tandis que Mordechaï et quelques autres participaient à la cérémonie religieuse, Yohann, Haïm et Jean-Pierre firent le tour des maisons pour y emprunter de vieux vélos souvent couverts de rouille et grinçants de toutes leurs articulations, qui les emmèneraient jusqu'à Noailles.

— Il ne faut pas arriver les premiers, dit Yohann. Nous devons nous fondre dans la foule. Nous partirons à la nuit tombée.

A l'heure dite, ils commencèrent à se répartir les

bicyclettes, à raison d'une pour deux, quand ils virent Mordechaï s'avancer vers eux.

— Je viens avec vous, dit-il.

— Mais… le shabbat ?

Il leva alors un doigt vers le ciel.

— Les trois étoiles ont paru. J'ai prononcé la séparation. Le shabbat est terminé.

22

A cinq kilomètres de Nazareth, Noailles était un gros bourg desservi par le train. La localité était célèbre pour sa comtesse-poétesse, Anna de Noailles, morte un an plus tôt à Paris sans avoir jamais mis les pieds dans le puissant château qui embellissait les lieux. Quand la douzaine de pionniers atteignit les faubourgs, la nuit claire de juin était déjà largement tombée. La musique battait son plein et la place centrale était éclairée comme en plein jour. Devant le bistrot, les employés municipaux avaient monté un parquet de douze mètres sur six, accroché dans les arbres des lampions et des fanions multicolores. Juché sur une estrade, l'accordéoniste menait le bal, accompagné du violoneux et du joueur de cabrette. Ce dernier tirait des sons aigrelets d'une petite cornemuse qui avait donné son nom à ce guinche d'un genre nouveau : le musette.

— Je pensais que vous ne viendriez plus, soupira Louis en s'avançant vers eux.

Il regardait avec des yeux gourmands les six jeunes femmes du kibboutz. Elles avaient troqué leur uniforme pour une jupe ample et une simple blouse, mais resplendissaient de tous leurs vingt ans. Leur teint hâlé par le soleil et le grand air les rendait pareilles aux paysannes du cru.

— Pourquoi certains dansent-ils dans la rue ? demanda Magda, qui affichait une tenue aux couleurs chatoyantes. Sont-ils exclus ?

— Non pas, dit Louis. Mais ils ne veulent pas payer pour monter sur le parquet. C'est deux sous la partie. Mais pour vous, ce soir, c'est gratuit. Je vous invite au pince-fesses.

Il avait négocié un passe-droit pour ses nouveaux amis avec l'accordéoniste, qui était aussi son cousin. Le bistrot avait considérablement agrandi sa surface en disposant des tables et des bancs à l'extérieur. Les pionniers s'installèrent parmi les buveurs. Haïm, émoustillé par l'ambiance, écoutait cette mélodie populaire et cosmopolite, qui mélangeait l'Auvergne, l'Espagne, les faubourgs parisiens et ceux de Buenos Aires, en songeant que bien des chefs-d'œuvre avaient été tirés du folklore. Les filles avaient des fourmis dans les jambes.

— On va guincher, dit Magda en imitant l'argot des titis, avant d'entraîner son timide compagnon vers la piste.

Ici, on ne pratiquait pas la chorégraphie collective, comme au kibboutz, sauf quand l'orchestre, par respect de la tradition, entonnait une bourrée qui se pratiquait à deux, à quatre, en croisée et même entre hommes. Ce soir, chacun avait sa cavalière.

— Viens, dit Yohann en prenant Sarah par la main.

Il pensait que rien ne serait plus propice à ses projets que ces instants où les corps se touchaient, s'enlaçaient, se séparaient pour mieux se reconquérir. L'orchestre jouait à en perdre haleine, avec une bonne humeur communicative, alternant les danses rapides, simples et sensuelles. Les valses bien peu viennoises, les tangos-musettes, les paso doble et surtout la java, la reine de la soirée, se succédaient sans modifier l'enthousiasme des fêtards. La foule se pressait sur le parquet, devenu trop étroit, chacun faisait ce qu'il pouvait. Haïm, très classe, faisait tourbillonner Magda, qui le dépassait d'une demi-tête. Yohann, un peu raide, se trouvait bien trop allemand dans les bras de Sarah. Mordechaï faisait le fou avec sa cavalière, tandis que Jean-Pierre tentait de cacher sa maladresse. Le jeune juriste, tout en s'efforçant de suivre le rythme, observait la jolie Sarah qui papillonnait autour de lui, toute en grâce et sourires. Son innocence accentuait encore le désir qu'il avait d'elle. En valsant, elle paraissait se donner. Sa gentillesse, sa simplicité sonnaient comme une promesse.

Au bout d'une demi-heure, essoufflés, ils regagnèrent leur table et commandèrent à boire. Les douze pionniers regardaient avec des yeux d'enfants cette liberté qu'ils venaient de conquérir. Les filles avaient les joues en feu ; les garçons, aux allures de jeunes coqs, étaient tout excités.

— C'est autre chose que la *hora* du kibboutz, dit Magda. Il n'y a pas mieux que les Français pour s'amuser.

— Les notes sont tellement plus… sexuelles, acquiesça Yohann en accentuant le dernier mot.

Le village en fête semblait un coin de paradis. On était venu de plusieurs kilomètres à la ronde ; il y avait même des automobiles de Brive. Le spectacle donnait des envies nouvelles. Si chacun devait amener sa cavalière ou sa conquête, il était d'usage, comme dans les raouts distingués de la haute société, que les hommes puissent inviter les dames. Elles n'avaient pas de carnet de bal, mais refuser pouvait être considéré comme la pire des offenses. Désinhibés par l'alcool, par les réjouissances qui avaient duré toute la journée, les jeux de quilles succédant aux cartes, quelques jeunes, Louis en tête, sollicitèrent Magda, Sarah et les autres filles du kibboutz, qui se laissèrent entraîner avec plaisir. Pour ne pas être en reste, Yohann, Haïm et Jean-Pierre osèrent à leur tour convier les Corréziennes, d'abord intimidées par ces étrangers trop polis. La musique fit le reste et ils se perdirent dans la cohue, heureux de cet anonymat qui les rendait pareils aux autres.

23

Sarah se trémoussait à en perdre la tête. Elle avait défait sa chevelure blonde qui battait librement sur sa blouse. Dans sa simple jupe noire, elle ressemblait à quelque princesse cachée, la Cendrillon du bal. Elle avait ôté ses chaussures qui lui faisaient mal et dansait pieds nus, comme une Gitane. Sa jeunesse, sa beauté, son aisance attisaient les regards des hommes, qui se bousculaient autour d'elle. Yohann avait bien remarqué, à la table voisine, ce grand type qui n'avait d'yeux que pour elle. Il l'avait invitée plusieurs fois et elle y prenait un plaisir évident. Il menait fermement sa cavalière, la guidait avec autorité, la posait contre lui brièvement pour l'éloigner d'un geste. Jamais sa conduite n'avait paru inconvenante. Sarah semblait apprécier cette férule douce.

Yohann examina la tablée, quand le beau danseur regagna sa place. Ils étaient quatre, des gars de la ville manifestement, élégants et riches. Ils consommaient des Suze-Picon à un rythme rapide, et parlaient fort. Le cavalier de Sarah était le plus discret. Les deux compères qui l'encadraient présentaient des visages durs et de larges épaules, avec des allures de brutes.

Petits et costauds, on aurait dit des cubes. Mais ce fut le quatrième qui retint l'attention de Yohann. Un brun dont la mèche noire retombait sur le front, voilant des yeux hagards, mangés par l'alcool. Sa bouche ricanante, aux lèvres épaisses, était surmontée d'une fine moustache. Il se tenait à l'envers sur son banc, et fixait la jeune femme d'un air lubrique.

Quand Sarah, ivre d'avoir trop tourné, revint se poser parmi les siens, l'inconnu se leva prestement et, s'emparant de sa main, lui demanda, comme un ordre :

— M'accordez-vous ce tango ? Je voudrais savoir comment danse une Juive.

La jeune femme, surprise et effrayée, retira brusquement son bras avant de répondre sèchement :

— Non, merci. Je suis fatiguée.

Un silence glacial s'étendit soudain entre les deux tables, comme si elles étaient brutalement isolées du milieu ambiant. Les jeunes kibboutzniks savaient que, l'alcool aidant, les bals étaient souvent des lieux d'affrontement entre bandes. Il se trouvait toujours un individu aviné qui voulait en découdre.

« Evitez les bagarres à tout prix ! leur avait recommandé David. Sinon ce premier bal pourrait bien être le dernier. »

Yohann se retenait pour ne pas se jeter à la gorge du grossier personnage qui insultait une femme chère à son cœur et, à travers elle, toute la communauté. Il gardait les poings serrés, mais ne bougeait pas d'un pouce. L'autre, devant l'absence de réponse, s'enhardit de plus belle.

— Voyez-moi ça ! lança-t-il à la cantonade, prenant ses camarades à témoins. Ils sont douze, et déjà, nous sommes envahis.

Le bruit de la musique, heureusement, limita son auditoire. Les pionniers étaient blancs de rage. Yohann avait mal aux doigts à force de les garder crispés. N'y tenant plus, il se leva et fit face à l'importun.

— Quoi ! Qu'est-ce que tu veux ? Tu crois me faire peur, peut-être. Tu veux défendre ta putain juive ?

Un poing se détendit et vint frapper le sinistre individu sur la bouche. De sa lèvre éclatée jaillit un sang rouge qui tacha sa chemise. La violence du coup l'avait projeté sur la table, où il resta un instant parmi les verres renversés.

Yohann observait sa main avec insistance, ses phalanges blanchies, sa poigne toujours fermée. Ce n'était pas lui qui avait frappé. C'était le grand type, le danseur, le propre copain du malotru. Il se tenait tout droit, la colère dans le regard, beau comme un héros de cinéma. Il se frottait les doigts avec sa main gauche.

— Maintenant ça suffit, Auguste. Fous le camp ! Si tu insultes encore cette demoiselle, je t'assomme pour de bon.

L'autre lui jeta un coup d'œil mauvais, où l'étonnement se mêlait à la haine.

— Tu laisses tomber tes amis pour ces… youpins !?

Les deux malabars s'étaient levés eux aussi, dans l'attente d'un mot d'ordre. Manifestement, ce n'était pas le grossier personnage qui détenait l'autorité du chef.

— Vous n'êtes pas mes amis, et je n'ai plus rien à faire avec vous. Foutez le camp ! répéta le danseur.

Yohann regrettait de ne pas être intervenu le premier, de ne pas avoir corrigé l'imbécile. Il avait sacrifié son impulsion à l'intérêt collectif, et il n'en était pas fier pour autant. Sarah, timide et apeurée, couvait des yeux son protecteur. Il était seul contre les trois autres. Les pionniers ne bougeaient toujours pas, ne disaient rien, conservant leur sang-froid.

— Nous nous reverrons un jour ou l'autre, et vous le regretterez, jeta Auguste au petit groupe, tout en étanchant le sang qui coulait encore de sa lèvre fendue.

Puis, sans plus insister, les trois brutes tournèrent les talons et quittèrent le bal, avec des paroles hautes et des gestes de menace.

Yohann ne pouvait pas moins faire que d'offrir un verre à l'inconnu qui s'était si bien comporté. D'un signe, il l'invita à s'asseoir parmi eux.

— Je me nomme Frédéric Malaterre, dit-il en se présentant.

24

Le nom de Malaterre tomba sur la tablée comme une boule de foudre. Un silence gênant s'établit. Les jeunes se regardaient, n'osant rien dire.

— Tu es un parent du sous-préfet de Brive ? demanda Yohann, qui tentait de s'imposer comme l'interlocuteur du kibboutz.

— C'est mon père, répondit Frédéric d'un ton enjoué.

Rien ne semblait pouvoir le désarçonner.

— Il ne nous aime guère, répliqua le jeune juriste.

Il voyait soudain un espoir de reconquérir le cœur de Sarah, manifestement envolé loin de lui. Malaterre, ce fonctionnaire qui les persécutait, qui poursuivait leurs camarades pour les expulser de France, celui qui voulait fermer Machar… Le fils de leur ennemi ne pouvait espérer la séduire.

— C'est mon père, mais je ne partage ni ses opinions ni ses manières, poursuivit Frédéric, toujours avec cet air de franchise qui rendait son discours convaincant.

Yohann l'examina en détail pour la première fois : un grand jeune homme brun d'à peu près son âge, élégamment vêtu mais sans ostentation. Des yeux et une bouche qui paraissaient sourire en permanence. Il était éminemment sympathique et, étant donné son acte de bravoure, on ne pouvait envisager de lui battre froid.

La fête se poursuivait autour des pionniers ; l'orchestre ne faiblissait pas et tenait un rythme soutenu. Danseurs et danseuses se rapprochaient de plus en plus, dans une ambiance de fin de soirée. Mais les kibboutzniks ne songeaient plus à la java. Une porte s'était ouverte dans leur univers, et ils voulaient en explorer toute l'étendue.

— Tu as de drôles de fréquentations ! lui dit Yohann en revenant sur l'incident, tandis que Haïm commandait à boire pour tout le monde.

— Ce ne sont pas mes amis, répéta Frédéric. J'ai connu Auguste Villain et ses deux comparses lors des manifestations de février, à Paris.

Magda ouvrit des yeux ronds avant d'intervenir :

— Tu as participé à la marche de ces fascistes qui ont voulu renverser la République !

Le jeune homme haussa les épaules, comme si tout cela n'avait pas d'importance.

— Il y avait bien peu d'admirateurs de Mussolini, ce jour-là, si l'on excepte les francistes de Marcel Bucard. La plupart, comme moi, protestaient contre la fragilité des gouvernements issus du parlementarisme. Un pouvoir peut être fort et rester démocratique. Regardez les Etats-Unis !

— Mais il y avait beaucoup d'antisémites dans la foule ! s'indigna Sarah.

Frédéric posa sa main sur la sienne, comme pour la rassurer.

— Il y avait ceux de l'Action française, dont je ne partage pas les idées. Je me suis cru proche d'eux, un certain temps, mais je m'en suis vite éloigné. Leur dénonciation outrancière des Juifs, des francs-maçons, des protestants et des « métèques » m'a écœuré. Croyez-moi, la plupart des manifestants ne voulaient qu'un changement, un renforcement de la République. Des gouvernements faibles ruinent progressivement la France, notamment du point de vue militaire. Cela me concerne, puisque je dois intégrer Saint-Cyr.

Un sifflement admiratif émergea des garçons du groupe. La plus grande école d'officiers de France jouissait d'un immense prestige, même chez les Allemands.

— Soudain, des coups de feu ont éclaté, dit le jeune homme, revivant la sinistre journée du 4 février. La cavalerie a chargé. Il y a eu des blessés, des morts. Je me suis enfui… rien de bien admirable.

Il faut un sacré courage pour avouer sa lâcheté devant tout le monde, pensa Yohann. Je ne l'aurais pas fait.

— C'est là que je suis tombé sur Auguste Villain. J'aurais dû me méfier : il venait de jeter son pistolet dans la Seine.

— Il manifestait armé ? s'étonna Mordechaï.

— Oui, Auguste est un vrai fasciste… et un fieffé imbécile. Mais parlez-moi plutôt de vous, de votre expérience. Je ne suis pas communiste, mais ce que j'ai lu des kibboutz me passionne.

Ils furent trop heureux de raconter leur vie tour à tour, comme la plus belle des aventures : leur fuite d'Allemagne, de Pologne et de Russie, l'idéologie marxiste et humaniste qui animait leur quotidien, leur manière de pratiquer la démocratie directe, leur projet de bâtir un pays neuf en Palestine. Sarah continuait de regarder Frédéric avec bien plus que de l'admiration au fond des yeux.

— Comment peux-tu être d'extrême droite et ami des Juifs ? s'inquiéta-t-elle.

Frédéric partit d'un rire franc, comme s'il n'y avait aucun problème.

— Je n'appartiens à aucune chapelle, aucune faction. Mais je m'efforce d'être en tout point un vrai chrétien.

— Le curé de Nazareth nous déteste, dit Magda.

— Ce n'est pas ce que j'appellerais un vrai chrétien...

Il réfléchit un instant avant de poursuivre ; Mordechaï l'observait intensément, pour voir comment il allait se sortir de ce piège.

— Quand mon père était en poste en Dordogne, j'ai découvert un écrivain né près de Périgueux, qui est mort en 1917. Léon Bloy était un ultra-catholique et un monarchiste, tout à fait en décalage avec son temps. Mais il n'a jamais milité pour renverser la République. Au contraire, il s'est efforcé de vivre chaque minute de son existence en fervent baptisé, tout en sachant bien qu'il n'était pas un saint. Il a épousé une ancienne prostituée, en affirmant que toute femme était potentiellement la mère de Dieu…

— Quelle phrase admirable ! s'exclama Sarah. On n'a jamais rien dit de plus beau sur nous.

— Tout à fait hérétique du point de vue de notre religion et de la tienne, ajouta Mordechaï. Mais qu'importe !

— Pour répondre à l'abominable Drumont et à sa « France juive », reprit Frédéric, il a écrit *Le Salut par les Juifs*, où il affirme que toute blessure faite au peuple d'Israël est une blessure faite au Christ lui-même…

— Pas mal, pas mal du tout, intervint Mordechaï, qui aimait les comparaisons culturelles. Mais comment justifiait-il ses positions ?

— Il disait : Je suis le marquis du marquisat de moi-même, ce qui signifie qu'un idéal doit toujours être vécu pour soi et non imposé à l'autre.

— C'est exactement ce que nous faisons dans notre kibboutz, renchérit Sarah. Chacun est libre d'y adhérer ou de le quitter. Notre marxisme est tolérant et démocratique.

Frédéric la remercia pour cet apport inattendu et la fulgurance du rapprochement.

— Beaucoup de penseurs s'inspirent aujourd'hui de Léon Bloy : Bernanos, bien sûr, son fils spirituel, Maritain, Mauriac. Moi-même, j'ai trouvé mon maître.

— A Paris ? demanda Sarah.

— Non, ici, à Brive, un homme remarquable. Il se nomme Edmond Michelet.

25

Frédéric Malaterre n'avait pas dix-sept ans quand il avait fait la connaissance d'Edmond Michelet, à l'occasion d'une conférence sur l'amour de charité. Le lycéen était devenu son plus fervent disciple. Par lui, il avait trouvé la porte qui ouvrait sur toutes les autres, la voie qui permettait de vivre selon la rigueur de la morale, sans ce petit sentiment de supériorité mesquine qu'il rencontrait trop souvent chez ses coreligionnaires. Trop de chrétiens basculaient dans l'extrémisme ou le racisme par peur ou mépris de leur prochain. Edmond Michelet proclamait la grande fraternité universelle. Avec lui, on pouvait, on devait être intransigeant sur l'éthique et l'honneur, et tolérant si l'on considérait la grande misère physique et morale de l'être humain. On pouvait aimer à la fois la monarchie sacrée et la République indivisible qui, au fond, disaient la même chose.

Né à Paris un an avant la fin du siècle, Edmond Michelet avait gagné la Corrèze lorsqu'il s'était engagé en 1918. Trop tard pour combattre, mais il y rencontra sa femme, Marie Vialle, issue d'une famille où l'on admirait Péguy. Il l'épousa en 1922.

Fidèle à la tradition parentale, il exerça le métier de commerçant, puis de courtier. Son fort tempérament, au christianisme affirmé, l'avait éloigné de l'Action française dès 1928, pour suivre sa propre voie. Partisan d'un catholicisme social qui ne séparait pas la vie quotidienne et la spiritualité, il anima à Brive de multiples réseaux, présida l'Association catholique de la Jeunesse française dès 1930, prônant le développement de la culture en milieu ouvrier. Au sein du cercle Duguet, dont il était le fondateur, il diffusait la doctrine sociale de l'Eglise.

« Il faut découvrir en tout homme la créature de Dieu », disait-il.

Sa position, diamétralement opposée à celle des communistes, l'emmenait souvent sur le même terrain que ses adversaires. Dès les années 30, il dénonça les dangers du fascisme et du nazisme, combattit les théories racistes, d'où qu'elles viennent. Il était trop facile, en s'appuyant sur des hypothèses plus ou moins scientifiques, d'affirmer la supériorité des Blancs. Lui ne voulait voir que l'Homme. Dans la grande maison qu'il avait acquise en 1929, près de la gare de Brive, il recevait souvent ses amis, qui l'écoutaient avec passion.

« C'est presque un petit château », disait-on.

Il avait besoin de place pour élever ses huit enfants.

Non content de suivre les enseignements d'Edmond Michelet, Frédéric s'était engagé dans ses Equipes sociales, qui aidaient les plus défavorisés à s'élever dans la société.

« Tu perds ton temps avec ces va-nu-pieds, lui disait son père, toujours soucieux de sa réussite. Pense à tes études ! »

Mais comme les résultats scolaires de l'adolescent étaient plus que satisfaisants, le sous-préfet le laissait faire. Frédéric avait ainsi découvert un univers qui aurait dû lui rester étranger, lui qui avait eu le privilège de naître dans un milieu aisé. La condition ouvrière, le savoir pratique et le bon sens paysan, qui valaient bien des diplômes universitaires, la générosité naturelle de l'être humain, qui se cachait dans l'action quotidienne des plus humbles, le courage héroïque de vivre lui avaient ainsi été révélés.

Il commençait à se faire tard, à Noailles, quand Frédéric acheva son récit. Jean-Pierre avait lancé plusieurs clins d'œil à Yohann pour lui signifier : « Voilà ceux qui font de l'ombre au parti communiste. » Le jeune juriste comparait le parcours de son nouvel ami à sa propre expérience. Jusqu'à sa venue à Machar, sa perception de la classe ouvrière était purement théorique. Il était de bon ton de qualifier les opinions qu'il venait d'entendre de bourgeoises et paternalistes. Il ne pensait plus pareil, maintenant que ses doigts avaient pris du cal en maniant les outils. Frédéric était dans le vrai, et le kibboutz aussi. Mordechaï eut le mot de la fin :

— Beaucoup d'entre nous ici sont passés par le marxisme, moi par le judaïsme, et toi par le christianisme social. En fait, nous arrivons aux mêmes conclusions. L'idéal n'est bon que s'il est un hymne à la vie. Les théories seules ne valent pas grand-chose.

Tous approuvèrent d'un signe de tête.

— Je pensais la religion juive fermée et rétrograde, dit Frédéric. Grâce à vous, et à votre kibboutz, je la découvre humaniste, transcendante et ouverte à tous. Edmond Michelet a raison de dire que nous avons toujours à apprendre des autres. Notre orgueil nous fait commettre bien des erreurs.

— Que comptes-tu faire, maintenant ? demanda Sarah.

— Je vous l'ai dit : je veux intégrer Saint-Cyr et servir dans l'armée française.

Le bâillement contagieux de Haïm, qui s'étendit à toute la tablée, sonna la fin des festivités.

— Il se fait tard, dit Yohann. Demain nous travaillons de bonne heure. Eh oui, même le dimanche, ajouta-t-il devant le regard étonné de Frédéric.

— Nous commençons par le cours d'hébreu, dit Haïm.

— Ce doit être passionnant pour étudier la Bible, dit le futur saint-cyrien, que seul Mordechaï approuva.

— Cette soirée restera mémorable, reprit Haïm en se levant. Je crois que nous y avons gagné un ami.

Il tendit sa main ouverte au fils du sous-préfet, qui s'en saisit fermement.

— Me permettrez-vous… J'aimerais… bafouilla-t-il, soudain incertain. Pourrais-je reconduire Sarah en voiture jusqu'à Nazareth… elle se fatiguera moins qu'à vélo.

La ficelle était grosse et Yohann ne s'y laissa pas

prendre. Mais il ne savait pas trop quoi dire pour éviter une embrouille.

— Nous sommes partis à douze ; il serait bon que l'on rentre de même.

— Nous arriverons juste avant vous, intervint Sarah avec une supplication dans le regard, comme si sa vie en dépendait.

— La petite est fatiguée, mais nous, nous sommes en pleine forme, se moqua Magda. Va, ma belle. On te suit.

Yohann n'y pouvait rien ; les deux amoureux s'éloignèrent, ils avaient encore beaucoup de choses à se dire. Le jeune juriste constata avec surprise qu'il n'arrivait même pas à détester celui qui lui volait sa fiancée potentielle.

26

La vie reprit à Nazareth avec une intensité nouvelle. La saison des moissons se préparait. Dès juillet, il faudrait entreprendre la récolte du blé, de l'orge et de l'avoine. Déjà, on surveillait le ciel : un gros orage pouvait venir ruiner les espérances de toute une année. Dans son église, le curé Jaumart disait des prières pour éloigner la grêle, et il n'excluait personne. Partout, on affûtait les lames, on préparait outils et machines. Thierry Montalembert était venu au kibboutz pour proposer à nouveau ses services. Son tracteur Massey-Ferguson dernier cri, sa grosse locomobile à vapeur, une Ruston anglaise qui mobilisait douze hommes et fournissait de l'énergie à tous les moissonneurs, ses équipements les plus modernes, il mettait tout à la disposition des pionniers. David le remercia une fois encore, mais refusa poliment son offre.

— Nous devons absolument cultiver comme nous le ferons en Palestine, dit-il. Avec des bœufs et des chevaux. Et apprendre à manier la faux. Notre rendement sera plus médiocre que le vôtre, mais nos jeunes ne dépendront d'aucun industriel, d'aucune importation en provenance de l'étranger.

Le riche fermier ne put que s'incliner devant la sagesse du propos.

Leur comportement pacifique lors du bal de Noailles avait valu aux pionniers un bon de sortie pour les fêtes de villages, nombreuses en cette saison. Régulièrement, à tour de rôle, le samedi soir, ils partaient pour Turenne ou Collonges-la-Rouge, se mêlaient aux jeunes Corréziens et partageaient quelques verres, des danses, des spectacles. Leur manque d'argent de poche était leur unique limite. Ceux qui continuaient à recevoir des subsides de leurs parents mettaient systématiquement la somme au pot commun. Les Français étaient les mieux lotis ; la source allemande avait tendance à se tarir, au gré des expulsions, émigrations ou arrestations.

S'il en était une qui sortait souvent, c'était bien Sarah. La jeune femme, sitôt sa tâche accomplie – et elle y mettait de l'ardeur pour s'éviter tout reproche –, attendait sagement l'arrivée de Frédéric. Le bruit pétaradant du véhicule n'annonçait plus la venue hostile du sous-préfet, mais celle, bienveillante, de son fils, tout sourire et les bras chargés de fleurs. Il n'oubliait pas quelques cadeaux pour les autres, une bonne bouteille, des cigarettes, et la communauté l'accueillait en ami.

Yohann regardait s'éloigner la voiture avec un terrible pincement au cœur, mais il en prenait son parti. Cette déception amoureuse lui donnait une énergie nouvelle à consacrer au kibboutz.

Il s'investissait dans un rôle de chef, repoussant loin de lui le sentiment de solitude qui l'assaillait. S'occuper des autres était un excellent remède. Sans amour, sans nouvelle des siens, il se voulait plus solide, plus résistant. Sa force d'âme se révélait sans faille. Il n'était pas homme à remâcher son chagrin et préférait se tourner vers l'avenir, même s'il était sombre.

David ne savait que penser, enchanté d'avoir un nouvel allié, quoique vaguement inquiet quant à la suite des événements. Il n'appréciait guère qu'une des leurs manque autour de la table. La voix claire de Sarah faisait défaut au chant commun qui les réunissait, une fois le dîner achevé. Sarah délaissait pour d'autres joies les plaisirs simples qui faisaient leur quotidien. La jeune femme avait immédiatement accordé à Frédéric une confiance aveugle. Dès le premier soir, celui du bal, elle s'était laissée aller aux baisers et aux caresses intimes. L'affection, la sécurité qu'elle avait perdues en Allemagne en quittant ses parents, et pas réellement retrouvées à Machar, lui étaient subitement rendues entre les bras du jeune militaire. Eperdument amoureuse, ne s'imaginant pas d'avenir loin de lui, elle lui céda tout à fait dès leur deuxième rencontre. Quant à lui, éternel optimiste, il ne voulait voir que le bon côté des choses. A Brive, ils allaient au cinéma, au restaurant. Il lui présenta ses amis. Elle retrouvait, chez ces catholiques engagés, un peu de l'ombre protectrice de son père. L'aventure précaire du kibboutz l'avait toujours effrayée. Elle se rattrapait désormais dans un confort bourgeois rassurant.

David et Heinrich accordaient une attention particulière aux nouvelles internationales. Chaque jour, ils épluchaient les journaux, y compris les presses britannique, américaine et allemande. Parfois, ils écoutaient longuement à la radio les discours des chefs politiques. La situation n'était pas bonne. En Allemagne, et ce n'était pas une surprise pour eux, le chancelier Hitler mettait peu à peu en place son sinistre programme : interdiction de toute opposition politique, élaboration de lois antisémites, réarmement à outrance. Seuls les naïfs pacifistes occidentaux pouvaient ignorer que l'on courait à la guerre. Heinrich avait beau le leur répéter, quand il partait au bistrot Courrèges s'envoyer deux ou trois verres d'alcool pour faire taire ses angoisses, les anciens combattants le regardaient et levaient leurs godets en criant : « On a fait la dernière ! La der des ders ! » et se moquaient de cet Allemand qu'ils avaient vaincu.

Cette confiance aveugle et imbécile le désespérait. Les responsables de Machar s'inquiétaient pour leurs jeunes.

« Aurons-nous le temps de former nos troupes à l'agriculture ? demandait le secrétaire. Notre bail court jusqu'en 1942, mais je doute que la paix tienne jusque-là... »

Quant aux nouvelles du Proche-Orient, elles n'étaient pas fameuses non plus. Nouvel élu de la communauté de Palestine, David Ben Gourion s'efforçait de créer une entente entre les siens et les autochtones, pour un Etat binational sous mandat britannique.

« Ensemble, nous serons plus forts pour obtenir notre indépendance, argumentait-il. Un minuscule Etat juif au milieu de puissants pays arabes n'a pas de quoi vous inquiéter. »

Mais il prêchait dans le désert et se heurtait au scepticisme des représentants palestiniens, qui voyaient les israélites comme des alliés des colonialistes anglais. L'argument économique selon lequel tout le monde s'enrichirait au final ne pouvait convaincre les nationalistes, travaillés par de sinistres courants. Beaucoup de familles arabes avaient pourtant protégé et caché leurs voisins lors des émeutes de 1929. Mais la situation avait changé. Depuis Berlin, Hitler envoyait ses émissaires au Proche-Orient et poussait de toutes ses forces pour empêcher la création d'un foyer indépendant.

« Un Etat pour les Juifs, ce serait comme le Vatican pour les catholiques ou le Kremlin pour les communistes ! » vitupérait-il.

Tandis que le grand mufti de Jérusalem, guide autoproclamé du monde musulman, penchait de plus en plus vers l'Allemagne, son allié, le cheik Azzedine el Kassam, chef d'une société secrète tenant pour un islam radical, fomentait, depuis Haïfa, des assassinats ciblés contre des civils occidentaux, et préparait une nouvelle révolte qui devait être plus sanglante que la précédente.

A Londres, les gouvernements se succédaient. Si les sionistes pouvaient compter sur les conservateurs, et en particulier sur Churchill, ils n'avaient rien de bon à attendre des travaillistes, qui, pour préserver la paix, étaient prêts à tous les compromis. L'arrivée de Hitler au pouvoir avait accru la population juive de Palestine de plus de cent cinquante mille personnes. Les Britanniques décidèrent d'y mettre un frein.

— C'est une catastrophe ! dit David en découvrant la nouvelle dans le *Times*. Désormais, seuls les couples légalement mariés pourront immigrer au Proche-Orient...

— Nos jeunes sont tous célibataires ! s'exclama Heinrich, dont la voix se brisa d'émotion. Ils sont exclus de tout salut, et notre travail est réduit à néant...

David réagit promptement en organisant une rencontre avec Abel Bourriagues et son secrétaire, Joseph Sorel. La petite conférence porta ses fruits.

— Ils sont d'accord pour organiser des mariages blancs, dit David à Heinrich en revenant triomphalement de son rendez-vous. Ce sont de braves gens, je n'ai jamais douté d'eux. Dûment mariés, nos pionniers vont pouvoir franchir la frontière ; ils divorceront plus tard, pour retrouver leur liberté.

— Mais Machar ne compte à ce jour que douze filles pour trente-quatre garçons, se désespéra le capitaine. On ne peut tout de même pas marier les hommes entre eux !

— Il nous faut absolument accroître le nombre

de femmes dans le kibboutz, décida David, qui suggéra que le sujet soit débattu lors de la prochaine réunion.

Yohann fit alors une proposition qu'ils ne purent refuser.

27

Les voyageurs qui franchissaient la frontière française pour se rendre en Allemagne étaient plutôt rares, surtout s'ils étaient israélites. Pour Yohann, c'était différent : il était en mission, et il était volontaire. Quand le train en provenance de Paris pénétra dans la gare de Munich, dans un grand souffle de vapeur, il ne put chasser le sentiment qu'il rentrait chez lui.

« Je suis en contact avec un groupe de jeunes femmes juives, en Bavière, avait-il expliqué devant le conseil du kibboutz. Je cherche toujours à avoir des nouvelles de mes parents – sans grand résultat à ce jour – et j'ai écrit à tous mes anciens camarades et aux amis de la famille.

— As-tu pensé à la censure ? l'avait coupé David. Tu risques de nous faire repérer. Il faut absolument que les nazis continuent à ignorer notre existence…

— J'utilise un réseau de passeurs, basé en France, qui achemine ensuite le courrier en Allemagne, avait-il précisé, déclenchant l'admiration de ses collègues devant tant de maturité et de ruse. C'est par Kirsten Semmelton, une cousine par alliance, que j'ai appris l'existence de ce groupe de filles qui veut à tout prix quitter l'Allemagne. Leurs papiers sont en règle, mais la plupart ne peuvent acquitter la rançon que l'Etat exige pour sortir du pays, et les autres refusent d'être traitées comme des génisses à l'encan.

— Nous ne pouvons payer pour elles, avait prévenu David. Il nous faut contacter le baron de Rothschild, mais cela prendra du temps. Toutefois, ton idée est bonne.

— Je peux aller les chercher », avait alors déclaré Yohann.

Les membres du bureau l'avaient regardé avec des yeux ronds d'étonnement. Son courage frisait l'inconscience et ils n'avaient jamais entendu pareille folie. Accueillir des réfugiés était la mission du Hechaloutz, mais faire s'évader tout un pensionnat relevait de l'opération militaire.

« Tu as échappé aux griffes des nazis et tu veux te remettre entre leurs pattes ! s'était exclamé Mordechaï.

— J'ai un nom et un prénom tout à fait allemands : Yohann Gutman, et un physique des plus aryens. Mon passeport est toujours valable ; je pense pouvoir passer inaperçu.

— Tes parents ont peut-être été arrêtés, avait objecté David. Dans ce cas, tu es probablement recherché.

— J'éviterai de me rendre chez moi, avait expliqué le jeune juriste. J'ai un plan pour faire sortir d'Allemagne les dix jeunes femmes. Il faut éviter la frontière française, particulièrement surveillée. Je les cacherai à Bad Wiessee, une station balnéaire au sud de Munich où j'avais l'habitude d'aller en vacances. De là, nous passerons en Autriche, la ligne se franchit aisément, puis en Suisse, et retour en France. »

Cela semblait si facile, à l'entendre, que le conseil n'avait pu que l'approuver d'un hochement de tête, avec même une franche admiration dans les regards. Yohann tenait enfin son rôle de héros ; il lui restait à accomplir la mission.

« Il faudrait l'accord du Hechaloutz, avait fait remarquer Heinrich. Rien ne certifie que ces personnes aspirent à devenir des paysannes en Palestine...

— Nous nous passerons de leur avis, avait sèchement répliqué David, avec un geste de dénégation de la main. Il s'agit de sauver des Juives de l'horreur nazie. Je propose que nous votions pour la proposition de Yohann, et que nous lui accordions les finances nécessaires à la réalisation de son projet. Quand penses-tu quitter Nazareth ? »

Yohann avait perçu un immense respect, et une profonde estime, dans la voix du chef de Machar. S'il l'avait pu, cet homme d'action serait bien volontiers parti avec lui.

« Aussitôt que j'aurai prévenu ma cousine, par le canal habituel. Disons, dans une semaine.

— Fort bien, avait conclu David, avec cette fois une légère inquiétude dans la voix. Si tout se passe bien, tu seras de retour pour les moissons. »

Il pensait conjurer le mauvais sort en évoquant le travail à venir, soulignant ainsi la pérennité de leur œuvre.

Yohann avait dû subir plusieurs contrôles avant d'arriver à Munich, mais, comme il l'avait prévu, il ne rencontra aucune difficulté. Son physique jouait pour lui.

« Cela fait du bien de retrouver la mère patrie », avait-il dit au policier qui lui avait demandé ses papiers lors du passage de la frontière.

Il avait pris l'air triomphant d'un vainqueur revenant de chez les barbares. Le gestapiste n'y avait vu que du feu. Il avait à peine regardé le passeport qu'il lui tendait d'un geste décidé.

Arrivé dans la capitale bavaroise, pavoisée de drapeaux à croix gammées, il ne put s'empêcher de gagner le quartier huppé où il avait vécu. Peut-être, dans cette ville qui lui était devenue étrangère, cette Babylone de la gaieté qui blasonnait à présent aux couleurs du parti nazi, voulait-il retrouver un peu de son passé heureux ? Dissimulant son visage sous un chapeau mou, il passa de longues minutes devant un hôtel particulier de belle facture, à scruter les fenêtres du premier étage. La demeure était sous scellés, et il aurait été bien fou de tenter d'y pénétrer. Il voulait simplement respirer un peu du parfum de son enfance et, peut-être, trouver un indice, une trace des siens.

Il allait quitter les lieux quand une main ferme se resserra sur son bras. Il crut bien s'évanouir de terreur.

— Ne crains rien, lui dit le vieil homme. Je sais qui tu es : Yohann Gutman. Ton père a plaidé gratuitement ma cause quand une sale affaire m'est tombée dessus, il y a dix ans. Je n'ai pas oublié.

Il reconnut enfin le boulanger chez qui sa famille avait l'habitude de se fournir. Le procès du commerçant lui disait vaguement quelque chose : il n'était qu'un enfant au moment des faits.

— Où sont mes parents ? demanda-t-il d'une voix tremblante qu'il aurait voulu plus assurée.

— Ils ont été emmenés à Dachau, comme tous les opposants politiques, il y a près de six mois. C'est l'enfer, là-bas. Nul ne sait ce qu'ils sont devenus. Ne reste pas ici ! ajouta l'homme. D'autres pourraient aussi te reconnaître, qui ne seraient pas aussi bien intentionnés.

Les rues de la ville, pourtant éclairées par un haut soleil estival, lui parurent soudain très sombres, et comme hantées par des fantômes. A la lecture des journaux, l'Allemagne nazie lui semblait déjà terrible. Vue de près, elle était pire encore. Qu'était devenue la riante cité étudiante, débordant de cafés, de cinémas, de librairies ? La plupart d'entre elles étaient fermées ou débitaient l'idéologie des vainqueurs. C'était là que tout avait commencé, en 1923, avec un premier putsch : Munich, capitale du nazisme. Un hiver sans nom s'était abattu, au mépris des saisons, sur les artères autrefois heureuses. Saisi d'effroi, Yohann s'éloigna à grands pas.

28

Kirsten lui avait donné rendez-vous au couvent Notre-Dame-de-la-Visitation, situé dans un quartier discret, à l'ouest de la cité bavaroise. La place était entourée d'un mur recouvert de vigne vierge, assez haut pour dissimuler au voisinage ce qui se passait à l'intérieur.

Vous êtes réfugiées chez les catholiques ! avait-il écrit à sa cousine, avec un brin d'étonnement. *Tu ne crains pas quelque délation ?*

Aucun risque, avait répondu Kirsten. *Sœur Marie du Cœur sacré de Jésus, la mère supérieure, est encore plus hostile aux nazis que nous.*

Il se souvenait de sa cousine comme d'une jeune fille volontaire qui lui imposait tous ses caprices. Il ne doutait pas d'elle, ni de son désir d'exil.

Yohann tira doucement la cloche au portail d'entrée, comme s'il redoutait d'attirer l'attention. La sœur tourière vint lui ouvrir et, sans la moindre parole, le conduisit dans un petit salon, modestement meublé, où l'attendaient les fugitives.

— Je savais bien que mon cousin préféré viendrait nous sauver, dit Kirsten en l'embrassant.

Elle évoquait leurs jeux innocents d'autrefois, mais celui qui les occupait à présent n'avait plus rien d'enfantin. C'était une grande femme blonde, élégante, au physique d'actrice en vogue. Elle fumait nerveusement des cigarettes anglaises, qu'elle allumait les unes après les autres. Elle lui présenta ses camarades.

— Voici Irène, Esther, Katia, et Agnès. Son père est un des plus fameux chirurgiens de Munich, précisa-t-elle devant une jeune fille brune aux cheveux courts, qui souriait tristement. Sa sœur Liselotte, Sharon, Naomi, Myriam et Ruth.

Dans leurs yeux et leurs gestes, Yohann pouvait lire la gratitude, l'agacement, la méfiance ou l'inquiétude. Certaines manifestaient leur humeur par des mouvements vifs, d'autres restaient apathiques. Elles appartenaient toutes à la haute bourgeoisie bavaroise. Leurs parents avaient été emprisonnés, s'étaient cachés ou, espérant encore sauver leur situation, envoyaient par prudence leur progéniture à l'étranger. Yohann savait d'expérience combien cette dernière option était dangereuse. Deux filles n'avaient pas encore livré leur identité. Mentalement, il dénombra le groupe.

— Nous serons deux de plus, précisa sa cousine, prévenant sa question. Dina et Dalia ont voulu se joindre à nous.

Yohann considéra les nouvelles venues avec un mélange de crainte et d'autorité. Il n'aimait pas l'improvisation. La première avait un port hautain et l'allure d'une princesse. Il sut d'emblée qu'il allait avoir des ennuis avec elle. La seconde était une toute jeune fille d'à peine seize ans, avec l'air timide d'une souris effrayée.

— Vous avez vos papiers avec vous ?

L'altesse lui tendit une carte comme elle l'aurait fait à un domestique.

— Je suis mineure, dit la petite brune en éclatant en sanglots. Je n'ai pas l'autorisation parentale de sortie du territoire. Mon père et ma mère ont été arrêtés.

— Elle va nous faire poisser, affirma méchamment Dina. J'avais bien dit qu'il ne fallait pas la prendre avec nous.

Un concert de protestations se fit entendre, depuis Kirsten, qui ne voulait pas abandonner sa camarade, jusqu'à Irène, qui trouvait, elle aussi, que l'on prenait trop de risques. Yohann regardait, effaré, éclater cette dispute inutile, les cris et les discussions, les arguments incisifs de ces jeunes filles bien habillées, maquillées, habituées à obtenir tout ce qu'elles voulaient.

Qu'est-ce que je vais pouvoir faire de ce troupeau de pimbêches ? se demanda-t-il.

Il les imagina un instant à Machar, les mains abîmées par le travail et les pieds dans la bouse. Cette vision le rassura. Le kibboutz allait les dresser… si elles parvenaient jusque-là.

— Cela suffit ! dit-il en élevant la voix, faisant instantanément cesser la cacophonie. A partir de maintenant, vous allez faire exactement ce que je vous dis. Dès demain, par groupes de deux ou trois, vous prendrez soit le train, soit l'autobus jusqu'à Bad

Wiessee. C'est une station thermale, au bord du lac de Tegernsee, à une soixantaine de kilomètres d'ici. J'ai retenu trois chambres à la pension Hanselbauer…

— Tout le monde sait où se trouve Bad Wiessee, le coupa Dina en haussant les épaules.

— Il va falloir cohabiter ? se plaignit Irène.

Yohann, exaspéré, leva les yeux au ciel.

— La résidence est complète, un congrès je crois. C'est tout ce que j'ai pu trouver. Le maître d'hôtel est un ami. Nous y passerons deux nuits. Puis nous prendrons l'autocar jusqu'à la frontière autrichienne, qui n'est guère éloignée. Une fois hors du Reich, nous n'aurons plus rien à craindre. Inutile de préciser que vous ne devez emporter que le strict nécessaire.

— Et mes robes ? demanda Dina. Je ne peux tout de même pas les laisser ici !

— Tes vêtements superflus, tu les donnes aux religieuses, intervint Kirsten, apportant un précieux soutien à son cousin.

Les filles posèrent beaucoup de questions à propos du kibboutz – le jeune juriste ne s'étendit pas trop sur la quantité de travail et la qualité de l'hébergement – et surtout sur le départ en Palestine. La terreur que leur inspirait le nazisme était telle que tout autre lieu prenait des allures de paradis. Yohann leur expliqua les conditions du voyage en Terre promise.

— Mais le mariage… Est-ce qu'il faudra…

Sharon était rouge de confusion et n'osait aborder franchement le sujet.

— Ce sont des mariages blancs, répondit Yohann,

avant d'éclater d'un rire franc qui détendit l'atmosphère. La consommation n'est pas obligatoire.

Ils achevèrent la soirée en constituant les équipes ; le voyage devrait s'effectuer le plus discrètement possible. Chacune reçut un itinéraire précis et l'adresse de destination.

— Vous partirez à quatre heures d'intervalle, pour ne pas attirer l'attention en quittant le couvent. Les murs peuvent avoir des yeux et des oreilles. Toi, Dalia, tu viendras avec moi.

La jeune fille lui adressa, de ses grands yeux noirs, un regard empli d'une reconnaissance éperdue.

— Nous décamperons les derniers. J'ai encore quelque chose à faire à Munich. Tu te tiendras prête.

— J'ai confiance, je t'attendrai, dit-elle en se précipitant dans ses bras.

Son étreinte était celle d'une enfant apeurée et non d'une femme amoureuse, mais Yohann fut néanmoins troublé par cette tête brune venue se nicher au creux de son épaule.

29

Après avoir emprunté une des bicyclettes du couvent, Yohann se rendit, à grands coups de pédales, à dix-sept kilomètres au nord-ouest de Munich, jusqu'à la petite ville de Dachau. Rien ne semblait y avoir changé depuis l'avènement du IIIe Reich. En apparence, les régimes passaient, empire, république, dictature, sans que la tranquillité discrète des habitants soit le moins du monde bouleversée. Pourtant, à un jet de pierre de la cité, au beau milieu d'une campagne plate, un bouquet d'arbres rabougris peinait à dissimuler quelque chose de monstrueux qui avait poussé en l'absence de Yohann. Cela ressemblait à une banale caserne militaire, entourée d'un mur de briques borné de tours. Les hautes cheminées qui dépassaient dégageaient une fumée noire pouvant laisser supposer quelque activité industrielle. La presse internationale avait parlé de ce camp de travail lors de son ouverture, en mars 1933.

Yohann passa devant les bâtiments sinistres en songeant que ses parents devaient se trouver quelque part là-dedans. Il régnait à l'intérieur un étrange calme, comme si les lieux avaient été abandonnés.

Il passait et repassait devant le portail, au risque de se faire repérer, quand il lut, forgé dans l'airain, une phrase qui le fit tressaillir : *ARBEIT MACHT FREI.* « Le travail rend libre »… Il y vit comme une sinistre moquerie à l'égard de la devise des pionniers : « Le salut par le travail ». Aharon David Gordon, leur grand théoricien, avait chanté la régénération par le labeur et la fusion de l'homme et de la nature, proposant aux Juifs une véritable révolution spirituelle. Dans les kibboutz, on glorifiait l'ouvrage, l'action, qui rendaient effectivement libre tout être humain. Aujourd'hui, en Allemagne, les actualités ne parlaient plus que de la joie par le travail, et les nazis l'affichaient même sur leurs prisons.

— Quelle sinistre plaisanterie ! murmura Yohann entre ses dents.

« Un blasphème », aurait dit Mordechaï.

Dachau et Machar avaient été fondés au même moment, avec une devise identique. Ils étaient comme des frères jumeaux que tout oppose dans le sein de leur mère, et qui se vouent une haine absolue. Rien ne pouvait être plus contraire à un kibboutz, dont l'activité tout entière était une célébration de la vie, qu'un camp de concentration qui puait la mort.

Yohann sentait obscurément qu'il était interdit de s'attarder à cet endroit. Il s'apprêtait à quitter les lieux, renonçant à apporter la moindre aide à ses parents, quand une rutilante Mercedes s'arrêta à proximité du portail avant qu'il ait pu faire un geste. L'homme qui en descendit arborait le grand uniforme de la SS. L'élégante tenue sombre faisait oublier son physique des plus ordinaires. Si le visage de l'individu restait anonyme, en revanche sa belle allure, sa silhouette, noire et étincelante, ne manquaient pas de distinction. La cravache qu'il tenait sous le bras affirmait son autorité. Il disparaissait entièrement derrière sa fonction.

— Qu'est-ce que tu fais là, toi ? aboya-t-il en direction du jeune homme avant de poursuivre, à l'intention de son chauffeur : Avec ces événements, n'importe qui peut s'approcher du camp sans être inquiété. Je vais devoir faire un rapport.

Yohann avait compris que toute fuite était inutile. Il s'avança vers l'officier, arborant le plus lumineux de ses sourires.

— Mille excuses, monsieur, si j'ai dérogé à un ordre que j'ignorais. Je me nomme Yohann Gutman et j'avoue un fervent désir de m'engager dans les SS. A la Maison brune, à Munich, on m'a parlé de Dachau comme d'un centre spécialement dédié au service de cette arme. La curiosité m'a poussé ; je regrette bien de vous avoir dérangé.

Spontanément, il présenta ses papiers d'identité. L'homme l'observa comme il l'aurait fait d'un objet d'étude ou d'un animal curieux. Il détailla du regard la forme de son crâne et de son visage, l'architecture de son corps.

— Vous m'avez l'air d'un parfait aryen. Vous pourriez poser pour le journal du Parti.

— Nous sommes allemands depuis au moins sept générations, monsieur, affirma le jeune juriste avec aplomb.

L'homme garda un instant le silence avant de poursuivre :

— Il est d'usage de dire « Herr Kommissar » lorsqu'on s'adresse à moi. Je suis le commandant Adolf Eichmann, de la SS. Je suis en charge du contrôle de ce lieu de détention, en ces journées... un peu spéciales. J'appartiens au SD, le service de sécurité de notre corps d'élite.

Yohann sentit son cerveau bondir dans sa tête. Eichmann, l'homme qui avait demandé à Mordechaï de lui donner des leçons d'hébreu, avant que son ami ne s'évade de Dachau. Le nazi avait aperçu la lueur d'intérêt qui, un instant, avait animé le regard bleu du jeune Juif. Sa méfiance se réveilla instantanément. Il savait au plus haut point lire les émotions de ses interlocuteurs.

— Tu me connais ?

— Non pas, Herr Kommissar, répondit Yohann en ébauchant un garde-à-vous. Mais je répugne à déranger un haut responsable avec mes bavardages stupides.

Le SS abandonna son ton soupçonneux et le tutoiement, signe de sa prévention.

— Nous avons besoin d'individus tels que vous, jeunes, vigoureux et décidés. Voulez-vous visiter le camp ? En temps normal, nul n'est autorisé à y pénétrer, mais je veux bien faire une exception pour vous. Je vois l'intérêt que vous portez à nos activités, et ne doute pas que vous nous rejoindrez avant longtemps.

La demande ne souffrait pas de réponse négative. Yohann sentit la panique s'emparer de lui quand

Eichmann l'invita à prendre place à ses côtés dans la voiture. Surtout, il ne devait rien montrer de sa peur et afficher, au contraire, sa joie et sa curiosité.

Quand le portail se referma derrière lui, son corps se couvrit de sueur.

30

Yohann observait intensément l'intérieur de Dachau, espérant y apercevoir ses parents ou quelques connaissances, tandis que l'automobile parcourait au ralenti les allées bien ordonnées du camp. Il put distinguer une trentaine de baraquements gris, tout en longueur, pareils à des casernements. A mesure qu'ils avançaient, ils croisaient la route d'individus extrêmement maigres, visiblement mal nourris, qui se figeaient sur leur passage. Ceux qui portaient une casquette l'ôtaient en signe de déférence. Eichmann était manifestement un homme important et redouté ; tous paraissaient connaître son véhicule.

— Vous arrivez à un mauvais moment, lui expliqua le maître des lieux. Il n'y a presque plus de SS à Dachau. Ils ont été requis pour une autre mission et momentanément remplacés par des policiers. Le parti nazi ne peut pas toujours compter sur ces fonctionnaires recrutés par l'ancien régime. Je suis venu tout spécialement pour garantir le bon ordre.

— Qui sont ces gens ? demanda Yohann en désignant le misérable troupeau qui se pressait sur les bas-côtés.

— Des opposants, communistes ou chrétiens, des Juifs, des indésirables. Ici, ils travaillent pour le Reich et se rendent utiles. Nous fournissons de la main-d'œuvre très bon marché à l'industrie allemande.

Yohann garda le silence, continuant d'examiner les gueux aux vêtements en lambeaux, chaussés de sabots qui claquaient sur le bitume quand ils passaient près d'eux. La plupart se rendaient à l'appel du matin, entre les hangars en bois. Les gardes aboyaient des noms qu'un collègue, assis devant une petite table, cochait soigneusement sur une liste. Où étaient ses parents ? Reconnaîtrait-il le brillant avocat et son élégante épouse parmi ces parias ?

La Mercedes obliqua à droite, vers les bureaux, tandis qu'Eichmann lui expliquait le fonctionnement du camp.

— Nous avons beaucoup de pertes, du fait de la fatigue et du mauvais état général de ces populations, dit-il. Mais, heureusement, nous les renouvelons très facilement.

Assis à côté de l'officier, Yohann se recroquevilla un peu plus sur son siège. Chaque parole semblait lui annoncer la mort des siens. Ils visitèrent ensuite les services administratifs, car il était convenu qu'une bonne gestion était le secret de l'efficacité allemande. L'ordre et la propreté régnaient dans les salles, comme si elles n'appartenaient pas au même monde que l'extérieur.

— Veuillez m'excuser, Herr Gutman, mais je dois recevoir un appel urgent de Berlin. Asseyez-vous, prenez un verre en attendant mon retour, dit le SS en ouvrant un meuble qui contenait plusieurs bouteilles d'alcools fins.

Yohann patienta un moment dans la pièce, assez large et confortable, se perdant dans la contemplation des cartes, la Bavière, l'Allemagne. Il en profitait pour réviser son futur itinéraire quand on frappa discrètement à la porte.

— Entrez, fit-il, par réflexe.

Un détenu pénétra dans le bureau, un peu mieux habillé que ceux qu'il avait croisés dans la cour. L'individu se figea en le voyant, visiblement terrorisé.

— Ne craignez rien, je ne suis pas votre ennemi, dit le juriste.

L'homme balbutia quelques mots en yiddish et Yohann comprit qu'il avait affaire à un coreligionnaire. Il n'osa pas se dévoiler.

— J'apporte les registres ; l'appel est terminé, finit par dire le bagnard en gardant les yeux baissés.

— Connaissez-vous un avocat nommé Anton Gutman ? Il est incarcéré ici.

L'individu parut étonné par la question ; il secoua la tête.

— Il est ici, avec son épouse, Elke Gutman, poursuivit Yohann. Ils ont été arrêtés il y a six mois.

L'autre écarta les bras en signe d'impuissance.

— Trop longtemps, alors. Les prisonniers ne survivent pas toujours sur une aussi longue période. Certains sont exécutés…

Devant la mine découragée du jeune homme, il ajouta :

— Souvent, on les envoie ailleurs.

— Il y a d'autres pénitenciers de ce genre ? demanda le pionnier.

— Partout en Allemagne, répondit son interlocuteur en désignant la carte qui comportait de nombreux points rouges. Un SS m'a dit qu'ils voulaient en couvrir le monde jusqu'à…

Il s'interrompit soudain avant de lâcher :

— Pitchipoï.

Un bruit de pas se fit entendre ; Eichmann entra, visiblement contrarié en découvrant le prisonnier dans son bureau. Il prit brutalement le registre d'appel, le referma d'un coup sec et congédia l'individu.

— Que vous a-t-il dit ? demanda-t-il à Yohann d'un ton inquisiteur.

— Pas grand-chose. Il avait l'air un peu… dérangé. C'est un Juif, n'est-ce pas ? On les reconnaît toujours.

— Vous avez bien l'instinct aiguisé des nazis, le félicita l'officier. Dans la SS on me considère comme un spécialiste des israélites. J'ai lu leurs livres, je parle un peu leur langue. Vous serez étonné si je vous dis que je prépare un voyage en Palestine ; je veux voir de plus près le sionisme et les kibboutz. Et puis, j'ai des gens importants à y rencontrer.

Eichmann resta un instant songeur, comme s'il en avait trop révélé.

— Votre existence doit être des plus exaltantes, Herr Kommissar, dit Yohann en pensant intérieurement : S'il savait qui il a en face de lui !

— Plus encore que vous ne l'imaginez ; mais vous le verrez bientôt par vous-même. Le malheur, c'est d'avoir à fréquenter cette racaille. J'ai coutume de ne jamais serrer la main à ces Juifs ! Vous avez vu la dégaine de celui qui vient de sortir ? Je parie qu'il vous a parlé de Pitchipoï !

— En effet, il a prononcé ce mot. Qu'est-ce que c'est ?

— Un endroit qui n'existe pas, où ils croient qu'on va les envoyer. Comme s'ils n'étaient pas suffisamment bien ici !

Yohann se força à rire.

— Quelle folie ! Quelle imagination délirante !

— N'est-ce pas ? Je suis désolé, cher monsieur Gutman, mais le travail m'appelle. Il y a des opérations en cours qui ne souffrent aucun retard. Voici ma carte, n'hésitez pas à vous réclamer de moi quand vous irez vous inscrire au centre de recrutement, à Munich. Cela vous ouvrira bien des portes, et je serais ravi que nous puissions œuvrer ensemble.

Ce fut tout d'abord le portail de Dachau qui s'entrebâilla pour laisser passer le jeune Juif, soulagé de s'en tirer à si bon compte. Il récupéra sa bicyclette et reprit le chemin de la capitale bavaroise, la tête encombrée de terribles images. Il n'avait pas revu ses parents, comme il l'espérait, et avait découvert la misérable condition des prisonniers. Tout en pédalant, il songeait à cette géographie mythologique qui berçait la culture juive, à ce peuple qui priait depuis vingt siècles un « l'an prochain à Jérusalem » qu'aucun d'entre eux ne connaîtrait jamais, transformant la ville en paradis perdu. Il pensait à ces gens qui avaient créé un Etat imaginaire, à cet Israël rêvé par Theodor Herzl, un pays sans frontière qui existerait peut-être un jour. Et aussi à Pitchipoï, ce nulle part inventé par les détenus juifs pour atténuer la terreur que leur inspiraient les nazis. Depuis sa visite à Dachau, il se sentait plus que jamais appartenir à cette population qui trouvait la vie plus belle dans les livres, les rêves et l'utopie que dans la sordide réalité.

31

Le voyage de Munich à Bad Wiessee se déroula sans aucun incident. Yohann avait récupéré Dalia au couvent de la Visitation et, ensemble, ils avaient pris un bus bondé à destination de la station balnéaire. Ils eurent à subir deux contrôles routiers et le jeune juriste put alors constater le pouvoir d'Adolf Eichmann. Il avait glissé dans son passeport la carte de visite de l'officier SS. A sa seule vue, le soldat en uniforme noir qui vérifiait les papiers des voyageurs se figea dans un garde-à-vous et le salua sans un mot, sans un regard pour la jeune fille recroquevillée de terreur à ses côtés, le visage dissimulé derrière ses boucles brunes.

— Il a dû me prendre pour un cadre du Parti, lui murmura son compagnon.

Bad Wiessee étendait ses chalets de bois et ses hôtels tout au long de la rive occidentale du lac Tegernsee, étiré comme une goutte de pluie entre les sommets. Les montagnes arrondies, couvertes de sapins à la sombre ramure, s'aéraient de pâturages vert clair. L'ensemble avait des allures de carte postale. La petite ville évoquait les heures paisibles de la Belle Epoque, comme si les massacres et les bouleversements de la guerre de 14-18 n'avaient rien changé à son quotidien. Les curistes, venus soigner leurs maux grâce au soufre, à l'iode et aux métaux que contenaient les sources locales, se mélangeaient aux vacanciers avides de baignades ou de canotage sur les eaux limpides. Malgré un temps maussade, les touristes profitaient du week-end pour investir la place. Ils parcouraient déjà la promenade du pas lent de ceux pour qui les heures ne comptent pas. Les plus audacieux entreprenaient la visite du vaste parc de l'abbaye ou montaient jusqu'à la rotonde du Grand-Parapluie pour jouir du panorama.

— La pension Hanselbauer est un peu à l'écart, dit Yohann à sa compagne.

La jeune fille semblait rassurée par ce village paisible et ce paysage campagnard. Ils avançaient d'une allure décidée, tenant chacun à la main une petite valise. L'hôtel finit par se révéler à leurs yeux, une maison pimpante, assez basse, sur les bords du lac. Les militaires qui patrouillaient à son abord ne leur jetèrent pas un regard. Ils franchirent le portail et s'avancèrent en faisant crisser sous leurs pas le gravier bien ratissé de l'allée.

— C'est une catastrophe, monsieur Gutman ! Une catastrophe !

L'homme qui s'était précipité à leur rencontre portait un uniforme de serveur galonné qui indiquait son rang. Yohann reconnut Hans, un ami de ses parents, qui avaient fréquenté la station en des temps plus heureux.

— Un congrès de SA a réquisitionné toutes les chambres. Vous savez que l'on ne peut rien refuser à ces messieurs. J'ai pu vous placer dans deux pièces réservées au personnel. Vous ne pourrez plus passer pour des clients ordinaires, il n'en reste plus aucun. Je suis désolé.

Il garda son air de chien battu avant d'ajouter, d'une voix onctueuse et professionnelle :

— Veuillez me suivre.

Yohann et Dalia se lancèrent sur les pas du maître d'hôtel, dans un couloir un peu sombre. L'homme frappa à une porte, qui s'ouvrit sur un flot de protestations :

— Nous sommes traitées comme des domestiques ! s'exclama Dina. Je ne resterai pas ici une minute de plus !

— Cet endroit grouille de nazis, pleurnicha Irène. Nous allons tous mourir…

— Ce n'est pas de chance, ajouta Kirsten, dont le maquillage peinait à rehausser la pâleur du teint. Je pense en effet que nous devrions abandonner la place.

Yohann s'étonnait du calme qui l'habitait en cet instant crucial. A ses côtés, Dalia n'avait pas joint sa voix au concert des récriminations. Elle lui faisait confiance.

— Vous voulez retourner à Munich et vous faire prendre ? déclara-t-il d'une voix forte. Tout au contraire de vous, je me réjouis de ce contretemps.

Nous sommes à l'abri. Qui irait chercher un groupe de Juifs en fuite dans un hôtel bourré de nazis ?

— Mais Röhm en personne est ici ! éclata Kirsten, à la limite de la crise de nerfs. Le chef des SA, l'ami de Hitler !...

— Il n'est pas là pour nous, alors ignorons-le. N'oublions pas ce que nous a dit Hans : nous sommes des stagiaires venus apprendre les métiers de l'hôtellerie.

— Il n'est pas question que je fasse le ménage ! protesta Dina.

Son intervention déclencha l'hilarité générale, qui les libéra un moment de leur angoisse.

— Nous allons déjeuner et rester cachés ici, décida Yohann. Encore une nuit et nous monterons dans l'autocar pour l'Autriche, et là nos ennuis seront terminés.

Dans l'après-midi, le jeune homme décida de faire un tour en ville pour prendre la température ambiante. Il demanda à sa cousine de l'accompagner, un couple risquant moins d'attirer l'attention. Kirsten fut trop heureuse de le suivre : elle pourrait donner libre cours à son tabagisme.

Les rues étaient bondées de badauds, ménages illégitimes, curistes retraités, familles avec enfants, qui ne leur prêtèrent aucune attention, pas plus que les nombreux SA, pas tous en uniformes, qui paradaient dans la station. La consommation de bière et la bonne compagnie les occupaient apparemment beaucoup plus que la traque des opposants. La journée tirait à sa fin, les eaux du lac avaient pris une teinte bleu foncé. Instinctivement, Yohann était inquiet. Quelque chose le dérangeait. Peut-être ces camions emplis de SS qui avaient pris position à chaque entrée de la ville. A ses côtés, Kirsten frissonna en s'accrochant à son bras.

— Tu crois qu'ils sont là pour nous ?

— Tant d'hommes pour une douzaine de femmes ! Je ne crois pas, non. Deux policiers suffiraient pour nous arrêter.

La nuit commençait à tomber, l'air se faisait froid. Sur la route alpestre qui serpentait au milieu des sapins, au-dessus du lac, Yohann discerna nettement les phares de nombreux véhicules qui convergeaient vers Bad Wiessee. A cette heure tardive, il ne pouvait s'agir de touristes.

Une colonne militaire, pensa le jeune homme.

— Rentrons ! ajouta-t-il à haute voix. Il se fait tard. Demain, nous partons de bonne heure.

32

Ils furent réveillés au milieu de la nuit par des cris et des bruits de bottes. En un instant, ils furent au bas de leur couche, enfilant leurs habits à la hâte, comme si une méfiance instinctive s'était glissée dans leur sommeil. Une armée entière investissait la pension Hanselbauer. Les filles commencèrent à pousser des gémissements, certaines se cachèrent sous les lits.

— Taisez-vous ! ordonna Yohann.

Il sortit discrètement de la chambre, avança jusqu'au bout du couloir désert. Une deuxième porte donnait directement sur le hall de l'hôtel. Il l'entrouvrit, malgré sa peur et son cœur qui tapait dans sa poitrine, et découvrit un grand désordre. Des hommes en uniforme noir de la SS bousculaient, frappaient, traînaient au sol d'autres hommes en pyjama ou à moitié nus. Ils les insultaient en les accusant de trahison. La plupart protestaient qu'ils étaient de bons nazis, qu'ils étaient le peuple, qu'on attentait à l'Allemagne. D'autres, hébétés, pâles comme la mort, se taisaient, comprenant que toute résistance était inutile. Les SS portaient tous un revolver au poing ou une mitraillette à la hanche.

— Qu'est-ce qui se passe ? murmura Kirsten d'une voix blanche.

Yohann se retourna et vit que les douze filles l'avaient suivi. Elles se regroupaient, tremblantes, derrière lui.

— Regagnez la chambre et enfermez-vous à clé ! ordonna-t-il. N'ouvrez qu'à moi.

— Mais on tue des gens dans l'hôtel ! dit Dalia, comme des coups de feu éclataient.

— Faites ce que je vous dis ! insista le jeune juriste.

De nouveau seul, il reprit son poste d'observation. Il voulait comprendre. Voilà que les nazis se massacraient entre eux ! N'était-ce pas une bonne nouvelle ? Il en était là de ses réflexions quand une ombre casquée se dressa devant la porte entrouverte.

— Que faites-vous ici ? Sortez, les mains en l'air ! le menaça un soldat en pointant son arme sur lui.

Yohann lui tendit ses papiers, où figurait toujours en bonne place la carte de visite d'Eichmann. Le sous-officier le salua aussitôt.

— Désolé, monsieur, j'ignorais que vous étiez des nôtres.

— Je suis arrivé incognito, en avant-garde, osa le pionnier, qui n'en était plus à un mensonge près. Il n'y a rien dans ce couloir. C'est l'étage des domestiques. Quelles sont vos instructions ?

— Nous avons reçu l'ordre du Führer d'arrêter tous les SA et d'exécuter ceux qui résistent.

— Bien. Où devez-vous conduire les prisonniers ?

— A Dachau.

Yohann réfléchit rapidement. Ainsi l'opération

spéciale dont lui avait parlé Eichmann consistait à supprimer les SA, les premiers gardiens de la révolution nazie, ces cadres qui avaient fondé le parti et l'avaient enraciné dans le peuple allemand.

L'Oberscharführer s'était éloigné et Yohann put s'avancer jusqu'en haut de l'escalier. Les SS avaient tiré de leur sommeil leurs anciens collègues. Les portes avaient été enfoncées à coups de bottes et pour l'heure on rassemblait les prisonniers, la plupart à demi nus. Un individu en civil donnait des ordres ; Yohann le reconnut. Le diable boiteux !

Joseph Goebbels, le chef de la propagande en personne, dirigeait les opérations. On poussa devant lui deux hommes que l'on avait trouvés ensemble dans le même lit.

— C'est dégoûtant, vous me donnez envie de vomir ! hurla le nazi avant de lancer un bref commandement.

Les deux SA furent exécutés dans l'instant, et leurs corps traînés au-dehors. Yohann avait envie de fuir, de se cacher, mais la terrible scène le fascinait. Soudain, une voix qu'il reconnut sur-le-champ lui glaça le sang :

— Il faut brûler jusqu'à la chair vive... Röhm, où es-tu ? Traître !

Un petit bonhomme, l'arme au poing et la moustache triomphante, frappait de toutes ses forces contre une porte qui refusait de s'ouvrir.

— Ce... ce n'est pas possible ! bredouilla Yohann. Ça ne peut pas être lui !

Cette voix métallique, aux accents rauques et

modulés, qui avait envoûté l'Allemagne entière, qui soulevait les masses et une partie du monde, cet être haï de tous les Juifs, de tous les démocrates, ne pouvait se trouver dans le même hôtel que lui !

Adolf Hitler avait pris l'avion le jour même, depuis Bad Godesberg, en Rhénanie, où il avait longuement préparé cette purge qui allait changer la face du IIIe Reich. Son Junker 52 à peine posé à Munich, il avait sauté dans sa Mercedes blindée et pris la tête d'un convoi militaire qui avait roulé, à travers la montagne, jusqu'à Bad Wiessee. Convaincu que les SA préparaient un coup d'Etat, il voulait en personne diriger l'opération, arrêter lui-même le général Röhm, que l'on disait son ami.

La porte s'ouvrit enfin et laissa apparaître la face hideuse du général qui prétendait partager le pouvoir avec le Führer. Hitler l'agrippa comme un voyou, l'insulta. Le grand Roehm, le chef des SA, fut traîné dans le couloir, à la vue de tous, le torse nu et adipeux couturé de cicatrices, son visage balafré rouge de honte et de colère. Il ne se défendait même pas sous le flot des accusations ! Bousculé, frappé, il fut conduit avec les autres prisonniers dans les caves de la pension. Le Führer passa d'un pas nerveux devant la porte qui dissimulait Yohann. Si seulement j'avais une arme ! pensa le jeune homme. Et si c'était le cas, oserais-je faire feu ?

L'opération terminée, les SS et les chefs nazis se rassemblèrent dans le parc de l'hôtel, où régnait un étrange calme d'après tempête. Les soldats se mirent à parler entre eux, à rire, à plaisanter. La nuit était encore belle, la rosée du matin commençait à s'accrocher à la mousse des rochers, le lac paisible ignorait les tourmentes humaines. On poussa les captifs dans des camions qui prirent la direction de Munich. Aussitôt arrivés à Dachau, les chefs des SA furent condamnés à mort et exécutés. Au cours de ce qu'on appellerait « la nuit des Longs Couteaux », le régime extermina son aile gauche, populiste, celle qui justifiait les termes « socialiste » et « ouvrier » dans le nom du parti nazi. Il en profita pour nettoyer le camp de Dachau en mettant à mort des opposants politiques, communistes, chrétiens, démocrates. Les parents de Yohann figurèrent parmi les victimes anonymes.

33

Yohann réussit à revenir à Nazareth avant le début des moissons, comme il l'avait promis. Le passage des frontières autrichienne, suisse et française s'était déroulé sans incident. Les massacres de la nuit des Longs Couteaux, qui avaient fait la une des journaux, avaient rendu les policiers tolérants à l'égard de ceux qui fuyaient l'Allemagne. Ces hommes égorgés dans leur lit, abattus au fond d'une cave, fusillés derrière les murs d'un camp de concentration, et ces sept généraux SA exécutés avaient brutalement éveillé la conscience des démocraties occidentales. Certains comprirent enfin que le nazisme n'était pas un régime comme les autres.

L'intégration des nouvelles venues se passa mieux que prévu. Elles avaient eu tellement peur, ce samedi soir dans la pension Hanselbauer, qu'elles étaient prêtes à tout supporter pour ne pas avoir à revivre des événements de cette sorte. Dina elle-même déclara qu'elle préférait nettoyer tous les jours le poulailler plutôt que de retourner dans son pays.

Le rapport que Yohann présenta au conseil du kibboutz agita les esprits. Un compte rendu détaillé fut adressé au Hechaloutz et au baron de Rothschild. David alerta ses contacts à Jérusalem. L'horreur du camp de Dachau, où les prisonniers mouraient comme des mouches, dépassait largement ce que la presse en disait.

— Tu es sûr qu'il y a d'autres pénitenciers identiques ? demanda le chef du kibboutz.

— Les nazis en ont ouvert partout en Allemagne, depuis un an, répondit le jeune juriste. J'ai vu les cartes dans le bureau d'Eichmann.

Cet étrange commandant, aux allures de petit fonctionnaire, intriguait le mouvement des Pionniers. Il semblait jouer un rôle essentiel dans la hiérarchie de l'Ordre noir.

— Avec la nuit des Longs Couteaux, Hitler a fait prendre un tournant à sa politique, expliqua David. Il en a fini avec le populisme anticapitaliste qui avait séduit une partie de la gauche. C'est la suite logique de l'accord signé l'an passé avec le patronat allemand. Il dispose à présent de moyens financiers considérables…

— Et les camps fournissent une main-d'œuvre bon marché aux industriels, renchérit Heinrich. Hitler a tout simplement réinventé l'esclavage.

— Je dois dire que moi aussi j'ai eu peur, avoua Yohann. Mais c'était différent de la frousse habituelle, comme la crainte d'être tué ou arrêté. A Dachau, et à la pension Hanselbauer, j'ai eu le sentiment de voir… des démons plutôt que des humains. Ces SS, on croirait des dragons prêts à fondre sur le monde.

— Voilà notre rationaliste marxiste qui se met à croire au diable, se moqua Mordechaï. Mais moi aussi, le temps que j'ai passé dans le camp, j'ai éprouvé la même chose, une peur primale.

— Je ne sais pas si je suis toujours athée, répliqua son ami, mais je sais à présent que le Mal existe. Apparemment, le nazisme ne se pense pas comme un parti politique, mais plutôt comme une religion, un retour au paganisme. Eichmann a eu le temps de me dire : « Si vous aviez été des nôtres, il y a dix jours, vous auriez pu participer à la nuit des solstices d'été. Tous nos jeunes Allemands brandissaient des torches allumées et chantaient des hymnes anciens à la gloire des Saxons qui ont préféré le martyre plutôt que de se convertir au christianisme. » Il a insisté sur le caractère celte des sapins de Noël.

— C'est étrange, en effet, grommela David, qui avait du mal à saisir la nature exacte de leur ennemi.

Yohann se leva, ce qui n'était pas habituel lors des réunions du conseil, où la station assise assurait l'égalité. Mais ce qu'il avait à demander méritait un peu de solennité.

— Capitaine Löwe, dit-il en s'adressant au secrétaire du kibboutz, je sais que vous avez beaucoup de travail, mais, en plus des cours d'hébreu et d'agriculture, accepteriez-vous de nous donner une formation militaire ?

Heinrich se leva à son tour, ce qui soulignait son

trouble, car il n'était pas homme à se faire remarquer. Il se gratta la tête avant de déclarer :

— Je ne suis qu'un vieux soldat, totalement voué à la cause du pacifisme depuis la fin de la grande boucherie… J'ai juré de ne plus jamais porter une arme, ou de m'en servir…

Tous voyaient l'hésitation qui torturait son visage. Le cas de conscience était d'importance.

— J'approuve la demande de Yohann, intervint David. Si tu acceptes cette offre, je t'aiderai dans cette tâche nouvelle. Mais ta compétence d'officier est irremplaçable.

Le vieux lion hésitait toujours à rompre le serment qu'il s'était fait à lui-même.

— Ne sommes-nous pas à l'abri derrière les frontières de la France ? Celle-ci ne possède-t-elle pas la première armée du monde ? Elle nous protégera.

David plongea son regard dans celui de son vieil ami.

— C'était en 1918 ! Aujourd'hui, le pacifisme, que je respecte néanmoins, a affaibli la République. Certains cherchent même l'amitié de Hitler pour ne pas avoir à se battre, et préfèrent se tourner vers l'antisémitisme. Je pressens des choses terribles, une menace lourde, un danger comme il n'en a jamais existé.

Le capitaine finit par céder et le pacifique secrétaire redevint, pour ses élèves, Ari le lion. Une fois par semaine, garçons et filles reçurent une instruction militaire qui représentait pour eux une vraie distraction.

— C'est comme de jouer aux cow-boys et aux

Indiens, fit remarquer Haïm à Yohann, tandis qu'ils attendaient, planqués dans un buisson, le passage des « ennemis ».

Ils tenaient chacun à la main une sorte d'arc de fabrication artisanale qui compensait le manque d'armes à feu. Tout en s'amusant comme des gosses, ils apprenaient à progresser silencieusement, en se dissimulant à flanc de colline ou dans un repli de terrain, à occuper les positions dominantes, à se camoufler dans les bois, à s'enterrer, à tendre une embuscade, à lire une carte. Fort de quatre années de guerre, Heinrich n'avait pas son pareil pour leur apprendre à survivre, à se battre au corps-à-corps, à observer le moindre détail. David, qui avait connu le terrain en Afrique du Nord, dans la Légion étrangère, mais aussi le travail d'état-major, y ajoutait des cours de stratégie militaire.

— Pour ce qui est de marcher au pas, ce n'est pas important, leur dit le vieux capitaine. Votre condition physique est impeccable. Ce n'est pas la discipline qui fait la force première des armées, mais l'enthousiasme.

Frédéric, qui attendait l'automne pour intégrer son école d'officier, ne ratait pas, lui non plus, une seule séance d'entraînement. Il se doutait qu'on allait lui enseigner autre chose pendant trois ans, en revanche les leçons pratiques lui paraissaient indispensables.

Pour l'exercice, des bâtons faisaient figure d'armement. Puis André Valbénac et quelques fermiers leur prêtèrent des fusils de chasse, des seize à canons jumelés, ou d'antiques neuf à un coup, pour s'entraîner un peu au tir. A défaut de mousquetons, ils s'habituèrent ainsi à l'explosion de la poudre et au bruit des balles. Jean-Pierre, qui avait l'habitude de traquer perdreaux et lapins avec son père, se montrait particulièrement habile. Les filles rivalisaient d'adresse avec les garçons. Elles prenaient le jeu très au sérieux. Elles savaient qu'en Palestine elles intégreraient la seule armée au monde où les deux sexes étaient traités sur un pied d'égalité. Voilà qui était proprement révolutionnaire ! Machar n'était qu'une ferme-école, mais là-bas, au Proche-Orient, les kibboutz étaient des châteaux forts prêts pour le combat.

Mordechaï, une fois de plus, se fit remarquer. Il était opposé à toute violence et au port des armes, et refusa l'instruction militaire. Il veillait toutefois à bien différencier le pacifisme actif de la lâcheté qui rendait les démocraties infirmes, et assumait sans vergogne cette contradiction. Il avait découvert dans les journaux la lutte anticoloniale d'un certain Gandhi, surnommé le Mahatma, la Grande Ame. Ce « fakir rusé », comme le surnommait Churchill, avait su obliger l'empire britannique à négocier avec lui par le seul arsenal de la non-violence, de la manifestation, de la grève et du jeûne.

— Sans tirer un coup de feu ! annonça Mordechaï au conseil stupéfait et sceptique. C'est un hindou pieux ; il a fondé un ashram, une communauté soumise à des règles strictes, un peu comme notre kibboutz.

— Est-il marxiste ? demanda Yohann.

— Rien n'est moins communiste que la pensée

hindoue ! Pourtant, sa méthode de la désobéissance civile pourrait nous être utile lorsque nous aurons, nous aussi, à traiter avec les Anglais à propos de la Palestine.

34

Les moissons furent l'occasion d'un épuisant labeur associé à la joie d'une expérience solidaire. Tous les pionniers furent réquisitionnés pour cette tâche et le kibboutz prit des allures de ruche bourdonnante. Avec ses soixante-quinze hectares, Machar constituait l'un des plus vastes domaines de Nazareth. Seul celui de Thierry Montalembert le surpassait. David avait insisté pour que les jeunes soient tous formés au maniement de la faux, outil rudimentaire et primitif, mais qui ne ferait jamais défaut au cultivateur. Comme tous ceux qui avaient partagé la vie en Palestine, il était plutôt contre les machines et préférait les charrettes aux automobiles. Déployés sur un seul rang, les colons effectuaient en rythme le même geste et couchaient sur le sol les épis mûrs. On aurait dit les violonistes d'un orchestre ou les rameurs d'une compétition d'aviron. Tous les pas étaient d'une longueur identique, le bras lançait l'instrument en arrière puis la lame, vigoureusement projetée, accomplissait son œuvre d'abondance. Le travail des autres dépendait de chacun et l'on ne pouvait s'arrêter qu'ensemble, pour boire à la régalade l'eau fraîche de la gourde ou sortir de son étui la pierre à aiguiser, que l'on passait énergiquement et d'un mouvement régulier des deux côtés de la lame afin de lui rendre tout son tranchant. Trente ares par jour et par homme étaient exigés, en veillant à ne pas laisser de « gendarmes », ces herbes non coupées qui dénonçaient le mauvais ouvrier. Les bordures et les zones trop pentues étaient récoltées à la faucille, à raison de quinze ares la journée et d'un terrible mal de dos. Les garçons, torse nu sous le soleil, avaient le sentiment de mener un combat victorieux contre la dureté de la terre pour lui faire rendre ses richesses.

— Nous accomplissons une belle œuvre, dit Yohann, satisfait de lui, comme son groupe faisait une pause pour ne pas distancer les camarades.

Derrière les faucheurs, les javeleurs avaient pris du retard. Ils devaient ramasser et lier la récolte. Chaque coup de faux laissait une javelle sur le sol ; trois javelles faisaient une gerbe liée qu'il fallait ensuite assembler en meule. Dans les champs animés comme des fourmilières, les masses blondes s'épaississaient à vue d'œil.

— Le blé sera fameux, affirma Heinrich en faisant craquer les grains sous ses dents.

— Et pas un nuage à l'horizon, ajouta André Valbénac. Le temps est avec nous. Nous échapperons aux orages, cette année.

— Il faut croire que les prières du curé Jaumart sont efficaces, dit Mordechaï en souriant.

David avait fini par se rallier à l'idée de Thierry Montalembert, et le conseil l'avait suivi.

« Tout le village se rassemble pour les moissons, et nous travaillons les uns chez les autres, avait dit le riche fermier. Profitez de l'occasion pour former vos jeunes aux techniques agricoles les plus modernes. »

David avait pensé que l'expérience leur serait utile. Si le kibboutz trouvait sa force dans sa discipline et son autonomie, il n'était pas bon de se couper pour autant de la communauté humaine. A tour de rôle, les pionniers s'initiaient dans les exploitations du voisinage.

Assise sur le siège central, tandis que sa camarade Sarah, plus légère, avait pris place au-dessus de la roue droite, sur une inconfortable et étroite selle métallique, Magda découvrait les joies de la faucheuse tirée par deux bœufs puissants. Elles avaient tout de suite trouvé le bon rythme et empêchaient les animaux placides de lambiner en les excitant d'un claquement de langue suivi d'un cri aigu. Elles n'utilisaient qu'en dernier ressort la menace de l'aiguillon. La machine formait des javelles bien alignées que les mouvements tournants d'une aile dentée assemblaient en gerbes. André Valbénac leur enseigna l'usage de la faucheuse-lieuse, plus perfectionnée, elle aussi tractée par des bovins.

— C'est le premier engin entièrement automatique, leur dit-il fièrement ce jour-là.

Mais ce fut chez Thierry Montalembert que les pionniers découvrirent la fine fleur du développement technique. Il s'agissait de gagner un maximum de temps entre la coupe et le traitement de la récolte, car le blé tranché, exposé dans les champs, restait vulnérable. Autour de la locomobile Ruston qui ressemblait à un train à vapeur, douze hommes s'activaient ensemble, sous les ordres d'un chef de battage. Approcheurs et broqueteurs nourrissaient l'énorme bête, en dirigeant vers elle les gerbes depuis les meules.

« Veillez bien à ce qu'elle ne manque pas de bois ! criait Montalembert, qui traitait l'appareil comme un être vivant. Sinon, plus de vapeur et plus d'énergie ! »

Le receveur, le délieur et le dépeceur envoyaient tour à tour les bottes vers l'égreneur, qui dirigeait les épis dans la batteuse. Il fallait séparer les germes des tiges sans rien laisser perdre.

« Plus vite ! Plus vite ! » encourageait le maître.

De l'autre côté du monstre fumant et soufflant, trois paires de journaliers récupéraient la poussière et les déchets, ensachaient le grain et assemblaient la paille. Un grand bruit de ferrailles gémissantes, de courroies grinçantes et d'essoufflement mécanique présidait à la cérémonie.

— J'aime ces méthodes modernes de travail, dit Jean-Pierre. Je ne regrette pas un instant d'avoir fui le métier de vendeur de chaussures pour rejoindre l'aventure de Nazareth…

— Nous devons nous contenter de la simplicité biblique, répliqua Mordechaï.

A Machar, ils avaient dû battre la récolte au fléau, selon l'antique procédé, pour bien séparer la semence et la paille. Frédéric Malaterre, libéré de ses études jusqu'à l'automne, les avait rejoints sur l'aire bien balayée de la cour du kibboutz. Un coup de main n'était jamais de trop, et il en profitait pour voir Sarah, quand elle était libre. Les hommes tournaient autour de l'espace délimité et propre, assenant de grands coups avec un instrument qui ressemblait à une arme médiévale.

— On pourrait quand même utiliser le tarare du père Valbénac, protesta Haïm. En quelques tours de manivelle, il livre un grain brillant et rejette balle et poussière…

Heinrich avait tenu à ce qu'ils apprennent à vanner à la main, selon la méthode traditionnelle. Les grains étaient étalés dans de grands paniers plats, puis lancés en l'air. Le vent puissant d'un orage annoncé se chargeait naturellement du travail de nettoyage.

Chaque jour, les femmes des fermes environnantes portaient à manger et à boire aux travailleurs. Elles veillaient soigneusement à ne pas mettre de porc dans les portions réservées aux pionniers de Machar. Ce fut l'occasion de nouvelles rencontres. On échangeait quelques paroles, avec force rires, entre ouvriers juifs et jeunes filles corréziennes. La chaleur du soleil et l'ardeur au travail dénudaient partiellement les corps, et les hommes aimaient montrer leurs muscles.

— Ce n'est pas nous qui pourrions travailler torse nu, dit joyeusement Magda.

— Déjà qu'on nous reproche notre tenue ! répliqua Sarah, belle comme une gravure de mode dans son short et son chemisier brun.

Les plats circulaient, avec les recettes que les grand-mères voulaient bien dévoiler. Jamais depuis leur arrivée en France, ils n'avaient aussi bien mangé… ni autant bu.

— Deux litres de piquette par jour et par homme, assurait Paul Barentin. Et un demi pour les femmes.

— C'est injuste ! réclama Magda, qui plaignait sa part.

— C'est pourtant ce que M. Sorel, l'instituteur, enseigne à ses élèves, répliqua le berger.

Les amitiés s'officialisèrent lors du repas de battage célébrant la fin des moissons. Ce jour-là, tandis que de gros nuages menaçants s'amoncelaient sur l'horizon, pionniers et paysans, rompus d'une même fatigue mais rassemblés par la même joie du devoir accompli, ripaillèrent ensemble en bonne entente, et vidèrent des bouteilles de vin cacheté que l'on gardait pour l'occasion. Ce fut une orgie de volailles et de cochonnailles, savamment mitonnées avec les légumes du jardin. Certains se laissèrent aller à des écarts alimentaires.

Après le fromage de brebis, arrosé d'un dernier coup de pinard, on porta sur la table les tartes et les beaux fruits. Les visages étaient rouges de trop de soleil et de trop d'alcool. Paul entonna « Le temps des cerises » de sa voix de basse, repris en chœur par le groupe. Puis l'on entreprit les chansons d'autrefois que tous connaissaient. Les pionniers ne se distinguaient plus des autres. Ils avaient retrouvé un peu de l'idéal du kibboutz dans cette vie campagnarde réunie en communauté le temps d'une moisson.

Des éclairs zébraient le ciel qui s'assombrit soudain, comme pour sonner la fin de la fête.

— Il va pleuvoir, dit Marthe en remplissant une nouvelle fois les godets des jeunes kibboutzniks. J'ai peur que l'été ne soit bien court, cette année.

35

L'orage avait eu la bienveillance d'attendre la fin des moissons pour éclater. La pluie s'était installée pour quelques jours sur la Corrèze, lâchant une eau ruisselante qui ne valait rien pour la terre. Libérés des gros travaux, les jeunes consacraient leur temps à ramasser les pommes de terre plantées en avril. Sous l'ondée, dans la gadoue, ils arrachaient les tubercules de leur gangue argileuse.

— On va pouvoir enfin manger autre chose que des nouilles à l'eau ! se réjouit Magda, qui rentrait, dégoulinante, de sa journée de labeur.

— Penses-tu ! grogna Haïm. Il faut toujours vendre la moitié de notre production.

Ils s'attablèrent dans la cuisine, rejoignant leurs camarades qui épluchaient soigneusement des légumes avant de les plonger dans un chaudron d'eau bouillante. La jeune Dalia tournait la mixture avec une grande cuiller en bois pour l'empêcher d'attacher au fond du récipient.

— La triste soupe du soir ! s'exclama Mordechaï avec un brin de nostalgie dans la voix. Selon notre calendrier, nous devrions jeûner en mémoire de la destruction du temple de Jérusalem. (Il ne perdait jamais une occasion de leur rappeler leur culture religieuse.) Mais je vois qu'aux lamentations de Jérémie vous préférez vos gémissements sur votre ventre vide !

— Quand je pense comment on se régalait, en Allemagne, avant que Hitler arrive au pouvoir… grogna Yohann.

Le nain moustachu semblait un ogre qui avait dévoré sur son passage tous les plaisirs du monde. Ils évoquèrent les petits plats et les confiseries qui constituaient leur lot quotidien, et ils savourèrent leurs souvenirs.

Le vent souffla toute la nuit en rafales déchaînées et, le lendemain matin, un orage de grêle ravagea les pruniers de la ferme Valbénac. Les fruits, jetés à terre encore verts, n'étaient plus bons qu'à donner aux cochons.

— Est-ce qu'on peut les ramasser quand même ? demanda Magda. Nous les ferons cuire et en ferons une soupe.

— Si vous voulez, répondit André Valbénac. Mais je vous préviens : elles ne sont pas comestibles.

Les jeunes se précipitèrent dans le verger pour collecter le trésor tombé du ciel avant que le soleil renaissant et le bec acéré des oiseaux n'achèvent de les gâter tout à fait. Sarah ne put s'empêcher d'en goûter quelques-unes sur place.

— Les prunes étaient presque mûres, affirma-t-elle pour se rassurer.

— Tu vas attraper un mal de ventre carabiné ! lui glissa Magda.

Mais la jolie blonde, en manque de fruits, préféra ne pas écouter sa camarade. Il ne lui fallut pas plus d'une demi-heure pour se retrouver pliée en deux, prise d'abominables coliques.

— C'est le châtiment du péché de gourmandise promis par le curé Jaumart, se moqua Magda.

— Je vais faire dans ma culotte ! s'exclama Sarah en partant en courant vers les cagadous qui, heureusement, n'étaient pas trop éloignés.

Au dîner du soir, tout le monde déclara délicieuse la soupe de fruits.

Quelques jours plus tôt, David avait reçu la visite d'un journaliste parisien en vacances dans la région et qui avait entendu parler du kibboutz. Il souhaitait rédiger une série de trois articles sur cette expérience étonnante qu'il regardait avec sympathie. Le responsable de Machar y vit l'occasion de faire cesser les rumeurs malveillantes qui persistaient. Il n'ignorait pas que le sous-préfet en était à l'origine.

France, terre hospitalière, titra *Le Limousin de Paris,* avec pour sous-titre : *Des Juifs allemands colonisent Nazareth… en Corrèze.*

Le correspondant dépeignit le village comme *un hameau bâti sur une crête chauve entouré de champs de cailloux, un bourg désert aux maisons moyenâgeuses, des masures sinistres et hantées, dont les ouvertures béantes servent de refuge à des milliers de chauves-souris.*

Pour avoir sans doute un peu trop lu Victor Hugo, l'échotier voyait Nazareth plus vermoulu qu'il n'était. Le ton était lyrique et exagéré ; il disait néanmoins la vérité d'un paradis méconnu.

C'est pourtant là que retentissent des éclats de voix et des rires joyeux, ceux de jeunes réfugiés allemands dans des accoutrements de scouts et de bohémiens. Obligés de se détourner des professions libérales et commerciales auxquelles ils se destinaient, ces Juifs allemands chassés par Hitler ne veulent pas prendre la place des Français, mais se dirigent vers un travail manuel en attendant de regarder vers le pays de leurs ancêtres pour y créer des foyers et devenir les fondateurs de la Palestine nouvelle.

L'article décrivait la vie encore précaire des migrants, l'inconfort de leur résidence, les défauts de nourriture. Mais il disait aussi la vitalité débordante et les projets à n'en plus finir : reconstruire l'étable, restaurer la maison, créer des serres pour le maraîchage, planter des fruitiers. David avait sérieusement informé le plumitif et ses écrits ne contenaient que la stricte vérité. Le chef du kibboutz espérait que désormais, en haut lieu, on leur ficherait la paix.

Le journaliste s'était longtemps entretenu avec Mordechaï, qui poursuivait son œuvre de « mémorialiste de Machar ». Tous les jours, quand son travail lui en laissait le temps, il tapait comme un forcené sur les touches de sa vieille Remington pour raconter l'épopée de ses camarades. La geste de Yohann en Allemagne prenait, sous sa plume, des allures de quête du Graal. Il avait déjà noirci des centaines de pages, qu'il lisait à haute voix à ses camarades.

— Est-ce que tu publieras un livre ? questionna Sarah d'une voix admirative. Parleras-tu de mes amours avec Frédéric ?

— J'espère bien, et nous serons tous célèbres !

La jeune fille, en souvenir de ses années d'études aux Beaux-Arts, croquait les membres de la communauté, les paysans voisins, les fermes alentour. Ils avaient parfois la nostalgie de ce qu'ils auraient pu être si Hitler n'était pas intervenu dans leur destin. Maître Yohann, le maestro Haïm, le professeur Mordechaï, l'aquarelliste Sarah se plongeaient alors dans des débats pleins de rêves glorieux.

36

David décida, après avoir constaté que les jeunes Allemandes ramenées par Yohann s'étaient bien comportées pendant les moissons, d'accélérer le rythme des départs. Leur brève expérience lui parut suffisante. Il était inquiet et préférait raccourcir quelque peu la formation pour mettre les fugitifs en sécurité. Il restait à les assembler en familles acceptables. Pour l'administration anglaise, il suffisait de présenter des couples officiels. Certains, déjà constitués dans la clandestinité des meules de paille, furent simplement régularisés. Mais la plupart furent inventés de toutes pièces, sur la base de sympathies réciproques ou du jeu du hasard. Les pionniers se moquaient bien de qui ils épousaient, le contrat devant être rompu à peine le pied posé en Palestine. Les choix furent l'occasion de plaisanteries et de rires. Beaucoup ne prenaient pas au sérieux leur rôle de futurs mariés, d'autres, dans leur hâte de partir, disaient oui à n'importe qui. Kirsten, la cousine de Yohann, s'était amourachée d'un étudiant en médecine de Francfort qui comptait bien passer son diplôme à Jérusalem. L'orgueilleuse Dina, ne trouvant personne à son goût, fut appareillée avec un paysan polonais qui saurait bien lui inculquer un peu d'humilité, d'ici leur divorce à Haïfa.

Jamais on n'avait vu autant de mariages à Nazareth depuis les riches heures des comtes de Toulouse. La porte de la mairie affichait les bans, à raison de cinq ou six par semaine. Joseph Sorel, le secrétaire, demandait des formulaires à la préfecture, qui s'étonnait d'un tel emballement. Abel Bourriagues n'en finissait pas de fournir des rapports favorables sur les futurs mariés. Conduite : *bonne*. Moralité : *bonne*, se contentait-il d'écrire sur chaque fiche.

Le jour des noces, les pionniers organisaient un grand défilé dans le village, comme cela se pratiquait en Palestine. Ils revêtaient leurs plus beaux habits et arboraient fièrement sur l'épaule un outil de travail : faux, pelle, fléau, râteau. Les jardiniers présentaient des corbeilles de légumes. Les éleveurs portaient un agneau sur leurs épaules, dans la posture du Bon Pasteur.

— On dirait les bergers qui sont venus adorer l'enfant Jésus ! s'exclama Marthe, tandis que le curé Jaumart fermait son église devant ces scènes païennes.

Le cortège avait les allures martiales d'une prise d'armes et la tonalité sociale d'une manifestation d'ouvriers communistes filmée par Eisenstein.

« Si l'on ajoute le drapeau bleu, blanc, rouge qui claque aux fenêtres de la mairie, ça a de la gueule », disait Frédéric, plusieurs fois invité à la cérémonie.

Il servait régulièrement de témoin, confirmant, par sa signature, la régularité de l'affaire. Les villageois applaudissaient à ces fêtes improvisées. Avant le consentement des époux, le premier édile se devait de rappeler, selon la loi, les articles 213 et 214 du Code civil.

— « Le mari doit protection à sa femme. La femme doit obéissance à son mari… »

Des quolibets jaillirent de l'assistance :

— J'en connais une à qui ça fera du bien !

— Moi j'en sais un qui va être à la peine !

— « La femme est obligée d'habiter avec le mari et de le suivre partout où il juge à propos de résider… »

— De toute façon, on habite ensemble, et on va au même endroit.

— Tu vas avoir du mal à t'en débarrasser !

Les pionniers éclatèrent de rire devant ces lois d'un autre âge qui correspondaient si peu à leur idéal.

— S'il vous plaît, un peu de sérieux, se désespéra Abel Bourriagues. Je suis obligé de vous lire ces articles. Ils nous viennent de Napoléon, tout de même !

Un nouveau fou rire secoua la salle. Pour les pionniers, Napoléon, c'était de la préhistoire. David leur rappela que l'Empereur avait donné un statut aux Juifs de France et créé le Consistoire.

Chacun attendait en trépignant que le magistrat lance « Vous pouvez embrasser la mariée ! », pour profiter de l'occasion et rire de nouveau devant la mine déconfite de certains.

La fête se poursuivait ensuite au café Courrèges, où le mastroquet payait sa tournée, puis au kibboutz

Machar. Le nombre de mariages était tel que l'on semblait perpétuellement en vacances.

David savait ce qu'il faisait. Aussitôt les unions célébrées, il demandait aux autorités britanniques l'autorisation d'émigrer pour les nouveaux époux. La mention *mairie de Nazareth* sur les documents facilitait les choses : les fonctionnaires avaient l'impression de donner leur accord à des personnes résidant déjà en Galilée.

Depuis le voyage de Yohann à Munich, le Hechaloutz voulait accroître les départs de France, pour éloigner un peu plus vite les victimes des bourreaux. Certains dirigeants craignaient que la République ne se retourne un jour contre les israélites ; la montée de l'extrême droite paraissait inéluctable. David recevait des rapports alarmants qui ne transitaient pas tous par le mouvement des Pionniers, seulement chargé de l'administration du kibboutz. Ses camarades de la Haganah, l'armée secrète israélienne, et en particulier les membres des services de renseignement attiraient son attention sur les dangers d'une guerre civile en Palestine, qui opposerait Juifs et Arabes. En Galilée, les gouvernants du kibboutz Ayelet Ashahar, qui formait les militaires, le pressaient de lui envoyer des garçons et des filles capables de se battre : la rumeur des entraînements du capitaine Löwe était parvenue jusqu'à eux.

David voulait conserver jusqu'à l'ultime minute certains cadres de Machar, indispensables à son bon fonctionnement : Magda, Yohann, Haïm, Mordechaï.

Quelques pionniers avaient encore des problèmes de papiers, comme Dalia, Samuel et Sonja, mais c'était en cours de règlement. Restait le cas de Sarah. Le chef du kibboutz la reçut dans son bureau. La jeune femme, toujours rayonnante, offrait un front têtu qui disait sa détermination. Elle refusa toutes les propositions.

— Sarah, tu dois accepter un mariage, sinon tu ne pourras jamais partir pour la Palestine.

Elle se tenait bien droite, raide sur sa chaise, dans une attitude défensive. Visiblement, les mots ne parvenaient pas à franchir ses lèvres.

— Je ne veux plus quitter la France, finit-elle par laisser tomber. Je veux épouser Frédéric Malaterre, et il le veut bien aussi. Je sais tout ce que je vous dois, et à tous les camarades. Cependant, ma décision est prise.

David s'attendait à cela. Il n'aimait pas les échecs et, surtout, il avait peur pour elle.

— Tu es libre, bien sûr, de faire ce que tu veux. Personne n'est prisonnier, à Machar. Mais sais-tu bien où tu mets les pieds ? Quand il apprendra votre décision, le sous-préfet sera furieux, et c'est un homme capable de tout.

— Frédéric est de taille à me défendre, assura-t-elle.

David secoua la tête ; il n'osa lui dire qu'ils étaient bien jeunes pour affronter un tel adversaire.

— Alors, tu nous laisses tomber ? s'étonna Magda en apprenant la nouvelle.

Elle avait du mal à comprendre que l'on abandonne un aussi bel idéal : la construction d'un pays neuf. Sarah restait silencieuse devant elle, se mordillant la lèvre inférieure.

— Je suis désolée, vraiment désolée ! s'écria-t-elle enfin, tandis que des larmes lui venaient. Je ne suis pas aussi forte que toi. Je veux une famille, un mari qui m'aime et me protège, un foyer stable… La Palestine, c'est un Far West qui n'est pas pour moi !

— Je te comprends, dit Magda en la prenant dans ses bras.

Sarah avait bien retenu la leçon du Code Napoléon.

37

Les murs blancs de la sous-préfecture de Brive retentirent à en faire vibrer les carreaux lorsque Frédéric Malaterre informa son père de ses projets matrimoniaux. Depuis sa création, un an plus tôt, le fonctionnaire subodorait que la colonie israélite allait lui causer des ennuis. Et voilà qu'elle venait ruiner les grandes aspirations qu'il nourrissait pour son fils unique !

— Quand on ambitionne de devenir officier de l'armée française, monsieur mon fils, on est maurrassien et on épouse une fille qui a un nom !

Tout à sa colère froide, il haussait peu à peu le ton, jusqu'à finalement exploser dans une violence verbale :

— On doit convoler à l'intérieur de sa coterie, et non suivre un sentiment passager qui vous pousse à vous unir à quelqu'un que vous n'oserez pas montrer en public ! Bien marié, vous pourriez aspirer à finir général ! Au lieu de cela, vous me proposez une bru qui a traîné je ne sais où, avec des communistes, des voyous ! Une youpine que nous ne saurions voir en notre compagnie !

— Je vous interdis d'insulter la femme que j'aime, lâcha Frédéric.

— Et moi je vous interdis d'épouser cette fille ! Vous n'avez pas vingt et un ans, vous êtes mineur et ne pouvez rien faire sans mon consentement !

Le jeune homme préféra quitter la maison en claquant la porte.

— Ne t'inquiète pas, dit Rose Malaterre à son époux. Avant de songer à s'établir, notre fils doit achever ses études et faire son service militaire. Ce n'est qu'une tocade ; il aura bien le temps d'oublier cette gamine et d'en trouver une autre, plus convenable.

Albert Malaterre n'était pas homme à laisser au temps le soin de régler ses problèmes. Il préférait s'imposer plutôt que d'attendre un retournement de sentiment chez son rejeton. Il voulait le briser, comme on dresse un cheval ou un chien.

— Tout d'abord, je vais faire révoquer son sursis, répliqua-t-il d'un ton sec. Il attendra pour se la couler douce à Saint-Cyr, il va découvrir les corvées. L'armée lui apprendra la discipline et les convenances.

Rose baissa le nez et ne répondit rien. Elle-même avait apporté à son mari une belle dot et des relations qui lui avaient permis de faire carrière. Pourtant elle n'avait pas voix au chapitre devant ce tyran domestique. Elle aurait volontiers laissé Frédéric épouser Sarah si cette union pouvait faire entrer un rayon de soleil dans la famille. Elle redoutait bien un peu cette mésalliance, convaincue toutefois que tout finirait par s'arranger.

Chaque jour, Malaterre remâchait sa colère envers Machar. Exaspéré, il tourna sa fureur contre les gendarmes qui, malgré des visites répétées à la ferme-école, n'étaient encore parvenus à en expulser personne.

— Ils se moquent de nous, monsieur le sous-préfet, dit le chef de brigade. Chaque fois que nous débarquons, les prévenus ont disparu. Soi-disant, ils sont repartis dans leurs pays. Mais je sais bien qu'ils sont envoyés ailleurs, en cachette. Le maire de Nazareth se fait leur complice en leur fournissant des papiers de complaisance...

— Ils vont voir de quel bois je me chauffe ! jeta Malaterre en balayant l'air devant lui d'une badine imaginaire.

Le sous-préfet saisit sa plus belle plume pour envoyer au ministre des Affaires étrangères un courrier accusant Machar, le Hechaloutz et l'ensemble de la chaîne de solidarité de mensonges envers l'administration française. Il sautait ainsi par-dessus son ministère de tutelle, qu'il trouvait trop compréhensif à l'égard des immigrés. Selon lui, ces jeunes que l'on présentait comme des élèves-agriculteurs, afin de les faire admettre sur le sol français, n'étaient que des agitateurs politiques qui perturbaient, par leurs actions, le travail du quai d'Orsay.

La réaction ne se fit pas attendre. Emu par ce courrier, le consul Jean Dobler s'en prit directement au Hechaloutz, accusé d'escroquerie, et mit en cause Robert de Rothschild et Jacques Helbronner, les fondateurs de Machar. Ces derniers, rigoureusement attachés au légalisme à l'égard de la République, durent afficher colère et désaveu envers leurs protégés, convaincus de supercherie. Ils ne voulaient pas être les dupes d'un règlement de comptes, mais encore moins entacher les bonnes relations qu'ils entretenaient avec le gouvernement.

— Un Rothschild ne peut pas passer pour un mauvais Français, dit le baron au conseiller d'Etat.

Le sous-préfet ne se priva pas du plaisir d'une nouvelle visite à Machar, en compagnie du commandant de gendarmerie et d'Abel Bourriagues, dont il avait exigé la présence.

— Comme la cigale, vous avez chanté tout l'été, dit-il à David, qui l'accueillit froidement. Je crains que vous ne soyez à présent fort dépourvus.

L'inspection était de pure forme, puisqu'il savait ce qu'il allait trouver.

— Je ne vous demande pas des nouvelles des sans-papiers que nous recherchons, puisque nous savons que vous les cachez dans le Lot et à Joué-lès-Tours, en dehors de notre juridiction, dit le fonctionnaire.

Abel Bourriagues, qui s'était fait sermonner pour son « laxisme », baissait la tête sans oser protester. Le représentant de l'Etat était venu pour établir un rapport, et il fut carabiné :

Je me suis moi-même rendu à la colonie allemande de Nazareth pour me rendre compte de la situation des jeunes israélites au regard des lois réglant le séjour des étrangers en France. J'ai pu faire à cette occasion diverses constatations dont je crois indispensable de vous faire part sans retard, car elles révèlent des irrégularités qu'il importe de redresser d'urgence, afin d'assurer un contrôle plus efficace de ces gens et le respect par eux des lois françaises. Ils ont été à maintes reprises invités à remplir les obligations qui leur incombaient. Il est actuellement impossible de contrôler cette colonie car les cadres que l'on nous présente changent sans arrêt, les jeunes se déplacent sur le territoire national sans autorisation, soit pour se rendre à Paris, au siège du Hechaloutz, soit dans des fermes similaires non déclarées à notre administration. Je peux attester que l'un d'eux s'est même rendu en Allemagne, un pays qu'ils prétendent fuir. Ces allées et venues hors de nos frontières ne répondent en rien au besoin de formation agricole et me paraissent particulièrement suspectes. Les motivations réelles pourraient remettre en cause notre sécurité nationale.

Je rappelle en outre qu'une partie des occupants du kibboutz Machar n'est toujours pas munie des pièces d'identité que tout étranger est supposé posséder. Certains d'entre eux sont même des apatrides, d'autres ont été frappés d'une mesure de refoulement qui n'a pas été exécutée. Ils allèguent pour se justifier qu'ils attendent de la part du gouvernement anglais l'autorisation de se rendre en Palestine, mais rien ne prouve qu'ils aient fait dans ce but toute diligence et que cette raison ne sert pas de prétexte à une prolongation de séjour en France, au mépris des injonctions qui leur ont été adressées. Ces manquements aux lois françaises ne sauraient être plus longtemps tolérés car, si on ne réagit pas, ils s'érigeront en habitude.

Le sous-préfet concluait son rapport en exigeant du maire de Nazareth le signalement à la gendarmerie de toute personne qui ne serait pas détentrice des pièces légales d'identité. Il recommandait l'expulsion immédiate et des poursuites judiciaires à l'égard de tout individu en situation irrégulière et, si l'on ne parvenait pas à rétablir l'ordre, la fermeture pure et simple du kibboutz.

38

Albert Malaterre était parvenu à convaincre les autorités que le kibboutz Machar ne présentait pas seulement des dysfonctionnements compréhensibles, mais qu'il constituait tout entier un projet mensonger et dangereux. L'association dans son rapport des mots « allemands » et « sécurité nationale » éveilla l'inquiétude en haut lieu. Poursuivant son offensive méthodique, il écrivit aux services sanitaires pour dénoncer l'extrême précarité de ce qu'il présentait comme un campement de gitans.

Le manque d'hygiène et la pauvreté, notamment en matière d'alimentation, font courir des risques pour la santé des migrants comme pour celle des villageois qui les fréquentent. J'ai pu relever plusieurs cas de gale et je demande, outre l'envoi d'un médecin, que l'on vérifie si ce domaine ne devrait pas être frappé d'une mesure de fermeture administrative.

Frédéric avait trouvé refuge auprès de ses amis de Machar. Il ne pouvait pardonner à son père ses insultes envers Sarah. Il broyait du noir, ne voyant aucune issue à sa situation. Il ne s'imaginait pas quitter les lieux entre deux gendarmes. La jeune femme le poussait à la réconciliation.

— Ce n'est pas si grave ! Cela fait deux mille ans que l'on injurie les Juifs. Tu dois comprendre la déception de tes parents…

— Il n'y a pas que cela, fulmina Frédéric en prenant Yohann à témoin. Mon père est un homme à double face : le jour, l'image même de la loi, celui qui ne jure que par la justice républicaine. Mais, le soir venu, il ouvre sa porte à Auguste Villain et à ses sbires, et les charge de sinistres besognes. Je le crois prêt à tout pour arriver à ses fins.

— Le temps arrangera tes affaires, dit le jeune juriste. Quand tu seras officier, il ne pourra plus rien contre toi.

— Un peu de patience, et nous serons heureux, conclut Sarah.

Tandis que maître Léonce Bernheim, président du Hechaloutz, bataillait à Paris pour la sauvegarde de son œuvre, David s'escrimait avec la maréchaussée locale, qui avait reçu l'ordre d'appliquer les mesures de reconduite à la frontière sans plus attendre. Sonja et Samuel avaient chacun reçu un avis d'expulsion immédiate, exécutoire dans la semaine. Les gendarmes les avaient arrêtés pour éviter une nouvelle fuite. David avait dû calmer les pionniers, qui voulaient bloquer le véhicule des autorités.

Ces jeunes gens doivent se marier le mois prochain, écrivit-il au préfet, en joignant une copie des documents administratifs. *Ils doivent quitter la France pour la Palestine la semaine suivante. L'avis de refoulement risque de ruiner leur projet, qui va dans le sens voulu par la loi républicaine.*

Les pionniers récriminaient contre le sous-préfet et ses tracasseries administratives. Ils ne comprenaient pas, puisque tout allait bien, que l'on s'en prenne à eux. Yohann potassait le droit français pour voir si l'on pouvait mettre à mal leur adversaire, et cherchait des appuis locaux.

— N'en fais rien ! lui dit Frédéric. Ça ne sert pas à grand-chose. Tes amis marxistes, autant que les miens, catholiques, n'ont aucune influence sur mon père. Il ne connaît que la loi et la force. Il a trouvé le moyen de se débarrasser de moi en m'envoyant au fond d'une caserne. Mais mon rang au concours d'entrée à Saint-Cyr me vaudra la bienveillance des officiers. Je pourrai toujours venir vous aider.

— Comment nous verrons-nous ? s'inquiéta Sarah, qui redoutait plus que tout d'être séparée de son fiancé.

— Le temps des classes sera un peu difficile, lui dit-il en la serrant contre lui. Mais ensuite, tout ira bien.

— Ton père est un vrai salaud ! lança Yohann. Il veut faire fermer le kibboutz.

— Je le déteste autant que toi, répondit Frédéric, qui, pour la première fois, oubliait de sourire.

— Allons, savez-vous quel jour nous sommes ? dit Mordechaï, qui ne perdait pas son optimisme malgré les circonstances. C'est Kippour, le Grand Pardon. Aujourd'hui, les Juifs doivent pardonner à leurs ennemis…

— Eh bien moi, je vais rayer cette fête de mon calendrier personnel, jeta Yohann d'un ton rageur.

Le 3 novembre, le chef du kibboutz obtint satisfaction. Les deux jeunes incarcérés retrouvèrent leurs camarades et l'on fêta l'événement. Mais ce fut sa dernière victoire. Deux jours plus tard, à la suite de la démission de Gaston Doumergue, Pierre-Etienne Flandin proposa la constitution d'un gouvernement beaucoup plus marqué à droite. Il nomma ministre de l'Intérieur Adrien Marquet, le maire de Bordeaux, un ultra-protectionniste, pour qui la seule manière de résoudre la crise économique consistait à éliminer les travailleurs immigrés. Une commission spéciale chargée de durcir les conditions d'accueil fut aussitôt constituée. Elle préconisa la réduction drastique du nombre d'étrangers employés en France, dans le commerce, l'industrie et l'agriculture. Quatre cents personnes en situation irrégulière furent arrêtées à Paris et immédiatement expulsées. On entreprit une chasse à l'homme sur tout le territoire. Dans le même temps, les permis de séjour délivrés à la main-d'œuvre allogène ne furent plus renouvelés. On vit, gare de l'Est, de longs trains à destination de la Pologne, tous emplis d'hommes et de femmes qui avaient donné leur force à la France, laquelle n'en voulait plus. Entassé dans les wagons de troisième classe, ballotté entre enfants et maigre bagage, tout un peuple cabossé prenait le chemin du retour vers un pays qu'il ne connaissait plus. Les gares parisiennes ne désemplissaient pas de ces misérables en partance pour les quatre coins de l'Europe.

Pour sortir de la crise qui s'enkystait, la France, comme le reste du continent, ne savait plus à quel saint se vouer. L'opinion balançait entre une droite nationaliste aux méthodes dures et l'espérance d'un front populaire porté par l'illusion de la solidarité de classe. Dans ce chaos, le kibboutz Machar n'était plus qu'un radeau pris dans une tempête, un simple bouchon dont personne ne se souciait, et qui n'attendait que d'être englouti.

— Nous sommes désormais mal notés à Paris, et dans le viseur du gouvernement, constata David.

— Je ne pense pas qu'il faille attendre quoi que ce soit du monde politique, répondit Heinrich. Il se fiche bien de nous. Quand tout va mal, le sort des Juifs n'inquiète guère. Tout au contraire, nous servons de bouc émissaire.

— Le plus triste, reprit David, c'est qu'ils sont tous aussi pacifistes les uns que les autres. Ils font semblant de croire à une armée française invincible depuis 1918. Pas un qui accepte de voir les manœuvres de Hitler.

Ils parlèrent un moment de cet ouvrage qui venait de paraître, *Vers l'armée de métier*, signé par un certain colonel de Gaulle, et qu'ils avaient lu tous les deux. David et Heinrich savaient ce que la guerre signifiait ;

ils avaient combattu, le premier en Afrique, dans la Légion étrangère, et le second en 14-18. Ils suivaient de près l'évolution des armements depuis la fin du conflit mondial.

— Professionnalisation et réorganisation des armées, utilisation indépendante des blindés et de l'aviation, voilà un homme qui a compris la guerre moderne, dit le chef du kibboutz.

— Il est bien le seul ! répondit Heinrich. Et personne ne l'écoute. Personne n'a entendu parler de lui ; il est moins connu que Maurice Chevalier ou Tino Rossi ! Les rares qui font cas de lui le prennent pour un original.

39

Les pionniers avaient passé le mois à récolter le regain de septembre qui venait à maturité pour Rosh Hashana, le nouvel an juif. Les pluies d'août avaient fortifié l'herbe, qui poussait dru. Même si le rendement était faible, le foin, d'excellente qualité, pourrait être vendu. Cette activité les tenait éloignés des tourments parisiens. Ils ne pouvaient ignorer, néanmoins, les fréquentes visites des gendarmes. La brève incarcération de Samuel et de Sonja les avait frappés. Ils n'étaient donc plus à l'abri des persécutions dans leur paisible ferme-école éloignée de tout ? Lors des réunions hebdomadaires du conseil, David ne leur cachait rien.

— Le kibboutz va-t-il fermer ? s'inquiéta Magda, qui parlait toujours avec franchise. Où irons-nous ?

— Nous n'en sommes pas encore là, répondit le chef de Machar, en tentant de rassurer les jeunes.

Mais les rides qui s'accumulaient sur son front, la lassitude qui cassait parfois sa voix disaient la difficulté du moment.

L'automne, qui aurait dû marquer le temps de repos pour les travailleurs de la terre, trouva le kibboutz

Machar dans une intense effervescence. Il s'agissait désormais de survivre. Mordechaï montrait un étrange détachement des problèmes matériels, comme s'il n'était pas concerné. Yohann lui reprocha son manque d'engagement.

Quelques jours plus tard, ils le virent pénétrer dans la cour, au galop du mulet, accompagné sur la charrette par le pragmatique Simon. Un tonneau empli de châtaignes brinquebalait à l'arrière de la carriole.

— Qu'est-ce que c'est que ce cirque ? l'interpella David.

— Nous les avons ramassées dans les bois, pour assurer notre ravitaillement, dit fièrement le Russe.

— Où les avez-vous trouvées ?

Le jeune homme dessina de la main un large cercle sur l'horizon.

— Tout autour de Nazareth ; il y en a partout.

— Mais ces bois ne sont pas à nous ! maugréa le chef du kibboutz. Voilà qui ne va pas arranger nos affaires avec les voisins…

Mordechaï prit un air innocent avant d'expliquer :

— Selon Joseph Sorel, le droit de glaner est ancestral. Les châtaignes constituaient l'essentiel des repas des pauvres gens, sous l'ancien régime. Aujourd'hui, la plupart ne sont plus récoltées, et ce sont les sangliers qui les mangent.

Tout en bataillant avec l'administration pour éviter la fermeture, David s'efforçait d'envoyer un maximum de kibboutzniks en Palestine, quitte à sacrifier encore une fois leur formation.

— Nous n'aurons peut-être bientôt plus l'occasion de le faire, expliqua-t-il à ses pionniers.

Toujours assisté par Heinrich, il avait intensifié l'entraînement militaire des jeunes gens, devinant qu'ils en auraient besoin dans un avenir plus ou moins proche. Le pacifiste Mordechaï l'interpella quand il découvrit ce qu'il nomma un « sacrilège ».

— Les cabanes que j'avais construites dans la forêt…

— Eh bien, elles ne te servaient plus. Nous les avons transformées en campement pour nos commandos…

— Elles célébraient Soukkhot ! s'indigna le jeune rabbin. Elles rappellent que nous avons vécu sous le ciel étoilé, quand nous avons fui l'Egypte !

— Je sais, acquiesça David. Avec les plus religieux de nos membres, tu les as occupées pendant six jours. Maintenant, elles sont utiles à autre chose.

Puis il regarda Mordechaï longuement dans les yeux, avant de lui dire :

— Toi, mon garçon, tu feras un excellent officier de renseignement.

Les autorisations britanniques tombaient régulièrement sans prévenir, malgré les inquiétudes internationales qui s'amoncelaient comme de gros nuages sur l'horizon. Les jeunes gens, à peine mariés, prenaient le train pour Marseille, d'où ils embarquaient pour Haïfa. En même temps, le durcissement du régime nazi jetait sur les routes de plus en plus de fuyards qui ne savaient où aller. Certains, désespérés, venaient s'échouer, tels des esquifs désemparés, à Machar, dont ils avaient entendu parler. Il fallait les héberger, parfois pour une seule nuit, avant qu'ils ne reprennent leur errance, en quête d'un salut de plus en plus difficile à trouver. La France, l'Amérique, le Royaume-Uni et, à travers lui, la Palestine fermaient peu à peu leurs frontières aux indésirables pourchassés par les régimes totalitaires. Désormais les réfugiés politiques n'étaient pas mieux traités que les migrants économiques. Machar, sous une étroite surveillance policière, ne pouvait plus leur offrir ce havre de paix qu'ils recherchaient. Pourtant ils venaient quand même et David voyait avec inquiétude le kibboutz devenir peu à peu ce « camp de bohémiens » que dénonçait le sous-préfet.

Albert Malaterre avait trouvé le moyen d'éloigner son fils de sa fiancée juive. Avant d'intégrer Saint-Cyr, qui ferait de lui un cadre de l'armée française, Frédéric devait effectuer deux années de service militaire. Son père usa de toute son influence – et elle était grande – pour le faire affecter en Algérie, sur la base de Cherchell.

— Il ne pourra rentrer qu'une fois l'an, dit le fonctionnaire à sa femme. Et c'est très bien ainsi.

— Nous ne le verrons pas avant l'été prochain, se lamenta Rose.

— En effet, et elle non plus ! Il aura le temps de l'oublier.

L'épouse du sous-préfet se souvenait qu'avant de devenir Mme Malaterre elle avait été, elle aussi, une adolescente romantique. Mais elle préférait garder le silence. Toute discussion eût été vaine.

Le jeune homme se désespérait ; son père l'avait piégé sur toute la ligne. Devant les angoisses de Sarah, il songea à tout laisser tomber.

— Je vais démissionner de l'armée ; je trouverai du travail ; nous pourrons nous marier.

Ce fut elle qui, ravalant ses larmes, l'en dissuada :

— Tu devras toujours passer deux années loin d'ici pour ton service militaire. Je ne veux pas que tu renonces à ton rêve à cause de moi. Je me sentirais coupable. Nous pouvons bien attendre un peu, dit-elle en concluant la conversation d'un baiser sur ses lèvres, pour empêcher toute dispute.

Frédéric prépara son départ en remâchant sa tristesse. David lui promit de ne pas abandonner Sarah, malgré la défaillance de sa vocation.

— Vous êtes un véritable ami, Frédéric, lui déclara le chef du kibboutz. Sarah est des nôtres. Nous veillerons sur elle en votre absence. Tant que Machar existera, elle sera la bienvenue parmi nous.

Yohann et tous ses compagnons serrèrent gravement la main de leur camarade venu leur dire au revoir. Sarah pleura longuement sur son épaule, puis elle le regarda partir avec son paquetage. Elle frissonnait comme si l'air s'était brutalement rafraîchi. Il lui avait promis de lui écrire toutes les semaines, mais elle savait qu'il devrait partir en opération, dans un arrière-pays sauvage et dangereux. Elle redoutait les risques de l'aventure, et plus encore le gouffre de l'oubli.

Son fils éloigné, Albert Malaterre ne cessa pas pour autant de harceler le kibboutz. Le maire de Nazareth ne pouvait plus, comme auparavant, jongler avec des certificats de complaisance. Les gendarmes noircissaient des pages de rapport et recoupaient des pistes pour repérer les pionniers qui jouaient à cache-cache avec eux, quittant Machar sous une identité, pour y revenir, quelques semaines plus tard, sous une autre. Petit à petit, le sous-préfet avait reconstitué la carte de leurs errances. Bientôt, il pourrait frapper tous les points à la fois.

J'estime que cette situation ne peut plus se prolonger sans compromettre gravement le prestige que doit conserver l'autorité française à l'égard des étrangers, persista le sous-préfet dans un rapport qui contourna son supérieur pour atterrir directement sur le bureau du nouveau ministre de l'Intérieur. *Ils doivent, en échange de l'hospitalité que nous leur offrons, respecter scrupuleusement les lois de notre pays. Tel n'est malheureusement pas le cas à Jugeals-Nazareth où, presque constamment, l'on enregistre une méconnaissance systématique, sinon le mépris absolu des prescriptions gouvernementales, précisément à un moment où il convient d'exercer à l'égard des étrangers résidant dans notre pays une surveillance particulièrement stricte et vigilante.*

Dans les bureaux des ministères parisiens, à l'Intérieur, à la Défense, aux Affaires étrangères, à la Sécurité nationale, le dossier Machar grossissait de semaine en semaine.

40

Le sous-préfet Malaterre s'était toujours targué de respecter à la lettre la loi, à laquelle il vouait un véritable culte. La lecture des *Misérables* de Victor Hugo avait été pour lui une révélation quasi mystique. Mais, plutôt que par les figures du forçat Jean Valjean, du voyou Gavroche, de Marius le révolutionnaire ou de Cosette, fille de prostituée, il avait été marqué par celle de l'inspecteur Javert : un homme de devoir qui préférait se donner la mort plutôt que de faillir à son idéal. Si Albert Malaterre respectait en apparence la neutralité républicaine qu'exigeait sa fonction, quand il comprit que le sort du kibboutz Machar ne se jouait plus en Corrèze mais à Paris, il mit en branle son réseau personnel, nettement situé à l'extrême droite de l'échiquier politique.

Les membres du parti franciste, auquel il avait donné sa foi, lui apportèrent tout leur soutien. Grand défenseur de « la civilisation chrétienne », Marcel Bucard, son fondateur, tenait l'Italie de Mussolini pour modèle. Il était vrai que le Duce le finançait abondamment. Lorsque Malaterre réussit à le joindre, il rentrait tout juste de Montreux, où le dictateur transalpin avait réuni un congrès international des organisations fascistes.

— Il nous faut clairement regarder du côté de l'Allemagne, glissa-t-il au sous-préfet lors de leur entretien téléphonique. La discipline naturelle des Germains, leur force de frappe supérieure, la puissance de leur industrie aboutiront à de meilleurs résultats qu'avec les Italiens. Et puis, ils ne craignent pas d'afficher leur antisémitisme.

— En attendant, mon cher Marcel, lui répondit Malaterre, j'ai besoin de vous pour m'aider à en finir avec ce camp de youpins.

En quelques phrases, il résuma la situation à Nazareth.

— Vous pouvez compter sur mon entière collaboration, et sur celle de nos troupes. Mais il faut absolument commencer par rallier l'opinion à notre cause. Sans le peuple, les élites ne peuvent rien.

— Pour cela, j'ai ma botte secrète, conclut le fonctionnaire. Vous recevrez d'ici peu la visite d'un homme sûr. Auguste Villain vous remettra en main propre le dossier complet du kibboutz, y compris les éléments des services de renseignement.

Le sous-préfet connaissait personnellement Henry Simond, le directeur de *L'Echo de Paris*. Le journal avait fait les beaux jours des antidreyfusards et de la Ligue des patriotes de Paul Déroulède et affichait encore un tirage considérable. Son rédacteur en chef le décrivait ainsi : « Un quotidien dont le lecteur est un prêtre, père ou frère de prêtre, et la lectrice une dame en deuil qui a son fils à Saint-Cyr. » On ne pouvait mieux dire ! La ligne éditoriale avait le mérite d'être claire : ultra-catholique, conservatrice, proche des milieux militaires, antiparlementaire, haineuse envers le communisme et l'internationalisme. Inutile de préciser ce que ses lecteurs pensaient des Juifs en général, et des kibboutz marxistes en particulier.

Aussitôt alerté par Albert Malaterre, puis par Marcel Bucard, qui se chargea de lui transmettre clandestinement les dossiers officiels et les rapports de police concernant Machar, *L'Echo de Paris* fondit tel un rapace sur la colonie juive de Corrèze. Venus d'Allemagne, l'ennemi héréditaire de la France, membres de la religion des assassins du Christ et défenseurs de l'idéologie bolchevique... ainsi les pionniers se virent-ils caricaturés en première page du grand quotidien parisien. Au fil des jours, les attaques se faisaient plus cruelles, plus mordantes. Non seulement ces métèques venaient manger le pain des Français, mais ils osaient cultiver la Terre, la Terre sacrée de France, pour laquelle tant de jeunes chrétiens avaient donné leur vie ! Une fois l'opinion chauffée à blanc, bien préparée à recevoir la révélation ultime, le coup de grâce se fit plus perfide :

Que font ces Allemands tout près du tunnel ? titra le quotidien, ajoutant : *Nous avons signalé l'existence d'une colonie d'Allemands installée près de Toulouse, colonie qui vient enfin d'être dispersée.*

L'article commençait par révéler l'existence d'une *chasse aux boches* à travers tout le territoire. Il importait peu au journaliste que cette nouvelle croisade portât sur des ennemis de Hitler réfugiés en France. C'était des Allemands avant tout ; leur sang différait de celui, plus pur, des Français, et leur présence sur le sol national était une offense et un danger. Il fallait informer l'opinion de cette invasion des barbares. Tous ces Germains n'étaient pas là par hasard. Ils demandaient asile, mais c'était dans un but précis, un complot savamment préparé. *L'Echo de Paris* allait le démontrer :

Mais il en existe encore d'autres dont la présence préoccupe l'opinion. Entre Brive et Turenne, au village de Nazareth, au nom prédestiné pour une colonie juive, sont installés une centaine d'Allemands, hommes et femmes, vivant dans la promiscuité la plus complète. Ce sont presque tous des pharmaciens, médecins, avocats, notaires, ingénieurs. Ils passent leur temps à explorer le pays, à faire des photos et des dessins. Pendant quelques heures, ils font des exercices soi-disant de culture physique, commandés par un des leurs. Quelques-uns se placent chez des paysans des environs et travaillent mais, comme ils reçoivent de l'argent de Paris tous les mois, et en bonne quantité, ils aiment mieux vivre en rentiers.

Remarque importante : Nazareth est exactement au-dessus du tunnel Paris-Toulouse par Capdenac, et à quelques kilomètres de la ligne Paris-Toulouse par Montauban. On voudrait savoir pourquoi des Allemands ont choisi cet endroit plutôt qu'un autre. Peut-être le service de renseignements voudra-t-il s'en informer.

41

Ainsi la chose était dite, gravée dans le marbre, authentique puisque imprimée. Les membres du kibboutz Machar étaient des espions allemands. Pire, même : un groupe de saboteurs prêts à faire sauter la voie ferrée. La ficelle était grosse, reprenant tous les clichés du moment : des Juifs riches et parasites, des marxistes qui rêvaient d'égorger le bourgeois, des Allemands qui avaient constitué une petite armée sur les arrières de la ligne bleue des Vosges. Avec habileté, Henry Simond et son équipe déformaient la vérité pour la transformer en menace. La formation militaire des pionniers devenait celle d'un commando terroriste aux objectifs déjà désignés. On traitait de paresseux et de profiteurs ceux qui avaient dépensé leur énergie sans compter pour travailler la terre. Les opposants à Hitler se transformaient en nazis. Leurs diplômes mêmes les desservaient : un médecin ou un avocat qui s'habille en paysan ne peut être qu'un agent secret. Sous la plume acide de la presse d'extrême droite, les vertueux kibboutzniks mutaient en des êtres débauchés, plongés dans le stupre et la luxure. Et plus le mensonge était énorme, mieux il passait, dans une opinion publique inquiète et avide d'expliquer ses malheurs quotidiens par des complots venus d'ailleurs.

Peu à peu, au fil des crises économiques et des périls internationaux, le champ du fascisme s'étendait en France. Si l'antique Action française, toujours influente et revancharde à l'égard de la Révolution, brillait par son indécision, d'anciens militants de la gauche nationaliste viraient de bord et osaient afficher clairement leur choix. Il en allait ainsi de Marcel Déat, ex-membre de la SFIO, ou d'Adrien Marquet, titulaire du ministère de l'Intérieur. La base populaire, toujours prompte à se lever contre l'Etranger, suivait des intellectuels qui fascisaient par snobisme, refus de l'ordre bourgeois, du conformisme et de la décadence supposée de l'Occident. Communisme soviétique et capitalisme américain étaient rejetés d'un même geste : trop matérialistes. Les Brasillach et consorts louchaient sur la nouvelle mode venue d'outre-Rhin et de l'autre côté des Alpes, qui associait dans un seul mouvement le peuple et l'élite et semblait proposer une troisième voie.

Les articles de *L'Echo de Paris* reçurent un accueil favorable dans cet univers déjà déstabilisé, et leurs mensonges furent répétés à l'infini, comme un roulement de tonnerre qui allait s'amplifiant. Au fil des numéros, la caricature de l'immigré indésirable et cosmopolite, dangereux, incapable de s'intégrer, s'imposa au plus grand nombre comme une évidence. Machar devint le symbole de ce qui ne devait plus être accepté sur le sol de France. Etre allemand, c'était être l'ennemi de la France, juif l'adversaire de la chrétienté, marxiste le promoteur de l'ogre Staline.

Léonce Bernheim, président du Hechaloutz, eut beau relayer à Paris l'indignation de David, il était trop tard, la machine infernale s'était emballée.

Ces jeunes gens s'adonnent exclusivement à l'agriculture, écrivit le responsable des pionniers. *Ils mènent une vie parfaitement propre et modeste et font tout leur possible pour hâter le moment où ils auront l'aptitude voulue pour recevoir un certificat d'immigration en Palestine. Il va sans dire qu'ils ne sont ni des êtres immoraux, ni des parasites, ni des agents hitlériens d'espionnage. La dure existence de travail physique, si nouvelle pour eux, à laquelle ils se vouent, devrait leur valoir l'estime de tous.*

Le texte était joliment troussé, mais sa portée resta limitée. Que pouvait la communication des kibboutzniks contre un grand média national dont les informations étaient reprises par ses confrères ? Le mensonge crié haut et fort, et répété, devenait plus vrai que la vérité elle-même.

Le préfet de Corrèze, qui, jusque-là, avait modéré l'ardeur vengeresse de son subordonné trop zélé, finit par se laisser convaincre. Il joignit sa voix au concert en écrivant à la Sûreté nationale, reprenant toutes les conclusions de Malaterre, aggravant même les risques supposés :

Il est établi que le centre agricole de Jugeals-Nazareth fonctionne aujourd'hui dans des conditions moins satis-

faisantes que par le passé, et cela se conçoit puisque les colons sont tous des intellectuels non familiarisés avec les choses de la terre et peu enclins à supporter ou à faire les efforts pénibles que réclame la culture. Un certain nombre de ces colons préfèrent évidemment sillonner journellement les routes du département, c'est moins pénible, c'est plus agréable, certes, mais peut-être plus dangereux pour la sécurité nationale, car il convient d'observer que le département de la Corrèze recèle une manufacture d'armes, un nœud ferroviaire extrêmement important comme Brive, de nombreux tunnels, dont un est à un kilomètre à peine de Jugeals et dont la destruction entraînerait la suppression totale du trafic de la grande ligne Paris-Toulouse, de nombreuses usines hydroélectriques en fonctionnement ou en construction, bref des rouages essentiels de défense nationale. L'opinion s'émeut donc de rencontrer fréquemment sur les routes corréziennes ces étrangers aux allures plus ou moins équivoques qui n'hésitent pas à héler les automobiles pour se déplacer.

Le rapport du préfet, sous ses allures débonnaires, était un modèle de tartufferie. Il protégeait ses arrières en feignant de découvrir la nature intellectuelle des réfugiés, accroissait les rumeurs en mettant en évidence des dangers auxquels les Corréziens étaient censés échapper, ce qui ne faisait que renforcer les accusations de saboteurs qui pesaient sur les pionniers. Il avait manifestement choisi son camp.

Yohann, plus éduqué et attentif aux problèmes politiques, sentait le danger grandir. David le consultait souvent. Il sollicita une nouvelle fois l'aide de

Jean-Pierre pour rencontrer les communistes locaux. Joseph Sorel les accompagna lors d'un rendez-vous fixé au siège de la cellule de Brive.

— La presse communiste est puissante en France, argumenta-t-il. Elle doit contribuer à rétablir la vérité et faire contrepoids aux assauts de l'extrême droite envers nous.

— Les consignes du Parti sont de rester neutre, leur fut-il répondu. Le peuple, malheureusement, apprécie les attitudes antigermaniques. Nous ne pouvons risquer nos positions dans l'opinion pour défendre un intérêt particulier.

Les trois amis claquèrent la porte, convaincus qu'ils ne pourraient rien attendre de militants qui géraient l'idéal marxiste comme un capital petit-bourgeois. Découragé, Yohann resta un long moment, le soir, avec Mordechaï, toujours attablé devant sa machine à écrire.

— Il faudrait un miracle pour nous sauver, dit le jeune juriste.

Le rabbin le regarda en souriant.

— Bientôt, nous serons à Hanouka, la fête de la Lumière, qui célèbre justement une intervention divine.

— Tu y crois, toi, aux miracles ?

— Quand la raison est impuissante, il ne reste que la foi.

1935

42

Si David faisait part de son inquiétude lors des réunions du conseil, la plupart des pionniers ne percevaient pas grand-chose du brouhaha qui s'était déclenché au-dessus de leurs têtes, dans la capitale. Pourtant, le grand air de la calomnie finit par arriver jusqu'en Corrèze.

Comme tous les samedis, Magda, accompagnée de Haïm et Sarah, s'était rendue, sur la charrette attelée au mulet, jusqu'au marché de Brive-la-Gaillarde. Alors qu'elle installait son banc, le placier l'interpella :

— Désolé, ma belle, mais tu ne peux pas rester là.

— Où dois-je me mettre, alors ? questionna la grande blonde.

L'homme se gratta la tête, dans un instant d'indécision. Il se tournait à droite et à gauche, comme pour chercher un emplacement qui n'existait pas. Il semblait bien embêté.

— Nulle part ! Il n'y a plus de place pour vous.

— Mais pourquoi ? s'étonna la jeune femme, désemparée. Cela fait un an que nous sommes là chaque semaine…

— J'ai reçu des instructions… venues d'en haut. Ils ne veulent plus de vous.

Tout en parlant, il avait levé un doigt vers le ciel, comme si les ordres émanaient de Dieu en personne. En négociant habilement, arguant qu'ils n'avaient reçu aucun courrier officiel, Magda parvint quand même à obtenir l'autorisation de déballer pour la journée.

Sous une pluie d'hiver glaciale, les trois jeunes pionniers étaient tristes. Ils s'étaient habitués à un accueil chaleureux, se croyaient bien intégrés. Les forains leur battaient froid ; contrairement aux habitudes, personne ne venait partager avec eux une tasse de café. Ils s'étonnaient aussi de voir ce jour-là moins de clients que de coutume. Certains les évitaient manifestement, faisant un grand détour pour ne pas passer devant eux. En fin de matinée, ils virent s'avancer deux hommes et une femme, passablement excités, le teint rougeaud. Ils avaient dû commencer de bonne heure avec le pousse-café.

— Il paraît que vous allez faire sauter l'usine d'armement de Tulle, dit le premier individu.

— On ne veut rien détruire du tout, dit Haïm, interloqué. On vend nos patates.

— On vous a vus avec des appareils photographiques, dit le second. Mon beau-frère, qui y travaille, m'a dit qu'on y fabriquait des canons pour automitrailleuses d'un modèle nouveau. Je suis sûr que ça vous intéresse ! L'armement, c'est votre vrai métier, pas vrai ?

— Mais pas du tout ! s'indigna le jeune homme,

qui se voyait encore, la veille dans les bois de Jugeals, avec son arc et ses flèches. Moi, je joue du piano.

— Partez ! On ne veut plus de vous ! hurla soudain la femme, le visage déformé par la haine.

Ils finirent par plier bagage en remportant avec eux la marchandise invendue. L'accablement et l'incompréhension cheminaient avec eux, au pas lent du mulet.

La rumeur avait également gagné Nazareth. Au bistrot, en leur absence, on parlait beaucoup sur eux.

— Je n'ai jamais eu confiance dans ces Allemands, dit Paul le berger. Ils ne sont pas francs du collier. Souvenez-vous que c'est moi qui les ai repérés le premier, dès leur arrivée.

— Moi, je dis que des gars qui travaillent dur et qui payent leur coup à boire ne peuvent pas être de mauvais bougres, répliqua Courrèges, qui avait le sens des affaires.

— Quand même, dit Marthe, c'est vrai qu'ils ont des appareils photo. Je les ai vus. Ça coûte cher, ces choses-là... Ils se plaignent toujours de ne jamais avoir d'argent ! Qu'est-ce qu'ils peuvent bien espionner ? C'est pour qui, toutes ces images ? Pour Hitler ?

— En tout cas, dit Eugène Dutronc, le plus proche voisin de Machar, s'ils font sauter les barrages sur la Dordogne et la Vézère, on sera tous noyés !

— Pas nous, on est trop haut, jeta Paul Barentin avec l'air de celui qui sait. Mais les gens de Brive, c'est sûr, ils vont y passer ! C'est pour ça qu'ils les ont chassés du marché, l'autre samedi.

Chacun avait un mot à ajouter sur l'incident qui

avait déjà fait le tour du canton. Ceux qui n'y étaient pas inventaient des rébellions et des menaces.

— Le curé Jaumart a repéré d'étranges signes qu'ils tracent sur leurs portes, reprit Marthe. Il pense que c'est une sorte de code à l'intention de la cinquième colonne. Ils donnent des renseignements aux nazis sur notre armement, c'est sûr.

Thierry Montalembert se leva, rouge de colère, la moustache frémissante.

— Ce sont des lettres hébraïques, pauvre gourde ! Ils sont juifs ! Comment pouvez-vous imaginer qu'ils travaillent pour Hitler ?

— D'abord, qu'est-ce qu'on en sait, qu'ils sont juifs ? Peut-être qu'ils font semblant, lança Paul en entamant son troisième pastis. Et puis, toi non plus, tu ne les aimais pas, au début.

— C'est vrai, dit le riche fermier. Mais j'ai appris à les connaître.

— En tout cas, il n'y a pas de fumée sans feu ! Si les journaux parisiens disent qu'ils sont des espions, ça doit être la vérité.

La discussion se poursuivit fort tard, sur le ton de la dispute, entre les amis du kibboutz qui criaient à l'injustice et les villageois qui hurlaient au complot. Une délégation hétéroclite composée de Paul Barentin, le camarade syndiqué, et du couple Dutronc accompagné du curé se rendit dès le lendemain à la mairie pour demander des explications. Abel Bourriagues les rassura comme il put, convaincu que ses arguments ne pouvaient rien contre la déraison.

43

La Sûreté nationale, alertée par tout ce bruit, diligenta une enquête que le sous-préfet mena rondement. En étant au départ et à l'arrivée de l'action, il était certain d'obtenir le résultat désiré. Il avait dénoncé la situation, c'était à lui d'établir le verdict. Les gendarmes investirent Machar, mirent les archives sous séquestre, recensèrent les résidents et les interrogèrent un à un. David ne put opposer qu'une protestation de pure forme.

— Que nous veulent-ils ? s'alarma Sarah.

— Ne vous inquiétez pas, nous sommes en démocratie, rappela le chef du kibboutz, qui redoutait un incident violent. Répondez simplement aux questions. Dites la vérité.

Sonja et Samuel, dont le départ avait été annulé au dernier moment, redoutaient de se retrouver à nouveau en cellule. Mais ils furent traités comme les autres. Visiblement, le sous-préfet voulait une solution globale et ne souhaitait pas perdre son temps avec des cas individuels.

Yohann fut interrogé longuement ; son voyage en Allemagne était connu des autorités. Il parla de ses parents, de ses craintes, de sa visite à Dachau et de sa conversation avec Eichmann. Habilement, il préféra rester silencieux sur la douzaine de jeunes filles qu'il avait ramenées clandestinement en France. Elles étaient toutes parties pour la Palestine, sauf Dalia, qu'il présenta comme sa cousine. Ce n'était qu'un demi-mensonge. La jeune fille resta longtemps sur la sellette. Son affaire n'était pas claire et ses papiers pas en règle. Comment, à moins de seize ans, avait-elle franchi la frontière ? Selon les policiers, il convenait de la réexpédier sans délai outre-Rhin.

— Mes parents ont été arrêtés par les nazis ! cria-t-elle tandis qu'on la conduisait vers le véhicule. Je n'ai nulle part où aller !

Yohann posa fermement sa main sur le bras du gendarme. Les deux hommes se défièrent du regard, puis le pandore laissa tomber :

— Ça ira pour cette fois.

Dalia s'écroula contre le torse de son sauveur. Yohann éprouvait pour elle un sentiment fraternel et trouble. Elle était visiblement amoureuse de lui, mais trop timide et trop jeune pour l'avouer. Elle le cherchait constamment des yeux, s'arrangeait pour pouvoir travailler avec lui. Il la considérait comme une gamine, mais il avait assez d'expérience pour savoir qu'il ne fallait pas jouer avec les sentiments. Et puis, elle était mignonne, Dalia, avec ses boucles aussi noires que ses yeux et son air déterminé.

En dix mois, constata Malaterre dans un rapport officiel, *la population composant la colonie israélite de*

Jugeals-Nazareth s'est presque entièrement renouvelée, montrant par là les mutations incessantes qui s'y produisent, non pas tant vers la Palestine que d'un centre vers un autre ou vers Paris. Cette situation rend difficile la surveillance exercée à l'égard de ces étrangers. Douze ne peuvent, d'après leur propre déclaration, se réclamer de la qualité de réfugié politique. Plusieurs proviennent d'ailleurs de pays très divers et n'ont jamais séjourné en Allemagne : ils seraient directement venus à Nazareth pour apprendre la culture.

Cet état de choses nouveau me paraît devoir être particulièrement signalé. En effet, jusqu'à ce jour, la colonie était destinée à accueillir les Juifs victimes de l'antisémitisme qui sévit en Allemagne. Aussi, tout en assurant le respect des lois françaises, a-t-il été usé à leur égard d'une bienveillance justifiée par leur situation difficile. Aujourd'hui, il n'en est plus ainsi puisque ce centre reçoit des individus qui n'ont nullement souffert des agissements du gouvernement hitlérien car ils proviennent de toutes les parties du monde. Il semble donc qu'à l'égard de ces derniers le droit commun doit être intégralement appliqué et que, dans ces conditions, des étrangers qui ne réalisent pas la qualité de réfugiés politiques devraient ne pas être autorisés à séjourner en France s'ils n'y sont pas entrés dans des conditions tout à fait régulières.

Il est à craindre en effet que, si l'on ne réagit pas contre la tendance qui se dessine, la colonie de Nazareth n'en vienne à accueillir un nombre important d'immigrants de nationalités diverses dont il serait difficile de déterminer les antécédents et de surveiller la conduite, étant confondus parmi beaucoup d'autres dans un centre assez fermé et où le contrôle reste malaisé.

La démonstration était habile et implacable. Le loup se faisait agneau pour défendre la protection des Juifs fuyant l'Allemagne. Oubliés les premiers rapports qui, dès leur arrivée, condamnaient les pionniers. En revanche, des « faits nouveaux », qui ne l'étaient pas – la venue à Machar de Juifs issus de nombreux pays –, permettaient d'aligner une série de motifs dont la conclusion s'imposait : le kibboutz était dangereux. Le mot « étranger » scandait le texte comme une rime, désignant le coupable idéal.

Le préfet approuva les directives de son subordonné et réclama la fermeture de la colonie allemande et la dispersion de sa population dans les plus courts délais possibles. Les jours de Machar étaient comptés.

Le Hechaloutz tenta bien, une nouvelle fois, d'allumer un contre-feu. Les *Cahiers juifs* publièrent un long article sur les kibboutz de France, signalant que le cas de Machar n'était ni unique ni exceptionnel, rappelant les efforts faits par les pionniers pour s'intégrer, pour transformer des transfuges allemands en jardiniers et en agriculteurs. Ils soulignèrent l'excellence des résultats obtenus en une année seulement. Les émigrés, issus de milieux intellectuels, hébergés dans des conditions primitives, avaient su, dans leur totalité, s'incorporer à ce mode de vie si nouveau pour eux, et avec enthousiasme. Pas un paysan qui ait eu à se plaindre d'eux. Tout au contraire, ils se félicitaient du travail des jeunes gens et de leur façon de se consacrer entièrement à leur nouvelle situation.

Les *Cahiers juifs* ne faisaient que répéter ce que d'autres avaient déjà énoncé, écrit à maintes reprises. Quoi dire d'autre que la vérité ? Mais ils n'étaient guère lus que dans les milieux israélites, déjà convaincus par le projet.

Le ministre de l'Intérieur trancha, de manière autoritaire, avec un ton de prélat médiéval, sans chercher à se justifier. Le 23 février 1935, Adrien Marquet donna l'ordre au préfet de la Corrèze d'informer la direction de la colonie que, pour des motifs impérieux qui n'avaient pas à être indiqués, il avait décidé de supprimer cette formation, dont la dissolution devrait être réalisée entièrement dans un délai d'un mois à dater du 1er mars. Les individus qui n'étaient pas de nationalité allemande et ne pouvaient se prétendre réfugiés politiques furent frappés d'une mesure de refoulement. Ils avaient quinze jours pour quitter le territoire. Les autres devraient indiquer leur lieu de résidence et leur date de départ pour la Palestine. Ils devraient tous avoir quitté la France au plus tard à la fin de l'année 1935.

44

Cette bronca parisienne exagérée autour d'une ferme-école dont tout le monde ignorait l'existence quelques semaines plus tôt, et que personne n'aurait su situer avec précision sur une carte, finit par émouvoir un personnage bien implanté dans les milieux littéraires et politiques de la capitale, corrézien de surcroît. Propriétaire du château de Castel Novel, près de Brive, Bertrand de Jouvenel était connu pour avoir été, à dix-sept ans, l'amant de Colette, sa belle-mère. Son aventure amoureuse avait inspiré *Le Blé en herbe*. Journaliste engagé à gauche, il suivait les traces de son père, Henry de Jouvenel, mais avec des errances idéologiques parfois surprenantes. Il avait quitté le parti radical après les émeutes de 1934 pour se rapprocher du fascisme à la française, tout en se méfiant de la brutalité des nazis. Sa grande cause était le pacifisme et la réconciliation franco-allemande. Son épouse américaine, la chroniqueuse Martha Gellhorn, était juive, et il se souvenait que sa propre mère partageait cette même origine. Le châtelain corrézien et l'intellectuel parisien qui cohabitaient en lui s'unirent pour prendre la défense du kibboutz Machar.

Bertrand venait juste d'être élu président du tout nouveau Centre d'études du problème des étrangers, chargé par le gouvernement de concevoir une politique migratoire à la fois plus humaine et plus rationnelle. Autour de lui, il pouvait compter sur les soutiens de l'écrivain Georges Duhamel, un pacifiste comme lui, du juriste William Oualid, de l'économiste Adolphe Landry, du médecin René Martial, bien que partisan de l'eugénisme et de la séparation des races, et du démographe Georges Mauco.

— J'ai reçu, il y a deux jours, un étrange appel téléphonique, dit le préfet de Corrèze en accueillant Albert Malaterre dans ses locaux de Tulle. Un journaliste qui semble avoir l'appui du gouvernement, un certain Bertrand de Jouvenel, par ailleurs propriétaire d'un château dans le département, m'écrit sur papier à en-tête du Sénat pour m'exhorter à surseoir à la fermeture du kibboutz Machar.

Le sous-préfet eut du mal à cacher sa colère. L'éternelle indécision des démocraties, incapables d'appliquer une politique avec fermeté ! Il y voyait les causes de l'impuissance des gouvernements. Il y avait toujours un empêcheur de danser en rond qui prenait l'opposé du parti des décideurs.

— Ce n'est qu'un caprice d'intellectuel, dit le fonctionnaire. Je connais cet homme ; il pèse peu de choses dans notre région.

— C'est exactement ce qu'il m'écrit aujourd'hui, pour me confirmer son appel, dit le préfet d'un ton sec en dépliant une lettre sous le nez de son subordonné.

Il voyait avec inquiétude se profiler un problème qui pourrait nuire à sa carrière et maudissait ces Parisiens qui n'avaient aucune idée de ce qui troublait la province.

— Voilà ce qu'il dit : « Vous avez parfaitement raison de considérer cette affaire de votre point de vue départemental. Moi, je la considère d'un point de vue national et je voudrais que nous ayons enfin une politique à l'égard des étrangers, parce que nous avons ouvert nos frontières à trois millions d'hommes sans savoir exactement ce que nous en ferions. Aujourd'hui, après avoir tout ouvert, nous fermons tout. Or, cela ne résout rien. Vous touchez, par exemple, à la question des apatrides : il est parfaitement vain de refouler des gens qui ne peuvent aller nulle part et que tous les autres pays refoulent vers nous puisqu'ils n'appartiennent à aucun d'entre eux. Dans votre rapport, j'ai bien vu que les situations individuelles étaient illégales, de plus en plus illégales, ce qui ne m'étonne pas et ce qui, à mon sens, est le seul effet réel des mesures de police dont la rudesse est beaucoup plus apparente qu'effective, mais je n'ai pas vu qu'on ait pu mettre au compte de ces étrangers un seul délit. Au contraire, vous signalez qu'ils ont de bons rapports avec la population. Par conséquent, je serais beaucoup plus porté à souhaiter, dans l'intérêt public, la multiplication de ces petites colonies que leur dissolution. »

Quand le haut fonctionnaire eut achevé sa lecture, un silence pesant s'abattit sur le bureau capitonné de la préfecture de Tulle. Le préfet se sentait bien seul. Il avait soigneusement tenu à l'écart des problèmes son chef de cabinet et ses collaborateurs. Il savait qu'on attendait de lui une position claire, qui ne contredirait pas celle des dirigeants nationaux. Il aurait à appliquer un choix qui ne serait pas le sien, mais, en cas de troubles, il en subirait les conséquences.

— Il précise même qu'une copie de son courrier a été envoyée à Edouard Herriot, ancien président du Conseil et ministre d'Etat chargé de l'Immigration, ajouta-t-il. Votre Jouvenel me paraît être dans les petits papiers du gouvernement, et il écrit bien, suffisamment pour retourner l'opinion publique si elle vient à le lire.

— Je sais nos dirigeants divisés sur le sujet, dit Malaterre. Je comprends que l'on veuille accueillir les réfugiés humainement, mais n'oublions pas que nous avons avec nous le ministre de l'Intérieur, celui des Affaires étrangères et la Sûreté nationale. Les menaces qui pèsent sur l'usine d'armement de Tulle, sur les barrages et les tunnels de la région, sont à prendre au sérieux. Notre pays pullule d'agents secrets allemands. Ce n'est pas quand il sera trop tard que nous devrons pleurer.

— Vous pensez réellement que ce sont des espions nazis ?

Le préfet faisait mine de douter des mensonges qu'il avait lui-même consignés dans son rapport. Il cherchait à faire retomber la responsabilité sur son subordonné. Après tout, c'était lui qui avait levé le lièvre ! Malaterre se rebiffa :

— S'ils ne travaillent pas pour Hitler, alors ils le font pour Staline.

Sagement, le fonctionnaire décida d'attendre de Paris des instructions claires. Ce Jouvenel, chargé de mission par le gouvernement et écrivain reconnu, pouvait renverser à lui seul la situation. Il sentait bien qu'Edouard Herriot, décisionnaire sur le sujet, balançait entre humanisme et sévérité. Sa religion n'était pas faite. Une conclusion trop hâtive de sa part, condamnée en haut lieu, pouvait le clouer sur la croix d'infamie et le cloîtrer dans un placard, en exil de la fonction publique pour le reste de ses jours.

45

Bien qu'isolé dans son lointain régiment algérien, Frédéric suivait de près les affaires concernant Machar. Il recevait toutes les semaines une lettre de Sarah. La jeune femme devait user de mille ruses pour contourner la censure militaire. Elle utilisait un vocabulaire imprécis, à double sens, pour raconter les malheurs de la communauté. Elle lui faisait part de son inquiétude de se retrouver à la rue, sans savoir où aller. Il l'exhortait à la patience, sans pouvoir lui proposer une solution concrète. Réduit à l'impuissance par sa condition de soldat, il tenta de mobiliser les Equipes sociales et le cercle Duguet autour d'Edmond Michelet, en comptant sur leur humanisme chrétien et leur sens de l'engagement. Beaucoup de ses camarades se dressèrent contre ce qu'ils considéraient être une injustice, mais Frédéric nota la réticence de certains. Même parmi les plus dévoués de ses amis, les méfaits de la calomnie avaient grignoté les consciences. Ne fallait-il pas se méfier de ces Allemands ? N'y avait-il pas un peu de vrai dans ces accusations d'espionnage ? L'actualité jouait contre Machar. La majorité des disciples d'Edmond

Michelet le soutenaient, toutefois leur influence ne dépassait guère le département. Ils réussirent néanmoins à mettre dans leur camp celui qui était peut-être leur pire adversaire politique. Journaliste libertaire et militant de gauche, Henri Fabre dirigeait d'une main ferme *La Corrèze républicaine et socialiste*. Le quotidien prit fait et cause pour le kibboutz et le signifia, dans son numéro du 13 mars, sous le titre *Les Juifs sont chassés* :

Un an et demi après leur installation, le ministre vient de se rendre compte que les jeunes Juifs réfugiés d'Allemagne qui exploitent une propriété dans le village de Nazareth sont dangereux pour la sécurité nationale : il faut les chasser promptement. Que leur reproche-t-on ? Rien ! Pas un seul d'entre eux n'a fait l'objet de poursuites pour faute grave. Ils vivaient paisiblement et maigrement, s'appliquant de leur mieux à leur apprentissage agricole en vue d'un prochain départ en Palestine. Ils vendaient quelques légumes sur la place de Brive ; mais les commerçants chez qui ils s'approvisionnaient savent qu'ils n'étaient pas venus en France pour accentuer la crise de surproduction et le chômage.

Ils sont non seulement étrangers mais juifs et, surtout, ils ne semblent pas aimer Hitler ni les fascistes. Aussi L'Echo de Paris, L'Ami du Peuple *du parfumeur Coty,* Le Courrier du Centre, Candide *et autre* Réveil *ne les ont pas en odeur de sainteté. Ils hurlent et bavent périodiquement après eux. Il n'y aura plus d'espions à Nazareth, tous les roquets dormiront tranquilles.*

Nous pensions que dans les bals de la Marine, ou dans les salons du grand monde où se pavanent les officiers en brillants uniformes, se glissaient assez souvent des « Lydia » éblouissantes, plus dangereuses pour la défense nationale que les Juifs en sabots qui travaillent à pleine peau sur un sol ingrat pour manger un peu de pain noir et boire de l'eau.

— Le scandale Lydia Oswald n'arrange pas nos affaires, dit David en reposant le journal. C'est une catastrophe ! Toute la presse en parle, et chaque Français s'imagine voir dans son voisin un membre de la cinquième colonne…

Dix jours plus tôt, une belle jeune femme blonde, d'origine suisse, avait été arrêtée à Brest et convaincue d'espionnage au profit de l'Allemagne. Elle avait séduit deux officiers de marine, qui lui avaient fourni des renseignements sur la flotte française. Elle était même parvenue à monter à bord de navires de guerre et à prendre des photos. Sa correspondance codée avait été interceptée. La police l'avait interpellée à grand fracas, et l'on attendait son jugement. La rumeur publique voulait la voir fusillée, comme Mata Hari, même si sa jeunesse et son charme parvenaient à émouvoir les cœurs tendres. On voyait, depuis, des espions allemands partout et les habitants du kibboutz étaient les premières victimes de cet état de fait.

— Pourtant, cet Henri Fabre nous défend avec beaucoup de talent, répondit Heinrich en reprenant la lecture interrompue :

Les jeunes gens de la colonie juive étaient soumis à une surveillance très rigoureuse qui aurait dû permettre de rassurer les plus méfiants. On les disperse à tous les vents, sans moyens d'existence. Il faut qu'ils aient une âme vraiment droite pour ne pas abandonner le bon chemin. En tout cas, ils doivent se faire une fière idée des vertus d'hospitalité dont on asperge la nation française.

La verve républicaine et laïque jaillissait sous la plume du vieux militant, outré de tant d'indifférence et de bêtise. Elle se poursuivit une semaine plus tard, par un appel aux vertus régionales :

Je connais nos braves terriens limousins. Si ces Juifs allemands ne s'étaient pas conduits vis-à-vis d'eux en hommes courtois et de bonne compagnie, ils auraient senti, déjà, le piquant de leurs fourches. Bien au contraire, ils ont su gagner le cœur de nos paysans. Pas un de nous, pas un de mes congénères de race limousine ne se lèverait pour défendre des suspects qui présenteraient un danger pour notre petite patrie. Quand nous prenons parti, on peut se fier à nous. Notre parole n'est pas seulement d'honneur, elle est l'honneur. Nous nous ferions couper la langue plutôt que de plaider pour des ennemis. Aussi, quand nous nous trouvons en présence de mesures administratives aussi cruelles, aussi stupides que celles qui frappent les Juifs de Nazareth, nous protestons de toutes nos forces et nous avons la conviction de vous rendre service en vous disant : ne commettez pas cette faute.

Intellectuels, militants chrétiens et de gauche, la Corrèze paraissait se dresser contre la capitale. Mais les suites de l'affaire Lydia Oswald continuaient de monter les Français contre les Allemands. A défaut de nazis, protégés par la barrière du Rhin, ils s'en prenaient à ceux qu'ils avaient sous la main. Le Hechaloutz plaça ses derniers espoirs dans les membres modérés d'un gouvernement de coalition. Que la commission chargée de statuer sur le refoulement des étrangers ait été confiée à Edouard Herriot, un humaniste convaincu, pouvait réconforter quelque peu les pionniers.

— Ce n'est pas un homme à prendre les rapports de l'hôtel de police pour parole d'évangile, dit Abel Bourriagues, venu assurer ses amis de son soutien. Il étudie tous les dossiers avec grand soin. Il est aussi attaché que moi au respect du droit d'asile.

— Devant tant de mensonges, de mauvaise foi, soupira David, découragé par des mois de lutte stérile, j'ai peur qu'il n'y ait plus rien à attendre.

Yohann et Magda, que le chef du kibboutz avait conviés, avec son secrétaire, à ce conseil restreint, se regardaient avec des yeux emplis de crainte. La vieille pendule du bureau égrenait chaque seconde qui tombait, chacune plus lourde que la précédente. Ils redoutaient qu'elle ne proclame la sentence et sonne la fin du combat.

46

Le ministère de l'Intérieur refusa d'infléchir sa position. Les décisions votées devaient être appliquées à la lettre. Le kibboutz Machar vivait ses derniers instants. Les pionniers, désemparés, erraient dans la cour de la ferme. Ils avaient abandonné leurs travaux agricoles, uniquement préoccupés de leur survie. Où allaient-ils dormir dans les jours à venir ? Comment se procurer à manger ? Ils ne pouvaient ni aller de l'avant ni retourner en arrière, et la demeure leur était interdite.

— Cette fois, c'est la fin, dit tristement Magda en parcourant du regard la maison, la grange, l'étable, où elle avait passé une partie essentielle de sa jeune existence. Nous nous souviendrons toujours de Nazareth.

Yohann ne répondit pas, le cœur serré, les larmes aux yeux. Il s'était battu pour ce bout de terre qui ne lui appartenait pas, jusqu'à risquer sa vie pour lui. Jamais il ne s'était senti aussi désespéré.

Ils étaient encore une quarantaine au kibboutz. Tous se rapprochaient des deux plus anciens, cherchant une illusoire protection. Sarah était la plus perdue, dans l'impossibilité de rejoindre Frédéric en Algérie ou sa famille à Cologne.

— Ne vous inquiétez pas, dit Yohann à la plupart d'entre eux. Votre dossier est prêt. Vous allez partir pour la Palestine…

— Et nous ! Et nous ! protesta l'un de ceux qui n'avaient pas cette possibilité. Qu'allons-nous devenir ?

— Nous trouverons une solution ; nous ne vous laisserons pas tomber.

Ils allaient devoir gérer au cas par cas les étrangers, les Allemands, les apatrides. Dalia ne disait rien, et se cachait pour pleurer. Devant Yohann, elle arborait l'air suppliant et confiant d'un chien fidèle qui attend tout de son maître.

— Toi, tu pourras toujours compter sur moi, lui glissa-t-il en caressant ses cheveux bouclés.

— Quand même, quel gâchis ! dit Magda, qui refusait de voir piétiner sa bonne humeur avec son idéal. Il ne nous reste plus qu'à manger le surplus de nos provisions. On va faire un banquet à tout casser, inviter nos derniers amis, et on chantera jusqu'au petit matin.

David tenta un ultime tour de force. Par l'intermédiaire du Hechaloutz, il demanda que la totalité de la population de Machar soit transférée dans la ferme voisine de Sarrazac, dans le Lot, que Robert de Rothschild avait louée pour eux un an plus tôt. Il écrivit en ces termes au sous-préfet de Gourdon, en espérant que la rumeur parisienne ne soit pas encore parvenue jusqu'à lui. Mais Albert Malaterre veillait. Il avait depuis longtemps déjoué les ruses du baron. Toutes les caches, les propriétés qui servaient à dissimuler les migrants sans papiers lui étaient connues. Il alerta son collègue, le mit en garde contre la venue sur son territoire de gens suspects du point de vue national, l'informa des soupçons graves qui pesaient sur ces Allemands. L'autorisation de s'établir en Quercy leur fut refusée pour des motifs de sécurité, en raison de l'important nœud ferroviaire qui se trouvait dans la région.

A Paris, dans le bureau de Robert de Rothschild, une vive discussion opposait ce dernier à son ami Jacques Helbronner.

— Nous avons eu tort de laisser ces Allemands s'installer en France, dit le conseiller d'Etat qui ne désapprouvait pas, dans le fond, la politique migratoire menée par le cabinet Flandin. Les gens qui n'ont pas vocation à s'intégrer ne doivent pas être autorisés à résider sur le sol français.

— Vous condamnez notre œuvre ? Notre générosité ? s'irrita Robert. Le droit d'asile envers les étrangers n'est-il pas une vieille tradition biblique ?

— Nous devons cesser tout soutien au kibboutz Machar, répliqua Helbronner en secouant la tête. Je me suis entretenu hier avec le ministre de l'Intérieur : la décision du gouvernement est irrévocable. Nous mettrions en danger notre crédibilité en poussant plus loin.

— Vous voulez que nous abandonnions une création si savamment élaborée ? dit le baron, qui n'en croyait pas ses oreilles. Que nous laissions dans un dénuement total ces jeunes gens qui nous ont fait confiance ?

Jacques Helbronner arpentait le bureau de l'hôtel de Marigny, comme pour fuir toute demande de grâce. Il arrêta son pas et se retourna vers lui.

— Nous devons rester fidèles à notre seule ligne de conduite : l'intégration. Je vous avais bien dit de vous méfier du Hechaloutz. Ce sont des communistes ! Notre devoir premier est de préserver les intérêts des Juifs français, même s'il faut pour cela sacrifier les étrangers…

Rothschild écarquilla les yeux, stupéfait par ce qu'il venait d'entendre.

— C'est infâme ! s'indigna-t-il. Si nous ne protégeons pas les Juifs, qui le fera ?

— J'ai eu à prendre ce genre de décision pendant la guerre, répondit l'ancien militaire avec assurance. J'ai dû abandonner des troupes pour en sauver d'autres, plus importantes. Ce sont des choix douloureux, mais nécessaires.

Rothschild s'effondra dans son fauteuil et se prit la tête entre les mains. Son cerveau semblait bouillir, près de la faire éclater. C'était la première fois qu'il se trouvait dans une telle impasse. Sa fortune et son intelligence lui avaient permis de se sortir de bien des mauvais pas. Aujourd'hui, il était réduit à l'impuissance, vaincu par un petit fonctionnaire provincial haineux et une presse nauséabonde. Mais il subodorait un cauchemar plus noir encore, en préparation dans l'âme tortueuse des hommes. Lui resterait-il encore un peu de ruse et assez de relations pour aider une dernière fois ces amis lointains qu'il ne connaissait pas ? Il chercha, chercha encore, en vain. Il ne pouvait se résoudre à donner raison à Jacques Helbronner.

Mais les faits s'imposèrent à lui et le kibboutz corrézien ferma ses portes.

Quelques semaines plus tard, lors de l'assemblée générale du Consistoire de Paris, Robert de Rothschild dut manger son chapeau. Il s'exprima de manière conforme à ce qu'attendait le conseiller d'Etat. Son discours fut ferme, et sans un mot de compassion pour les anciens pensionnaires de Machar qu'il condamnait sans réserve, ainsi que la politique du Hechaloutz. Pour sauver l'essentiel, la paix des Juifs français, il préféra donner raison à ses ennemis :

« J'ai eu la charge des réfugiés allemands et, vous le savez peut-être, ce sont des *haloutzim* plus ou moins sionistes qui ont installé de petites communautés en province, ont dressé des jeunes gens à l'agriculture pour en faire des candidats utiles pour l'immigration en Palestine. Il y avait une colonie à Nazareth, une commune de France au nom prédestiné. Tout allait très bien et les jeunes gens se sont amusés à se promener partout en chantant des hymnes et en se livrant à des manifestations extrêmes. Ils ont réussi à choquer la population, la brave population paysanne. On disait : "Ce sont des boches !" Le résultat en a été de graves difficultés. Eh bien ! Il faut que les Juifs se mettent ceci en tête : nous avons été étrangers sur la terre d'Egypte. En attendant qu'ils s'adaptent, qu'ils soient naturalisés, qu'ils aient fait leur service militaire, qu'ils aient, en somme, leurs lettres patentes de Français, il faut qu'ils s'arrangent pour ne pas donner sujet à des observations. Ils peuvent avoir des idées politiques, mais qu'ils n'essaient pas, d'une façon ou d'une autre, de saper l'autorité. S'ils ne sont pas contents, qu'ils s'en aillent ! Ils sont des invités qu'on reçoit avec plaisir, mais il ne faut pas qu'ils cassent la vaisselle. »

47

Le 19 avril 1935, David fit connaître au sous-préfet, comme ce dernier l'avait exigé, les différentes destinations des derniers pionniers de Machar. La plupart avaient quitté la France pour la Palestine, selon le projet initial. Treize avaient gagné une colonie située au Luxembourg, récemment mise en activité. Depuis 1918, la région voisine de la Sarre était gérée par la Société des Nations et occupée par la France, qui y exploitait le charbon en guise de dommage de guerre. Selon la décision du traité de Versailles, un référendum y avait été organisé le 13 janvier 1935 et la population s'était prononcée à plus de 90 % pour son rattachement à l'Allemagne nazie. Les Juifs sarrois avaient été brutalement jetés sur les routes, certains parvenant même jusqu'en Corrèze. Le Luxembourg avait décidé de les recueillir et de favoriser leur émigration.

— Mais, il n'y a pas de point d'embarquement au Luxembourg ! s'inquiéta Magda, qui avait le sentiment d'avoir manqué le coche. Qu'irais-je faire dans ce Grand-Duché lointain qui est comme une miette dans la moustache de Hitler ?

— Ne t'inquiète donc pas ! lui répondit David. Tu partiras de Marseille, comme prévu, avec Haïm, ton époux légitime. L'important, ce n'est pas la mer, ce sont des papiers en règle. C'est tout ce qui compte. Tu comprends maintenant le sens du mot « passeport ».

Heinrich attendait ses documents pour gagner le Proche-Orient avec sa femme et sa fille. Jean-Pierre avait décidé, au dernier moment, de ne pas partir.

— Je suis français, mon pays va avoir besoin de moi. Je n'abandonne pas le navire en pleine tempête.

Il voulait rejoindre sa famille, qui vivait à Brive, reprendre son existence banale de marchand de chaussures. C'était la fin de l'aventure. Il proposa à Sarah de l'héberger jusqu'au retour de Frédéric.

Il restait encore un petit groupe d'une dizaine d'individus dont David ne parla pas au sous-préfet : ceux qui n'avaient toujours pas de papiers, apatrides, comme Samuel et Sonja, ou trop jeunes comme Dalia. Mordechaï, quant à lui, avait refusé de se prêter au simulacre du mariage.

— Je ne veux pas être un menteur à la face de Dieu, argumenta-t-il. Nous partirons quand même, et franchirons les frontières, par la ruse peut-être, mais dans la Vérité.

— Je dois moi-même me rendre à Jérusalem, où l'armée secrète israélienne a besoin de moi, dit David. Je quitte la France, mon pays d'adoption. Yohann devient le responsable de ce qui reste de notre communauté, jusqu'à ce que chacun ait pu gagner la Terre promise ou son havre de paix.

— Je m'y engage sur mon honneur, dit solennellement le jeune juriste.

Lui-même n'était pas encore « marié », même si Dalia faisait tout ce qu'elle pouvait pour qu'il la prenne pour femme, ne fût-ce que le temps du voyage. Il n'avait aucun sauf-conduit pour abandonner le sol français et se trouvait, de fait, en situation irrégulière.

Le printemps était froid, cette année-là, et ils frissonnaient tous, se serrant les uns contre les autres pour se protéger d'un vent glacial et de mauvais augure. Eux que le kibboutz avait fait mûrir en quelques mois, comme des plantes trop vite poussées, se sentaient flétrir et régresser. Ils n'étaient plus qu'un troupeau d'enfants désenchantés, des mômes perdus avec un gros chagrin sur le cœur. En ce 25 avril 1935, il fut versé beaucoup de larmes entre les treize derniers occupants de Machar. Treize ! Mordechaï pensa que ce n'était pas un bon chiffre, tout en se reprochant d'être aussi superstitieux qu'une vieille femme. Yohann, Sarah, Mordechaï, Magda, Haïm, Dalia, Samuel, Sonja, Jean-Pierre, Heinrich et deux autres dont le nom s'est perdu, autour de leur chef David, s'enlacèrent et pleurèrent longuement dans les bras les uns des autres. Puis ils entamèrent une ronde lente et triste, une ultime *hora* qui les réunit pour la dernière fois. Ils commencèrent à tourner en chantant une douce mélopée qui évoquait les traditions de leur pays lointain et encore inconnu. Ils ignoraient s'ils se reverraient un jour. Ils savaient qu'ils n'oublieraient jamais ces belles heures passées au kibboutz Machar, aux jours de leurs vingt ans. Quand la vieillesse viendrait, ils se souviendraient de leur jeunesse ; ces mois de mauvaise nourriture, de travail forcé, de fatigue et de peur leur paraîtraient les plus beaux de leur existence.

— Je serai votre boîte aux lettres, dit André Valbénac en récupérant les clés de sa propriété, sept ans plus tôt que prévu. Je ferai suivre votre courrier, où que vous soyez dans le monde. Si vos pas vous reconduisent à Nazareth, il y aura toujours pour vous une assiette de soupe et un lit chaud.

SECONDE PARTIE

Nénette et Rintintin

1936-1941

1

Après la fermeture du kibboutz Machar, Magda, Haïm, David, Heinrich et sa famille réussirent à embarquer à Marseille pour la Palestine. Ils n'étaient plus que neuf à rester en Corrèze, sous la direction de Yohann. La première urgence fut d'assurer la subsistance de chacun. Grâce aux bonnes relations qu'ils avaient su garder avec les paysans locaux, André Valbénac et Thierry Montalembert en particulier, plusieurs d'entre eux purent poursuivre leurs métiers agricoles. D'autres, grâce aux appuis politiques dont ils bénéficiaient, trouvèrent à s'employer en ville. La victoire du Front populaire aux élections de 1936 avait offert un sursis à ceux qui craignaient encore l'expulsion. Yohann et Mordechaï prirent un travail dans une imprimerie de Brive. Le jeune Russe écrivait beaucoup, recevait du courrier, étudiait des cartes. Il encourageait ses amis à amasser un petit pécule pour financer leur expédition.

— Quel voyage ? lui demanda Yohann. Tu sais bien que les portes de la Palestine nous sont fermées.

— Certes, mais pas celles du Liban, où nous pouvons nous rendre en touristes. Le kibboutz Ayelet

Ashahar, notre destination, est tout près de la frontière. Il suffira de traverser ce petit pays, et nous aurons gagné le gros lot.

Yohann se pencha sur l'atlas. En théorie, cela semblait facile, trop facile.

— Tu vas devoir voyager dans le sud du Liban, en plein territoire druze. N'oublie pas que la région était en guerre il y a seulement dix ans. Les Français ont écrasé la révolte en cours, et n'ont accepté aucune revendication. Les Druzes sont ennemis des Français et amis des Arabes musulmans. Ils n'aiment sûrement pas les Juifs.

Mordechaï suspendit un instant son crayon en l'air, comme pour mieux préparer son triomphe. Un grand sourire illuminait son visage et ses yeux d'éternel rêveur.

— Ce que tu dis est vrai pour ceux des plaines… Mais les Druzes des montagnes sont amis avec les colons juifs. Ils commercent avec eux par-delà la frontière.

— Tu veux dire qu'ils se livrent à la contrebande ?

— Exact ! Ils passent des marchandises… Et des hommes.

Au début de l'année 1937, ils furent six à embarquer à Marseille sur un cargo mixte qui se rendait à Tyr. Mordechaï emmenait avec lui Dalia, Sonja, Samuel, ainsi qu'Ivan et Ruben, deux apatrides originaires de Tchécoslovaquie. Au dernier moment, Yohann refusa de les suivre.

— J'ai encore à faire en Europe ! proclama-t-il.

L'Espagne est à feu et à sang. Si le Front populaire français veut bien s'allier à l'Union soviétique, nous pouvons y faire triompher nos idées.

Sa décision avait provoqué la colère et les larmes de Dalia. En deux ans, l'adolescente était devenue une charmante jeune femme. Elle secoua ses boucles brunes, ses yeux noirs brillants de détermination.

— Il ne reste plus que Jean-Pierre, qui est français, et Sarah, qui attend le retour de Frédéric. Ils n'ont plus besoin de toi ! s'écria-t-elle avec une pointe de jalousie dans la voix. Viens avec nous en Palestine ! Epouse-moi ! Nous fonderons une famille et nous serons heureux.

Il la regarda longuement, prit sa nuque dans sa main, passa les doigts dans sa lourde chevelure, puis l'embrassa et la caressa sans dissimuler le désir qu'il avait d'elle.

— Il faudra beaucoup de temps, et beaucoup de combats avant que nous puissions être heureux, lui dit-il. Une guerre contre le fascisme a éclaté en Espagne et je ne peux rester à l'écart ; je vais m'engager dans les Brigades internationales.

— Mais tu vas te faire tuer, idiot ! cria-t-elle en tambourinant de ses poings sur le torse du garçon.

— Non, je ferai attention. Si tu es là-bas, en Palestine, comme un soleil de printemps que l'on espère après la nuit de l'hiver, si je sais que tu m'attends, alors je te rejoindrai.

Le voyage des six pèlerins se déroula avec une simplicité qu'ils n'avaient pas même imaginée. De la

Corrèze jusqu'au Liban, ils ne quittèrent pas l'empire français. Le minuscule pays était constitué d'une mosaïque de dix-neuf communautés chrétiennes et musulmanes que la disparité obligeait au compromis et à la paix. Ils se présentèrent comme des étudiants en histoire, partis sur les traces des anciens croisés. Le château de Toron, près de la ville de Tibnine, les intéressait particulièrement. Tibnine était un centre actif de la communauté druze. Mordechaï se passionnait pour la religion étrange de ce petit peuple ; il avait dévoré plusieurs livres sur le sujet. Cette association de néoplatonisme et d'islam le fascinait. Walid, le guide qui les accompagnait, et qu'il avait recruté depuis la France, eut tôt fait de former une caravane, qui prit aussitôt la direction du sud.

— Vous ne craignez pas d'indisposer vos voisins en accompagnant des Juifs jusqu'en Palestine ? lui demanda Mordechaï, tandis qu'ils chevauchaient sur les hauts plateaux.

— Pour les fondamentalistes, les Druzes ne sont qu'à moitié musulmans, lui répondit le marchand. Ils nous considèrent comme des hérétiques. Notre premier devoir est de mentir à ceux qui ne partagent pas nos croyances.

— Voilà qui ne va pas faciliter mes études, dit le Russe en souriant.

En une journée, ils franchirent les frontières de la Palestine par un sentier non gardé et atteignirent Metoula, la ville juive la plus septentrionale, au sommet du « doigt de la Galilée », un étroit couloir inséré entre le Liban et la Syrie. Par Kiryat Shmona, ils gagnèrent le kibboutz Ayelet Ashahar. Bientôt, les murs blancs des maisons se mirent à luire au soleil levant.

— La Biche de l'aurore ! s'écria le jeune rabbin. Elle n'a jamais aussi bien porté son nom…

Il se mit à réciter le psaume de David qui en parlait en mots poétiques, et ce fut comme une musique à l'oreille de ses compagnons. C'était un matin calme. Au-dessus des habitations, dans le mirador de bois, Mordechaï crut bien pouvoir identifier une silhouette endormie contre son fusil.

— On pourrait te couper vingt fois la gorge avant que tu réagisses ! cria-t-il en reconnaissant Haïm.

Le musicien dégringola de son poste, tandis que Magda le devançait pour ouvrir le portail et tombait dans les bras des arrivants. Les retrouvailles entre les anciens de Machar furent dignement fêtées, malgré la rigueur militaire qui régnait sur les lieux.

2

Comme il l'avait promis, André Valbénac servait de boîte aux lettres pour les pionniers demeurés en France. Sarah et Jean-Pierre étaient les plus assidus pour se rendre à Nazareth. La jeune femme était restée quelque temps à Brive, chez le marchand de chaussures. Puis, grâce au réseau de camarades de son fiancé, les jeunes catholiques sociaux réunis autour d'Edmond Michelet, elle avait trouvé un poste de professeur de dessin dans un institut privé de la cité gaillarde. De retour en France, à la fin de son service militaire, Frédéric achevait sa formation d'officier à Saint-Cyr. Quand son affectation le laissait dans la région, il partait pour l'ancien kibboutz avec Sarah. Yohann, avant son départ pour l'Espagne, les accompagnait.

— Ils sont bien arrivés ! s'exclama la jeune femme en découvrant la prose dithyrambique de Mordechaï, qui racontait leur expédition comme la découverte d'un nouveau continent.

Quelques mois auparavant, ils avaient reçu des nouvelles plus inquiétantes. Magda leur avait détaillé l'assaut qu'ils avaient dû repousser lorsque le kibboutz Ayelet Ashahar avait été attaqué par un groupe d'extrémistes musulmans. Depuis avril 1936, la région était devenue extrêmement dangereuse. Encouragé par Adolf Hitler, le grand mufti de Jérusalem, Hadj Amin el Husseini, avait lancé une grève générale qui avait dégénéré en insurrection. Husseini poussait à la guerre sainte contre les Britanniques et les Juifs. Les fermes isolées étaient assaillies et leurs habitants massacrés. Les kibboutz s'étaient transformés en forteresses assiégées. Filles et garçons ne se déplaçaient plus qu'armés. Comme le racontait Magda :

Nous étions tous profondément endormis, quand Simon, qui était de garde, a lancé l'alarme en tirant un coup de fusil en l'air. Ils étaient une vingtaine, équipés de carabines modernes d'origine allemande ; ils se sont lancés au pas de charge, dans un grand désordre. Nous dormions tout habillés et on a sauté dans nos chaussures pour se précipiter aux postes de défense. On a tiré un peu au hasard, dans le noir ; je crois bien que je n'ai touché personne. Devant notre feu nourri, ils se sont retirés. On a récupéré du matériel abandonné. Notre équipe est formidable. Chaque fois que je pars en patrouille, je remercie Heinrich de ses conseils.

Quelques mois après leur arrivée en Palestine, Mordechaï reçut un courrier de David lui demandant de le retrouver d'urgence à Jérusalem. Le jeune homme ne cacha pas sa joie d'échapper pour un temps aux travaux agricoles. Il avait déjà pu se rendre en Haute-Galilée, dans la petite agglomération de

Safed, capitale des kabbalistes, où il avait fait de belles rencontres. Mais Jérusalem, c'était son rêve secret.

Cependant, une fois achevé le long voyage en bus sur une route poussiéreuse, David ne laissa pas au Russe le temps de s'extasier sur les merveilles de la cité sainte.

— J'ai besoin de toi pour identifier une personne, lui dit-il, comme ils s'asseyaient dans un bureau obscur, dissimulé dans une maison voisine de la synagogue Hourva, au cœur de la vieille ville.

Devant eux une tasse de thé refroidissait sur une table basse, à côté de confiseries.

— Deux hommes sont arrivés en Palestine, il y a quatre jours, des Allemands en civil. Ils se sont rendus chez Reichert, l'homme qui dirige l'espionnage hitlérien à Jérusalem. Nous pensons qu'il s'agit de deux SS : Adolf Eichmann et Herbert Hagen. Tu devrais être capable de reconnaître le premier, que tu as rencontré à Dachau.

Mordechaï et David se rendirent discrètement aux abords de l'hôtel des Remparts, où les mystérieux visiteurs étaient descendus. Ils s'attablèrent à la terrasse, commandèrent un rafraîchissement, et attendirent. Au bout d'une heure, deux individus élégants, en costumes et soigneusement cravatés, un manteau léger sur le bras, passèrent à côté d'eux. Ils semblaient agités et parlaient beaucoup, en allemand. Mordechaï se demanda si le Kommissar, qui l'avait croisé une seule fois, pourrait le reconnaître. Mais un nazi pouvait-il se souvenir d'un Juif ? Le Russe se contenta d'un signe d'approbation en direction de David, puis ils se levèrent et quittèrent la place.

— Tu ne veux toujours pas porter d'arme ? lui demanda l'ancien chef du kibboutz Machar. Alors bienvenue aux services secrets israéliens, où tu viens d'être affecté.

Dans les jours qui suivirent, David présenta à Mordechaï un autre agent, nommé Josef Birenbaum. A eux trois, pendant un mois, ils suivirent les nazis dans tous leurs déplacements à travers le Proche-Orient. Officiellement, ces derniers étaient venus négocier avec les dirigeants israéliens le départ d'Allemagne des membres de la communauté juive, mais ce n'était qu'un leurre. Hitler ne tenait pas à renforcer leur présence sur le terrain. Eichmann rencontra à plusieurs reprises le grand mufti de Jérusalem, dont il semblait être un familier. Hadj Amin el Husseini l'assura de son soutien total et affirma qu'il refuserait la proposition britannique de partage de la Palestine entre Juifs et Arabes.

Birenbaum, avec une rare habileté, parvint à s'introduire dans le consulat d'Allemagne pour y écouter un entretien entre le diplomate, les deux SS et le chef arabe. Ce dernier s'engagea à donner une large diffusion aux idées national-socialistes au sein du monde musulman et à désorganiser l'empire colonial britannique par des grèves et des révoltes.

David parvint à suivre Eichmann jusqu'à la ville sainte de Nadjaf, en Irak, où il fut mis en présence d'un ayatollah iranien d'une quarantaine d'années, nommé Khomeiny. Le SS lui rappela la proximité raciale qui unissait Germains et Perses, tous purs aryens. Il mit également l'accent sur la convergence des mythes, entre l'empereur Barberousse, qui, en se réveillant de son sommeil souterrain, rétablirait la puissance de l'Allemagne, et l'imam caché des chiites, qui, à la fin des temps, ferait régner l'islam sur le monde. David comprit le but de la manœuvre.

— Les nazis tentent de rassembler sunnites et chiites en une même force, autour de l'idée d'une révolution islamique ! rapporta-t-il, terrifié par cette éventualité. Ils veulent lever l'ensemble du monde musulman à leur côté, contre les démocraties, les communistes et les Juifs.

Leur mission n'était pas achevée. Dans les jours qui suivirent, Mordechaï repéra l'arrivée d'une très belle jeune femme blonde dans le même hôtel. Elle parlait allemand et fréquentait les deux SS. Elle se faisait appeler Elke et semblait être la maîtresse de Herbert Hagen.

— Hagen est aussi dangereux qu'Eichmann, dit Mordechaï en rendant son rapport à son supérieur. Si le second est le spécialiste de l'islam auprès de la SS, Hagen est un haut dignitaire de la Gestapo, dont il dirige la section antijuive.

— Deux beaux salopards ! s'exclama David. Mais j'ai mieux pour toi, un souvenir de France. J'ai réussi à identifier la fille.

Il montra son dossier au jeune Russe, qui s'exclama :

— Ça alors, Lydia Oswald !

— Exactement. L'espionne allemande, dont l'arrestation à Brest, en 1935, a indirectement provoqué la fermeture du kibboutz Machar, est actuellement à Jérusalem sous un faux nom.

— Comment avez-vous réussi à la reconnaître ?

— L'an passé, à peine libérée de prison en France, elle a repris ses activités d'agent secret. Elle s'est fait bêtement pincer en Turquie, avec un complice, en zone militaire. Elle prétendait vouloir se rendre en Chine, mais sa destination réelle était l'Irak. Depuis, nous la tenons à l'œil.

— Jérusalem est vraiment un joli panier de crabes, dit Mordechaï. Un nid d'espions…

— En effet, et nous en faisons partie.

Quelques mois plus tard, les Britanniques, excédés par les agissements du mufti, qui entraînait la région dans une véritable guerre civile, tentèrent de l'arrêter. Husseini ne se contentait pas d'attaquer la communauté juive, il faisait également assassiner les Arabes qui ne voulaient pas suivre sa politique. Deux mille musulmans modérés perdirent la vie par sa faute. Dans le même temps, en signe d'apaisement, les Anglais, qui jouaient double jeu, limitèrent drastiquement l'immigration juive en Palestine. Après s'être abrité dans la mosquée Al-Aqsa, d'où on ne pouvait le déloger sans provoquer un incident diplomatique, Husseini, sous l'apparence d'une femme voilée, parvint à échapper à la police et trouva refuge à Beyrouth.

3

L'amour de Sarah et Frédéric avait survécu à l'éloignement et aux deux années de service militaire. Dès que le jeune homme eut obtenu son brevet d'officier, ils se marièrent civilement, en l'absence de toute famille mais bien entourés par leurs amis, au début de l'année 1939. Les rescapés du kibboutz Machar, les chrétiens militants et quelques villageois de Nazareth oublièrent leurs différends pour célébrer dignement l'événement.

— *Mazeltov !* s'écria Yohann. Je vous souhaite tout le bonheur du monde.

Il n'y eut pas de véritable fête, juste une soirée entre compagnons anciens et nouveaux. Yohann et Jean-Pierre étaient, avec Sarah, les ultimes représentants de la ferme-école de Nazareth, disparue quatre ans plus tôt. Tous les autres étaient désormais à l'abri en Palestine. Mais existait-il encore des espaces de sûreté quelque part dans le monde ? Après l'annexion des Sudètes et l'Anschluss, les bruits de bottes et le fracas des armes se faisaient entendre partout. Une guerre s'achevait en Espagne – Yohann en était revenu à temps pour le mariage –, une autre, plus terrible encore, s'annonçait entre la France et l'Allemagne.

— Conserve ton emploi à Brive, conseilla Frédéric à son épouse. Le temps des casernements n'est pas encore venu. Nous y verrons plus clair dans quelques mois.

Nommé sous-lieutenant à sa sortie de Saint-Cyr, Frédéric ne profita pas longtemps de son statut d'homme marié. La déclaration de guerre du 2 septembre 1939 entraîna son affectation comme chef de char dans un escadron de reconnaissance équipé d'automitrailleuses Panhard 178. Il n'était pas peu fier de commander cette machine moderne de huit tonnes qui pouvait tout aussi bien foncer à soixante-dix kilomètres/heure sur les routes qu'escalader les talus à l'aide de ses quatre roues motrices. Il envoya à Sarah une photo où il posait en tenue de combat devant son redoutable engin peint en vert de camouflage. Ses trois équipiers s'affichaient à ses côtés : Damian, le conducteur, Pontaubert, le tireur, qui maniait le long canon de 25 mm, et Faubert, l'inverseur, qui pouvait piloter le véhicule en marche arrière et servait également de radio.

Le groupe avait été affecté près de Sedan, dans le prolongement de la ligne Maginot, que l'on avait trouvé inutile de développer plus avant.

« C'est un poste de planqué, avait dit le commandant Mangin, qui dirigeait la compagnie. Les fortifications sont imprenables et la forêt des Ardennes est infranchissable pour les blindés allemands. »

Frédéric finit par donner raison à son chef. De septembre 1939 à début mai 1940, ils surveillèrent les routes et les chemins forestiers sans jamais apercevoir un seul boche. De temps en temps, un avion dans le ciel justifiait une mise en alerte. Il se précipitait avec ses camarades, glissant sa grande carcasse dans l'étroit habitacle, fermait les écoutilles et observait les alentours à l'aide de son périscope. Mais rien n'advenait jamais. Ils virent les saisons défiler, les arbres roussir, perdre leurs feuilles, n'être plus que des silhouettes noires dans le froid de l'hiver, puis se revêtir d'une ramure nouvelle au soleil printanier. Ils se sentaient pris dans un cycle immuable. Le jeune officier écrivait tous les jours à Sarah une lettre emplie de baisers fougueux et de tendresse.

Au matin du 10 mai 1940, tandis qu'ils patrouillaient comme à l'ordinaire dans la forêt de Mazarin, à l'ouest d'Omicourt, Frédéric distingua dans ses jumelles plusieurs mouvements furtifs. Des masses grises comme d'énormes éléphants se mouvaient à travers les arbres. Il eut un instant d'hésitation.

Les nôtres ? pensa-t-il, avant d'identifier des Panzers IV, qui équipaient l'armée allemande.

Il dégringola de sa tourelle jusqu'au poste de commandement, à la droite du conducteur.

— Les fritz ! hurla-t-il pour réveiller ses camarades. Pontaubert, à ton arme… Prêt à faire feu !

Les chars d'assaut fonçaient droit sur eux, écrasant les arbres qu'ils ne pouvaient éviter et qui tombaient dans de grands cris d'agonie. Le hurlement des moteurs et des roulements couvrit bientôt les protestations de la nature offensée. Frédéric voyait distinctement dans le périscope la grande croix noire qui s'approchait dangereusement. Le monstre de vingt-cinq tonnes, quasi aveugle, ne l'avait pas repéré.

— Feu !

Le bruit de l'explosion secoua la machine. Il observa nettement une gerbe de flamme du plus beau jaune sur la cuirasse du blindé, lequel poursuivit sa route comme si de rien n'était, avant de tourner vers eux la gueule menaçante de son canon de 75.

— Faubert, à toi ! Vite !

L'inverseur prit les commandes et fit reculer l'automitrailleuse à pleine puissance sur une centaine de mètres. L'obus allemand frappa devant eux. Deux autres tirs les ratèrent de plus loin, puis le calme revint. Le repli de la colline les laissait à couvert. Les quatre hommes restèrent un instant silencieux dans leur engin immobilisé à l'abri. Ils étaient interloqués par la soudaineté de l'attaque.

— Ils étaient combien ? demanda Damian.

— J'en ai compté sept ou huit, répondit Frédéric, avant d'ordonner : On y retourne !

— Notre canon n'est pas assez puissant pour percer leur blindage ! lâcha le tireur, qui aurait préféré foutre le camp. Il pèse trois fois comme nous…

— Mais nous sommes deux fois plus rapides. On va les décheniller.

La Panhard ne tarda pas à rattraper les blindés allemands, qui s'étaient arrêtés. Les chefs de char avaient ouvert les tourelles pour consulter leurs cartes. Le bruit des moteurs tournant au ralenti les empêchait de percevoir l'approche des Français.

Sur un ordre du commandant, les boches reprirent, lentement, leur marche en avant. Frédéric positionna leur véhicule bien à plat, puis laissa Pontaubert régler son tir. Le premier obus fit exploser le système de roulement du dernier Panzer, qui s'immobilisa, comme un pachyderme blessé. Les autres, sans l'attendre, foncèrent droit devant eux. Le jeune officier, qui avait demandé du renfort par radio, ne fut pas peu fier de livrer cinq prisonniers.

— Ils attaquent de partout, constata le commandant Mangin après avoir félicité son subordonné. Ils ont traversé les Ardennes et pénètrent dans la forêt comme dans du beurre frais…

— Mais c'est techniquement impossible ! s'étonna le lieutenant.

— Allez le dire à Guderian ! Toute son armée nous tombe dessus. Nous avons ordre de nous retrancher sur Reims pour éviter un contournement.

Le repli prit rapidement des allures de fuite. L'escadron fut plusieurs fois en contact avec l'infanterie, qui avait été convoyée par camions. Les automitrailleuses prouvèrent leur efficacité en concentrant leurs tirs sur les soldats qui tentaient de franchir la rivière en barques. Les biffins furent repoussés avec des pertes. Mais bientôt les Stukas entrèrent en action. Les bombardiers Junker 87 déposaient leurs torpilles avec une précision redoutable jusque sur la tourelle des Panhard. Les chefs de char ne pouvaient que gagner l'abri de la forêt pour éviter les coups… s'ils en avaient le temps.

La moitié du groupe de reconnaissance fut mise hors de combat en quelques jours. Frédéric, comme ses camarades, avait placé en batterie la mitrailleuse antiaérienne, qu'il servait lui-même. En regroupant les tirs, ils avaient touché deux avions, qui s'étaient éloignés, leur moteur fumant.

— Ils ne rejoindront pas leur base, c'est sûr, dit le saint-cyrien pour se remonter le moral.

En butte aux attaques de la Luftwaffe et empêtrés sur les routes de la débâcle encombrées de civils qui, à pied, en voiture, à cheval et à bicyclette, fuyaient l'arrivée des Allemands, ils atteignirent la capitale champenoise au bout d'une semaine. A Reims, Frédéric reçut l'ordre de conduire les Panhard 178 endommagés jusqu'à l'usine de Tulle, où ils seraient équipés du fameux canon de 37 mm, capable de percer le blindage allemand. Il se retrouva à la tête d'une colonne de dix véhicules, avec sous ses ordres deux sous-lieutenants et sept maréchaux des logis.

— Revenez-nous vite ! dit le commandant Mangin en lui serrant la main.

Les lenteurs de l'administration et l'incurie qui frappait l'armée française aussi sûrement que ses ennemis retardèrent les opérations. Personne n'aurait pu deviner que l'offensive allemande balaierait la France en cinq semaines. L'armistice trouva Frédéric encore en Corrèze.

4

Frédéric, qui se rêvait officier supérieur après avoir brillamment obtenu son diplôme de Saint-Cyr, ne trouva pour subsister qu'un médiocre emploi d'agent public à Sarlat, et encore, difficilement.

En cinq semaines, la France avait cessé d'exister. Plus d'administration, plus d'armée, un pays occupé par un ennemi qui le rançonnait. La liberté de parler ou de circuler s'était raréfiée jusqu'à disparaître. Deux millions de soldats étaient prisonniers en Allemagne. La population, qui ne pourrait bientôt plus s'approvisionner qu'avec des tickets de rationnement, avait faim. Réduire la pagaille, rétablir un semblant d'ordre dans un Etat-croupion qui ne survivait que par le bon vouloir des nazis, tel avait été le travail de Frédéric dès sa prise de fonction en septembre 1940.

Sa jeune femme fit sa place à Sarlat, avec discrétion, parmi le flot de réfugiés alsaciens et lorrains chassés par la déclaration de guerre. Dès le 1er septembre 1939, ils avaient dû s'entasser dans des trains surchargés pour gagner les départements ruraux du Sud. Les Périgourdins avaient vu arriver des femmes et des enfants épuisés, des vieillards à bout de souffle, déracinés comme des chênes. Dans la désorganisation et l'imprévision bien françaises, ils étaient deux fois plus nombreux que prévu.

Le département avait vu s'accroître sa population de cent cinquante mille habitants en quelques jours. Et quels habitants ! Beaucoup étaient nés allemands, entre 1870 et 1918, et ne parlaient que la langue de Goethe, ou le patois de l'Est qui en tenait lieu. Les Périgourdins s'effarouchèrent de ces « Ya, ya » que l'on traitait facilement de boches, avant de leur tendre des mains secourables. Il fallut les loger d'urgence, dans des villages, des maisons inconfortables. Beaucoup, venant de Strasbourg, étaient habitués à un confort « à l'allemande ». Ils découvraient avec horreur l'absence d'eau courante et d'électricité qui venait compléter le choc de l'exode. Sarah se souvenait de son arrivée à Nazareth, cinq ans plus tôt.

A leur tour de découvrir les joies du cagadou, de la cruche sur l'évier de pierre et de la lampe à acétylène, se disait-elle en souriant avant de réconforter les arrivants.

Avec sa blondeur, ses yeux bleus et son petit accent, elle pouvait aisément passer pour l'une d'entre eux. Elle aida à leur intégration, se proposant comme traductrice pour ceux qui ne parlaient pas le français. Elle-même réussit son examen de passage en usant de sa naturelle modestie. Elle saluait aimablement les commerçants chez qui elle faisait la queue, comme tout le monde, pour un peu de ravitaillement. Elle était désormais Mme Malaterre, épouse d'un officier décoré de l'armée française, à l'abri derrière son statut matrimonial. Qui serait allé chercher une réfugiée juive sous autant de respectabilité ?

Frédéric et Sarah, en dépit de l'environnement hostile, se constituèrent un petit nid d'amoureux dans la capitale du Périgord noir. Le jeune homme s'affairait à arranger les choses pour ses concitoyens. Il n'était qu'à une cinquantaine de kilomètres de Brive et des réseaux d'Edmond Michelet, et il s'était fait de nouveaux amis.

Dès les premiers jours qui suivirent la défaite, il consacra son temps aux prisonniers. Deux millions de soldats français derrière les barbelés, dont dix mille Périgourdins, cela faisait autant d'otages que les Allemands ne comptaient pas libérer de sitôt. Le jeune officier jumelait son travail avec son confrère de Corrèze, ce qui lui permettait de circuler plus facilement. Cependant rien ne pouvait convaincre les Allemands, pas même leur propre intérêt.

— Si vous relâchiez nos hommes, dit-il au militaire venu protester contre la rentabilité trop faible des agriculteurs, ils pourraient travailler pour vous. Il ne reste que des vieux et des femmes dans nos fermes…

— Il faudra faire sans, monsieur Malaterre. Nous ne voulons pas d'une armée de l'ombre qui nous tirerait dans le dos.

Outre la rapacité de l'occupant, qui pillait sans vergogne le pays vaincu, Frédéric devait se débattre avec l'administration de Vichy. En supprimant le suffrage universel, la révolution pétainiste prétendait démontrer l'incurie de la démocratie et des politiciens, « tous pourris et vendus aux Juifs, aux francs-maçons et à l'étranger ». Et dès qu'elle aurait remplacé les élus par des fonctionnaires compétents, tout irait beaucoup mieux…

Or tout allait de plus en plus mal. Les recensements censés évaluer les besoins de la population, de l'industrie et de l'agriculture étaient erronés. Les Français, incorrigibles, dissimulaient leurs véhicules, leur stock de pneus et d'objets métalliques ; les paysans, très individualistes, refusaient les réquisitions. Le saint-cyrien était bien placé pour savoir que Thierry Montalembert, malgré son soutien inconditionnel au Maréchal, ne déclarait que la moitié de sa production. Les propriétaires de Nazareth, toutes opinions confondues, agissaient de même. La belle mécanique pétainiste s'enrayait à tout propos. Frédéric se heurtait particulièrement avec la direction départementale du Ravitaillement général, qui distribuait la nourriture avec une parcimonie frisant l'avarice.

« Mes administrés ont faim ! » criait le jeune homme.

Il ne quittait pas le bureau du directeur sans quelques provisions promises sur le papier, qu'il fallait encore aller chercher dans les entrepôts aux portes bien fermées.

De par la situation de son épouse, Frédéric se préoccupait particulièrement du sort des Juifs. Ils étaient à peu près inexistants, en Périgord, avant la débâcle. Mais six mille d'entre eux, venus avec les Alsaciens, étaient restés après la défaite pour ne pas devenir « citoyens du Reich ». Le régime de Vichy appliquait progressivement la politique antisémite souhaitée par l'occupant. En octobre 1940, une loi sur le statut des israélites leur interdit certains métiers. Par prudence, Sarah cessa rapidement de donner ses cours de dessin.

— Que sont devenus nos amis du kibboutz ? demanda Frédéric à son épouse, un soir où l'automne étendait sur le pays une ombre plus froide que d'habitude.

Une année déjà s'était écoulée, sans l'espoir d'une amélioration.

— Jean-Pierre est toujours chez ses parents, à Brive, répondit Sarah, qui avait gardé de bonnes relations avec le marchand de chaussures. Depuis l'invasion de l'URSS, il bout littéralement de colère, en attendant de passer à l'action contre Hitler.

La nuit tombait de plus en plus tôt sur leur petite habitation sarladaise, et ils avaient dû allumer une lampe unique, pour économiser l'électricité. Elle jetait une timide lumière jaunâtre qui les laissait dans la pénombre.

— Je n'ai aucune nouvelle de Yohann, s'inquiéta le jeune officier. Nous ne l'avons pas revu depuis notre mariage. Après la dissolution du parti communiste, à l'été 39, suite au pacte germano-soviétique, il est entré dans la clandestinité. Il voulait s'engager dans la Légion étrangère, mais j'ignore s'il a réussi. Je ne sais même pas s'il est encore en France. Les lois d'armistice exigent qu'il soit arrêté et livré aux nazis.

— Espérons qu'il ne lui soit pas arrivé malheur, murmura Sarah en dissimulant dans l'obscurité ses yeux mouillés de larmes.

En novembre 1941, les Juifs furent soigneusement recensés. Protégée par son époux, la jeune femme y échappa, tout comme au port de l'étoile jaune, recommandé mais non obligatoire en région sud. Les entreprises israélites furent « aryanisées » ; à Sarlat, Frédéric connaissait plusieurs prête-noms qui aidaient les malheureux à conserver leurs biens. Certains se cachaient déjà, mais la situation devenait intenable.

Frédéric craignait par-dessus tout les nazis. Il savait le nom de celui qui sévissait de Bayonne à la Bretagne. Herbert Hagen était entré clandestinement en France en 1940. Installé à Bordeaux, il organisait des rafles, faisait exécuter des otages à la caserne de Souge et avait établi un camp de concentration pour les Juifs à Mérignac. Frédéric connaissait sa réputation, mais aussi son rôle d'agent secret par le dernier courrier reçu de Mordechaï. La ligne de démarcation constituait une frontière bien fragile.

5

A Paris, l'hôtel de Marigny bruissait des rumeurs feutrées d'un départ. Les meubles précieux avaient été recouverts d'un drap pour les protéger de la poussière à venir. Robert de Rothschild jeta un regard triste sur ce lieu qu'il avait aimé, avant de le quitter pour longtemps. Peut-être pour toujours, songea-t-il avec amertume.

Depuis la déclaration de guerre, ses amis le pressaient de partir. Beaucoup s'étaient déjà exilés, délaissant la France pour l'Amérique, une contrée plus sûre. Si l'on était juif, il fallait mettre le plus de distance possible entre soi et l'Allemagne nazie. Il avait toujours refusé de les suivre.

« Les Rothschild sont français, répétait-il. Ils n'abandonnent pas leur pays dans le malheur. »

La Drôle de Guerre était passée, sans le rassurer pour autant sur la capacité de résistance de l'armée nationale. En ce 10 juin 1940, le gouvernement de Paul Reynaud venait de déserter la capitale ; l'entrée des troupes allemandes dans Paris était inéluctable. Par des chemins détournés, Robert de Rothschild et son cousin Edouard gagnèrent Bordeaux en automobile. Un sauf-conduit leur permit de franchir la frontière espagnole le 23 juin, puis de prendre un bateau pour New York.

Robert détesta le lâche soulagement qui l'enveloppa quand il mit enfin le pied sur le sol américain, ce sentiment d'avoir manqué à sa parole. Il ne pouvait se satisfaire d'avoir simplement sauvé sa peau. Avant de quitter Paris, Edouard et Robert avaient consacré un ultime rendez-vous à Jacques Helbronner. Les deux fondateurs du kibboutz Machar se voyaient moins depuis l'échec du Comité de secours, mais leurs liens étaient encore très forts.

« Vous partez ? Moi je reste, avait dit l'ancien militaire d'un ton sec. J'ai confiance en Pétain. Il est vice-président du Conseil ; il saura nous protéger des Allemands, même dans la défaite. »

Robert et Jacques s'étaient longuement serré la main, en plongeant leur regard au plus profond, pour sonder une dernière fois leur âme généreuse, comme s'ils ne devaient jamais se revoir. Puis les deux cousins avaient tourné les talons. Avant de partir, Edouard avait confié au conseiller d'Etat sa charge de président du Consistoire israélite de France.

« Veillez bien sur nos coreligionnaires, mon cher Jacques, lui avait-il demandé comme un service. Nous, nous ne pouvons plus rien.

— Le maréchal Pétain est mon ami. Nous avons partagé des nuits de veille à l'état-major, pendant la Grande Guerre. Il sait que mon frère Louis a donné sa vie pour la France, en 1914. Il ne peut rien me refuser. »

Helbronner ne s'était pas trompé sur un point : le vieux chef ne l'avait pas oublié. Durant les deux premières années d'occupation, il fut reçu pas moins de dix-sept fois à Vichy, et jamais le Maréchal ne lui refusa une poignée de main. Il voulait y voir la preuve de l'intérêt du gouvernement pour le sort de la communauté. Pétain lui répétait inlassablement qu'il le considérait comme le chef d'un corps constitué indispensable au redressement économique et moral de la France. Il le lui répéta même en ce triste jour d'octobre 1940 où il lui annonça sa mise à la retraite d'office de sa charge de conseiller d'Etat.

« Ce n'est pas contre vous, bien au contraire. Il s'agit d'asseoir votre autorité de président du Consistoire. Pour cela, vous ne pouvez contrevenir à la loi du 3 octobre sur le statut des Juifs. »

Le Maréchal avait signé le décret interdisant aux israélites les professions d'avocat, d'enseignant, d'artiste, de journaliste. On n'imaginait pas que l'un d'eux puisse rester conseiller d'Etat et faire de la politique.

Helbronner encaissa l'affront et se concentra sur sa mission : protéger les Juifs français. Pour cela, il dut abandonner tout espoir de sauver ses coreligionnaires étrangers réfugiés sur le sol national. Le traité d'armistice précisait bien que les Allemands, Autrichiens, Polonais, Tchèques, sémites ou non, se trouvant en France devaient être remis aux autorités occupantes. Leur cause était perdue, il n'y avait plus rien à faire pour eux, il fallait les sacrifier.

Avant d'entériner la décision de Vichy, Helbronner

eut une pensée pour ces jeunes qu'il avait tenté d'aider, avec son ami Rothschild, en créant le kibboutz Machar.

Espérons qu'ils ont pu gagner la Palestine à temps, se dit-il. Sinon... que Dieu leur vienne en aide.

A chacune de ses rencontres avec le Maréchal, il devait céder quelque chose. Il fallait ne rien dire de la traque des étrangers par la police française en zone libre.

« On pourrait y mettre moins de zèle », avait esquissé l'ancien militaire, sans que Pétain trouve quoi que ce soit à répondre.

En mai 1941, il avait fallu accepter la création d'un Commissariat aux questions juives, chargé de « limiter l'influence néfaste » des israélites. Puis le garde des Sceaux Alibert, devançant les désirs des Allemands, imagina une législation raciale, à l'image de celle du Reich. Le président du Consistoire put néanmoins se targuer de quelques succès. L'impôt exorbitant, véritable rançon que les nazis exigeaient de la communauté vivant en territoire non occupé, fut abandonné. Helbronner batailla contre la création, à la demande de Berlin, de l'Union générale des Juifs de France, censée remplacer tout autre organisme. Autant rédiger un catalogue pour les livrer en pâture à leurs ennemis. L'obligation du port de l'étoile jaune en zone sud, décidée en juin 1942, ne fut pas appliquée avec rigueur, sur ses conseils.

La population hébraïque, tout comme Helbronner, conservait sa confiance au maréchal Pétain ; elle lui écrivait des lettres par centaines et sollicitait sa protection. N'avaient-ils pas combattu pour la France, comme les autres ? S'ils servaient, comme les francs-maçons, de bouc émissaire à la défaite, si la presse extrémiste les clouait au pilori, ils n'en considéraient pas moins l'Etat français de Vichy comme un refuge et un rempart contre les nazis.

1942

6

Comme chaque premier mardi du mois, Sarah partit faire le tour des trois merceries de Sarlat, en faisant claquer sur le trottoir les semelles de bois de ses souliers. Auparavant, elle était passée prendre une miche à la boulangerie, avant qu'il n'y ait la queue.

— Ma pauvre Sarah, je n'ai que du pain-caca aujourd'hui.

Une mie brunâtre laissait supposer qu'il contenait plus de son que de farine.

— Les boches nous prennent le meilleur, ajouta la commerçante en prélevant sur le carnet le ticket officiel.

Malgré la situation de son mari à la sous-préfecture, Sarah devait faire avec le rationnement et les cartes d'alimentation. Comme tous les habitants des villes, elle souffrait du manque de nourriture et des produits de consommation les plus courants. Autant qu'elle le pouvait, elle évitait le marché noir, car elle savait que Frédéric et elle seraient plus surveillés que les autres. Avec cinq cent cinquante grammes de mauvais pain quotidien pour deux, trois cent soixante grammes de viande et cent grammes de fromage par semaine, et moins d'un kilo de beurre par mois, ils ne mangeaient pas toujours à leur faim.

La jeune femme poursuivit ses courses par la mercerie blanche, ainsi nommée en raison du prénom de la tenancière, une femme revêche qui la regardait toujours d'un œil soupçonneux.

— Encore un écheveau de laine blanche ! Ma parole, vous la mangez ! dit-elle en lui remettant une masse neigeuse et douce.

— J'ai monté un atelier de tricot avec quelques amies…

La boutiquière détacha le coupon de papier correspondant à l'achat en vérifiant plusieurs fois les mentions, relevant la tête à deux reprises, comme si elle voulait contrôler l'identité de sa cliente.

La deuxième mercière, surnommée bleuette, lui vendit trois pelotes du plus beau bleu drapeau, que Sarah régla avec des tickets. Elle en possédait plus que la normale. Frédéric en soutirait à sa mère, quand, échappant pour quelques jours à la surveillance de son mari, elle venait les voir en secret. Elle espérait toujours un heureux événement. La marchande, devant la régularité de l'approvisionnement, imaginait la même chose. Spécialisée dans la layette, elle était convaincue que faire des bébés sauverait la France… et son commerce.

— C'est pour quand ? demanda-t-elle.

— Pas encore, jeta la jeune femme en tournant les talons.

Mais à la mercerie rouge, nommée ainsi malgré sa

façade noire un peu vieillotte, l'aimable grand-mère lui sourit derrière sa caisse avec un air complice.

— Ah, vous venez pour Nénette et Rintintin.

Elle lui remit un écheveau incarnat sans réclamer la moindre contribution, se contentant d'ajouter :

— A jeudi, ma belle.

L'embryon de réseau que Frédéric avait constitué à Sarlat avait peu à peu pris de l'importance. Au cours de l'année 1941, il avait rassemblé des hommes de bonne volonté, prêts à en découdre. Le libraire Henri Bonnel et le médecin Victor Nessmann en faisaient partie. A l'exemple de ce dernier, les Alsaciens et les Lorrains étaient nombreux à rejoindre les soldats de l'ombre. Tout retour au pays leur était interdit, sinon ils devenaient automatiquement citoyens du IIIe Reich. S'ils voulaient revoir leur douce contrée, ils devraient la reconquérir les armes à la main. Le médecin-capitaine Victor Nessmann dirigeait l'Armée secrète à Sarlat. Sous l'autorité d'Edmond Michelet, ils avaient tous compris qu'il fallait avant tout gagner la bataille de l'opinion. Les tracts et journaux clandestins avaient été leur premier matériel de guerre. Il fallait convaincre une population démoralisée que la France n'avait perdu qu'une bataille, que la liberté était en marche. Les Britanniques leur avaient procuré des postes de radio pour rester en contact avec eux. Frédéric pensait qu'il fallait impliquer les gens dans des actions résistantes sans exiger d'eux un engagement trop fort. Avec Sarah, il avait lancé l'opération Nénette et Rintintin.

En 1913, le dessinateur Francisque Poulbot avait créé un couple d'enfants, Nénette et Rintintin, bientôt fabriqués en série pour concurrencer l'omniprésence des poupées allemandes. Nul ne savait qui avait eu l'idée, en 1914, d'en faire des répliques en fil de laine. Une rumeur prétendait qu'il s'agissait de Lorrains. On disait aussi qu'un jeune ménage avait été miraculeusement sauvé d'un bombardement à Paris par ce porte-bonheur. Les poilus se mirent à croire en cette protection et portaient autour du cou les deux personnages inséparables. Nénette et Rintintin concurrencèrent le chapelet dans les tranchées ; ils rappelaient le souvenir de la mère, de l'épouse, de la fiancée ou de la marraine qui les avait offerts.

Sarah récoltait en ville tout ce qu'elle pouvait trouver de laine bleue, blanche et rouge, puis organisait à son domicile de l'avenue Brossard des ateliers qui réunissaient résistants et jeunes Sarladais, surtout des filles, qui venaient le soir tricoter les poupées magiques. Elle avait appris le tour de main avec la mercière, qui les soutenait assidûment. Mme Rouge – c'était son pseudonyme dans la Résistance – les faisait profiter de son expérience acquise pendant la Grande Guerre. Il fallait entrelacer et nouer les brins d'une certaine manière pour obtenir les bras, les jambes, le corps et la tête des personnages, sans oublier de laisser dépasser un fil pour lier le garçon et la fille. Elle avait pu vérifier l'efficacité du gri-gri, qui lui avait rendu indemne son fiancé, même si la grippe espagnole le lui avait repris deux ans plus tard.

Frédéric, se joignant à elles – il n'était pas très

adroit dans cet exercice –, regardait avec fierté ces jeunes Françaises, souvent encore adolescentes, qui venaient s'unir aux soldats de l'ombre et apporter leur pierre, même modeste, à l'édifice de la victoire. Il y retrouvait quelques commerçantes, une postière et ses deux sœurs qui vivaient dans la même rue, à deux pâtés de maisons, l'épouse du garagiste et celle du boucher. Toutes riaient et bavardaient comme si l'Occupant n'existait plus.

« Appliquez-vous ! recommandait-il. N'oubliez pas qu'ils seront vendus au profit de la Résistance. »

Il connaissait plusieurs personnes qui les portaient autour du cou, dissimulées sous leurs vêtements, pour « emmerder les boches ».

— Pourquoi dis-tu qu'ils représentent notre union avec les Américains ? lui demanda un matin une serveuse de restaurant un peu délurée. Ils sont bien français, non ?

— Ils sont inséparables, dit Frédéric. Le brin de laine qui les attache souligne le lien qui unit nos deux pays. Et puis les couleurs du drapeau sont les mêmes...

— Mais non ! le coupa Sarah. Tu n'as aucun romantisme. Elles veulent que tu racontes l'histoire du chien.

En 1918, un aviateur américain nommé Lee Duncan avait trouvé dans un chenil en ruine un couple de chiots, des bergers allemands, qu'il avait ramenés aux Etats-Unis. Il les avait nommés Nénette et Rintintin, comme ces personnages qu'il arborait lui-même en guise de porte-bonheur. Rintintin s'était révélé tellement intelligent qu'il avait tourné dans une trentaine de westerns dont il était devenu la vedette.

— Je l'ai vu au cinéma, se souvint la femme du boucher. Une bien belle bête. C'était encore au temps des films muets.

— Il paraît qu'il a été inhumé en France, déclara une autre.

— C'est exact, répondit Sarah. Il est mort en 1932, et on a rapatrié son corps. Il est enterré à Asnières, au cimetière des chiens. Il a son étoile à Hollywood, comme Errol Flynn.

— Ses descendants ont repris le rôle, maintenant que l'écran est devenu parlant.

— Tu devrais plutôt dire : aboyant.

Les filles riaient, parlaient des spectacles et de leurs acteurs préférés. Frédéric adorait ces moments d'insouciance ; il sentait les cœurs battre à l'unisson. Il en profitait pour donner des nouvelles du front : les Russes résistaient à l'est et les Alliés en Afrique. Bientôt ils débarqueraient sur le sol européen. L'Allemagne était bombardée tous les jours. Il veillait à ne blesser aucune opinion, mais savait que ses propos seraient répandus, dès le lendemain, dans toute la ville.

7

Frédéric avait un secret. En 1940, au moment où la défaite s'abattait inéluctablement sur la France, il avait pu récupérer trois automitrailleuses à l'usine de Brive, avec la complicité d'ouvriers et de techniciens. Elles étaient en partie démontées, mais, pour qu'elles ne tombent pas entre les mains des Allemands, ils les avaient fait transférer dans une grange du Sarladais, chez un ami sûr. Puis Frédéric s'était mis en contact avec le Camouflage du matériel (le CDM), un organisme né au sein de l'armée de Vichy mais qui entendait bien œuvrer au réarmement de la France en vue de sa libération.

Le lieutenant-colonel Mollard envoya en Périgord noir l'ingénieur Joseph Restany, qui, sous le pseudonyme de Ramon, remit les véhicules en ordre de marche, avec l'intention avouée d'en fabriquer d'autres. Deux usines clandestines se consacraient à cette tâche, à Sarlat et à Saint-Cyprien. Les établissements Dubourg et Cie furent inaugurés, fondés par Amédée Dubourg, un patron dont le portrait ornait le bureau, mais qui n'avait jamais existé bien qu'il eût des papiers en règle. Les élus municipaux, complices, fermaient les yeux. Frédéric étant l'unique spécialiste des Panhard, il se rendait régulièrement dans les ateliers, où une centaine d'ouvriers de bonne volonté usinèrent jusqu'à quarante-cinq tourelles. La récupération militaire et les parachutages britanniques fournissaient les mitrailleuses, que l'on adaptait comme on pouvait. Des véhicules furent fabriqués de toutes pièces, à partir des modèles originaux, et montés sur des châssis de camion qu'il fallut raccourcir.

« On doit gagner un mètre dix à l'arrière et vingt centimètres sur le devant », disait ainsi Frédéric en sortant de la fosse, revêtu d'une combinaison tachée d'huile.

Il ressentait un plaisir d'enfant à voir renaître sous ses mains le blindé qu'il avait commandé, comme un grand jouet qu'il comptait avoir pour la Noël 42. L'ingénieur s'arrachait les cheveux, innovait, inventait des pièces. Il dut réduire l'empattement en avançant les roues arrière, raccourcir les arbres, modifier les barres, la manivelle de direction et la commande de frein, remplacer le carburateur, abaisser le radiateur et le ventilateur, modifier les pédales et le plancher.

Le 17 octobre 1942, Frédéric, en tant qu'officier de blindé léger, fut chargé d'essayer leur création dans le parc du château de la Carrière, à Marquay. Les responsables de plusieurs mouvements de Résistance assistèrent à l'événement. Le jeune lieutenant sentit un frémissement dans tout son corps quand il pénétra dans la tourelle et prit les commandes. Ce bruit de moteur, cette odeur d'huile lui rappelaient ses jours de combat dans les Ardennes.

L'automitrailleuse se comporta comme on l'attendait, gravissant des pentes raides, traversant la forêt, progressant en marche avant et arrière sans difficulté.

— Tout est en ordre, dit Frédéric à l'ingénieur, après une nuit d'expériences. Vous pouvez lancer la production en série.

Il songea avec nostalgie à sa brève science de la guerre et à ses camarades dont il n'avait aucune nouvelle, chacun étant rentré chez lui après la démobilisation.

— Il est prévu d'en fabriquer deux cent vingt-cinq, dit l'ingénieur avec fierté. Nous avons encore un sacré travail !

— Quand il débarquera en France, le général de Gaulle disposera d'une véritable force blindée.

Parmi les délégués des différents groupes de résistance qui avaient assisté à l'essai, Frédéric reconnut Jean-Pierre, qui s'était tenu à l'écart pendant l'expérimentation.

— Ça alors, comment vas-tu ? Que fais-tu là ?

— Je représente le groupe FTP du Sud-Corrèze, celui que dirige le capitaine Brunete. Tu le connais.

— De nom seulement. C'est l'adjoint de Guingouin.

— Tu le connais, insista le marchand de chaussures. C'est Yohann.

Frédéric en resta un instant sans voix. Puis :

— Yohann ! Il est vivant, Dieu merci !

Un voile de souvenirs s'abattit sur le front du jeune officier. Les années d'insouciance illuminèrent un instant le terrain encore plongé dans l'obscurité.

— Comment va-t-il ?

— Il bouge beaucoup et se cache, mais il est très actif. Il est resté longtemps en Haute-Vienne ; il vient juste d'établir son PC dans le massif des Monédières, près de Tulle. Il souhaiterait te voir : on parle beaucoup du regroupement des forces de la Résistance et il voudrait travailler avec toi. Il te donne rendez-vous à Nazareth, à l'ancien kibboutz, dans un mois.

Le début de l'automne 1942 vit le moral des patriotes remonter en flèche. Les nouvelles internationales étaient excellentes : les Soviétiques l'emportaient à Stalingrad, les Britanniques en Libye, les Américains dans le Pacifique. En outre, l'Armée secrète venait d'unir ses réseaux en Dordogne, avec des chefs reconnus dans chaque zone. De Gaulle avait envoyé de Londres un responsable plénipotentiaire, connu sous le pseudonyme de Rex, qui avait créé le Comité de coordination de la zone sud. Communistes et gaullistes de toutes tendances s'y rassemblèrent sous le nom de Mouvement uni de la Résistance. Les galons pleuvaient et Frédéric fut nommé à l'état-major régional avec le grade de commandant. Les Britanniques commencèrent à larguer massivement des armes légères et des explosifs destinés aux combattants de l'ombre. Ils avaient tendance à privilégier les gaullistes, au détriment des marxistes, qu'ils n'appréciaient guère. Il y eut des disputes à propos de l'attribution du matériel, des traquenards et des chantages entre alliés, et l'on assista même à des cambriolages dignes d'Arsène Lupin.

Quand ils apprirent le débarquement de l'armée américaine en Afrique du Nord, le 8 novembre 1942, les résistants sautèrent de joie.

« On va être libérés, on va reprendre le combat ! » s'écriait Frédéric, qui demanda même que l'on accélère la production de blindés légers.

L'opération Attila lancée par l'armée allemande sur la zone libre doucha leurs espoirs, tout en mettant fin au peu d'indépendance dont disposait le gouvernement de Vichy. En quelques jours, les boches furent partout, contrôlant les routes et les villes. Il fallut en toute hâte dissimuler les éléments déjà construits des automitrailleuses et abandonner le projet d'en fabriquer d'autres. Les pièces des blindés, démontées, furent enterrées dans des caisses, et on laboura par-dessus pour dissimuler les emplacements. Les châssis furent cachés dans des grottes que l'on mura. C'en était fini de la nonchalance administrative de Vichy, voire de la complicité de certains cadres, fini de la bienveillance envers une population à laquelle il était facile d'avouer ses sympathies gaullistes. C'était devenu trop dangereux.

A Périgueux, les Allemands disposaient d'un état-major de liaison et d'un bureau de la Gestapo, tout comme à Brive. Bergerac était également occupée et la Luftwaffe y établit un aérodrome militaire. Pour envahir le Périgord et la Corrèze, le 11 novembre 1942, les nazis n'avaient rien trouvé de mieux que d'expédier la division SS Tête de Mort, connue pour sa férocité. Elle installa son siège à Tulle.

Les habitants ne pouvaient plus balancer entre deux opinions ; il fallait choisir. Les individus les plus fanatisés, ou les plus opportunistes, dans le camp pétainiste se mirent aussitôt au service du Reich.

8

Ce jour de novembre 1942, profitant du laissez-passer de la sous-préfecture, Frédéric gagna Nazareth dans le véhicule à gazogène qu'il utilisait pour sa profession. Son élégante Traction 11 légère était devenue un monstre informe, avec une marmite de tôle reliée au moteur, que l'on ravitaillait avec du charbon de bois. Il fallait un certain temps avant d'obtenir les premiers crachotements de la machine.

Au rythme lent de la voiture, il parcourut la cinquantaine de kilomètres qui séparaient Sarlat du village corrézien, en se demandant dans quel état d'esprit il allait retrouver son compagnon. Vivant dans la clandestinité depuis son retour du front, Yohann habitait chez des camarades du Parti, travaillait dans des exploitations agricoles amies, autour de Nazareth. Il n'avait pu obtenir sa démobilisation officielle, qui aurait conduit à son internement immédiat. Il restait un citoyen allemand aux yeux de la loi. De par l'ignoble convention d'armistice du 22 juin 1940, tous les réfugiés germaniques, autrichiens, polonais ou tchèques devaient être remis à la Gestapo. La police de Vichy mettait un zèle particulier à traquer les Allemands antifascistes, à défaut d'avoir pu vaincre les autres. La plupart étaient juifs, communistes ou les deux à la fois. Arrêtés, ils étaient promis à une mort certaine. Ce n'était pas le seul déshonneur auquel s'était livré le régime du maréchal Pétain. Les lois antisémites promulguées le 3 octobre 1940 visaient indistinctement les anciens kibboutzniks.

Sarah est devenue Mme Frédéric Malaterre, songeait le saint-cyrien. Epouse d'un officier ancien combattant, elle bénéficie d'une certaine clémence. Mais avec les Allemands partout, elle est à nouveau en danger…

Cette pensée lui serrait le cœur.

Yohann et Frédéric ne s'étaient pas revus depuis le mariage de ce dernier avec Sarah, en 1939. Dès le surlendemain des noces, les deux garçons s'étaient longuement entretenus. Le jeune militaire venait de recevoir son affectation à l'escadron de cavalerie équipé d'automitrailleuses Panhard.

« Depuis que j'ai lu l'ouvrage du colonel de Gaulle, que m'avait prêté David, j'ai toujours rêvé de commander un blindé, avait révélé Frédéric à son camarade.

— La guerre n'est pas ce que tu crois, c'est sale et moche », avait répondu le juriste.

Il était revenu du front espagnol avec beaucoup de désillusions. Pourtant Frédéric le regardait avec des yeux brillants d'envie : il avait connu le feu. Engagé volontaire dans les Brigades internationales antifascistes, Yohann avait suivi une brève formation à Los Llanos, le terrain d'aviation d'Albacete, avant d'être lancé dans la bataille. Il était à Brunete, contre les troupes italiennes de Mussolini, avant de participer à la prise de Teruel, en décembre 1937, au prix de terribles pertes. Puis la retraite avait commencé.

« Quand on a passé l'Ebre, avec les fascistes au cul, en ramant comme des malades, on ne faisait pas les fiers... »

Il avait préféré taire les trahisons de Moscou et la désunion foncière des travailleurs. Communistes, socialistes, trotskystes, anarchistes avaient passé trop de temps à lutter les uns contre les autres. La défaite en avait résulté. Les Brigades internationales avaient été dissoutes en septembre 1938.

« Elles n'étaient que le sourire de Staline envers l'Occident, avait avoué Yohann.

— Il est vrai que le romantisme a peu sa place dans la guerre », avait achevé Frédéric.

Le jeune Allemand avait regagné la France et repris son emploi à l'imprimerie de Brive, avec le moral dans les chaussettes.

« Que vas-tu faire, maintenant ? lui avait demandé Sarah.

— La guerre éclate partout, fascistes contre démocratie : en Espagne, en Palestine, et même en Chine, où Américains et Britanniques soutiennent Tchang Kaï-chek contre les Japonais. La France et l'Allemagne ne vont pas tarder à s'affronter. Je vais m'engager dans la Légion étrangère. »

Frédéric et Yohann s'étaient donné une franche accolade, comme deux futurs camarades de combats.

Trois années avaient passé avant que le juriste ne convoque son ami pour un rendez-vous dans ce qui avait été les locaux de Machar. Quand il frappa à la porte de la ferme Valbénac, Frédéric eut du mal à reconnaître l'élégant jeune homme de son souvenir dans ce paysan vêtu de velours, les cheveux teints en noir et arborant une moustache en brosse des plus françaises. Ils tombèrent dans les bras l'un de l'autre et s'embrassèrent comme de vieux amis.

— J'ai reçu ton message par Jean-Pierre, dit Frédéric. Je suis venu au rendez-vous. J'ai bien cru qu'on ne se retrouverait jamais ! La guerre nous a épargnés. Que Dieu soit béni !

— Elle n'est pas finie pour moi, dit fièrement Yohann en s'écartant. Je n'ai jamais cessé le combat.

Frédéric le regarda, le tenant à bout de bras, les yeux brillants.

— Moi non plus, je n'ai jamais rendu les armes.

André Valbénac s'approcha d'eux, porteur d'un pot de faux café mêlé de glands.

— Il n'y a plus de sucre, dit-il d'un air désolé. C'est vraiment infect, mais c'est chaud.

— Vous ne souffrez pas trop des privations ? demanda Frédéric.

— A la campagne, ça va, répliqua le fermier. Nous produisons un peu de tout... même du tabac de contrebande. Mais pour le café... bernique !

Les deux garçons considéraient le breuvage avec méfiance.

— Je l'ai agrémenté d'un peu de vieille prune… d'avant la guerre.

Ils trinquèrent à la victoire future.

— Les choses vont mieux et moins bien à la fois, reprit l'agriculteur. La France libre a enfin un territoire, mais nous, nous sommes occupés par les boches.

— On va les chasser vite fait ! lança Yohann.

— Il faut rester prudent, répondit Frédéric, sinon ça va être un massacre. La guerre est un métier et beaucoup d'entre nous le connaissent mal. Pour l'avoir oublié, nous l'avons payé d'une terrible défaite…

— J'ai conservé mon fusil de chasse quand Pétain a exigé qu'on rende toutes nos armes, intervint André. Mais je crois que c'est un peu juste, contre les Panzers.

— Bientôt, nous aurons mieux, affirma Frédéric. Les Anglais nous aident.

Ils restèrent un moment silencieux à déguster leur alcool. Ils se sentaient bien dans ce lieu qui avait vu leurs jeunes années et leur bonheur. Une confiance, une complicité, naissait autour des tasses fumantes.

— Avez-vous des nouvelles de Palestine ? demanda Yohann.

— Rien depuis longtemps, se désola le paysan. Maintenant, cela va être difficile de recevoir du courrier de là-bas. Nous sommes coupés du monde depuis l'invasion de la zone sud.

— Je fais confiance à Mordechaï pour nous tenir informés, dit Yohann.

— Racontez-moi vos aventures, vous deux, demanda Valbénac. Je crois qu'il est temps de réunir ceux qui combattent un même ennemi.

9

Les trois amis bavardèrent tout l'après-midi, dans la ferme Valbénac aux volets clos pour ne pas attirer les regards indiscrets. Frédéric raconta tout d'abord sa brève campagne de France, achevée lamentablement à Tulle.

— Tu as tout de même reçu une décoration, dit Yohann avec un peu d'envie. Les combattants d'Espagne ne pouvaient espérer le moindre laurier.

— Tout cela pour finir dans la paperasse de l'usine d'armement corrézienne ! Des incapables pas foutus d'équiper à temps mes automitrailleuses du canon de 37 ! J'aurais donné toutes les médailles du monde pour un peu de célérité…

— Le fameux canon de 37 ! s'exclama le jeune Allemand avec un sourire amer. Celui dont les pionniers juifs, transformés en espions nazis par la presse d'extrême droite, étaient censés voler les plans…

— Nos guerres ont fini dans la défaite, lança le commandant Malaterre avec dépit. Mais nous ne sommes pas découragés. Nous continuons le combat d'une autre manière.

Un épais silence envahit la cuisine. Ils laissèrent

errer leurs regards sur le cantou, où aucun feu de bois ne brûlait – il fallait économiser le combustible –, puis au-dessus de la cheminée, où l'emplacement du fusil de chasse restait vide. L'arme était cachée sous le lit, roulée dans une couverture. Leur regard cherchait un invisible mouchard.

— Tu te confies bien facilement, s'étonna Yohann, qui connaissait le prix de la clandestinité. Tu affiches ta résistance avec imprudence.

— J'ai une entière confiance en vous. Je vous connais, je sais vos opinions. Ne sommes-nous pas entre amis ?

— Nous aurions pu changer ; beaucoup ont retourné leur veste pour un poste bien placé, ou même pour rien, par lassitude. Je sais le choc de voir son pays disparaître en cinq semaines. Certains ne s'en sont jamais remis…

Il suspendit sa voix un instant, reprit :

— Comment es-tu entré en résistance ?

— Tout de suite après l'armistice, en fait.

Dès la déclaration de guerre, Edmond Michelet, qui n'était pas mobilisable, avait organisé le Secours national pour venir en aide aux victimes de la débâcle. Ses réseaux anciens, l'Association catholique de la jeunesse française, le cercle Duguet, bien qu'affaiblis par la mobilisation, fonctionnaient à plein régime pour aider les réfugiés dans leur malheur.

— J'avais repris contact avec lui en attendant que mes blindés soient équipés, raconta l'officier. J'étais découragé devant le désastre militaire, prêt à prendre un fusil et à me précipiter vers le front. Michelet a su me calmer, me montrer l'inanité de mon projet. Il m'a ramené à la raison. Il était de ceux qui avaient prévu la catastrophe et il n'avait jamais baissé pavillon, jamais rendu les armes devant la lâche satisfaction d'une paix impossible. Il ne connaît pas le désespoir. Je l'ai vu pleurer le 14 juin 1940, quand les Allemands sont entrés dans Paris. Mais trois jours plus tard, quand Pétain, de sa voix chevrotante, a demandé l'armistice en faisant don de sa personne à la France, Edmond Michelet a immédiatement rassemblé ses troupes.

Le 17 juin 1940, les Brivistes avaient trouvé dans leur boîte aux lettres un texte ronéotypé d'une page, les appelant à refuser de cesser le combat.

Celui qui ne se rend pas a raison contre celui qui se rend. En temps de guerre, celui qui ne se rend pas est mon homme quel qu'il soit, d'où qu'il vienne, et quel que soit son parti. Et celui qui rend une place ne sera jamais qu'un salaud, quand même il serait marguillier de sa paroisse.

Ce tract inspiré de Charles Péguy avait été distribué pendant la nuit par les membres des Equipes sociales.

— Eh oui, mon vieux ! Un jour avant l'appel du 18 juin, que je n'ai d'ailleurs pas entendu, nous étions déjà dans la Résistance, dit Frédéric avec fierté.

Yohann et André poussèrent un sifflement admiratif.

— Le plus étonnant, dit Valbénac, c'est cette

idée d'appeler à l'union de tous les Français, quelles que soient leurs opinions politiques ou religieuses, alors que le pays n'avait jamais été autant divisé. De Gaulle et Michelet ont immédiatement compris les causes de la défaite.

— Ils les avaient même anticipées, appuya Frédéric. Affirmer que, des communistes aux monarchistes, nous avions la France en commun était une idée magnifique. Voilà pourquoi, dès le jour suivant, nous nous sommes déclarés gaullistes. Nous avions lu le livre du général et l'admirions sans le connaître…

— Pourquoi n'es-tu pas parti le rejoindre ? le coupa Yohann. Il t'avait pourtant appelé. « Moi, général de Gaulle, j'invite les officiers et les soldats français à se mettre en rapport avec moi… »

Le jeune juriste semblait mener un interrogatoire, comme s'il faisait passer un examen à son ami.

— J'y ai songé. Michelet disait : « Péguy serait à Londres. » Mais je n'étais pas en territoire britannique. Et puis, j'étais jeune marié, je ne pouvais abandonner Sarah. Michelet non plus n'a pas quitté sa femme et ses enfants. En réponse à l'appel qui s'achevait par « la flamme de la résistance française ne doit pas s'éteindre », il a affirmé qu'il fallait maintenant établir une armée en France, une armée de l'ombre qui agirait contre l'ennemi et se soulèverait, à l'heure dite, pour la victoire.

En juillet 1940, de nouveaux tracts avaient touché une bonne partie de la Corrèze. Le groupe, nommé Liberté, avait commencé à fabriquer de faux papiers pour tous ceux qui en avaient besoin. Michelet, qui avait gardé de bonnes relations à Vichy, ne cachait rien de ses opinions gaullistes. Frédéric faisait de même.

— Lorsque j'ai trouvé un emploi à Sarlat, raconta-t-il, j'y ai aussitôt créé une petite section, rattachée à celle de Brive. J'avoue avoir assez largement répandu mes idées. Il s'agissait de gagner le cœur de la population. Personne n'aime les Allemands, même à Vichy. Il suffit de prouver que l'on peut vaincre, et tous les Français seront derrière nous.

— Avec les boches en zone sud, tu vas devoir te montrer beaucoup plus prudent, le sermonna Yohann.

— A toi maintenant, dit le jeune officier à son camarade. Lors de notre dernière rencontre, tu avais évoqué les espoirs et les désillusions de la guerre d'Espagne. Qu'es-tu devenu ?

— J'ai envisagé de gagner la Palestine en suivant les traces de Mordechaï, mais il était devenu difficile pour un citoyen allemand de voyager à l'intérieur de l'empire colonial français. Et puis, je n'avais pas renoncé à m'en prendre physiquement aux nazis. Alors je me suis engagé dans la Légion étrangère.

Pour Yohann, la bataille de France n'avait été qu'un long calvaire. Envoyés sur la Meuse, à l'est de Sedan, avec sa compagnie, ils n'avaient même pas eu le temps de se déployer. L'offensive de Guderian les avait balayés comme des miettes sur la table et dispersés sur tout le territoire. La région était notoirement mal défendue, avec des troupes peu aguerries et faiblement équipées.

— Nous étions voisins, dit Frédéric, nous aurions pu nous rencontrer.

— Toi, tu te déplaçais en voiture ! Nous, nous nous sommes tapé la route à pied, ironisa le juriste.

Disloquée par les blindés, hachée par les Stukas, mitraillée sur les routes, son unité ne put tenir le choc. Yohann n'avait pas tiré un seul coup de feu quand, le 21 mai, il fut séparé de ses camarades à la suite d'un violent bombardement.

— Beaucoup sont morts sans savoir ce qui leur arrivait, dit-il. Grâce à mon expérience espagnole, je savais me dissimuler pour échapper aux éclats de bombe et à la mitraille. Le lieutenant nous avait donné l'ordre de marcher sur Troyes pour éviter l'encerclement. Quand je me suis retrouvé seul, j'ai pu me glisser entre les lignes ennemies sans me faire repérer. J'ai piqué vers le sud avec les Allemands aux fesses.

— Les leçons du vieil Heinrich nous ont été drôlement utiles.

Ils évoquèrent le souvenir de leurs innocents jeux de guerre, avec des arcs et des flèches. Face à la puissance de la Wehrmacht, ils semblaient tout autant désarmés.

— J'avais entendu dire que certains de mes compagnons étaient soignés à l'hôpital militaire Sainte-Madeleine, à Moulins, poursuivit Yohann. Je m'y suis rendu. Tandis que je discutais avec un pote, un grand type blessé à l'œil m'a interpellé : « Tu es de Corrèze ? Moi, de Haute-Vienne. Si tu veux revoir ton bled, il faut te magner. Les boches arrivent ;

dans une heure, nous serons prisonniers... et je n'ai aucun goût pour ça. » Nous nous sommes enfuis en nous dissimulant dans les tranchées-abris de la clinique. On entendait déjà les premiers coups de feu, les Allemands investissaient la ville. Dès que nous fûmes à l'abri, il se présenta : deuxième classe Georges Guingouin, du groupe de transport 120/124. Il émanait de lui une autorité naturelle. Il était un peu plus âgé que moi, mais il rayonnait de calme et de sagesse. Par Montluçon, nous avons rejoint son village de Saint-Gilles-les-Forêts.

André et Frédéric hochèrent la tête ; la réputation de Guingouin s'était répandue parmi les résistants de tous bords.

— En chemin, nous avons beaucoup bavardé, poursuivit Yohann. J'ai découvert qu'il était membre du Parti, instituteur et secrétaire de mairie. De fait, il connaissait fort bien Joseph Sorel, son homologue de Nazareth. Guingouin est un type surprenant, immense par la taille et tout autant par l'intelligence. Dès avant la guerre, il avait prévu la lutte à venir.

Georges Guingouin avait été mobilisé en septembre 1939, au moment où le parti communiste avait été interdit, conséquence du pacte germano-soviétique. Avant de rejoindre son régiment, il avait dissimulé une ronéo et un stock de papier.

— Dès le mois d'août 1940, nous avons pu diffuser un appel à la résistance, reprit Yohann. Tu vois, nous n'avions pas beaucoup de retard sur toi.

— Ton Guingouin ressemble à un Michelet qui

serait communiste plutôt que chrétien, constata Frédéric.

Le parallèle les fit rire. Cette guerre que l'on ne pouvait comparer à aucune autre provoquait d'étranges rapprochements.

— En effet, il a d'ailleurs pris ses distances avec le Parti. Il n'attaque ni de Gaulle ni les « capitalistes » britanniques, et il prône l'union de tous les résistants. Il n'a pas attendu l'entrée en guerre de l'URSS en juin 1941 pour fabriquer des faux papiers et assaillir les mairies afin de constituer un stock de tickets de rationnement. Quand les communistes se sont décidés, enfin, à bouger, ils n'ont pu que se ranger derrière le colonel Guingouin.

— Colonel ! Fichtre, il a vite pris du galon, galéja Frédéric. Il est vrai que c'est partout pareil… après tout, la promotion rapide a fait la gloire de Napoléon.

Tous savaient que Guingouin dirigeait à présent un important contingent, la Brigade de marche limousine, dissimulée dans le maquis de Haute-Vienne.

— Nous avons commencé une campagne de sabotage, continua Yohann. Je suis son agent de liaison pour la Corrèze, avec mission de créer des groupes de combat, mobiles et faciles à planquer.

— Nous allons avoir à travailler ensemble, dit Frédéric. De Gaulle a envoyé un nouvel émissaire de Londres ; il doit unir en une seule armée tous les mouvements… ce n'est pas une mince affaire. Il va falloir apprendre à obéir à un seul chef.

Ils constatèrent une fois encore combien la présence récente de la Wehrmacht en zone sud allait compliquer les choses. Auparavant, le gouvernement de Vichy ne pourchassait guère que les communistes.

— J'en sais quelque chose ! C'est pour cela que nous sommes entrés dans la clandestinité, dit Yohann. J'ai même dû changer mon aspect physique, par crainte des délations.

— Beaucoup de gaullistes agissaient à visage découvert, dit Frédéric. Il y avait même pas mal de résistants dans les rangs de Vichy, des gens qui n'aimaient pas les boches.

Réunis par un même danger mortel, ils allaient devoir apprendre la prudence.

1943

10

Albert Malaterre pénétra à grands pas dans les bureaux de la sous-préfecture de Brive, avec le sentiment de revenir chez lui. Cela faisait deux ans qu'il rongeait son frein, deux longues années d'exil au fin fond de la Lozère. Après la brillante démonstration de son efficacité, lors de l'éradication du kibboutz Machar, il n'avait pas été payé de retour. Les maudites élections avaient porté au pouvoir le Front populaire, qui s'était empressé de le bannir. Il avait été expédié en Tunisie, comme secrétaire général adjoint à la résidence générale de France. Il avait renâclé à gâcher ainsi son talent dans un poste sans avenir, mais on lui avait fait comprendre que c'était ça ou la porte. Le nouveau gouvernement espérait bien l'oublier le plus longtemps possible, peut-être définitivement, dans une lointaine colonie.

La défaite de la France et l'arrivée aux affaires du maréchal Pétain avaient remis ses méthodes au goût du jour. Il n'était plus un paria mais un expert. En 1940, il avait été promu préfet des Basses-Alpes, où il avait établi des rapports cordiaux avec l'armée de Mussolini. Puis on l'avait envoyé traquer les résistants et les apatrides à Mende, avec même rang. Il avait déployé une ardeur particulière dans cette tâche.

De loin, il surveillait les activités de son fils. Ses épousailles précipitées avec Sarah l'avaient mis en fureur. Il résidait alors en Afrique et n'avait rien pu empêcher.

L'imbécile ! Le nigaud ! Il se laisse mener par le bout du nez ! Quelle carrière peut-il espérer avec une épouse juive ? S'il m'avait écouté, il serait auprès du Maréchal ! ruminait-il. Il est tombé entre les mains de ces rastaquouères qui prétendent diriger le monde… Mais c'en sera bientôt fini d'eux !

Les lois antisémites de Vichy l'avaient réjoui ; il espérait qu'elles le débarrasseraient une fois pour toutes de cette bru encombrante. Il n'en fut rien : Sarah était devenue française par son mariage et les règlements de l'armistice ne la concernaient pas. Malaterre était pris entre le marteau et l'enclume, désirant de toutes ses forces la plus grande sévérité pour sa belle-fille tout en voulant protéger son fils unique. Des amis bien placés le renseignaient régulièrement sur Frédéric et il n'ignorait rien de ses activités gaullistes.

« Des sottises de gamin ! disait le père en parlant du fils. Il finira par rentrer dans le droit chemin. Heureusement, il n'est pas communiste ! Il comprendra que seule la collaboration avec l'Allemagne empêchera la France de sombrer dans le bolchevisme… »

En douce, depuis la préfecture de Nice, et ensuite

celle de Mende, il influait sur la police périgourdine pour qu'elle épargne celui qui était de son sang.

Tout changea le 30 janvier 1943, lorsque Laval, désormais chef incontesté du gouvernement, créa la Milice. Les membres de cette force paramilitaire servaient désormais de supplétifs à l'armée allemande dans sa lutte contre les maquisards et dans sa mission de purification ethnique. Vichy n'était plus ce gouvernement mou où l'on trouvait de tout, même des résistants. Ces derniers avaient quitté le navire et Malaterre s'était promis d'en arrêter le plus grand nombre. Il n'y avait plus de place pour ceux qui refusaient la Collaboration.

Dès la création de la Milice, le préfet de Mende proposa d'en prendre la direction pour la Corrèze et la Dordogne. Il voulait revenir triomphalement sur ses terres, purger cette zone où pullulaient les Juifs, les communistes et les gaullistes. Les uns et les autres avaient structuré les combattants de l'ombre qui défiaient l'autorité du Maréchal et des Allemands.

« Ils vont voir de quel bois je me chauffe ! » avait déclaré Malaterre à son épouse, tandis qu'ils emménageaient dans le domaine familial de Terrasson, à la limite des deux départements.

Il comptait bien, par la même occasion, assurer la protection de son fils. Rose exultait à ce retour qui la rapprochait de son enfant. La politique la concernait peu ; seule sa famille avait de l'importance. Elle s'empressa, dès son installation terminée, de prendre contact avec Frédéric. Elle ne le voyait que de loin en loin jusque-là, prétextant un voyage nécessaire dans sa propriété. Elle comptait bien désormais se rendre régulièrement à Sarlat, même secrètement. Sa prévention à l'égard de sa belle-fille avait cessé lorsqu'elle avait découvert que Sarah, issue d'un milieu huppé, avait reçu l'éducation d'une jeune femme comme il faut. Elle n'était qu'à demi juive ; Rose espérait bien la ramener tout à fait dans le bercail chrétien.

Le dimanche 28 février 1943, c'est en tant que chef de régiment qu'Albert Malaterre inspecta les forces nouvelles réunies à Périgueux. Ils étaient plus de quatre cents, rassemblés dans la préfecture de la Dordogne, arborant le gamma blanc à la boutonnière, le pistolet réglementaire à la hanche. Dans son nouveau rôle de colonel, il écouta d'une oreille distraite le discours du préfet qui vantait « à un moment où notre armée n'existait plus, l'importance de cette nouvelle organisation qui devait se dresser contre le communisme et assurer le maintien de l'ordre intérieur pour réaliser la Révolution nationale ». Ces propos s'adressaient prioritairement à ses troupes et aux citoyens réunis sur la place. Lui-même n'avait pas besoin d'encouragements, il était plus qu'un fonctionnaire : un chef de guerre qui ne répondait de ses actes que devant Joseph Darnand, le fondateur de la Milice, un héros français qui pouvait en remontrer aux Allemands. Dans sa haine du communisme, Darnand n'avait pas hésité à prêter serment d'obéissance à Adolf Hitler. La maigre armée d'armistice autorisée par Berlin n'existait plus.

Désormais, il n'y avait que la Milice... la Milice ou le chaos.

Albert Malaterre les regardait droit dans les yeux, ces commerçants, ces nobliaux, ces paysans, ces voyous parfois. Il devrait les rassembler en un corps solide. Il allait les organiser en cohortes, en sections, en groupes, jusqu'à cette « main » de cinq hommes qui constituait l'unité d'action. Il ne suffisait pas de les agréger par la parole, qui s'envolait aussitôt entendue ; il était nécessaire de les lier ensemble par le crime, un crime qui les rendrait responsables les uns des autres. Il avait hâte de commencer les opérations de répression.

« Miliciens, votre devoir est de vous dresser contre le communisme, les Juifs et les francs-maçons, à l'heure où notre pays n'a plus aucune indépendance. La patrie tout entière a les yeux braqués sur vous. Tous les Français qui désirent réaliser la Révolution nationale du maréchal Pétain sont avec vous. A leurs côtés, vous aurez à cœur de maintenir le bon ordre de la nation. Je suis fier d'être votre chef et de tenir sur les fonts baptismaux cette milice française nouvellement créée. »

Avant d'aller déjeuner avec les « huiles » à l'hôtel Dejean, où un repas fin les attendait, Albert Malaterre s'entretint un court instant avec Auguste Villain, son ancien complice, qui avait été nommé sergent dans la toute nouvelle structure. Il savait pouvoir compter sur lui pour les coups les plus tordus.

11

En s'engageant aux côtés de Guingouin, Yohann avait pris de l'avance sur Frédéric. Le jeune officier en était encore à préparer la guerre en attendant l'arrivée des Alliés, quand le juriste avait déjà fait parler la poudre. Chargé de recruter des combattants en Sud-Corrèze, Yohann tenta de constituer un groupe spécifiquement juif, sur le modèle du kibboutz Machar.

— Les Juifs ne sont-ils pas les premières victimes du nazisme ? dit-il à Jean-Pierre, qui avait été sa recrue initiale. N'ont-ils pas déjà l'obligation de dissimuler leurs activités ? Tant qu'à vivre caché, autant le faire en combattant. Pendant des siècles, on nous a interdit de porter les armes ; à tel point que les Allemands nous croient incapables de nous défendre. Ils vont voir !

Jean-Pierre le seconda efficacement. Dans Brive, beaucoup de leurs camarades du Parti avaient déjà été emprisonnés. Il s'en trouva néanmoins une dizaine pour les rejoindre.

Yohann rapprocha son maquis corrézien des FTP-MOI, une organisation qui regroupait majoritairement des résistants étrangers, très actifs contre les boches. Ils n'avaient rien d'autre à perdre que leur vie et participaient à des coups particulièrement audacieux. Les 19 et 20 juin 1942, un commando équipé d'un armement hétéroclite attaqua l'usine Montupet, à Ussel, qui fabriquait des moteurs d'avions pour l'ennemi. Le site fut occupé, sans pertes humaines, et les résistants firent sauter la centrale électrique. En quittant Ussel pour rejoindre sa cachette, dans le massif des Monédières, Yohann se sentait fier, comme s'il avait remporté une grande victoire. Ce n'était que la première. Guingouin le félicita tout en l'invitant à modérer son ardeur et à ne plus prendre de risques inutiles.

« Une armée est comme une machine, lui avait-il dit. Tout doit y fonctionner dans un ensemble parfait et les initiatives individuelles y sont rarement les bienvenues. »

En décembre 1942, pour répondre à l'invasion de la zone sud, où les Allemands organisaient le pillage des récoltes, Guingouin lança l'opération « Rien pour les boches ». Afin de priver la Wehrmacht du foin destiné à ses chevaux, il fit disparaître en Limousin les presses à fourrage. Les machines furent sabotées une à une. Yohann était à côté du « Grand » quand il fit sauter une botteleuse dans la gare d'Eymoutiers, face à la gendarmerie. Trois jours plus tard, celle de Meymac fut détruite, puis d'autres, un peu partout dans la région, même lorsqu'elles étaient gardées. Yohann voyait avec un brin de nostalgie la démolition de ces engins qu'il avait appris à manier quand il était paysan à Nazareth. On lui avait enseigné à respecter le travail, le sien et celui des autres, et à présent il se comportait comme un barbare. La guerre voulait cela.

« Nous n'avons pas encore les moyens d'affronter les Allemands face à face, lui avait expliqué Guingouin. Nous devons organiser une guérilla, avec des unités légères et très mobiles. »

En janvier 1943, la création des MUR (Mouvements unis de Résistance) clarifia la situation. Chacun se retrouva avec un grade et une fonction précis. Nazareth fut choisi comme quartier général provisoire pour les rencontres entre les groupes locaux. Les bâtiments de l'ancien kibboutz étaient vides, discrètement situés un peu à l'écart des maisons, et assez vastes pour y abriter un grand nombre de personnes. Le commandant Frédéric Malaterre, membre de l'état-major sous le pseudonyme de Panhard, y recevait le capitaine Yohann Gutman, dit Brunete, en souvenir de l'Espagne, qui dirigeait le groupe FTP du Sud-Corrèze et pouvait parler au nom du colonel Guingouin, opérant en Haute-Vienne. Jean-Pierre était fier de ses galons tout neufs de lieutenant.

— Moi, un simple commerçant, devenir officier ! C'est incroyable !

— Les chefs ne font qu'approuver les situations existantes, lui dit le capitaine Brunete. Tu es mon bras droit depuis le début. Regarde Guingouin, on lui a confirmé ses cinq ficelles.

— Avec une bonne machine à coudre, chacun peut devenir général aujourd'hui, plaisanta Frédéric.

Nazareth semblait ne pas avoir changé malgré la guerre. Les jeunes y retrouvèrent les mêmes visages connus. Le bistrot Courrèges avait perdu quelques clients, prisonniers ou décédés, et l'ambiance y était un peu plus morose, suivant que l'on était dans les jours avec ou sans alcool. Mais le mastroquet savait faire des exceptions pour les amis.

— Entrez ! Entrez ! dit-il en serrant vigoureusement la main des trois nouveaux officiers. Vous prendrez bien une goutte d'avant la guerre, c'est la maison qui offre !

— Même un jour « sans » ? plaisanta Frédéric. Je vois qu'on ne respecte guère les consignes…

— Pour vous, c'est différent, dit Courrèges, qui adaptait à sa manière les lois en vigueur. Vous êtes gonflés de vous promener en plein jour avec un bandit comme celui-là !

Du doigt, il désigna Yohann, qui riait de la plaisanterie. Ici, tout le monde connaissait son engagement.

— C'est vrai qu'il a fait son « retour à la terre » à Nazareth. C'est le Maréchal qui va être content, lui qui ne jure que par la paysannerie !

Lorsqu'il avait été privé d'emploi, et même d'identité, Yohann avait trouvé refuge quelque temps au village et travaillé pour André Valbénac et Thierry Montalembert.

— Je viens juste revoir quelques connaissances, dit Frédéric, qui ne voulait rien révéler du but réel de sa visite. Je ne vois plus Paul Barentin, c'était pourtant un habitué...

— Lui, il a filé au maquis, chez les cocos, après avoir confié son troupeau au Noiraud. Celui-là, il a encore trouvé le moyen de se faire réformer, même dans la Résistance !

Marcel Courrèges, comme aux heures de paix, était toujours à même de donner des nouvelles des uns et des autres, tout en râlant contre les privations et les réquisitions :

— Les doryphores nous prennent tout ! Ils recensent les biens qui les intéressent et les envoient en Germanie avec un billet dûment tamponné. Produits agricoles, outillage, tout y passe. C'est un pillage organisé.

— Vous êtes quand même privilégiés, à la campagne, objecta le commandant. Les fruits et les légumes, ça pousse sous tous les régimes.

— Ne croyez pas ça ! Vous ne pouvez pas imaginer les tracasseries que nous fait l'administration de Vichy. Je ne dis pas ça pour vous, monsieur Frédéric, mais le Ravitaillement général, quelle plaie ! Comme toujours, les plus gros s'en sortent... Notez que je ne veux pas médire de Thierry Montalembert. Il défend le village, même s'il n'en tient que pour Pétain.

Les trois résistants et le bistroquet s'étaient attablés dans le café vide, verre de liqueur en main. A travers les carreaux sales, ils distinguaient la rue, tout aussi déserte que le commerce.

— Ici, vous ne risquez rien, précisa Marcel avec un clin d'œil qui voulait dire : « Je sais très bien qui vous êtes. » Les Allemands ne viennent jamais. Qu'iraient-ils chercher dans un bled comme le nôtre ! Et les villageois ne parlent pas à la police.

Les trois amis gagnèrent ensuite discrètement les bâtiments de l'ancien kibboutz, pour une réunion de travail avec Abel Bourriagues, le maire, et Joseph Sorel, son secrétaire.

— Comme au bon vieux temps ! glissa le premier magistrat en accueillant chaleureusement le trio.

En instaurant le STO, le Service du travail obligatoire, le 16 février 1943, Laval fit un immense cadeau à la Résistance. Les Français de vingt ans n'avaient aucune envie d'aller bosser en Allemagne ; ceux qui le purent prirent le maquis et vinrent grossir les rangs de l'armée de l'ombre. Le Limousin, région sauvage, vit converger de toute la France des jeunes gens venus se cacher dans les fermes, les granges, les bois. Il fallut les héberger, les nourrir, les armer. Depuis Londres, on avait imaginé une organisation constituée essentiellement de « légaux », des hommes et des femmes qui continuaient sagement à exercer leurs métiers, à bénéficier de tickets d'alimentation, tout en se tenant prêts à combattre dès que le signal serait donné. Le STO chamboula tout. Les patriotes se retrouvaient beaucoup plus nombreux que prévu, et plus vulnérables. Guingouin n'hésita pas une seconde :

— Il faut les aider à nous rejoindre. Il faut les empêcher de partir.

Il n'ignorait rien des difficultés mais privilégiait

la dimension humaine. En véritable chef, il menait ses hommes par l'enthousiasme, « la première force d'une armée », songea Yohann en se remémorant les mots de Heinrich.

12

Le colonel prépara bien son coup. Deux mois auparavant, il avait dérobé une cinquantaine de caisses de dynamite dans les entrepôts de la société Wolfram, à Saint-Léonard-de-Noblat. Le 13 mars 1943, une centaine de jeunes, à peine sortis de l'adolescence, des paysans, des bûcherons, dont les bras allaient manquer dans les exploitations, furent chargés dans des wagons à bestiaux en gare d'Eymoutiers, prêts à partir pour l'Allemagne, réduits en esclavage. Le Service du travail obligatoire réclamait son dû. Guingouin conduisit un commando de neuf soldats sous le viaduc de Bussy-Varache. Il donnait toujours à ses hommes le sentiment de pouvoir se déplacer librement sur le territoire limousin, comme s'il savait à l'avance où se trouveraient les Allemands, la Milice et la police.

« Nous allons faire sauter le pont de chemin de fer, avait-il dit à Yohann. Nous empêcherons le départ des camarades. »

Yohann avait appris en Espagne à manipuler les explosifs. Un tube de fonte, chargé de trente kilos de dynamite, fut placé dans le canal d'une pile. Le jeune Allemand alluma lui-même la mèche lente qui se consuma sous ses yeux, tel un serpent de feu. L'explosion entraîna la chute de deux arches du viaduc dans les gorges profondes de la Vienne.

— Les boches ne pourront plus utiliser cette ligne jusqu'à la fin de la guerre, se réjouit le colonel.

Quelques semaines plus tard, il emmenait ses hommes détruire l'importante usine de caoutchouc du Palais-sur-Vienne, privant l'ennemi d'un matériau de première nécessité.

Yohann éprouvait un sentiment de jubilation quand il partageait le campement rudimentaire des maquisards du Limousin. On y mangeait mal, le plus souvent de la nourriture fournie par les paysans, qui acceptaient d'être réglés en bons de réquisition payables après la guerre. On y avait froid, surtout quand il était interdit d'allumer des feux, pour ne pas donner l'alerte aux fridolins qui surveillaient la zone depuis leurs avions. Mais il régnait une franche camaraderie, un sentiment de justice intégrale, qui lui rappelait les beaux jours du kibboutz Machar. Avoir confiance les uns dans les autres, ne rien dissimuler, ne rien posséder, partager les maigres avoirs et les angoisses, il savait bien que tout cela finirait avec la guerre, mais il savait aussi que cette expérience, encore plus que la première, les formerait, lui et les siens, pour le restant de leurs jours.

Le 25 février 1943, un coup de tonnerre éclata dans le ciel des Français libres. Edmond Michelet, le chef régional du MUR, fut arrêté. Il n'avait jamais caché sa sympathie gaulliste tout en continuant, comme si de rien n'était, à mener son existence de père tranquille. Sa maison de Brive voyait pourtant défiler tout ce qui comptait dans la Résistance, des hommes qui allaient et venaient entre l'Angleterre et la France, dans des sous-marins ou des avions Lysander, des gens de toutes opinions. Edmond Michelet n'avait pas besoin de tenir une mitraillette Sten entre les mains pour se sentir patriote. Il savait que la plume était souvent plus efficace. Il prêtait son art aux journaux clandestins *Combat* et *Témoignage chrétien*. Il tentait la chance, acceptait des rendez-vous risqués, voyageait dans tout le pays sous sa couverture de représentant de commerce. Son domicile avait été perquisitionné à plusieurs reprises, mais la police n'y avait rien trouvé. Inlassablement, il unissait les mouvements épars de la Résistance, comme on tricote un pull-over, maille après maille. Il savait que les soupçons et les témoignages s'accumulaient contre lui, mais jamais il ne songea à prendre la fuite. Le 11 novembre 1942, malgré l'interdiction, il avait réuni la population briviste pour crier « Vive de Gaulle ! » sous le nez des envahisseurs ébahis. Les boches, qui venaient tout juste d'arriver, devaient savoir qu'ils n'étaient pas en terrain conquis. Leur présence restait indésirable. Mais la Gestapo était désormais bien établie dans la ville, et les rafles commencèrent. Beaucoup de ses camarades tombèrent. La police allemande l'interpella une première fois le 21 janvier 1943. Conduit à l'hôtel Terminus, face à la gare, au siège de la Gestapo, il nia en bloc toutes les accusations portées contre lui, et les Allemands le relâchèrent.

Le 25 février, Edmond Michelet fut cueilli au saut du lit, comme il se préparait pour se rendre à l'office du matin. Un jeune Alsacien travaillant pour l'ennemi, qui avait réussi à infiltrer le réseau Combat, l'avait vendu. Le chef de la R5 (la région 5, soit le Périgord et le Limousin) fut aussitôt conduit à Limoges, où il contesta son arrestation. Il fut envoyé à la prison de Fresnes ; puis la Gestapo le jeta dans un train en partance pour Dachau.

En mars, Yohann et Frédéric reçurent chacun un appel discret d'André Valbénac les invitant à se rendre d'urgence à Nazareth. Le signe était clair : une lettre était arrivée de Palestine, mais la convocation séance tenante suggérait un problème d'importance. La Traction à gazogène se traînait sur la route. A l'intérieur, Frédéric conduisait, perdu dans ses pensées. L'arrestation de Michelet était dramatique, mais la nouvelle organisation de la Résistance permettait de remplacer un chef par un autre, sans que jamais les places restent vides. Quand l'un tombait, un autre prenait sa fonction et engageait sa responsabilité. Il fallait faire le dos rond, laisser passer l'orage, puis reconstruire patiemment le système. L'ombre de Michelet planait encore au-dessus d'eux.

A ses côtés, Sarah était souriante ; elle n'avait pas beaucoup l'occasion de sortir. Elle avait revêtu pour la circonstance un ensemble très parisien, avec veste courte et pantalon large, qui lui allait à merveille. Ça lui rappelait l'époque du kibboutz où elle s'habillait comme les garçons. Ses cheveux blonds, relevés sur le devant et libres sur ses épaules, ruisselaient sur le tissu bleu avec des éclats d'or. Elle avait voulu être belle et y avait parfaitement réussi. Certes, le statut des Juifs édicté par Vichy avait perturbé son existence. Elle avait dû abandonner son métier, et cette vie de femme au foyer ne pouvait la satisfaire. Elle continuait de diriger avec enthousiasme son atelier de fabrication des poupées Nénette et Rintintin pour financer la Résistance. Mais l'invasion de la zone sud avait un peu rafraîchi l'ardeur des participantes. Surtout depuis que la Gestapo avait ouvert son annexe sarladaise à l'hôtel du Lion d'Or, à deux pas de l'avenue Brossard. Cela devenait dangereux et il avait fallu réduire la fréquence des réunions pour ne pas être repérés. Ils avaient frisé la catastrophe, la semaine précédente. Frédéric avait bien remarqué le regard inquiet que les jeunes femmes portaient sur le stock d'armes qui s'entassait dans son salon. Les parachutages anglais devenaient généreux et il manquait de place pour dissimuler les mitraillettes, revolvers et PIAT antichars. Détenir du matériel de guerre était puni de mort.

« Il va falloir cacher tout cela à la campagne, maintenant que les boches ont envahi le Sud », avait-il déclaré à Sarah.

Il songeait avec un peu de terreur à ce qui arriverait si les Allemands faisaient une descente soudaine, et mesurait son imprudence. Ils n'étaient protégés que par une mince porte et des rideaux tirés.

Un soir, à la tombée de la nuit, alors qu'ils étaient occupés à leurs travaux textiles, un des leurs était venu les avertir qu'une patrouille de motocyclistes se dirigeait vers la ville. Ils avaient tout éteint à la va-vite, planqué l'ouvrage de la soirée dont les flamboyances tricolores disaient l'intention, jeté des couvertures sur l'équipement militaire, et attendu en tremblant. Une heure plus tard, on les avait informés qu'il s'agissait d'une fausse alerte. Dès le lendemain, Frédéric avait fait déménager armement et munitions. Mais les jeunes femmes l'avaient toutes supplié de pouvoir continuer à fabriquer des Nénette et des Rintintin.

Depuis que Sarah était devenue Mme Malaterre et qu'elle s'était noyée dans le flot de réfugiés alsaciens, sa judaïté était moins visible. La grande rafle des israélites étrangers, en août 1942, ne l'avait pas concernée. Elle faisait partie des « Juifs convenables » que l'on pouvait oublier. Avec les appuis de Frédéric à la préfecture, elle n'avait pas été obligée de porter l'étoile jaune, véritable marque d'infamie. Ce signe abominable désignait aux nazis leurs futures victimes destinées à la déportation. Sarah était néanmoins répertoriée comme juive ; quelqu'un, quelque part, pouvait à tout instant faire réapparaître son dossier. Depuis que l'on voyait des Allemands en Dordogne et en Corrèze, elle vivait dans la peur d'être arrêtée. Le moindre bruit de bottes, le crissement d'un pneu sur la chaussée la faisaient sursauter. Aussi avait-elle bondi de joie quand son époux lui avait dit :

« Je t'emmène à Nazareth. Nous y retrouverons Yohann, et des nouvelles de Palestine. »

Ils se réunirent dans les antiques locaux du kibboutz. Sarah et Yohann s'enlacèrent longuement.

— Les belles heures de Machar, c'était… il y a mille ans ! dit-elle avec nostalgie. Nous étions en paix, alors.

Elle regardait autour d'elle, cherchant à faire revivre le souvenir d'un chant, d'une plaisanterie, d'un regard bienveillant.

— Tout annonçait la guerre, déjà, répondit le juriste.

Elle le dévisagea et trouva qu'il avait étonnamment mûri. A trente ans, il était déjà un vétéran. Lui cherchait, derrière l'élégante jeune femme, la jolie fille en short qu'il avait connue.

— J'ai peur, dit-elle aux deux garçons. Je suis juive dans un pays en folie et je meurs de peur.

— Tu sais, nous sommes tous pétris de trouille, lui répondit Yohann. Nous sommes assis sur un baril de poudre.

Ils parcoururent le vieux dortoir, où les châlits étaient encore en place. La poussière accumulée avait quelque chose de rassurant. Pour un peu, ils auraient mis de l'ordre, comme dans les premières semaines de leur résidence au kibboutz.

— Nazareth est une place sûre, dit Frédéric. Le maire, Abel Bourriagues, est avec nous, même s'il doit rester discret pour ne pas perdre sa fonction. On n'y a encore jamais vu un boche ou un milicien.

André Valbénac entra dans le dortoir, de son pas traînant, comme s'il illustrait l'éloge de la lenteur. Il serra la main des garçons et embrassa la jeune femme.

— Désolé pour mon retard, dit-il, mais la traite des vaches n'attend pas. Elles se moquent bien de l'heure allemande.

Après avoir roulé une cigarette, il poursuivit :

— J'ai entendu votre conversation, Frédéric. Je suis au regret de vous contredire, mais il y a eu une descente de soldats allemands sur Nazareth, il y a trois jours.

— Je n'en ai rien su ! dit l'officier. Que voulaient-ils ?

— Ils en avaient après le kibboutz Machar. Ils ont investi les bâtiments en hurlant : « Où sont les Juifs ? Où sont les Juifs ? » Une équipe a relevé, sur les portes et les murs, les anciennes inscriptions en hébreu...

— Les prétendus messages secrets à destination de Hitler dont nous étions accusés, dit Yohann.

— Exactement. Ils ont fouillé partout, ont tout inspecté. Ils m'ont gardé toute la journée sous la menace de leurs mitraillettes et m'ont interrogé sans relâche. Je leur ai dit que leur gibier avait levé le pied depuis longtemps, que vous étiez tous en Palestine. Ils ont menacé de foutre le feu. Ils ont fini par me croire et m'ont libéré. Je vous ai aussitôt fait porter un message.

— Vous avez bien fait, approuva Frédéric, l'air

perplexe. Que peut signifier cette visite absurde ? Cela fait huit ans que le kibboutz est vide.

La porte du bâtiment s'ouvrit pour laisser entrer Abel Bourriagues, Joseph Sorel et Paul Barentin.

— Nous sommes au complet, déclara André, tandis que les convives prenaient place autour de la grande table qui voyait, autrefois, la communauté s'assembler pour les repas.

— Pour répondre à votre question, Frédéric, répondit Sorel, nous pensons que quelqu'un a alerté les Allemands à propos de l'ancien kibboutz, pour les lancer sur la piste des résistants de la région, puisque nous nous réunissons à Nazareth. Bref, nous pensons qu'il y a un traître parmi nous.

Un silence pesant plana quelques secondes sur la petite assemblée, avant que Paul Barentin ne s'exclame :

— Moi, je dis que c'est la Marthe ! Souvenez-vous, c'est elle qui parlait des signes kabbalistiques sur les murs. Curieusement, les boches y sont allés tout droit…

— On ne peut accuser sans preuve, rétorqua le maire. Nous devons mener notre enquête. Mais le plus urgent ne serait-il pas de déménager notre quartier général ?

Ils débattirent du sujet avec des avis divergents. Se replier sans rien savoir, c'était peut-être emporter le mal avec soi.

— Il n'y a pas eu de nouvelles alertes, dit Frédéric. Ni d'arrestations. Je propose que nous maintenions nos réunions à Machar, en multipliant les précautions. Il faut placer des gardes sur chaque route d'accès quand nous nous retrouvons. Le village est suffisamment isolé pour que l'on voie venir l'ennemi. Le plus important est de démasquer le judas qui s'y cache.

13

Avant de se retirer avec les autres villageois, André Valbénac leur tendit une grosse enveloppe kraft emplie de plusieurs feuillets qu'il avait tirée d'une poche de sa veste de velours.

— Avec tous ces soucis, l'arrestation de Michelet et la descente des boches, j'ai failli oublier de vous la remettre. Elle a mis presque deux ans à me parvenir.

— Des nouvelles des amis ! Enfin ! s'écria Yohann. Je croyais bien ne plus jamais en recevoir…

— Ouvre-la ! Ouvre-la vite ! trépignait Sarah, au comble de l'excitation.

La pochette contenait plusieurs lettres signées de Magda, Mordechaï, Haïm et quelques autres. Elle avait effectué un long voyage et parcouru mille chemins, s'il fallait en croire les tampons qui l'ornaient. On avait appris, en France, la chute de la Syrie et du Liban, tombés aux mains des Britanniques et des Français libres, au cœur de l'été 1941. Jusqu'à cette date, Mordechaï avait pu remettre régulièrement le courrier de Palestine à Walid, le contrebandier druze qui l'acheminait jusqu'à Tyr. Un bateau neutre le portait ensuite en France avec plus ou moins de constance. Après l'offensive des Alliés au Proche-Orient, les communications avaient été interrompues.

— Ces lettres ont transité par le Portugal et l'Espagne, dit Frédéric en considérant les timbres. Heureusement, elles sont parvenues en France. Je suppose que la censure a longtemps hésité avant de les expédier en Corrèze.

— L'invasion de la zone sud leur a donné un coup de pied au cul, dit Yohann.

— Mais lis ! Lis donc ! cria Sarah.

Tout a commencé en avril 1941, quand l'Irak et l'Iran, suite à des coups d'Etat des fondamentalistes musulmans, ont basculé dans le camp hitlérien, écrivait Mordechaï. *L'action du SS Eichmann avait produit son effet, comme l'avait prévu David. Hitler devait envoyer des troupes en renfort à partir de la Grèce, et les salauds du gouvernement de Vichy avaient mis le territoire syrien, et en particulier ses bases aériennes, à la disposition des nazis. Nous n'en menions pas large : notre kibboutz est situé au bout du « doigt de la Galilée », entre le Liban et la Syrie. Nous étions en première ligne. Les forces de l'Axe étaient prêtes à fondre sur la Palestine pour s'emparer du canal de Suez et des champs pétroliers. Mais ce vieux renard de Churchill a conclu un accord avec de Gaulle. Les forces britanniques, sous les ordres du général Wavell, associées aux Français libres du général Legentilhomme et à la Haganah juive, ont lancé une offensive le 8 juin 1941, au moment même où Hitler s'apprêtait à attaquer l'URSS. En face, il y avait des Allemands, et surtout des Français de Vichy. Churchill avait déjà balayé d'un souffle l'Irak et l'Iran, où le père Staline lui a donné un coup de main. Dans notre ferme collective, nous crevions de trouille de voir débouler les chars ennemis, mais ils n'ont pas pu passer la montagne. Nous avions peu de couverture aérienne, mais la Navy, en remontant les côtes syriennes et en ravageant les défenses, a fait la différence. Certains des nôtres ont été mobilisés dans l'armée juive : Haïm, Samuel, Ruben ont dû quitter le kibboutz. Une goutte d'eau parmi les trente-cinq mille hommes qui ont participé à la campagne, mais une goutte d'eau utile. Ils ont combattu aux côtés d'Australiens, d'Indiens, de Français. Nous aussi nous avons notre guerre mondiale et nous faisons notre part. Quand nous avons pénétré au Liban, une bonne partie de la population nous a applaudis. Il y eut des batailles navales, des combats aériens (la Luftwaffe était mieux équipée que nous). Le 12 juillet, tout était fini ; les vichystes livraient le Liban et la Syrie aux Alliés.*

Mordechaï achevait sa missive par ces mots : *Je ne sais pas quand nous nous reverrons ; Magda a été formidable.*

La grande blonde commençait sa lettre ainsi : *Nous allons tous bien.* Ce qui rassura Yohann, Sarah et Frédéric. Malgré les combats acharnés, personne n'avait été tué parmi leurs amis. Magda racontait leurs angoisses : à l'extrême nord de la Palestine, ils étaient à la fois le fer de lance et l'otage des combats à venir.

Nous avions compris que nous n'aurions pas les blindés de Vichy sur le dos. Il nous fallait juste tenir éloignés les hommes du mufti qui assiégeaient les fermes isolées. Mais nous craignions l'aviation car les Allemands avaient la maîtrise des airs. Nous voyions souvent passer leurs bombardiers Stukas partis de l'aérodrome d'Alep. Heureusement, ils ne nous ont pas pris pour cible ; nous étions un trop piètre gibier. En revanche, nous avons subi le mitraillage de cinq chasseurs italiens, des Macchi 200, à ce qu'on m'a dit, des avions que Mussolini avait cédés aux Allemands du Proche-Orient pour marquer sa bonne volonté. Nous avons eu deux morts lors de la première attaque. Quand ils sont revenus, j'étais de garde dans le mirador, avec la mitrailleuse. Je les ai désignés du doigt à ma collègue, une jeune Italienne de Rome qui ne voulait pas tirer sur des compatriotes. Je crois surtout qu'elle était paralysée par la peur. Je l'ai secouée en lui montrant les croix noires germaniques sous les ailes. Ensuite, elle s'est très bien comportée, même quand on a vu en grand la gueule de l'avion face à nous, même quand les projectiles ont percé le toit de notre abri. Elle a engagé les bandes de balles dans la machine et facilité l'écoulement de ses deux mains. Quand ils ont piqué sur nous, après avoir ravagé le camp avec leurs deux mitrailleuses, j'ai commencé à tirer… sans m'arrêter… jusqu'à ce qu'on n'ait plus de munitions. Un des avions s'est écrasé au milieu de la cour ; les autres ont fui. Il paraît que c'est grâce à moi.

— Cette Magda n'en fera jamais d'autre ! dit Sarah. On la croit bien à l'abri dans son kibboutz, et elle gagne la guerre à elle toute seule !

— Les voilà libres, dans le camp allié, dit Frédéric avec envie. Alors que nous, nous sommes du mauvais côté de la frontière.

Une deuxième lettre de Mordechaï racontait le bref siège qu'avait subi le kibboutz Ayelet Ashahar de la part des hommes du mufti. Un peu avant l'attaque aérienne où Magda s'était illustrée, l'alerte avait été donnée en plein jour, quand Simon était rentré des champs au galop de son cheval. Des hommes lui avaient tiré dessus tandis qu'il travaillait. Son collègue, un vieux kibboutznik nommé Moshe, avait été tué. Les portes de la ferme fortifiée avaient aussitôt été fermées. Chacun avait laissé tomber sa pelle ou sa fourche pour prendre son fusil. Une trentaine de soldats les encerclaient et faisaient pleuvoir les balles sur leurs têtes. Toutes les fenêtres des bâtiments avaient éclaté.

On a repoussé un premier assaut. Comme je ne sais toujours pas tirer, je servais d'observateur en signalant les mouvements ennemis. Nous avons passé une nuit abominable, redoutant à chaque instant que nos adversaires réussissent à investir le périmètre et viennent nous égorger. Le lendemain, on a vu surgir une compagnie de la Légion arabe de Glubb Pacha. C'est un militaire britannique converti à l'islam qui dirige les troupes indigènes. Ils ont chargé à cheval et dispersé en un clin d'œil les hommes du mufti. On n'avait jamais été aussi heureux de voir leurs keffiehs à damier rouge et blanc. Ce sont des soldats valeureux, presque tous jordaniens. Il faut croire que

Churchill n'a créé la Jordanie, en 1921, que dans le but d'avoir une armée alliée à sa disposition.

Ils apprirent par la missive que Hadj Amin el Husseini avait trouvé refuge à Berlin, où Hitler avait mis à son service un réseau de radios. En émettant dans toutes les langues en direction des populations musulmanes de la planète, il espérait provoquer un soulèvement général des croyants aux côtés des forces de l'Axe.

— S'il faut en croire la tournure qu'a prise la guerre, dit Frédéric, ça n'a pas beaucoup marché.

Magda s'était également fendue d'une seconde lettre pour donner des nouvelles de leurs « héros » engagés dans la Haganah. Quand on avait demandé des volontaires, Ruben, qui avait été militaire à Prague, s'était tout de suite avancé. Forts de leur entraînement en Corrèze, Haïm et Samuel s'étaient également proposés. Le conseil du kibboutz avait ensuite arrêté le flot de candidats : il fallait garder des gens armés sur place. La frontière était un endroit stratégique. Ce fut par la montagne, guidés par Walid le Druze, que les soldats des forces israéliennes, associés à des Français libres, avaient mené leur offensive. Ils avaient pour mission de couvrir le flanc des deux autres armées qui progressaient, l'une, le long de la mer, vers le Liban, l'autre, à l'est, vers Damas.

Finalement, ils se sont dirigés vers la capitale syrienne. Les combats étaient durs et… étranges. Dans les deux camps, il y avait des Français et des Arabes. Ce qui n'empêcha pas la lutte d'être féroce. Il y eut beaucoup de morts et de blessés. Samuel a secouru un officier de la Haganah qui avait perdu un œil au cours de la bataille, un certain Moshe Dayan. Haïm a récolté une balafre sur la joue qui lui donne l'air d'une vedette de cinéma. Mon combattant adoré... Lui si doux, d'habitude. Je sais qu'il déteste la guerre et qu'il s'est porté volontaire en partie pour me faire plaisir. J'ai dû lui avouer que j'étais morte d'angoisse pour lui. Heureusement, ils sont tous de retour sains et saufs, et ici, les hostilités sont terminées.

Une dernière lettre, courte, mais pleine de tendresse, était adressée spécifiquement à Yohann, où qu'il puisse être. Elle émanait de Dalia et s'achevait par ces mots : *Je t'attendrai. Nous construirons la paix ensemble. Reviens-moi ! Je t'aime.*

Yohann revit le beau visage de la jeune femme dont il était séparé par une mer et une guerre. Elle représentait le prix de la victoire, la distance qu'il avait encore à parcourir pour pouvoir penser un peu à lui.

14

Albert Malaterre était désolé d'être arrivé trop tard en Corrèze pour arrêter lui-même Edmond Michelet. Lui qui se considérait comme chrétien et antisémite abhorrait ces catholiques qui avaient pris parti pour de Gaulle et les Alliés. A ses yeux, ils étaient au mieux des benêts qui gobaient toutes les sornettes que les bolcheviks voulaient leur faire avaler, au pire des traîtres qui savaient parfaitement ce qu'ils faisaient. Des hommes comme Michelet avaient entraîné derrière eux une bonne partie des Français, et en particulier son fils Frédéric, qui le suivait depuis le début des années 30. Aussi pressait-il ses miliciens d'achever ce qui avait été commencé.

— Je veux des renseignements sur tout ce qui se passe entre Tulle et le Périgord, dit-il à Auguste Villain, son homme de main favori.

Le jeune voyou, qui se piquait d'aristocratie, était bien introduit parmi la jeunesse de la région. Il fréquentait les bals de villages, les réunions agricoles. Il savait que son maître prétendait régner sur le secteur, là où il vivait, et rêvait d'un nettoyage en règle. La région était infestée de maquis et ceux des campagnes nourrissaient et cachaient ceux des villes, dans un va-et-vient permanent. Malaterre songea à l'époque de Machar, quand les jeunes jouaient à cache-cache avec les gendarmes.

— Surveille l'ancien kibboutz, ordonna-t-il à son affidé, je suis sûr qu'ils sont encore là, les youpins. La mauvaise herbe repousse toujours au même endroit.

— Nous avons reçu des renseignements sur Nazareth, répondit le milicien avec un sourire mauvais. Notre informateur parle de réunions ; il n'arrive pas à savoir si le maire est vraiment impliqué.

— C'est un démocrate, autant dire un communiste. Ne le perds pas des yeux.

Nazareth constituait une zone neutre, un endroit discret où les officiers des divers groupes pouvaient se retrouver sans trop de danger. On négociait toujours l'union des armées résistantes, qui avaient pris désormais le nom de FFI.

— Les Forces françaises de l'intérieur, ça sonne bien, dit Frédéric lors d'une réunion.

— Ça signifie surtout qu'il y en a d'autres à l'extérieur, auxquelles nous devons allégeance, précisa Yohann, qui n'était pas dupe des mots. Mais nos compatriotes l'ont adopté, et ne parlent plus que des Fifi pour nous désigner.

La rivalité entre l'Armée secrète et les francs-tireurs et partisans, malgré l'union apparente des résistants, n'était un secret pour personne. Il ne s'agissait pas seulement d'opinion politique. Il y avait des communistes au sein de l'AS et des gaullistes chez les FTP.

La stratégie était leur principale pomme de discorde. Une discussion assez vive opposa Yohann et Frédéric lors d'une de leurs rencontres.

— Vos assassinats ciblés sont inconséquents, énonça le commandant Malaterre. Ils coûtent la vie à de nombreux otages innocents, n'ont aucun résultat militaire et contredisent les ordres du général de Gaulle.

Le groupe de FTP-MOI dirigé par Yohann, dit capitaine Brunete, avait encore abattu un soldat ennemi qui circulait seul en Limousin, provoquant l'exécution de prisonniers arrêtés pour une broutille. Les Allemands avaient prévenu : pour chacun des leurs tué, dix Français seraient fusillés, et tant pis pour ceux pris au hasard.

A Londres, on souhaitait une résistance constituée sur le modèle des insurgents américains, des *minutemen*, hommes et femmes intégrés dans la société, dotés de papiers en règle. Au jour prévu, à l'heure du débarquement libérateur, ils devaient récupérer leurs armes et, toutes affaires cessantes, gagner leurs postes et lieux d'affectation pour participer à la victoire. Les seuls résistants actifs devaient être les espions, les filières d'évasion et les responsables politiques.

— Cela n'est plus viable, avec tous ces STO qui peuplent nos forêts, répondit Yohann. Il faut les nourrir, les armer, les entraîner et les cacher. Et puis le second front est bien trop long à s'ouvrir ; les hommes n'en peuvent plus d'attendre. Nous mobilisons par centaines. Nos attentats nous rendent populaires auprès des autres.

— Et impopulaires auprès des civils, qui paient un lourd tribut à votre passion guerrière. Sans compter ceux qui vous prennent pour des bandits quand vous réquisitionnez véhicules, matériels et ravitaillement…

— Il faut bien que nous approvisionnions nos troupes ! s'exclama le capitaine Brunete. Nous devons manger, nous aussi. Si les produits des parachutages de Londres étaient plus équitablement partagés, nous n'aurions pas besoin de nous servir…

Frédéric baissa la tête sans répondre. Lui qui siégeait à l'état-major ne pouvait pas dire à son ami la méfiance dans laquelle les réseaux et dirigeants alliés tenaient les communistes. N'allaient-ils pas imposer le bolchevisme soviétique, une fois les Allemands chassés ? Certains ne dissimulaient pas leurs ardeurs révolutionnaires.

En juin, Yohann et Frédéric se retrouvèrent une nouvelle fois à l'ancien kibboutz, malgré les risques qui planaient sur eux.

— Tu ne crois pas que la bande de culs-bénis, autour du curé Jaumart, pourrait nous avoir dénoncés ? demanda Yohann.

— Depuis que Haïm a joué du piano chez lui, Thierry Montalembert ne nous a jamais manqué de parole, même s'il a juré fidélité à Pétain. Ne t'a-t-il pas hébergé quand tu as eu besoin de lui ?

Le capitaine Brunete acquiesça. Que les locaux de Machar servent de quartier général à la Résistance le rassurait. Il y régnait comme un air de liberté, le souvenir de la démocratie.

Ils eurent une réunion qui dura fort tard, avec Abel Bourriagues, qui était proche de l'AS Sud-Corrèze, et Joseph Sorel, qui appartenait aux FTP. Il fut question du prochain parachutage. Le Lancaster britannique était attendu pour la semaine suivante. Il fallut se répartir les tâches : baliser le terrain de la *dropping zone*, organiser la surveillance et le transport de l'armement, qui risquait d'être lourd (on avait besoin de charrettes, de camions), prévenir les radios qui donneraient le signal du largage. Comme toujours, le partage du futur butin provoqua des disputes.

En cette belle soirée, pris par le temps, Frédéric ne put regagner Sarlat avant le couvre-feu. Il dissimula son véhicule dans une des granges et décida de dormir sur place. Yohann et Jean-Pierre restèrent avec lui.

— On se croirait revenus au bon vieux temps ! constata le lieutenant. Quand on était heureux à Machar. Ce que nous étions jeunes !

— Cela fait à peine huit ans, répondit Yohann. La guerre nous a fait vieillir avant l'heure.

Ils déambulèrent dans les rues désertes de Nazareth avec un profond sentiment de sécurité. A dix kilomètres de Brive, ils avaient changé de pays. Le village semblait sur une autre planète, un monde qui n'aurait jamais connu de conflits, où rien n'était grave.

— Sarah va s'inquiéter, regretta Frédéric. J'aurais préféré l'emmener avec moi. Mais j'ai toujours peur pour elle. En cas de contrôle, elle n'est pas à l'abri d'une incarcération.

Soudain, Yohann qui marchait légèrement en tête,

leva le bras pour arrêter ses camarades. Il resta aux aguets deux ou trois secondes, avant de murmurer :

— Des pas, devant nous ! Une patrouille, planquons-nous !

Ils se glissèrent le long d'une porte, en contrebas de la chaussée, une de ces ouvertures qui remontaient au Moyen Age et marquaient le niveau de l'ancienne voie romaine. Adossés à l'antique battant de bois clouté, sur le qui-vive, s'interrogeant sur l'identité des individus qui s'avançaient, ils étaient prêts à se défendre si nécessaire. Un léger tremblement agitait leurs corps.

— La porte n'est pas verrouillée, dit Yohann à voix basse en poussant le vantail de quelques centimètres.

Ils distinguèrent une cave sombre et voûtée qui s'enfonçait dans les ténèbres.

— On pourrait s'enfuir par là.

Frédéric retint son bras.

— Qui cela peut-il bien être ? chuchota-t-il. Des Allemands ? C'est peu probable ; les sentinelles postées sur les routes d'accès nous auraient alertés. Attendons une minute.

Cinq civils apparurent, bien habillés quoique de manière un peu voyante, et d'allure militaire. Ils parlaient fort, en français.

— Ce village est un nid de communistes, dit l'homme de tête. Un jour, nous ferons une rafle et tout ce joli monde finira en Allemagne.

— Nous sommes bien renseignés sur les activités des uns et des autres, répondit un second. Des informations de première bourre. Cueillies à l'intérieur du repaire ennemi.

Frédéric reconnut aussitôt l'individu qui avait l'air d'être le chef de cette bande, ce physique de voyou.

— Auguste Villain, murmura-t-il à l'oreille des autres. Ce sont des miliciens. Ils se déploient toujours par cinq ; ils appellent ça une « main ».

Malgré le clair de lune éblouissant, les collabos passèrent près d'eux sans les voir, trop occupés par leur discussion. Ils ne semblaient pas traquer quelqu'un en particulier. Ils se dirigèrent vers les bâtiments de l'ancien kibboutz.

15

Quelques jours plus tard, Frédéric était occupé avec la paperasse quotidienne – une affaire de réquisition de matériel décrété par les forces allemandes – quand il vit une Traction avant noire pénétrer dans la cour de la sous-préfecture de Sarlat. Le véhicule roulait à l'essence, ce qui suggérait un propriétaire au mieux avec les autorités.

— La Milice ! Encore eux !

Son chef ne l'avait prévenu de rien ; il l'entendit quitter son bureau pour aller au-devant des visiteurs. Le jeune homme se replongea dans son travail fastidieux, préférant laisser son supérieur avec les collabos. Soudain, on toqua à sa porte. Sans attendre sa réponse, l'importun ouvrit le battant.

Albert Malaterre se tenait devant lui, l'air sévère, les yeux luisants, arborant une prépotence naturelle. Frédéric n'avait pas revu son père depuis huit ans, depuis que ce dernier avait insulté Sarah, provoquant le départ de son fils de la maison familiale.

Il n'a pas changé, songea le jeune homme. A peine vieilli. Toujours son costume et ce chapeau de croque-mort.

— Bonjour, Frédéric, dit simplement le chef de la Milice en pénétrant dans la pièce.

Il déambula sur quelques mètres, contemplant d'un air dégoûté la modestie des lieux.

— Alors c'est ici que tu passes tes journées ? Tu as fait Saint-Cyr pour échouer là !?

— Bonjour, père, répondit Frédéric en se penchant sur ses dossiers pour éviter le regard de serpent de son géniteur. Comment allez-vous ?

— Fort bien, merci, répliqua l'autre avec un sourire forcé. J'ai obtenu ce que je voulais, moi ! Je ne te donne pas des nouvelles de ta mère ; je sais qu'elle te voit en cachette, quand je ne suis pas là.

— Je n'ai rien à reprocher à ma mère.

— Mais tu te permets de juger ton père !

Frédéric tressaillit comme s'il venait de recevoir une gifle, une de plus.

— Je n'ai plus quinze ans et je peux décider seul de mes idées.

Le ton montait insensiblement entre les deux hommes, en même temps que la colère.

— Parlons-en, de tes opinions ! C'est pour cela que je suis venu. Tu es en danger. Tu as cru bon d'afficher tes sympathies gaullistes à un moment où tu ne risquais pas grand-chose. D'ailleurs, je te protégeais de loin.

Frédéric grimaça en apprenant qu'il lui devait quelque chose. Après tout, il n'avait rien demandé.

— Sache que, désormais, tu es surveillé. Les Allemands sont là, et ce n'est plus la même musique.

— Vous êtes arrivé avec eux, à ce que je constate.

— Oui, et j'en suis fier. Ils représentent une grande civilisation…

— Ils tuent des Français ! gronda Frédéric en se levant brusquement de son siège.

Il avait envie de lancer son encrier à la figure paternelle, retint son geste.

— Ils ne font qu'exécuter des communistes… et des Juifs, ajouta perfidement le chef de la Milice.

Frédéric se garda de répliquer et préféra utiliser la méthode de persuasion apprise avec Michelet :

— Père, ne voyez-vous pas que les Allemands vont perdre cette guerre ? Ils reculent partout en Russie ; Rommel s'est rendu en Tunisie et les Américains ont débarqué en Italie. De Gaulle dispose à présent d'une véritable armée en Afrique du Nord et appelle à l'action contre l'occupant. L'Allemagne brûle sous les bombardements. La victoire des Alliés est inéluctable. Ceux qui ont travaillé pour les nazis risquent de le payer fort cher. Il est encore temps de changer de camp ; je peux vous y aider.

Le jeune officier répugnait à recruter des gens ayant du sang sur les mains, mais il savait que le gouvernement provisoire de la France n'examinait pas de trop près ceux qui se ralliaient. Un ancien préfet serait une bonne prise.

Malaterre tordit la bouche en un rictus qui lui était familier.

— Tu récites fort bien ta leçon, mais les choses ne sont pas si roses. Hitler prépare des armes redoutables, et l'on vient d'arrêter le chef de l'AS, le général Delestraint…

— Il sera remplacé, affirma le saint-cyrien avec autorité, comme s'il devait lui-même choisir le successeur et en connaissait déjà le nom.

Malaterre marcha en rond dans la pièce, affectant une légèreté qu'il n'éprouvait guère. Il fit mine de jeter un œil sur une croûte républicaine suspendue au mur, regarda dehors comme s'il attendait quelqu'un.

— Même si tu as raison, les choses ne se dérouleront pas comme tu le crois. Tu n'imagines pas que les Américains vont venir mourir par milliers en France pour notre libération. Ils connaissent les défenses du mur de l'Atlantique – vos services de renseignements leur ont communiqué plans et armement. Churchill et Roosevelt détestent le communisme, tout autant que Laval. Ils finiront par conclure une paix séparée. Les boches rentreront en Allemagne pour flanquer une dérouillée à Staline, et nous resterons entre Français sous la houlette du Maréchal. Ton de Gaulle pourra aller se rhabiller !

D'un geste, Frédéric signifia qu'il n'approuvait pas son père dont la position, d'un point de vue moral, était indéfendable. Il ne voulait pas écouter cette petite voix qui lui murmurait à l'oreille que probité et politique faisaient rarement bon ménage. Le chef de la Milice aurait peut-être raison, mais il préférait suivre les directives reçues d'Edmond Michelet avant son arrestation en ne transigeant pas avec l'éthique.

L'ancien préfet paradait dans le bureau de son fils, comme s'il lui faisait un grand honneur en lui rendant visite.

— Je vois que ma démonstration a fait de l'effet,

fanfaronna-t-il. Si j'ai raison, c'est moi qui en tirerai honneur et gloire. Toi, tu as choisi le mauvais camp, comme tu as fait un mauvais mariage.

Frédéric refusa de le suivre sur ce terrain. Parler de Sarah, c'était la rupture immédiate. Il devait faire son possible pour instiller un doute dans l'esprit de son interlocuteur.

— Si vous vous trompez, père, vous risquez le peloton d'exécution…

— Peut-être, dit Malaterre en feignant de réfléchir. Je pourrais encore t'aider, si tu voulais bien nous livrer, non pas tes camarades, je le comprends, mais les réseaux communistes qui infestent la région. Pour le moment, c'est toi qui es en danger. Je ne pourrai pas te protéger éternellement.

Le milicien se retira après un au revoir glacial. Son fils ne fit pas mine de le raccompagner ni de lui répondre. Que son père pût le prendre pour un délateur blessait profondément son sens de l'honneur. Il se sentait sali et compromis par la seule visite paternelle.

16

On a incendié cette nuit le kibboutz Machar.

C'est par ce simple message que Frédéric et Yohann apprirent, en octobre, la destruction de leur quartier général en Corrèze. Il était dangereux, désormais, de se rendre à Nazareth, où tout mouvement serait aussi visible qu'une tache sur un drap blanc. Les résistants décidèrent de se rencontrer à Castel Novel, sur la commune de Varetz, au nord-ouest de Brive. Erigé au onzième siècle, l'ancien château dressait sa silhouette de grès rouge au sommet de sa motte féodale. Il avait été réaménagé en « folie », à la fin du dix-neuvième siècle, par Henry de Jouvenel, qui y avait coulé des jours heureux avec la romancière Colette, sa seconde épouse. La demeure était visible de fort loin, mais avec son caractère « ancien régime » elle rassurait l'occupant, qui n'y venait pas. Les trente pièces de la forteresse, la propriété de quarante hectares, dont seize de forêt transformés en parc, offraient aux maquis de la région un abri sûr.

— Soyez les bienvenus, leur dit Renaud de Jouvenel, le maître des lieux, en accueillant Frédéric et ses amis.

C'était un bel homme d'une quarantaine d'années, un écrivain engagé auprès du parti communiste, malgré son nom à particule. Il avait hébergé des intellectuels espagnols fuyant le régime franquiste et constitué avec eux, dès 1940, un groupe de résistance dans le château familial.

— Nous avons rencontré votre frère Bertrand, en 1935, quand il a pris la défense du kibboutz Machar contre l'extrême droite, dit Yohann. Il a été un des seuls à nous soutenir.

— Mon demi-frère, vous voulez dire. Ne me parlez plus de lui ! Il a fait des choix irresponsables et criminels. Quitter la gauche pour adhérer au PPF de Jacques Doriot, défendre le fascisme, présenter Hitler comme un homme de paix ! Ça lui a coûté son mariage. Martha Gellhorn est partie se consoler dans les bras d'Ernest Hemingway…

— Je croyais qu'il s'était éloigné de Drieu La Rochelle, intervint Frédéric. Qu'il avait refusé les accords de Munich et quitté le parti doriotiste.

— En effet, concéda Jouvenel. Après un dernier voyage en Allemagne, effrayé par le fanatisme, il a écrit ces mots : « On n'a rien vu de tel depuis Mahomet. » Je l'ai supplié de nous rejoindre, mais il a décliné l'offre, préférant rester un « électron libre ». Il a continué à fréquenter des gens de tous les bords, et de la pire espèce. A une époque comme la nôtre, on ne peut pas ne pas choisir.

Frédéric se demandait s'il n'y avait pas un peu de jalousie dans les propos du hobereau. Renaud, fils illégitime, portait la marque de la bâtardise comme un fardeau. Son engagement au rebours de sa classe était un rachat tout autant qu'un défi. Peut-être enviait-il la notoriété acquise par son aîné bien malgré lui, héros involontaire du *Blé en herbe* que Colette avait rédigé à Castel Novel, sur le lieu même de sa passion fautive pour le bel adolescent, son beau-fils de surcroît. Le châtelain devina les pensées de son interlocuteur :

— La romancière s'est réfugiée dès 1940 non loin d'ici, au château de Curemonte, en Basse-Corrèze. Elle y écrit en compagnie de Bel-Gazou, ma demi-sœur.

Le jeune officier émit un sifflement d'admiration : un écrivain célèbre résidait tout près de Nazareth, et il n'en savait rien.

— Les Allemands me confondent avec Bertrand et me prêtent des idées doriotistes, aussi me laissent-ils tranquille, poursuivit Renaud. Castel Novel est un abri sûr pour la Résistance. Nous organisons même des petites sauteries pour faire oublier la tristesse de l'Occupation et détendre nos soldats, bien isolés dans leurs forêts.

— Faites attention aux traîtres infiltrés, dit Frédéric. Les raouts ne facilitent pas la surveillance.

— Où est votre frère, maintenant ? questionna Yohann.

— La Gestapo n'aime pas les gens qui fourrent leur nez partout ; elle menaçait de l'arrêter. Il est passé en Suisse, il y a deux mois.

La réunion porta sur l'incendie de Machar et sur ses conséquences. Le feu s'était déclaré au cours de la nuit et avait ravagé tout un bâtiment. Les villageois, dont les ressources en eau étaient limitées, n'avaient rien pu faire.

— Ce n'est pas si grave, dit André Valbénac. Seul le dortoir a été touché par les flammes. Les autres granges et la maison sont intactes.

Yohann revit avec tristesse cette étable inconfortable qu'ils avaient transformée en lieu de joie. C'était une belle époque, quand les garçons et les filles dormaient dans la paille, avant qu'ils ne construisent leurs lits de leurs mains. En ces temps bénis, ils n'avaient pas besoin du luxe d'un château pour faire la fête.

— Sait-on qui a fait ça ? demanda Jouvenel.

— Non, répondit le maire. Tout s'est passé en pleine nuit, mais l'origine criminelle est avérée. De la paille a été entassée au milieu de la pièce et on a même utilisé un peu de la précieuse essence pour répandre le feu.

— La Milice était à Nazareth il y a trois mois, dit Frédéric. Elle a failli nous tomber dessus, en pleine nuit, là aussi.

Il raconta leur mésaventure face aux cinq individus armés et affirma avoir identifié Auguste Villain, un milicien de Brive.

— C'est sûrement eux qui ont fait le coup, dit Jean-Pierre.

— Personne ne les a revus à Nazareth depuis votre rencontre, rien ne permet de les mettre en cause, répliqua Abel Bourriagues. Même si cela ressemble bien à leur manière de faire…

— Alors il y a un traître dans le village ! laissa tomber Joseph Sorel d'une voix sinistre.

Cela faisait plusieurs fois que l'on parlait de ce judas anonyme. Les résistants avaient le sentiment d'un poignard brandi dans leur dos par un individu masqué.

— Auguste Villain a parlé de quelqu'un qui les renseignait, dit Yohann. Une personne haut placée. Nazareth n'est pas bien grand, on doit pouvoir l'identifier.

Le maire réfléchit un instant, se tourna vers son secrétaire, qui secoua la tête en signe de dénégation.

— Il y a bien des pétainistes au village, comme partout, dit ce dernier. Mais personne n'aime les fridolins ni les miliciens.

— Souvenez-vous que les boches avaient menacé de brûler le kibboutz, rappela André. La Milice travaille main dans la main avec eux.

Les élus s'engagèrent à mener leur enquête en passant au crible les activités des résidents.

— Auguste Villain est un proche de mon père, précisa Frédéric. C'est une brute et un fanatique. Il semble porter un intérêt particulier à Nazareth et à l'ancien kibboutz.

— Nous nous renseignerons sur lui, dit Jouvenel. J'ai quelques entrées sur Brive, dans les milieux interlopes que fréquentent ces messieurs.

Les Allemands intervenaient de plus en plus militairement contre l'armée de l'ombre. En Corrèze, en août 43, ils avaient attaqué le camp d'Estivaux, tirant à la mitrailleuse et au mortier sur les positions supposées de la Résistance. Heureusement prévenus grâce à un chien dressé à porter les messages, les jeunes patriotes s'étaient mis à l'abri. Mais les assaillants avaient promis de revenir et de tuer tout le monde. En Dordogne, miliciens et groupes mobiles de réserve (les GMR) avaient investi plusieurs maquis et procédé à des arrestations, suite à des attentats. La région tout entière sombrait peu à peu dans la guerre.

— Bientôt, nous allons frapper un grand coup qui nous attirera la sympathie du peuple, dit Abel Bourriagues en rassemblant ses amis autour de lui pour une ultime réunion d'état-major.

Les résistants choisirent de faire du 11 novembre 1943 une grande journée patriotique pour annoncer la victoire prochaine. Les Allemands avaient interdit que l'on célèbre l'armistice de 1918, honteux à leur mémoire. Un peu partout dans la région, il fut décidé d'organiser un défilé solennel avec drapeaux et fanfare. Les populations, étonnées et heureuses, virent passer devant elles une armée qui officiellement n'existait pas. A Sainte-Féréole, près de Brive, les soldats de l'ombre exhibèrent leurs armements sous les applaudissements de la foule. Tout près de là, à Terrasson, en Dordogne, où résidait Albert Malaterre, l'Armée secrète déposa une gerbe aux monuments aux morts, quasiment sous le nez du chef de la Milice. Le signal était fort clair pour les citoyens français épuisés par trois années d'occupation : la libération était proche, plus personne ne pouvait empêcher les partisans d'agir en pleine lumière. C'était une manière de dénoncer l'invasion de la zone sud, qui remontait tout juste à un an, d'honorer Edmond Michelet, qui avait ce jour-là manifesté sa désapprobation. Chacun se réjouissait de pouvoir faire la nique aux occupants.

« Qu'ils rentrent chez eux ! » grommelaient les gens ordinaires.

Trois jours plus tard, une colonne allemande encercla deux cantonnements de maquisards à Travassac, entre Brive et Terrasson. Huit jeunes furent tués au cours d'un bref combat. Quelques-uns des prisonniers furent fusillés sur place ; dix autres furent déportés. La veille, les Géorgiens de l'Ost Bataillon 799 avaient investi une autre base, près de Montignac, en Dordogne, sans faire de victimes.

Yohann était en visite au camp corrézien de la Besse quand les nazis lancèrent leur offensive. La veille au soir, il était venu transmettre les ordres de Guingouin. Pour éviter de circuler aux heures interdites, il avait passé la nuit avec ses amis. Les premiers coups de feu le réveillèrent. Le bivouac était établi dans un cirque rocheux, près d'une source, non loin des carrières d'ardoise de Travassac. Le groupe était nombreux, une cinquantaine d'hommes, dont certains vivaient dans une grosse ferme nommée pompeusement le château du Gaucher. C'était là que les Allemands portèrent leur première attaque. Ils surgirent de plusieurs sentiers, bloquant la plupart des accès. Yohann courut comme il ne l'avait jamais fait.

Heureusement que je dormais à la dure, pensa-t-il comme il s'arrêtait un instant dans la forêt pour trouver son chemin.

Il tenait fermement contre lui sa mitraillette Sten. Le canon encore brûlant disait qu'il s'était défendu. Il avait tiré un peu au hasard en direction des assaillants, pour les obliger à se planquer. Juste le temps pour lui de s'enfuir. Il gardait devant les yeux l'image confuse de silhouettes se jetant à terre dans un paysage enfumé. Au-dessus de lui, les balles avaient frappé le feuillage avec un bruit de grêle. Il sentait son cœur battre d'excitation et d'émotion à la fois. Il reconnaissait cette peur et l'envie d'en découdre qu'il avait découvertes en Espagne. Là-bas, au moins, il y avait un front, des positions établies. Ici, en Corrèze, chaque arbre pouvait dissimuler un SS qui l'abattrait sans hésiter. Mais chênes et châtaigniers étaient aussi ses amis ; ils lui offraient leur couverture végétale où il coulait son corps. Il resta quelques minutes sans bouger, mais personne ne s'était hasardé à le suivre. Derrière lui, l'intensité de la fusillade diminuait ; il n'entendit bientôt que des explosions sporadiques.

— Ils achèvent les blessés, murmura-t-il.

Traversant les bois sur plusieurs kilomètres, il récupéra sa bicyclette et gagna Nazareth par des chemins détournés. Il dut patienter un moment avant de pouvoir traverser la nationale 89, où roulaient nombre de véhicules militaires, entre Brive et Terrasson. Il devait à tout prix prévenir Abel Bourriagues du danger imminent.

— On a été trahis, annonça le maire d'une voix âpre. L'opération du 11 novembre avait été soigneusement préparée. Les gens de la Besse ont été suivis depuis Sainte-Féréole jusqu'à leur planque. Quelqu'un s'est infiltré parmi eux et les a donnés aux Allemands.

Ils avaient réuni un état-major de fortune dans le bureau de l'ancien kibboutz, au mépris du danger. L'urgence l'emportait sur la prudence.

— Vous êtes sûr de ça ? demanda Yohann, qui se remettait de ses émotions en absorbant un fort alcool de prune d'avant la guerre.

La boisson virile lui redonna du courage. Le magistrat se racla la gorge avant d'abattre sa carte maîtresse :

— Renaud de Jouvenel a un témoin qui a vu un gars du village pénétrer dans l'hôtel Terminus, au siège de la Gestapo de Brive, le 12 novembre.

— De qui s'agit-il ?

— Notre homme n'a pas su le dire. Il livrait du charbon aux boches et a juste vu une silhouette qui se planquait et entendu le portier dire : « Notre agent de Nazareth vient d'arriver. » Il n'a pas pu en savoir plus. Mais il y a un traître parmi nous, c'est certain.

Yohann secoua la tête. L'infiltration d'un réseau était la pire des choses. Il fallait soupçonner tout le monde, et cela créait une ambiance délétère. Parfois, il pouvait s'agir d'une maladresse ou d'une imprudence. Dans leur cas, la délation semblait prouvée.

— Avec l'afflux des STO, dit Sorel, nos camps sont devenus peu sûrs. Beaucoup de jeunes n'ont pas conscience du danger. Ils amènent leurs copains, leurs cousins, leur petite amie visiter le maquis comme on va au musée. Des visages inconnus apparaissent, pour disparaître aussitôt. N'importe qui peut être un agent de la Gestapo.

— Cela frise l'inconscience ! reconnut Yohann. Il va falloir tout reprendre. On ne peut organiser une armée clandestine dans ces conditions.

— Ici, c'est différent, nous sommes certains de la présence d'un informateur, objecta Sorel. Il faut réagir au plus vite. Nous sommes désormais en guerre ouverte avec l'armée allemande. Nous avons donné un signal et elle a répliqué violemment. Elle ne renoncera pas facilement à occuper notre pays.

— Il faut trouver le ou les traîtres, renchérit le jeune juriste. Et les exécuter.

Par prudence, il fut décidé de rester quelques semaines sans se voir, pour laisser passer l'orage.

Le mauvais temps allait durer plusieurs mois.

17

Jacques Helbronner dormait debout dans ce wagon bondé où on l'avait enfermé avec son épouse. En tant qu'ancien militaire, il avait bien remarqué la mention *Hommes 40, chevaux 8* inscrite sur la paroi de la voiture qui avait servi aux transports de l'armée. Ils étaient bien soixante entassés là-dedans, à étouffer.

— Ils n'ont pas compris que c'était quarante hommes *ou* huit chevaux, voulut-il plaisanter avec son voisin.

Mais ce dernier n'avait nulle envie de rire. Lui non plus, d'ailleurs. C'était la plainte de Jeanne qui l'avait réveillé : « On arrive bientôt ? »

Elle parlait comme un enfant impatient de voir la fin du voyage ; il lui semblait qu'elle délirait. On n'avait pas idée de traiter ainsi des gens de leur âge et de leur condition ! Eux qui ne se déplaçaient qu'en première classe ! Il le vivait comme une punition humiliante. Il lui semblait pourtant avoir bien rempli ses devoirs. Chef de bataillon à l'état-major, il avait servi sa patrie auprès de Pétain et Clemenceau au cours de la Grande Guerre. Conseiller d'Etat pendant quarante-deux ans, il avait soutenu la République avec zèle. Quand, en 1940, il avait reçu la charge de président du Consistoire israélite de France des mains d'Edouard de Rothschild, il l'avait accepté comme un devoir, pressé par son ami, le maréchal Pétain, qui avait besoin d'un homme sûr à ce poste difficile. Ne s'était-il pas, une fois encore, dévoué pour l'Etat français en occupant cette fonction exposée ? Il avait dû avaler les lois antisémites, de plus en plus répressives, en territoire occupé, puis en zone sud. Il avait accepté de sacrifier les Juifs étrangers pour se consacrer exclusivement à ses compatriotes ; ceux-ci le lui avaient d'ailleurs reproché. Il avait combattu, comme il l'avait pu, la demande allemande de créer l'UGIF, l'Union générale des israélites de France, qui servait aux nazis de recensement pour mieux déporter les Juifs. Il en avait averti le Maréchal, qui s'était contenté de bougonner :

« Cela n'a pas beaucoup d'importance. Nous devons donner aux Allemands ce qu'ils veulent pour qu'ils nous fichent la paix.

— Leur donner quoi ? s'était étonné Helbronner. Leur donner les Juifs ? Tous les Juifs ?

— De toute façon, vous n'êtes jamais content ! »

Le vieux chef était resté évasif, se réfugiant derrière le grand âge pour ne pas avoir à répondre. Le père de la nation, au regard si doux, se révélait un vieillard rêche, indifférent à ce qui ne touchait pas à sa personne. Helbronner était parvenu à retarder de quelques mois la création de l'UGIF.

De quoi sauver quelques familles, se dit-il. Quelques centaines, peut-être quelques milliers d'individus, qui auront eu le temps de s'enfuir pendant ce court délai...

Lui était resté à son poste, arborant sa légion d'honneur et sa médaille militaire comme autant d'illusoires protections. Cela faisait longtemps que les Allemands ne saluaient plus les anciens combattants de 14-18.

Entre deux sommes debout, il songeait, ou peut-être rêvait-il, à son ami Robert de Rothschild. Il lui enviait à présent son pessimisme, qui lui avait permis de prendre le large à temps et de se mettre à l'abri. Lui, Jacques Helbronner, ancien chef de bataillon, refusait encore de se rendre. Mais son cœur se brisait.

— Pas pour moi ! dit l'ancien conseiller d'Etat à haute voix, éveillant ses voisins les plus proches. Pas pour moi, mais pour ma pauvre femme !

Il revoyait certaines parties d'échecs qui l'avaient opposé au baron, tentait d'en reconstituer le cours pour en changer le dénouement. Il repensait à ce kibboutz Machar qu'ils avaient créé ensemble. Il était plutôt contre, à l'époque.

Dire qu'il m'a fallu travailler avec des communistes !

Il espérait que tous ces jeunes Juifs, étrangers pour la plupart, étaient aujourd'hui sains et saufs, rescapés de la grande barbarie.

J'ai fait ce que j'ai pu, se répéta-t-il pour la énième fois.

Ils étaient venus l'arrêter, ce 28 octobre 1943, à son domicile, avec son épouse. Ce n'était ni des Allemands ni même la Milice, mais des policiers français désagréables, qui leur avaient à peine laissé le temps de réunir quelques effets dans une petite valise.

« Cela suffit ! Dépêchez-vous ! On n'a pas que ça à faire ! »

Ils avaient été bousculés, précipités dans un fourgon cellulaire et conduits sans explication à Drancy. Il avait inutilement protesté :

« Savez-vous qui je suis ? Je viens de m'entretenir avec le maréchal Pétain en personne ! »

Le flic, avec un haussement d'épaules, avait refermé la grille sur lui. Il avait compris qu'il n'était plus rien. Plus de conseiller d'Etat, plus de chef de bataillon, de présidence, de décorations. Il n'était qu'un vieux Juif dont on se débarrassait comme d'un chien malade. Il avait écrit plusieurs lettres du camp de Drancy, à ses amis, au Maréchal, toutes restées sans effet.

Le 20 novembre 1943, il fut embarqué dans le convoi n° 62, avec Jeanne qui ne comprenait toujours pas ce qui lui arrivait. Après trois jours et trois nuits d'enfer dans un wagon fermé, avec à peine assez d'eau et de nourriture pour survivre, ils arrivèrent à Auschwitz. Le portail s'ornait de la formule *ARBEIT MACHT FREI*. De quel ouvrage pouvait-on parler, pour des gens de leur âge ?

A peine l'eurent-ils franchi, ce 23 novembre, que

Jacques et Jeanne Helbronner furent conduits à la chambre à gaz. Le conseiller d'Etat comprit enfin qu'il valait mieux ne pas être l'ami juif du maréchal Pétain.

1944

18

De par son statut de « légal », Frédéric n'avait pas participé aux cérémonies interdites du 11 novembre. On ne pouvait courir le risque de griller sa couverture. En janvier 44, ce fut avec la plus grande discrétion qu'il reçut Yohann, dans sa modeste demeure de l'avenue Brossard, à Sarlat. La pièce où il avait entreposé des armes, l'année précédente, était vide. Tout avait été soigneusement planqué à la campagne. Il ne subsistait que quelques pelotes de laine bleues, blanches et rouges, avec lesquelles Sarah et ses amies confectionnaient encore des poupées au profit de la Résistance. Mais les volontaires se faisaient plus rares, avec la présence des Allemands dans la ville.

— Je suis passé devant le planton de la Gestapo, dit Yohann à Sarah, en s'approchant pour lui déposer un baiser sur la joue.

Elle lui parut fatiguée quand elle se dressa sur la pointe des pieds pour l'embrasser.

— J'ai peur, avoua-t-elle. Je voudrais pouvoir m'enfuir, mais je ne saurais pas où aller. J'envie parfois le sort de nos amis ; ils sont libres, en Palestine.

— As-tu reçu des nouvelles récentes ?

— Rien depuis six mois. La boîte aux lettres de Nazareth ne fonctionne plus.

Frédéric offrit à Yohann un vin un peu aigre, et ils s'installèrent pour dîner.

— Tout a été acheté avec des tickets de rationnement, plaisanta Sarah. Autrement dit, il n'y a pas grand-chose à se mettre sous la dent.

— On se rattrapera à la libération, dit Yohann.

Comme ils attaquaient une pauvre part de viande accompagnée de rutabagas, Frédéric, tout sourire, lui annonça :

— Tu savais qu'on a eu la peau de Verdier, le chef de la Milice de Bergerac ?

Yohann avait appris que l'homme, blessé une première fois, avait été achevé sur son lit d'hôpital par un commando de l'Armée secrète. Par respect pour la sensibilité de Sarah, il omit de préciser que sa mère et sa sœur, présentes dans la chambre, avaient également été exécutées : elles auraient pu identifier les résistants.

— Je vois que vous avez repris les méthodes des FTP après les avoir critiquées… se contenta de dire le capitaine Brunete.

— Il n'y en a pas d'autres, à présent. Il faut aller jusqu'au bout, jusqu'à la reddition totale.

— Saleté de guerre ! lança Yohann, provoquant une lueur d'étonnement dans les yeux de son hôte.

Profitant du moment où Sarah débarrassait la table, Frédéric murmura une question qui le travaillait depuis quelques jours :

— Crois-tu que mon père risque d'être…

— Rien n'est décidé à ce jour. Nous ne devons agir que sur des instructions formelles de nos supérieurs.

Le saint-cyrien n'osa pas avouer qu'il avait proposé un ralliement à Albert Malaterre, offre restée lettre morte. Il aurait tellement voulu voir les événements suivre une courbe positive. Il devinait que le grand affrontement était encore devant eux. Rien ne permettrait de l'éviter.

— Où en sommes-nous, avec l'identification du traître ? poursuivit Yohann, préférant changer de sujet.

— Nulle part. Mais Renaud de Jouvenel et moi avons mis sur pied un plan imparable. Nous avons tendu une chausse-trape où le félon va tomber irrévocablement.

Yohann passa la nuit chez ses amis avant de reprendre le chemin de la Corrèze. Avant de se séparer, Sarah lui confia une nouvelle qui expliquait son état de fatigue : elle attendait un heureux événement.

— Nénette et Rintintin vont être parents, dit-elle avec un merveilleux sourire. Radadou doit venir cet été.

Les anciennes cartes postales que les poilus échangeaient avec leurs familles laissaient parfois apparaître Radadou, l'enfant des poupées porte-bonheur. Les tricoteuses lui donnèrent une existence physique : un petit bonhomme de laine, relié par deux brins à son père et à sa mère.

Auguste Villain était amoureux. On pouvait être un milicien brutal et sournois, prendre plaisir à dénoncer et à traquer Juifs et résistants, et éprouver le plus doux des sentiments humains. Frédéric avait utilisé les talents d'une jeune Espagnole qui n'avait pas froid aux yeux. Sa famille avait été entièrement massacrée par les fascistes, et elle était prête à tout pour la venger. Francesca était une femme brune, très mince, à l'air décidé et aux yeux pleins de flammes. Il n'en fallait pas plus pour incendier un collabo mal dégrossi. Elle rencontra « par hasard » le milicien dans un bar de Brive et se présenta comme un agent de sécurité de l'armée franquiste travaillant à infiltrer les résistants espagnols réfugiés en France.

— Nous craignons qu'ils ne lancent une offensive sur notre pays déjà ruiné par la guerre civile, expliqua-t-elle. Nous savons qu'ils infestent cette région. Le Caudillo veut aider votre gouvernement à éradiquer cette peste.

— La République a cru bon de les concentrer en Périgord et en Limousin, révéla Auguste Villain. Tout comme les Juifs alsaciens. Maintenant, c'est à nous de faire le ménage ! Mon chef, Albert Malaterre, a juré d'exterminer les cocos et les youpins. Nous bénéficions de l'aide de l'armée allemande, mais c'est nous, les miliciens, qui menons le bal. Darnand a juré fidélité à Hitler ; il nous considère comme des militaires en exercice.

Tout en parlant, il montra à la jeune femme les

galons de sergent qui ornaient sa manche. Elle l'enveloppa d'un regard plein d'admiration.

— Nous avons reçu de l'armement lourd, poursuivit-il. Nous allons lancer une offensive sur l'ensemble de la R5, la Petite Russie, comme disent les Allemands, dès le début de l'année.

Grâce à sa taupe, Frédéric put renseigner à l'avance les groupes du maquis sur les mouvements de la Milice et éviter quelques drames. La jeune Espagnole travaillait dans les deux sens, collectant des informations pour la Résistance et apportant aux miliciens des révélations erronées dictées par l'Armée secrète. Il fallait soigneusement choisir ces dernières pour ne pas la mettre en danger. Elle sentait parfois le doute peser sur elle. Un jour, un camarade d'Auguste, qui avait un peu trop abusé de l'alcool volé lors de perquisitions, pointa sa mitraillette sur son ventre en criant :

— Les traîtres, on les fusille !

Retenant sa peur, Francesca avait écarté le canon de l'arme en répliquant :

— Fais attention ! Ça part tout seul, ces engins !

Elle devinait toutefois la suspicion qui se resserrait autour d'elle. Seul le fait d'être « la poule d'Auguste » empêchait les soupçons de se transformer en accusations.

— Tu dois fuir, lui dit Frédéric lors de l'une de leurs rencontres. Rejoindre le maquis.

— Pas avant d'avoir identifié le mouchard.

Un beau matin, alors qu'elle prétendait enquêter sur un mystérieux groupe Durutti qui aurait élu domicile près de Nazareth, son amant crut bon de la rassurer :

— Il n'y a pas d'Espagnols de ce côté-là. Notre informateur sur place nous l'aurait signalé.

19

Le camion bâché roulait à faible allure sur la route sinueuse de Basse-Corrèze. Un froid de gueux blanchissait la campagne de givre et les silhouettes noires des arbres se détachaient comme autant de squelettes sur le ciel blafard.

— Sale boulot ! murmura Frédéric entre ses dents pour rompre le silence pesant qui engluait la cabine.

— Il y avait bien un traître à Nazareth, dit Yohann. Sous notre nez, et nous n'avons rien vu, pas plus que le maire et toute son équipe…

— Et dire qu'on a failli fusiller le curé ! grinça Jean-Pierre.

Après l'incendie du kibboutz, les résistants locaux s'étaient mobilisés pour découvrir le coupable. Le massacre de Sainte-Féréole avait exacerbé les passions et les haines. Un soir, deux FTP du groupe de Jean-Pierre avaient même investi la sacristie et menacé d'exécuter le père Jaumart !

— Le prêtre est pétainiste et antisémite, conclut Yohann, mais il ne ferait pas de mal à une mouche. C'est un roquet qui aboie mais ne mord pas. Il y en a beaucoup, des comme lui !

Refusant encore de croire qu'il pût y avoir un félon dans la petite population du village, Abel Bourriagues, pensant à une imprudence, était allé voir le couple Dutronc. Il voulait éviter une bavure ; ils ne seraient pas les premiers à payer de leur vie un mot déplacé.

« Tu devrais dire à ta femme de fermer son clapet », avait-il dit au chef de famille.

Tout le monde savait que chez les Dutronc, ce n'était pas Eugène qui portait la culotte. Marthe parlait trop, à tort et à travers. Elle disait ce qu'elle pensait, sans réfléchir aux conséquences. Et tous y passaient : les Juifs, les gaullistes, les communistes et même les boches. Bourriagues supposait qu'elle avait pu apprendre quelque chose à propos du 11 novembre et parler à qui il ne fallait pas. Il voulait donner une dernière chance à la communauté qu'il présidait de s'en sortir indemne. Il avait longtemps affirmé qu'il n'y aurait jamais de mouchard à Nazareth.

« Je suis une bonne patriote ! s'était défendue la mégère. Personne ne peut me juger, surtout pas toi, monsieur le maire, qui ravitaille le maquis sur le dos des contribuables ! »

Le premier magistrat avait pâli, comprenant l'impossibilité d'agir discrètement devant une telle inquisitrice. Sa bêtise la rendait dangereuse.

« Tais-toi donc, Marthe ! s'était exaspéré Eugène, soudain autoritaire. Tu vas tous nous faire fusiller ! »

La peur des représailles lui avait fait oublier la terreur qu'il avait de sa femme.

Finalement, Francesca, la jeune Espagnole, avait révélé le nom du traître, soulageant les consciences.

A l'arrière du camion, soigneusement attachés, Louis et son cousin, l'accordéoniste, attendaient leur sort.

« Louis, celui-là même qui nous avait invités au bal de Noailles ! avait lâché Yohann, interloqué. Qui aurait pu le penser ? Un garçon bien sympathique…

— Celui grâce à qui j'ai connu Sarah… avait repris Frédéric, qui rechignait à voir son beau souvenir entaché.

— Qui aurait pu se douter ? avait conclu Jean-Pierre. Nous avons joué aux cartes avec lui, plaisanté, bu des verres… Je n'aurais jamais cru ça de lui ! »

L'accordéoniste émargeait officiellement au registre de la Milice et renseignait la Gestapo. Il avait été facile de vérifier les dires de Francesca. Les résistants l'avaient arrêté à son domicile de Noailles. Il utilisait et rétribuait les services de son cousin Louis pour porter à Brive les renseignements glanés dans les villages des alentours. Il n'avait fait aucune difficulté pour révéler ses méthodes. L'argent semblait son seul mobile.

Quand il avait vu le groupe de résistants sortir du véhicule et s'approcher de sa maison, Louis s'était enfui à travers champs. Où pensait-il aller, lui qui sortait rarement de son canton ? Il déguerpissait droit devant lui, poussé par la peur. Il avait trouvé refuge dans la ferme Montalembert. Le riche fermier n'était-il pas connu comme un fervent soutien du Maréchal, un homme au pouvoir étendu ? Mais ce dernier portait l'honneur national à la boutonnière. Rebuté par la félonie de celui qui travaillait pour les boches – qui avaient tué son fils en 1916 –, le hobereau avait livré le fuyard aux maquis.

— Tu crois qu'il est sincèrement avec nous, le Montalembert ? demanda Jean-Pierre d'un ton soupçonneux.

Il avait toujours du mal à croire que l'on puisse être riche et résistant. Il vivait dans un monde manichéen où le Bien marchait à ses côtés. Il croyait à la révolution prolétarienne comme d'autres au Messie, et ouvrait des yeux illuminés par la grâce quand il en parlait.

— Il ne nous a jamais trahis, dit Yohann. Il déteste les Allemands. Et il sait où est son intérêt. Cela doit suffire pour en faire un allié.

Le camion s'arrêta au coin d'un bois. On fit descendre les deux prisonniers, que l'on conduisit au plus profond de la forêt. Ils avaient l'air perdus, hagards ; l'un renfrogné, fermé à double tour, l'autre affolé comme un papillon. Frédéric leur tendit une cigarette et un verre d'alcool. Pour le peloton d'exécution, Yohann avait choisi des hommes sûrs qui n'étaient pas du coin : deux rudes Espagnols et trois du nord du Limousin. Ils n'auraient pas à rendre des comptes aux familles quand tout serait fini.

Frédéric considérait l'accordéoniste qui les avait fait danser follement, Sarah et lui, des années plus tôt. Il revoyait l'homme jovial qui battait la mesure avec son pied et lançait des cris en entraînant la foule. Comme on pouvait changer ! Comme les circonstances pouvaient révéler le meilleur ou le pire chez un être humain !

— Vous n'allez pas faire ça, les gars ! cria Louis en découvrant les deux fosses que l'on avait creusées à l'avance. C'est moi, Louis ! Moi qui vous ai invités au bal de Noailles ! Souvenez-vous !

Frédéric, Yohann et Jean-Pierre détournèrent les yeux pour ne pas croiser son regard. Ils avaient tenu à être présents, par devoir. Mais le cœur leur manquait. Un peloton d'exécution était la chose la plus répugnante qu'ils pouvaient imaginer. Ils auraient préféré vivre la plus sanglante des batailles. La guerre, le combat avaient leur noblesse. Mais pas cette mise à mort.

Le garçon finit par se calmer, acceptant son sort. L'accordéoniste ne prononça pas un mot. Yohann commanda lui-même le feu, puis laissa ses hommes recouvrir les tombes.

— Sale besogne ! dit encore une fois Frédéric, les yeux vides, taisant l'émotion qui le bouleversait.

20

Le début de l'année 44 vit la R5 en proie à une véritable guerre. Partis de Limoges, les Allemands ravagèrent à plusieurs reprises la région. Au Pont Lasveyras, à la frontière entre Corrèze et Dordogne, un groupe de partisans fut anéanti sauvagement. Puis, en mars, ce fut une division tout entière, avec blindés et artillerie, qui dévasta le secteur pendant tout un mois. Les nazis avaient parfaitement identifié cette poche dangereuse qui s'était formée au centre de la France comme un réduit défensif placé sur leurs arrières. Décrivant un vaste cercle à l'intérieur de la zone, la division Brehmer combattit la Résistance, exécuta prisonniers et otages, rafla les Juifs dont elle avait une liste préétablie et pilla une collection de tableaux au château de Rastignac.

De leur côté, les patriotes ne chômaient pas ; chacun savait le débarquement proche et sa préparation nécessaire. Une véritable bataille du rail s'engagea. Au nord de la France, la Royal Air Force empêchait tout trafic. Dans le Sud-Ouest, les lignes étaient systématiquement détruites. Le dépôt du quartier du Toulon, à Périgueux, explosait régulièrement.

En Corrèze, Yohann et ses hommes détournèrent une locomotive qu'ils envoyèrent, à vide, sur la voie Turenne-Brive.

— Quand je pense qu'on a accusé le kibboutz de vouloir saboter le chemin de fer, dit Yohann à Jean-Pierre après avoir sauté de la machine qui prenait de la vitesse.

— Eh bien, c'est fait ! conclut le lieutenant en époussetant ses vêtements à la suite d'un spectaculaire roulé-boulé.

Lancée à toute vapeur, la motrice détruisit plusieurs wagons de marchandises.

La région de Brive devint intenable pour l'occupant, tant les maquisards étaient nombreux. Les Allemands furent mitraillés en gare de Corrèze, début février. Puis les FTP firent dérailler un convoi sous le tunnel de Planchetorte, à la sortie de la cité gaillarde, et s'emparèrent du matériel militaire transporté. Dix jours plus tard, le 21 février, un chargement d'armes fut précipité dans le vide, au viaduc des Farges, près de Meymac. Un autre train sauta à Egletons, deux jours après, et un troisième, le lendemain, fut entièrement détruit entre Turenne et Brive. Jean-Pierre écrivit à la peinture rouge sur un fourgon en miettes : *de la part du kibboutz.* Il ne supportait pas une rumeur lancée par les nazis ; selon eux, les Juifs ne savaient pas se battre, car ils étaient racialement des lâches.

— Dire que tu nous prenais pour des espions ! se moqua Yohann en tapant sur l'épaule de Paul Barentin.

Fidèle aux instructions du Parti, le berger s'était enfui chez les FTP dès que Staline était entré en guerre contre Hitler. Son expérience du premier conflit mondial était précieuse. Il avait été chargé de former les jeunes recrues. Il leur en faisait baver, mais c'était pour leur bien. Joseph Sorel, qui appartenait au même groupe, faisait figure de commissaire politique. Riche de son métier d'enseignant, il expliquait aux autres la révolution à venir, quand on en aurait fini avec les fritz. Yohann, qui, depuis l'Espagne, avait appris à se méfier du Parti, devait parfois modérer son ardeur.

« Les Français décideront démocratiquement du sort des traîtres, disait-il, appliquant la doctrine du kibboutz et les instructions de Guingouin, qui plaidait pour un communisme à visage humain.

— On ne va tout de même pas laisser s'exprimer ceux qui ont collaboré, grognait Barentin, peu enclin au pardon. Il faudra qu'ils payent le prix fort ! »

Il roulait les *rrr* comme un terrible Cosaque. Yohann se dit que la paix ne serait pas gagnée aussi facilement, une fois les boches chassés. Il y aurait des règlements de comptes… il y en avait déjà. Des voisins abattus par intérêt ou jalousie. La délation n'était pas le seul apanage des collabos ! Il comprenait mieux l'opération Nénette et Rintintin dont Frédéric avait été l'initiateur. Fabriquer des poupées, cela lui avait semblé puéril au début. Mais le commandant Malaterre avait raison : il fallait impliquer la population, jusque dans ses plus modestes éléments. Faire de chacun un petit résistant qui aurait droit à la parole quand viendrait l'heure des comptes. Qui n'avait pas donné un pain, un abri à un maquisard ? Qui n'avait pas alerté sa voisine juive de la présence de la police dans la rue ? Qui n'écoutait pas Radio Londres ? Connaître un résistant ou un israélite et ne pas le dénoncer, c'était déjà choisir le camp de la liberté.

— Finalement, dit Jean-Pierre, nous condamnions le parlementarisme et ses discours stériles, mais nous faisons la même chose.

Au milieu de cette pagaille insurrectionnelle, Albert Malaterre donnait libre cours à sa passion militaire. Bureaucrate, il s'était toujours rêvé en chef de guerre. Il n'hésitait pas à prendre la tête de ses hommes pour donner l'assaut à un maquis qu'ils venaient de débusquer. Malgré les parachutages de plus en plus fréquents, jamais les partisans n'auraient la puissance de feu nécessaire pour vaincre les SS. Le chef de la Milice n'avait pas digéré l'exécution de ses informateurs en Basse-Corrèze. Lorsqu'on lui rapporta l'arrestation par le maquis de Louis et de l'accordéoniste, il ne lui fallut pas plus d'une heure pour comprendre d'où venait la fuite.

— Tu t'es fait emberlificoter par cette femelle ! aboya-t-il devant Auguste Villain, tout penaud. Une Espagnole ! Sûrement une rouge ! Tu n'as plus qu'à lui régler son compte. Si tu échoues, tu redeviens deuxième classe !

Le voyou et quatre acolytes se lancèrent sur la piste de Francesca.

— Elle n'est pas chez elle ? Pas si bête ! constata-t-il quand l'un des gros bras vint lui faire son rapport.

— Elle n'est pas non plus au café où elle a ses habitudes, chef.

Auguste se souvint du petit hôtel où elle avait passé une seule nuit, le jour de son arrivée à Brive. Un détail sans importance, sans doute. Mais il convenait de vérifier. Malaterre lui avait appris à ne rien négliger.

Quand il ouvrit brutalement la porte de la chambre, il vit la jeune femme en train de boucler une valise posée sur son lit.

— Surprise ! cria-t-il en s'avançant sur elle, l'air menaçant, un mauvais sourire aux lèvres. Tu pensais filer à l'anglaise… quelle erreur pour une Espagnole !

Tout en parlant, il agitait dans sa main la cravache qu'il utilisait pour les interrogatoires et qu'il avait pris soin d'emporter. La jeune Ibérique le défia du regard, bien droite, cambrée comme une danseuse de flamenco. Elle savait n'avoir aucune chance ; elle n'allait pas en plus le supplier ! Il la corrigea atrocement, puis la livra à ses hommes. Embarquée dans le véhicule des miliciens, elle fut exécutée d'une balle dans la tête et jetée dans le puits d'une ferme abandonnée.

Terrasson, où demeurait Malaterre, fut l'objet d'attentions particulières. En mars 1944, la petite ville fut investie par la Milice. Les conseillers municipaux furent molestés ; certains, arrêtés sans motif. Une véritable bataille rangée opposa les forces maréchalistes aux résistants autour du château de Beauregard, dont le propriétaire était un ami de Malaterre. L'ancien préfet vola à son secours et parvint à le dégager. Puis, appuyé par l'armée allemande, il ravagea les alentours. Le boulanger de Nadaillac fut jeté vivant dans son four et cinq de ses clients passés par les armes. Le village de La Bachellerie cachait des enfants juifs qui figuraient sur la liste du général Brehmer. Malaterre les fit arrêter et déporter, sans aucune pitié pour leur âge et leurs larmes.

— Nous devons régner par la peur, affirma-t-il à ses hommes. Faire ce que font les Allemands, mais mieux qu'eux. C'est le mot d'ordre de Vichy.

La terreur se répandit dans toute la région ; pendant un mois, tout le temps que dura la mission du général Brehmer, la population craignit pour sa vie. Elle redoutait de se voir traitée comme une province de l'URSS. Dordogne, Corrèze, Haute-Vienne étaient devenues une ligne de front en attendant le débarquement. Trois mille personnes furent arrêtées, rien qu'en Corrèze, et cinquante-cinq d'entre elles fusillées, sans compter les centaines d'israélites tués ou déportés. La Dordogne comptait plus de deux cents morts. Des paysans étaient abattus sur le seul motif qu'ils étaient dans leurs champs et pouvaient être des « terroristes ». Des otages furent exécutés, des hameaux incendiés car ils pouvaient cacher des résistants. L'action des miliciens ne se différenciait en rien de celle des nazis.

— Malaterre est devenu un monstre, dit Jean-Pierre. Il faut nous en débarrasser. Nous l'avons bien fait pour Verdier, à Bergerac ! A Terrasson, il est à portée de nos armes. Un commando bien décidé... et c'en serait terminé.

— Il est soigneusement gardé, maugréa Yohann. Et on le remplacerait vite.

— Son successeur serait peut-être moins féroce, dit le lieutenant en jetant sa cigarette sur le sol. Certains miliciens savent que la guerre est perdue pour eux et cherchent à tourner casaque.

— On ne peut pas le faire sans avertir Frédéric, argumenta le capitaine Brunete. Ce ne serait pas correct de tuer son père sans lui avoir demandé son avis.

21

Rose voyait son fils en cachette une fois par mois. Elle se faisait conduire à Sarlat et pouvait serrer Frédéric dans ses bras. Quand elle rencontrait Sarah, elle la saluait poliment. Elle n'avait pas été élevée dans la violence et le rejet de son prochain. Après tout, si elle n'avait pas été juive, la jeune femme aurait fait une bru fort convenable. Elle s'était sincèrement réjouie d'apprendre qu'elle allait être grand-mère. C'était le dernier plaisir que pouvait lui donner sa triste existence, entre un mari brutal et l'ennui du quotidien.

« Il va falloir le dire à ton père, avait-elle prévenu.

— Le plus tard possible, mère, s'il vous plaît. Je ne sais pas comment il va le prendre. »

Le ventre de Sarah commençait à s'arrondir.

Rose décida de révéler la nouvelle avant que la rumeur ne parvienne aux oreilles du chef de la Milice. Elle choisit l'heure du café, après le repas dominical, pour briser le secret. Albert Malaterre blêmit en apprenant la chose. Il se leva brusquement, renversant sa chaise, se mit à marcher comme un automate dans le vaste salon encombré de meubles anciens tout en piquant une colère jupitérienne. Frédéric avait profité de son éloignement – « de mon exil », disait-il – en Tunisie pour convoler dans son dos ! On le mettait devant le fait accompli ! Au fond de lui, il avait toujours pensé que cette union ne tiendrait pas. « Les soubresauts de l'Histoire et l'appel de la race régleront le problème, répétait-il à son épouse. Après tout, ils ne sont mariés que civilement. Pour des gens comme nous, ce n'est qu'un chiffon de papier ! Seul compte l'engagement devant Dieu ; et celui-là, il ne l'a pas prononcé ! »

Rose crut qu'il allait faire un malaise.

— N'est-ce pas une grande nouvelle ? tenta-t-elle timidement. Un enfant… Peut-être un petit-fils qui marchera sur vos traces et qui poursuivra votre nom !

— Ne comprenez-vous pas qu'il sera juif !? cracha Malaterre en se retournant. Cette saleté, ça s'attrape par la mère !

Sa femme fut choquée par le propos, qui jetait l'opprobre sur sa famille.

— Mais, mon cher, cessez donc de croire à ces bêtises ! Votre petit-fils pourra très bien décider d'être catholique. D'ailleurs, je suis sûre que Frédéric le fera baptiser.

— Vous êtes stupide ! hurla son époux en marchant sur elle comme pour la frapper. Vous ne comprenez rien ! Il sera juif de toute façon, même s'il recevait l'onction du pape en personne ! C'est une question de sang… Je ne peux supporter de voir ma descendance souillée de cette manière !

Il sortit en claquant la porte, sans même prendre

son manteau malgré le froid. Il bouillait littéralement de rage. Rose se dit qu'il se calmerait tout seul. Il avait assez à penser avec ces offensives à mener contre les maquis, il oublierait l'affaire, au moins jusqu'à la naissance du bébé. Ensuite… les événements mèneraient le bal.

— Il faudra bien qu'il s'y fasse, murmura-t-elle pour elle-même avec un pâle sourire.

Albert Malaterre gagna précipitamment son bureau de Brive, bien que l'on fût un jour chômé. Il n'était pas homme à laisser s'enkyster un problème gênant. Un coup de fil au préfet de Périgueux, et celui-ci sollicita Frédéric pour le surlendemain. Une importante question à régler à propos des réquisitions de carburant, disait le message. Puis le chef de la Milice convoqua sur-le-champ Auguste Villain.

— Tu vas réunir une main et te rendre à Sarlat dans deux jours. Tu y arrêteras Sarah Malaterre, ma belle-fille. Elle est juive, et voici son dossier, dit-il en poussant vers le voyou une épaisse enveloppe. Juive et communiste. Elle a fricoté avec le kibboutz Machar. Tu veilleras à la remettre directement à la Gestapo, à Brive. Je ferai en sorte qu'elle parte immédiatement pour l'Allemagne.

Auguste Villain ouvrit en grand ses yeux d'alcoolique. Il avait beau être une brute, il n'était pas dupe des manigances de son chef. Albert Malaterre protégeait les siens. Tout le monde savait que son grand dadais de fils était de mèche avec la Résistance. Mais il ignorait que sa bru était juive ; il la croyait alsacienne. Il est vrai que c'était souvent la même chose.

Et elle était de Nazareth ! Peut-être la connaissait-il ? Il envisageait de venger une vieille humiliation.

Le jour dit, la Traction avant noire et la Peugeot 202 pénétrèrent à grande vitesse dans la courte avenue Brossard et s'arrêtèrent dans un hurlement de freins et de pneus. Cinq hommes en descendirent, tambourinèrent à coups de poing contre la porte. Les voisins, effrayés, n'osaient sortir et regardaient à travers les rideaux. Sarah, habillée à la hâte et tout essoufflée, vint ouvrir.

— Mon mari n'est pas là, eut-elle le temps de dire avant qu'ils la bousculent et la repoussent dans l'entrée. Faites attention, protesta-t-elle. J'attends un enfant.

Les cinq collabos investirent la place, fouillèrent sommairement le salon et les chambres. L'un d'eux revint avec un jouet de laine tricolore représentant trois personnages. Les deux plus grands encadraient un plus petit qu'ils semblaient tenir par la main.

— Ça, tu ne sais pas ce que c'est ? La laine bleu-blanc-rouge, les travaux pour financer le maquis, tu crois que nous ne sommes pas au courant ?

Sarah pâlit en reconnaissant l'œuvre qu'elle avait tricotée elle-même, les trois poupées de Francisque Poulbot. Elle s'était représentée en Nénette, et Frédéric en Rintintin. Entre eux, elle avait placé Radadou, leur enfant à venir. D'habitude, elle ne conservait aucune pièce, mais celle-là, elle n'avait pas eu le cœur de s'en séparer. Le milicien la lui jeta à la figure.

— Tu te moques de nous !

Elle était rayonnante, dans la beauté de sa grossesse. Son corps arrondi, ses joues pleines, l'éclat de ses cheveux blonds, qu'elle n'avait pas eu le temps de ramener en un sage chignon, lui donnaient une autorité particulière, celle qui portait la vie. Elle semblait défier les cinq miliciens par sa seule présence. Elle identifia Auguste Villain, et ne put s'empêcher de lui lancer :

— Toujours aussi mufle, à ce que je vois !

Il frémit, comme si elle l'avait giflé, avant de répliquer :

— Tu es en état d'arrestation pour avoir contrevenu aux lois sur le statut des Juifs.

Il venait tout juste de la reconnaître. Elle avait bien changé et son état présent lui avait fait oublier la mince jeune fille qu'il avait rencontrée au bal de Noailles. Son œil vicieux brilla ; il ajouta dans un ricanement :

— Mais avant, je vais m'occuper de toi. Tu vas regretter de m'avoir refusé une danse.

« Ils ont arrêté Sarah ! »

Frédéric avait crié ces seuls mots dans le combiné du téléphone.

Après son rendez-vous à Périgueux, il était rentré chez lui directement. Il avait trouvé la maison vide et en désordre. Il avait visité les pièces une à une, en appelant sa femme d'une voix de plus en plus inquiète. Dans le salon, sa chaussure avait buté sur une poupée de laine abandonnée sur le sol. Il l'avait ramassée et portée à ses lèvres. Les voisins s'étaient chargés de lui apprendre la terrible visite qu'avait reçue son épouse. Le jeune officier s'était rué à son bureau, avait passé maints coups de fil, à la gendarmerie, à la préfecture. Puis il avait compris.

— Cela vient de mon père, ajouta-t-il à l'intention de Yohann, atterré, à l'autre bout de la ligne.

— J'arrive. On se retrouve chez toi.

Au mépris des dangers, Yohann emprunta une moto Terrot, que la Résistance avait « réquisitionnée » chez un pétainiste, et gagna Sarlat. En cas de danger, il pourrait toujours couper par les chemins forestiers.

— Elle est déjà entre les mains des boches, gémit Frédéric. Nous ne pouvons rien faire.

Yohann craignit qu'il ne s'effondre. Il avait besoin de lui. Aussi lança-t-il hardiment :

— Plus rien ne circule en Limousin sans notre autorisation. Nous pouvons attaquer le train qui la transportera à Paris. C'est là que l'on regroupe les Juifs pour…

Il n'osa prononcer la suite de sa phrase. Frédéric avait déjà bondi sur ses pieds.

— Je peux savoir le numéro et l'heure du convoi ; j'ai un contact à la gare de Brive. Je réunis un commando et…

— Sois prudent ! Je viendrai également avec mes hommes, et nous la libérerons.

Yohann interrogea rapidement le responsable local du réseau Fer. Entre Camborn et Vigeois, au nord de

Brive, la voie suivait la Vézère. Il y avait des travaux en cours, à la suite d'un sabotage, et le train devait rouler au pas pendant cinq kilomètres.

— Nous attaquerons là, dit Frédéric, en posant son doigt sur la carte. Dix hommes, avec des Sten, cela suffira.

— Il y aura une escorte, objecta Yohann.

— Sûrement, mais pas plus de deux personnes. Sarah n'est quand même pas une responsable nationale de la Résistance.

Le surlendemain de l'arrestation, dix maquisards armés, en tenues de paysans, étaient allongés dans le fossé, à l'abri de jeunes arbres, blancs de leur floraison printanière. La douceur de l'air incitait plus au farniente qu'à la guerre. Frédéric avait l'impression d'avoir des fourmis dans tous le corps tant l'impatience le tenait de retrouver son épouse. Le capitaine Brunete posa sa main sur son bras.

— Pas de précipitation, mon ami. Evitons les erreurs.

La locomotive apparut enfin, soufflant sa vapeur par tous ses naseaux. Comme prévu, elle avançait au ralenti. Le machiniste et son aide, tous deux membres du réseau, avaient été prévenus qu'ils allaient être « attaqués » à cet endroit. Ils ralentirent encore pour laisser les résistants monter en marche. Les dix hommes investirent les cinq wagons de voyageurs.

— Personne ne bouge ! lança Yohann avec des accents de héros de western. Vous êtes aux mains des Forces françaises de l'Intérieur.

Il y eut quelques cris ; des passagers firent mine de se lever, mais une rafale de mitraillette perça le plafond, renvoyant chacun sur son siège. Frédéric avait tout de suite repéré les deux sbires qui occupaient la voiture de première classe, les deux costauds qu'Auguste Villain avait amenés avec lui, jadis, au bal de Noailles. Ils le regardaient, goguenards. Il les désarma promptement.

— Où est Sarah ? Où est ma femme ?

Il ponctua sa question d'un coup de crosse au visage d'une des brutes pour effacer son sourire méprisant.

— Elle n'est pas dans le train, dit Yohann, qui venait d'explorer rapidement le convoi. Ni dans le fourgon de queue.

— Où est-elle ? cria Frédéric en gratifiant le deuxième milicien du même traitement que le premier.

— Ta putain, on l'a jetée dans une Mercedes hier soir, réussit à dire le moins amoché des deux. Elle est déjà à Paris, à l'heure qu'il est.

— Le chef a téléphoné devant nous à un ponte en poste dans la capitale pour le charger d'en prendre soin.

— Un certain Herbert Hagen, précisa l'autre.

Frédéric frémit en entendant ce nom. Hagen, le SS qui avait accompagné Eichmann en Palestine. L'homme qui avait demandé la dénaturalisation de tous les Juifs de France pour pouvoir les déporter. Albert Malaterre avait croisé sa route quand l'Allemand était encore en poste à Bordeaux. Ils étaient restés en contact. Frédéric laissa retomber ses bras, comme pris soudain par une grande fatigue.

— C'est mon père ! dit-il à Yohann, avec des larmes plein les yeux. Il a manigancé tout ça.

— Mais pourquoi cette haine envers Sarah ?

— Il a peur… peur de ce qu'elle porte dans son ventre.

Yohann resta un moment silencieux, avant de taper sur l'épaule de son camarade.

— Partons ! Nous n'avons plus rien à faire ici ! Il serait dangereux de s'attarder. Peut-être pourrons-nous faire quelque chose à Paris… Différer son départ…

Il ne croyait guère à ce qu'il disait. L'administration française, connue pour sa gabegie, aurait pu oublier une prisonnière au fond d'une cellule. Mais Sarah était entre les mains de Herbert Hagen.

— Mon père, dit Frédéric en suivant son idée. Il va falloir le tuer.

Les dix résistants laissèrent partir le convoi avant d'exécuter les deux miliciens le long du remblai.

22

Depuis le début de l'année 44, le temps semblait avoir accéléré son cours. La région était en guerre ouverte. Des cantons, des villages étaient entièrement aux mains de la Résistance. Les routes changeaient de propriétaires avec le soleil : aux boches le jour, elles étaient reconquises la nuit par le maquis. Le mot « débarquement » était sur toutes les lèvres, on n'attendait qu'un signal pour s'emparer des villes. Les Allemands se repliaient derrière leurs fortifications, laissant faire la Milice. Personne n'était plus en sécurité nulle part.

« Pour ton père, laisse-moi faire, avait dit Yohann. C'est le rôle des FTP. »

Il ne voulait pas plonger son ami, déjà déstabilisé par l'arrestation de Sarah, dans un inextricable cas de conscience. Le capitaine Brunete réunit son équipe et débattit avec elle sur la meilleure façon d'en finir avec Malaterre.

— A Brive, c'est impossible, constata Jean-Pierre. Il y a trop d'Allemands.

Ils avaient surveillé en vain son bureau, toujours soigneusement gardé.

— A Terrasson, nous avons des amis, répliqua Brunete. Et les fritz n'y ont pas de garnison.

Ils commencèrent par placer une sentinelle non loin de son domicile, un ouvrier anonyme qui se déplaçait à bicyclette sans éveiller l'attention.

— Il ne sort jamais à la même heure, rapporta le garde après quelques jours d'observation. Et il est toujours escorté. Il est devenu méfiant, comme s'il avait deviné notre projet.

— Ce n'est pas un imbécile, rétorqua le capitaine. Il sent bien que les choses tournent mal, pour lui.

— Par contre, il rentre chez lui tous les soirs. On pourrait attaquer la nuit.

Yohann réfléchit avant de proposer un plan audacieux :

— Il faut investir son domicile en son absence. On lui réglera son compte quand il regagnera son logis.

— Excellent ! s'écria Paul Barentin, qui était chasseur. C'est au gîte qu'on prend le lièvre…

— Attention ! Défense de faire le moindre mal à la mère de Frédéric !

— Promis ! On s'essuiera les pieds avant d'entrer, répliqua le soldat, trouvant que l'on faisait beaucoup de chichis alors qu'il s'agissait de descendre un salaud.

Le jour convenu, les six résistants désignés pour l'exécution laissèrent partir le chef de la Milice vers son sinistre travail, puis approchèrent la maison de maître, isolée au milieu d'un grand jardin. La nature vigoureuse avait repris ses droits avec la saison : les arbres et les buissons foisonnaient et les fleurs abondaient dans les massifs. Seuls les chants des nombreux oiseaux brisaient le silence.

— Il y a deux miliciens de garde, murmura Jean-Pierre.

Il était 15 h 30, à l'heure allemande. Malgré la solitude de l'endroit, toute approche en armes était impossible.

— J'y vais, reprit le lieutenant en se débarrassant de sa Sten.

Habillé de coutil bleu, coiffé d'une casquette informe, il pouvait passer pour un paysan ou un ouvrier d'une usine voisine. Il traversa le parc du pas lent, mal assuré, de celui que le luxe intimide, avant de sonner longuement à la porte. Un homme vint lui ouvrir, l'air rogue.

— Barre-toi ! lança le collabo en pointant son pistolet sur le visiteur.

— Je viens de la part de votre chef, monsieur Malaterre, expliqua le lieutenant en tournant sa casquette entre ses doigts. Je suis mécanicien à Terrasson. Son véhicule est en panne ; il a besoin de vous.

— Qu'est-ce que c'est que cette histoire ? grogna le deuxième garde en surgissant, lui aussi, l'arme au poing.

— Nous avons ordre de ne jamais quitter son domicile.

— Mais il vous attend à moins d'un kilomètre d'ici. Suivez-moi !

Les deux troupiers, indécis, se regardèrent avant de

s'avancer dans le jardin, pour jeter un coup d'œil. A peine eurent-ils quitté l'abri de la maison qu'ils furent encerclés par les résistants, qui les désarmèrent et les poussèrent à l'intérieur. Une femme s'y trouvait, qui arrangeait des tulipes et des jacinthes dans un vase, s'efforçant de marier les couleurs. Rose Malaterre poussa un cri en voyant sa coquette demeure investie par une bande visiblement mal intentionnée.

— Ne craignez rien, lui dit Yohann. Nous ne vous voulons aucun mal.

— Vous venez assassiner mon mari, riposta Rose, qui avait tout de suite compris le but de la mission.

Le capitaine Brunete ne répondit pas, laissant planer un silence glacial, pendant que ses hommes exploraient la maison.

— Il n'y a personne d'autre, annonça Jean-Pierre après avoir fait le tour du propriétaire.

Il revenait avec deux bonnes bouteilles, qu'ils débouchèrent pour tromper leur attente. Rose les observait avec des airs de duchesse outragée. Dans ses yeux, avec un reste de peur, on pouvait lire le mot *pillards*. Une fouille plus approfondie livra quelques armes. Ils restèrent tous sans parler, dans le salon où l'horloge égrenait les heures. Quatre soldats se mirent à jouer aux cartes sur un guéridon. Chaque seconde tombait comme une goutte de plomb. Ils n'étaient pas à l'abri d'une visite désagréable : la Milice, les Allemands. Chaque minute qui passait accroissait le danger.

— Je croyais qu'il rentrait chez lui tous les jours

pour dîner, dit Jean-Pierre en jetant un regard angoissé sur son bracelet-montre.

L'heure du retour avait sonné depuis longtemps. Les maquisards qui guettaient à la fenêtre, en prenant soin de ne pas se montrer, ne voyaient rien venir. Un des miliciens ricana.

— Qu'est-ce qui te fait rire ? demanda Jean-Pierre en le poussant d'un coup de crosse.

— Le patron est devenu prudent ; il ne rentre chez lui qu'un jour sur deux ou trois. Vous ne le verrez pas aujourd'hui.

Yohann se retourna vers Rose, qui restait silencieuse.

— C'est vrai ?

Elle acquiesça d'un signe. Elle ne voulait rien donner à ces rustres qui salissaient son parquet ciré, même pas une parole.

— On ne peut plus attendre, déclara Brunete. C'est trop dangereux. On va partir et foutre le feu à la baraque.

— Qu'est-ce qu'on fait d'eux ?

Jean-Pierre désigna de la tête les deux otages.

— On les embarque. Ils seront conduits au camp et interrogés. Des gens aussi près de leur chef ont sûrement des choses à nous apprendre…

Les soldats de l'ombre échangèrent un regard gêné ; ils savaient tous le sort réservé par la suite aux collabos.

— Mais d'abord, vous conduirez Mme Malaterre chez son fils, à Sarlat.

Yohann aurait voulu parler de Frédéric et de Sarah

avec Rose, savoir ce qu'elle pensait, elle si discrète, des crimes de son mari. Mais la prudence lui dictait d'en dire le moins possible, de ne pas révéler qui il était, ni ses liens avec Frédéric. Il ne put s'empêcher de l'apostropher :

— Cela vous indiffère-t-il de savoir que votre époux a fait arrêter Sarah ? Vous savez pourtant qu'elle porte l'enfant de votre fils !

— Ce n'est pas vrai. Ce sont les Allemands qui l'ont prise et embarquée pour Paris. Une erreur monstrueuse. Je n'en dors plus ! Albert remue ciel et terre pour la faire libérer…

— C'est lui qui vous l'a dit, n'est-ce pas ? Vous avez eu bien tort de le croire.

Yohann attendait de Rose qu'elle reconnaisse, même par un simple geste, la responsabilité de Malaterre. Elle devait sortir de son déni.

— Vous pouvez interroger les voisins de Frédéric, avenue Brossard. Ils vous confirmeront que ce sont les miliciens, aux ordres de votre mari, qui ont interpellé Sarah. Auguste Villain, son bras droit, l'a conduite directement à la Gestapo de Brive.

Les yeux de la mère de Frédéric se vidèrent de toute expression, comme si elle ne pouvait accepter les images qui s'imprimaient dans sa conscience. Elle baissa la tête et, pour ne pas voir son univers s'effondrer, préféra se murer à nouveau dans le silence.

23

C'était une toute jeune femme – elle n'avait pas encore vingt ans – qui venait de quitter le central téléphonique où elle travaillait depuis deux ans. Bien notée par ses supérieurs, elle se voyait attribuer des tâches de confiance. Aujourd'hui, elle était bouleversée ; elle avait des larmes plein les yeux, qui inondaient son visage, tandis qu'elle avançait d'un pas décidé dans les rues quasi désertes. La vie ne l'avait pas gâtée, ces dernières années. Sa mère adorée était morte un an avant la déclaration de la guerre et son père, qu'elle voyait peu, était emprisonné au camp de Mauzac pour avoir ravitaillé la Résistance. Elle s'était retrouvée bien seule avec deux sœurs plus jeunes. Finies, les études – elle était pourtant bonne élève – et les espérances d'un métier à son goût. L'infirmière ou l'institutrice potentielle s'était envolée. Elle avait pris le travail qu'elle avait trouvé. Elle et ses sœurs mangeaient mal ; en pleine guerre, les restrictions alimentaires vidaient les garde-manger mieux qu'une famine. Si l'on n'était pas paysan, si l'on ne produisait pas soi-même ses légumes et ses volailles, il ne restait que les tickets de rationnement, et le marché noir, difficile d'accès quand on n'était pas riche. La faim tenaillait souvent leurs ventres.

La jeune postière traversa Sarlat en direction de la mairie où elle devait porter la nouvelle. Le téléphone, qui marchait jusque-là, avait brutalement été coupé. Probablement la Résistance, ou bien les boches. Elle avait juste eu le temps de prendre un dernier appel – elle aurait préféré ne pas le recevoir. Jamais elle n'avait autant souhaité être ailleurs. Elle était pourtant bien contente d'avoir trouvé ce travail au central ; un métier sûr, où l'on avait besoin d'elle. Depuis quelques mois, elle avait peur. La poste était le centre névralgique de la région, le lieu par où passaient toutes les informations. Chaque fois que l'armée allemande pénétrait dans Sarlat, elle se saisissait prioritairement du central téléphonique, s'emparait des manettes, bloquait les communications et dirigeait tout, transformant les demoiselles qui y travaillaient en de simples esclaves. Elle redoutait qu'un jour les Allemands ne fassent sauter la ville et le siège des PTT avec elle et ses camarades à l'intérieur. Ils menaçaient chaque fois de le faire. Ils repartaient en emmenant des hommes en otages, après avoir laissé les habitants debout sur la place, pendant des heures, avec l'interdiction de bouger. Quand la division Brehmer avait envahi la cité, en mars, les soldats avaient occupé sa maison pendant quelques heures, installant une mitrailleuse à l'étage pour tirer sur les collines environnantes, censées abriter des patriotes. Ils avaient même lâché une rafale dans le mur, un soir qu'elle n'avait pas respecté le couvre-feu. Elle avait été terrorisée par cette intrusion subite. Le plus âgé des militaires, qui avait fait 14-18, avait tenté de la réconforter ; les plus vieux étaient souvent les moins féroces.

Elle n'était guère plus rassurée quand c'était le maquis qui, profitant de l'absence des boches, investissait la place. Ceinturés de balles, bardés de grenades et de revolvers, des hommes vêtus d'uniformes disparates pénétraient à grands cris dans la ville pour se faire respecter. Leur chef annonçait bruyamment qu'il s'emparait du central téléphonique au nom de la Résistance. Puis il lui demandait, à elle ou à une de ses collègues, un numéro qu'elle était priée d'oublier aussitôt et lançait quelques messages mystérieux avant de repartir, dans un grand bruit de pas précipités, de claquements de portières et de crissements de pneus. Elle ne connaissait pas ces hommes sortis des bois, dont la violence apparente l'effrayait. Certains racontaient que c'étaient des communistes, d'autres, simplement des voyous. Ils ne ressemblaient pas à l'idée qu'elle se faisait des combattants de l'ombre. Elle, elle connaissait Frédéric Malaterre et son épouse Sarah, chez qui elle s'était rendue plusieurs fois pour fabriquer des Nénette et des Rintintin. Les jeunes gens qu'elle y avait rencontrés avaient bonne apparence. Pour elle, c'était cela, un résistant : un homme bien éduqué, un officier de carrière. Elle avait du mal, à partir de sa vie rétrécie, à unifier tous les Français sous un même drapeau, dans un même combat. Elle était fière, néanmoins, de faire ce qu'elle pouvait pour chasser les Allemands, même si cela ressemblait plus à un jeu d'enfant qu'à un acte héroïque. Les armes entassées dans la maison, qu'elle avait vues quelquefois, n'étaient pas pour la rassurer, mais elle était peu consciente du danger encouru en cas de descente de la Gestapo.

Elle avait appris que Sarah avait été arrêtée par la Milice, puis livrée aux Allemands, qui l'avaient aussitôt déportée. Pauvre Sarah ! Elle qui était si heureuse d'attendre un bébé… Ce n'était pas la première qu'elle avait vue partir ainsi. Certaines de ses camarades de classe, toutes juives, avaient été embarquées elles aussi. D'autres avaient mystérieusement disparu, sans que l'on sache si elles avaient pu fuir ou si elles avaient été ramassées par la police. Elle avait assisté à une rafle : les gens brutalement jetés dans un camion, les enfants maltraités, parfois séparés de leurs parents. Elle en avait été horrifiée.

Mais aujourd'hui, son indignation était à son comble. Elle devait porter son message, puisque le téléphone ne fonctionnait plus. Jamais les rues de Sarlat ne lui avaient paru aussi longues ni aussi froides. Les fenêtres des maisons semblaient la suivre du regard et connaître son honteux secret. Aujourd'hui, elle avait reçu une nouvelle terrible qu'elle devait porter à la mairie. Les gendarmes venaient de découvrir le cadavre de Rose Malaterre, la maman de Frédéric, dans un fossé, entre Sarlat et Montignac. Elle avait été abattue de trois balles dans la tête.

24

Yohann était atterré ; comment une telle chose avait-elle pu arriver ? Il avait laissé deux hommes pour escorter Rose Malaterre jusqu'à Sarlat. Il aurait préféré le faire lui-même, mais une estafette était venue le prévenir qu'il devait se rendre d'urgence, avec Jean-Pierre, à une réunion d'officiers près de Noailles. Il aurait dû se méfier : c'étaient des durs, des soldats capables d'avancer camouflés jusqu'à la capitale du Périgord noir, certes, mais aussi des combattants sans pitié. Il avait mené son enquête, convaincu que l'idéologie revancharde n'était pas absente de ce crime. Certains, comme Paul Barentin, n'avaient pas vu de mal dans l'exécution de l'épouse de leur ennemi : « Ça lui apprendra, au Malaterre ! Il doit en baver comme il a fait souffrir nos familles ! »

Yohann se demandait s'il fallait les traiter d'imbéciles ou de fanatiques. Il savait que Guingouin désapprouvait ces règlements de comptes sans intérêt militaire qui nuisaient à l'image de la Résistance. Il avait interrogé les deux sbires, avant de les punir :

« Qu'est-ce que vous avez foutu, bon sang ?

— Il y avait des barrages partout… Impossible de progresser jusqu'à la ville… Alors on a pensé…

— Vous n'aviez qu'à la libérer.

— C'était l'épouse d'un collabo… d'un milicien… Elle nous aurait dénoncés au premier cordon de police… On a dû fuir par les bois. On a eu peur qu'elle se mette à gueuler…

— Vous avez pratiqué la justice de classe ! Bougres d'imbéciles ! »

Les deux hommes avaient été mis aux arrêts de rigueur, dans un camp, au fond de la forêt corrézienne. Ils n'allaient pas y rester bien longtemps ; les effectifs étaient réduits.

Le capitaine Brunete n'avait pas revu Frédéric depuis ce jour tragique où ils avaient décidé ensemble de l'exécution de son père. Il n'avait pas cherché à le rencontrer, il n'avait pas osé, il avait trop honte. Il se sentait responsable du drame. Il était l'officier commandant l'opération, il répondait de tout ce qui pouvait arriver. Les gens ordinaires, qui traitaient parfois les résistants de barbares quand ils descendaient un collabo, avaient cette fois raison. Il n'y avait pas de bon ou de mauvais maquis, il y avait la guerre, mais elle n'excusait pas tout. L'assassinat de Rose Malaterre ne pouvait se justifier… et c'était la mère de son ami. A présent, il aurait voulu le voir, lui expliquer l'impardonnable. Mais Frédéric était introuvable.

Le commandant Malaterre avait quitté la légalité pour entrer dans la clandestinité. Son épouse déportée, sa mère assassinée, il n'avait plus aucune raison de poursuivre ses activités à la sous-préfecture. Il se jeta à corps perdu dans la lutte pour la libération de la France avec, au cœur, un mince espoir. Plus tôt l'Allemagne serait vaincue, plus il avait de chances de retrouver Sarah et leur enfant.

Jamais la Résistance n'avait été aussi active qu'en ce mois de mai 1944 où elle préparait l'invasion du territoire national. Frédéric demanda, en tant que membre de l'état-major, à faire un voyage à Londres pour informer le QG de De Gaulle de la situation en Limousin et recevoir des instructions claires. Pendant deux semaines, les officiers supérieurs de chaque région bénéficièrent d'une formation spéciale pour affronter la mère de toutes les batailles.

La capitale britannique était une ruche bourdonnante où le commandant croisait des officiers supérieurs de toutes les armes et de diverses nationalités, affairés comme des insectes laborieux, dans l'excitation de l'événement à venir : le *D Day*, comme ils disaient, le débarquement sur le sol français, quelque part entre la Bretagne et la mer du Nord. Le lieu exact était top secret. Puis un Lysander le ramena près de Brive.

Bien équipé par les parachutages britanniques, bien entraîné, son bataillon avait fière allure. Le commandant exigeait une discipline toute militaire : pas de pillage, pas d'exécution sommaire sans jugement. L'armée de libération devait être irréprochable. Devant ses hommes, Frédéric affichait un sang-froid à toute épreuve, mais seule l'action calmait ses angoisses.

En ce dernier jour de mai, il prit au piège deux bus transportant des miliciens qui se dirigeaient vers Montignac pour y attaquer un camp de FTP. Lorsqu'il ordonna d'ouvrir le feu, un premier tir de bazooka coupa en deux le véhicule de tête, qui s'enflamma aussitôt. Bien abrités dans un fossé, dissimulés par les taillis épais, Frédéric et ses hommes n'épargnèrent pas leurs munitions pour réduire au silence leurs adversaires. L'officier mettait un acharnement désespéré dans le combat, comme une revanche sur l'adversité.

Le second camion, bien que criblé de balles, parvint à contourner l'incendie. Les collabos faisaient feu de toutes leurs armes par les vitres brisées, pour couvrir leur fuite. Frédéric donna l'assaut sur l'autocar immobilisé, dont tous les occupants furent tués.

La région était en état de guerre civile. Les uns sentaient la victoire proche, les autres savaient leur cause perdue mais se battaient avec l'énergie du désespoir. Chaque mort dans un camp appelait une vengeance. Encadrés par l'armée allemande, les miliciens fusillaient des otages, des gens pris au hasard que l'on soupçonnait, souvent à tort, être du maquis. Les résistants exécutaient des collabos qui n'avaient parfois commis d'autre crime que d'être pétainistes. Un climat de terreur régnait sur la Dordogne, la Corrèze, la Haute-Vienne.

Yohann trouva quelque apaisement en regagnant

le campement de Georges Guingouin, dans la forêt de Châteauneuf. Celui que ses amis appelaient « le Grand », et qui signait désormais ses ordres de réquisition en tant que « préfet du maquis », contrôlait toute la moitié orientale de la Haute-Vienne. Il était roi en son royaume. Yohann le salua avec un immense respect, et fit avec lui un état des forces en présence à la veille du débarquement.

— Sur les trois départements de la R5, dit-il, les FFI disposent à présent de plus de vingt mille hommes en armes.

— C'est suffisant pour que nous libérions nous-mêmes la zone, répondit le colonel. Mais il faudra faire attention aux réactions allemandes. Elles pourront être très violentes, surtout à l'égard des populations civiles.

Yohann regardait avec admiration ce chef qui pensait toujours aux autres. Les Britanniques, qui n'aimaient guère les communistes, n'avaient pas hésité à lui parachuter armement et explosif. Il veillait soigneusement à sa réputation en faisant rechercher et arrêter les pillards qui agissaient au nom de la Résistance.

— Nous attendons les ordres de Londres, apprit-il à Yohann. Chacun doit rester à son poste. Tu dois regagner la Basse-Corrèze au plus vite.

Le capitaine Brunete reprit le chemin de Nazareth, où il venait d'apprendre que Frédéric était de retour.

25

Avant de revoir Frédéric, avant de pouvoir le regarder dans les yeux, Yohann s'était juré d'accomplir une ultime mission : exécuter Albert Malaterre, effacer l'échec de la première tentative et ses conséquences catastrophiques. Cette tâche, il était le seul à pouvoir la réaliser, fût-ce au prix de sa vie. Son groupe avait abattu, quelques jours auparavant, le lieutenant Müller, un officier de la Wehrmacht qui circulait imprudemment à bord d'une Volkswagen Kübelwagen. L'homme, qui venait d'arriver en Corrèze, s'était égaré sur les routes tortueuses près de Collonges-la-Rouge.

— Est-ce que je ne parle pas allemand ? dit-il à Jean-Pierre en lui confiant ses hommes. Est-ce que je n'ai pas le physique d'un parfait aryen ? D'ailleurs, je suis allemand.

La phrase sonna bizarrement quand il la prononça ; il avait presque totalement oublié ses origines.

— N'ai-je pas trompé Adolf Eichmann en personne ? poursuivit-il, comme pour mieux se convaincre.

Revêtu de l'uniforme du défunt lieutenant Müller,

muni de ses papiers parfaitement en règle, Yohann se rendit à Brive avec l'orgueilleuse assurance d'un occupant nazi. Débarquant le plus naturellement du monde du train de voyageurs en provenance de Limoges, il gagna le bar de l'hôtel Terminus, siège de la Gestapo, qui faisait face à la gare. Entouré de flics allemands et de SS, il se permit d'offrir une bière au policier responsable de la place.

— Nous n'osons plus sortir de la ville, avoua ce dernier. Ou alors sous bonne escorte. Nos unités sont harcelées sans cesse.

— Je suis ici pour régler vos problèmes, affirma le faux lieutenant avec une raideur toute prussienne. Je dois rencontrer d'urgence le responsable régional de la Milice, un certain… Balterre.

— Malaterre, mon lieutenant, Albert Malaterre. Il est tout dévoué à notre cause.

— C'est ce qu'on m'a dit. Sa femme aurait été assassinée par les terroristes.

Autour de Yohann, les serveurs voltigeaient, portant sur leurs plateaux levés bières et alcools. Uniformes noirs et verts et tenues civiles se mélangeaient dans un patchwork de couleurs. On y voyait même des femmes, des souris grises germaniques, aux allures strictes, et des Françaises qui pratiquaient la collaboration horizontale. L'ambiance était tendue, Yohann pouvait sentir les nerfs à fleur de peau chez ses interlocuteurs, mais jamais il n'aurait pu imaginer ce monde à l'agonie.

Le gestapiste se chargea lui-même du rendez-vous avec le colonel Malaterre. Après un coup de fil, il indiqua l'adresse à Yohann. Ce dernier emprunta un vélo-taxi pour se rendre au siège de la Milice. Pénétrant dans l'immeuble en claquant des talons, il salua les gardes, peu habitués à tant de déférence, et avança sans s'arrêter au milieu de ses ennemis. Il nota au passage la discipline relâchée, la plupart d'entre eux étant occupés à boire et à jouer aux cartes. Il prenait un risque immense, mais avec sa casquette rabattue sur le nez, raide comme un Teuton, qui aurait pu reconnaître l'ancien kibboutznik ? Peu de gens l'avaient côtoyé à Brive.

— Albert Malaterre n'est pas encore arrivé, annonça le planton. Vous pouvez l'attendre dans son bureau.

Le capitaine Brunete s'installa confortablement, les pieds sur la table de travail, le dos aux trois quarts tourné vers la porte d'entrée afin que l'ancien préfet ne l'identifie pas. Il tenait à la main le verre de cognac qu'on lui avait servi.

Il attendait depuis dix minutes, quand deux coups fermes firent résonner le battant.

— Entrez ! lança-t-il en allemand.

Il avait placé son siège de manière à pouvoir distinguer, dans le miroir, le visage d'un éventuel arrivant. Auguste Villain pénétra dans la pièce.

— Excusez-moi, mon lieutenant, Albert Malaterre a été retardé. Une nouvelle embuscade sur la route. Il ne pourra vous recevoir ce matin.

Yohann vit distinctement le regard du milicien quand celui-ci le reconnut. Ils se dévisagèrent dans la glace, tout en se tournant le dos. Le capitaine Brunete dégaina son Lüger.

— Ne bouge pas, Auguste. Tu n'es rien, tu ne m'intéresses pas. C'est ton patron que je veux.

Le collabo le considéra avec un mauvais sourire. Surmontant le choc de la découverte, il se demandait si l'autre bluffait. Etait-il vraiment prêt à ouvrir le feu ? Cela faisait longtemps qu'il avait une revanche à prendre sur celui-là, depuis le bal de Noailles et l'humiliante dispute.

— Il y a du monde autour de moi, le Juif ! Si tu tires, tu vas attirer les gardes, et ils t'abattront.

— Et si je ne tire pas ? demanda Yohann pour mettre son interlocuteur en confiance.

Il craignait qu'Auguste Villain ne se mette à hurler, pris de panique. Au fond de lui, sa décision était prise.

— Je te promets la vie sauve et un traitement de prisonnier de guerre, lui assura le collabo.

Le milicien ne manquait pas d'aplomb, ni d'un certain courage. Yohann était bien décidé à supprimer cette vermine, quoi qu'il pût lui en coûter. Lentement, dans sa tête, il élaborait son plan.

— As-tu offert les mêmes garanties à Sarah ?

L'autre rougit, subitement en colère.

— La femme de ton copain, la youpine ! Je vais te raconter ce que je lui ai fait subir…

— Ça m'intéresse, mais là, je n'ai pas vraiment le temps, répondit Yohann en logeant une balle dans le front de son ennemi.

Puis, aussitôt, il se précipita vers la fenêtre, en

fracassa les carreaux, renversa les meubles et se mit à crier en allemand :

— Des terroristes ! Des terroristes ! Ils ont essayé de me tuer !

Les miliciens investirent la pièce, tombant sur le cadavre d'Auguste Villain, tandis que le « lieutenant Müller » vidait son chargeur en direction de la rue en hurlant. Ils se précipitèrent à l'extérieur, suivis par Yohann, qui profita du désordre pour s'éclipser.

Albert Malaterre s'en était sorti une fois encore, comme si un mauvais génie le protégeait. Mais l'heure n'était plus aux vengeances personnelles. La justice viendrait en son temps. En ce mois de juin, l'annonce du débarquement tant attendu fut lancée à la radio. Comme une armée disciplinée, chaque groupe, chaque unité s'attela à une tâche bien précise. Il s'agissait de désorganiser le plus possible les forces allemandes sur le territoire en paralysant leurs communications et en empêchant ou en retardant leurs mouvements. Les voies ferrées furent à nouveau plastiquées, provoquant le déraillement de plusieurs trains. Les lignes téléphoniques furent systématiquement coupées. Des commandos britanniques et américains furent parachutés dans la région afin de coordonner les actions de la Résistance avec les troupes de libération. Le 6 juin, une réunion d'état-major confia aux FFI de la R5 une terrible mission :

— Messieurs, dit l'officier yankee qui présidait la séance, la division blindée SS Das Reich vient de quitter Montauban, où elle se reformait après une campagne en URSS. Elle se dirige vers la Normandie et monte tout droit sur nous. Notre mission est de la retarder par tous les moyens. Chaque heure gagnée donnera une chance supplémentaire au débarquement.

Les officiers se regardaient avec un air farouche où l'on pouvait aussi lire de la crainte. La Das Reich, c'était vingt-cinq mille hommes solidement armés, des chars lourds Tigre invulnérables aux projectiles, des soldats féroces qui n'hésitaient pas à massacrer les civils. Mais les ordres étaient clairs et la défaillance n'était pas de mise. Ce jour, ils l'attendaient depuis quatre ans.

Avant de regagner son poste, Yohann se rapprocha de Frédéric. Leur contact resta froid et distant.

— Je suis désolé pour ta mère… tenta Yohann.

— Ce n'est pas le moment. Nous avons autre chose à faire. Je dois prendre mon commandement et préparer mes troupes.

La guerre était devenue sa seule famille. Ils se quittèrent avec une grande tristesse dans le cœur.

L'ouragan s'abattit sur la région dès le 8 juin. Un peu partout, les deux jours précédents, les maquisards avaient imprudemment libéré plusieurs villes : Guéret, Tulle, Excideuil, Bergerac. Certains tenaient la victoire pour acquise. Guingouin avait reçu l'ordre de s'emparer de Limoges. Il refusa, craignant des représailles sur la population civile, et que la capitale du Limousin ne soit traitée comme Varsovie. Mais il détruisit deux ponts sur la route des blindés.

Le premier accrochage eut lieu à Rouffillac, entre Sarlat et Souillac. Une trentaine de maquisards ouvrirent le feu tandis que l'avant-garde franchissait un pont sur la Dordogne. La riposte fut immédiate : dix tués, dont cinq civils, et le village incendié. A partir de là, la route ne fut plus qu'un long sillon sanglant.

Se déplaçant sur un front large de cent kilomètres, de Bergerac à Figeac, la division blindée Das Reich, en proie à des attaques incessantes – des piqûres d'abeilles sur sa carapace de métal –, tirait sur tout ce qui était visible : civils, paysans dans leurs champs, passants anonymes. Tous les prisonniers étaient immédiatement fusillés. Les combats sporadiques n'arrêtaient les chars d'assaut que quelques heures. Les Allemands devaient chaque fois laisser les panzer-grenadiers nettoyer les environs, causant de nombreuses victimes, débarrasser la route des mines et des arbres coupés qui l'encombraient, pour s'assurer de pouvoir progresser en sécurité. Le prix à payer pour ce retard était effroyable, mais tels étaient les ordres de l'état-major allié.

Le général Lammerding, furieux, reprit Tulle le 9 juin, fit pendre quatre-vingt-dix-neuf personnes aux balcons de la cité corrézienne et en fit déporter deux cents autres. Le lendemain, les six cent quarante-trois habitants du paisible village d'Oradour-sur-Glane, en Haute-Vienne, furent exterminés ; les hommes fusillés et brûlés dans une grange, les femmes et les enfants entassés dans l'église, que l'on fit sauter.

Chaque unité de résistants se retrouvait isolée,

dans l'impossibilité de bouger sans être aussitôt prise à partie.

— Dire que l'on ne peut même pas leur porter secours ! gémit Yohann quand il eut connaissance des premiers accrochages en Dordogne.

Lui et son groupe n'étaient pourtant qu'à quelques kilomètres du lieu de la bataille, mais s'ils faisaient le moindre mouvement ils risquaient d'être repérés par l'aviation et attaqués. Sa mission était simple : détruire la voie ferrée près de Nazareth, puis ouvrir le feu au passage de la colonne militaire, sur la route Souillac-Brive, et tenir le plus longtemps possible – une heure, c'était déjà bien – avant de se retirer. Il s'acquitta de sa tâche avec courage. Son groupe incendia un camion ennemi, endommagea un half-track et décrocha en laissant trois des siens sur le tapis.

Alors le dragon déroula ses écailles de métal en direction du nord, un interminable serpent de blindés sur les routes de la Corrèze.

A quelques kilomètres à l'ouest, Frédéric et l'Armée secrète vivaient à peu près la même chose. Terrasson, libéré par les maquis, devint l'enjeu d'un combat, Lammerding ayant absolument besoin de dégager la route 89 pour y faire passer ses chars. La cité périgourdine manqua de peu d'être rayée de la carte avec tous ses habitants. Une partie fut incendiée. Privé de toute possibilité de progresser vers le nord, les chaussées et les chemins de fer coupés vers le front de Normandie, le général ne vit de salut qu'en direction de Bordeaux.

Plus Lammerding s'acharnait sur la population, plus il perdait de temps. La division SS finit par quitter le Périgord le 11 juin, et Limoges le 12. Avant de laisser derrière lui « la Petite Russie », le général expédia un rapport. Intercepté par les Alliés, il réchauffa les cœurs après tant de sacrifices. En sabotant les voies ferrées, en obligeant les blindés à rouler sur le goudron, à faire des tours et des détours, les résistants avaient obtenu des résultats étonnants : 60 % des chars d'assaut allemands étaient hors d'usage, 30 % des half-tracks et des tracteurs étaient immobilisés. Quatre jours au moins seraient nécessaires aux réparations. Les réserves de carburant étaient au plus bas, la Résistance ayant fait sauter la plupart des dépôts, dont celui de Bergerac.

La Das Reich finit par s'enfuir de la région en passant par la Gironde, plat pays moins propice aux embuscades. Les morts se comptaient par centaines, mais jamais la division blindée ne fut en mesure d'aller repousser le débarquement ; elle fut finalement anéantie par les avions Typhoon antichars de la RAF.

Le passage du monstre sur la région ne dura en tout et pour tout que cinq jours, mais il sembla à Yohann, Frédéric et leurs camarades qu'ils avaient combattu un dragon pendant un mois entier. Ils n'eurent pas le temps de panser leurs blessures. Lammerding avait laissé derrière lui une unité mobile, baptisée la colonne Jesser, pour rétablir l'ordre et assurer les liens entre les différentes garnisons de la Wehrmacht, totalement dépassées, qui avaient tendance à s'enfermer inutilement dans les villes et les casernes. La nouvelle brigade était constituée de soldats allemands, de Tatars et d'une légion d'Azerbaïdjan issue de l'Union soviétique.

Yohann et Frédéric se retrouvèrent, en frères d'armes, pour les derniers combats. Le commandant Malaterre devait se consacrer au siège de Brive-la-Gaillarde, tandis que le capitaine Brunete rejoignait Guingouin en Haute-Vienne. Ils effectuèrent ensemble une ultime mission, qui réveilla en eux bien des souvenirs. Les résistants dérobèrent, en gare de Brive, au nez et à la barbe des Allemands, un train entier chargé de seize canons de 25, de vingt-cinq camions et blindés légers et d'un important stock de munitions, de quoi faire face, à armes égales, avec la colonne Jesser. Afin d'isoler complètement la ville et la garnison repliée dans le collège Cabanis, Yohann et Jean-Pierre participèrent à la destruction du tunnel du Saillant, au nord de Brive, sur la ligne Paris-Toulouse.

— Tu te souviens… dit Yohann à son ami. En 1934, on nous accusait de vouloir faire sauter cet ouvrage.

— Mais c'était prétendument au profit d'Adolf Hitler, répondit Jean-Pierre en riant. Je crois que les services secrets de l'époque n'avaient pas bien anticipé cette opération.

Le capitaine Brunete était étonné de la transformation de son camarade. L'ancien marchand de chaussures, parfois un peu balourd, s'était transformé en un homme d'action audacieux. L'aventure du maquis avait succédé à celle du kibboutz pour mettre au jour les ambitions secrètes du Briviste. Son idéal politique, ses rêves de héros de cinéma s'étaient incarnés dans la guerre. Il était devenu un officier sérieux et efficace, sur qui on pouvait compter.

Yohann et Frédéric se réunirent pour partager le butin découvert dans le convoi détourné.

— Je ne t'en veux pas, pour ma mère, dit le commandant en tendant la main à son camarade, un triste sourire sur les lèvres. Je sais que tu n'y es pour rien.

— Je suis officier, je suis responsable de mes décisions. J'aurais dû l'escorter moi-même jusqu'à Sarlat.

— Tu avais des ordres, ce n'est pas ta faute. C'est cette guerre qui rend les gens fous. Je vais me consacrer à la libération de Brive, à présent. Mon père est enfermé avec les Allemands, dans leur forteresse. Je veux qu'il paie pour ses crimes. C'est lui le comptable de tout.

— Fais attention à toi ! lui dit Yohann en le serrant contre lui.

— Vous aussi, soyez prudents. Le combat est encore loin d'être achevé.

Dans les armements pris à l'ennemi, Frédéric s'attribua trois automitrailleuses Panhard, qu'il fit descendre du wagon.

— Les Allemands nous les ont volées en 1940, c'est normal qu'elles me reviennent. Si vous êtes en difficulté, je m'efforcerai de vous secourir. Les blindés légers, ça me connaît.

— N'oublie pas de changer les couleurs, dit Yohann en désignant les croix noires sur le capot.

— Pour sûr, je vais le faire tout de suite. Pas question de rouler sous drapeau nazi.

26

Forte de deux mille cinq cents hommes, la colonne Jesser était chargée de liquider la Résistance de la R5 et d'Auvergne pour protéger les arrières de la Das Reich. C'était une bien vaste zone pour une brigade, mais le général Kurt von Jesser avait partagé ses troupes en unités extrêmement mobiles, capables de frapper partout à la fois. Il disposait de sa propre artillerie de campagne, de cinq cents camions et véhicules blindés, principalement des automitrailleuses prises aux Français, d'une escadrille de bombardiers Stukas, et même d'une cellule de la Gestapo. Mais il redoutait le manque de cohérence à l'intérieur de ces éléments. Que valaient ces anciens soldats soviétiques, musulmans de surcroît ? Devait-il mêler aux Allemands le contingent de Tatars et les six cents membres de la légion azerbaïdjanaise ? Heureusement, il pouvait compter sur son parti de SS pour donner l'exemple. La région était entièrement à reconquérir ; il n'était plus question de traiter les Français comme la population d'un pays allié, mais plutôt comme celle d'une république communiste.

Après quelques opérations, le général dut se rendre

à l'évidence : bien que ne disposant pas d'armement lourd, les résistants, dix fois plus nombreux, n'étaient pas prêts à laisser la place. Pour répliquer au massacre du mont Mouchet, par lequel Jesser avait commencé ses « exploits », les maquisards anéantirent entièrement une compagnie allemande à Ussel, en Haute-Corrèze.

Yohann et son groupe tenaient une ligne de défense dans les monts des Monédières, au nord de Tulle. Le massif montagneux était leur forteresse. Ils pouvaient y circuler librement et aucun Allemand ne s'y aventurait sans risques. Jesser avait envoyé contre eux un bataillon de trois cents hommes qui se contentait d'empêcher les mouvements du maquis vers le nord et l'est. L'ardeur des combats faisait oublier au capitaine Brunete tous ses autres soucis, mais l'attente entre deux batailles lui rongeait les nerfs et il était assailli de doutes. Il suffisait d'une fausse manœuvre, d'une erreur d'appréciation, et son unité pouvait être exterminée. Isolée, chaque compagnie de patriotes ne pèserait pas plus qu'une noix entre les mâchoires allemandes.

Il envoya son adjoint et deux soldats en reconnaissance vers les lignes ennemies.

— Sais-tu qui nous avons en face ? demanda Jean-Pierre au retour de sa mission alors que les deux officiers surveillaient la route conduisant à leur repaire montagnard.

— Des boches, je suppose. Qu'est-ce que ça peut faire ?

— Non, répondit le lieutenant. Ce sont des Azéris

musulmans. Que viennent-ils foutre ici ! Je ne sais même pas où se trouve leur pays.

— Je me pose la même question, dit Yohann. La colonne Jesser est majoritairement composée de mahométans azéris et tatars.

Avant de remonter au front, Yohann avait reçu un ultime courrier de leurs amis de Palestine. Il les croyait en paix depuis deux ans, mais Mordechaï lui racontait combien la tension était grande entre les communautés. Pour éviter que les musulmans ne basculent dans le camp hitlérien, les Britanniques leur avaient promis l'indépendance s'ils les aidaient à gagner la guerre. La Ligue arabe préparait déjà les futurs traités, mais elle refusait d'envisager un partage des territoires et la création d'un Etat hébreu. Le problème de la Palestine restait insoluble. Qu'en serait-il de l'assurance anglaise de créer un foyer juif autonome ? Yohann connaissait l'habituelle ingratitude des nations. Un climat de guerre civile envahissait le Proche-Orient, et voilà que les résistants du Limousin devaient affronter des musulmans tombés d'on ne savait où…

— Ce n'est pas la première fois, dit Jean-Pierre. Si j'en crois notre commandant, une division entière de SS bosniaques s'est entraînée entre la Corrèze et l'Aveyron, en 1943. Vingt mille hommes ! Mais ils sont partis se battre en Yougoslavie. Le père Tito va leur en faire voir !

Yohann savait qu'une brigade nord-africaine, dirigée par Henri Lafont, le parrain de la pègre parisienne aux ordres de la Gestapo, avait ravagé la Dordogne et poussé jusqu'à Brive.

— Ce monde est complètement fou ! dit-il. Cette guerre mondiale a brisé les frontières et laissé le démon se répandre sur le monde.

Avec son vieux complice du temps du kibboutz, il prit le premier tour de garde. Jean-Pierre lui avait décrit le camp azéri, qu'il avait pu approcher à moins de cent mètres. Leurs adversaires semblaient peu motivés, installés dans leur confort précaire comme s'ils étaient à l'arrière. Ils ne disposaient pas d'armes lourdes.

— Rien à voir avec les SS, ni même la Wehrmacht. Ils cassaient la croûte tranquillement, leurs fusils disposés en faisceaux. On pourrait les attaquer sans qu'ils s'en doutent.

— Ils sont quand même beaucoup plus nombreux que nous, objecta le capitaine Brunete en repoussant l'idée.

Il imaginait ses ennemis au repos, non loin d'eux, dans la moiteur de la nuit de juin. Plongé dans un silence méditatif, il fumait une cigarette, en veillant à ne pas laisser apparaître le bout rougeoyant qui aurait pu éveiller l'attention d'un sniper, quand il entendit craquer une branche devant lui.

— Qui va là ? lança-t-il d'une voix ferme.

Il fut surpris d'entendre répondre en allemand :

— Ne tirez pas ! Nous sommes des amis. Nous voulons vous rejoindre.

Il poursuivit dans la même langue :

— Avancez les mains en l'air. Et pas d'entourloupe. Au moindre geste, nous ouvrons le feu.

Cinq silhouettes en uniforme feldgrau progressèrent vers eux, cinq hommes jeunes. Jean-Pierre leur confisqua leurs armes. Leur physique peu aryen et l'insigne caractéristique de leur unité cousu sur leur manche – un écusson à trois bandes horizontales, bleue, rouge et verte, frappé d'un croissant et d'un soleil – disaient leur origine.

— Vous êtes azéris, affirma Yohann. Vous voulez vous rendre ?

Celui qui semblait être le chef secoua la tête.

— Non, nous voulons continuer la guerre dans vos rangs.

Il se présenta en tendant la main droite :

— Lieutenant Bechir Djabraïlov.

Yohann, méfiant, flairant un piège, envoya quelques hommes à l'avant pour prévenir une attaque. Avec circonspection, il accepta de serrer la main de cet étrange adversaire, avant de lui demander :

— Vous voulez changer de camp. Vous sentez le vent de la défaite ?

— Non pas, répondit Djabraïlov. Nous n'avons jamais réellement intégré la Wehrmacht. Mais, si vous le permettez, j'ai encore dix hommes qui attendent en contrebas. Ils ont déposé leurs mitraillettes, mais ils ont peur d'être fusillés à cause de leurs vêtements. Il faudrait les récupérer.

— J'y vais, dit Jean-Pierre en désignant deux maquisards pour l'escorter.

Ils revinrent bientôt en poussant devant eux un

troupeau d'individus qui gardaient les bras levés. Plus rétif que son chef, le lieutenant prenait un visible plaisir à les terroriser, leur promettant le peloton au moindre faux pas. Comme il n'était pas sûr d'être compris de ces étrangers, il agitait sa mitraillette sous leurs nez avec des gestes menaçants et des grimaces féroces.

Yohann avait entendu parler des Géorgiens de l'Ost Bataillon 799, basé à Périgueux. Recrutés de force par les Allemands, ils avaient massivement déserté pour rejoindre la Résistance. Rapidement intégrés aux unités combattantes, ils se comportaient bien. On pouvait espérer que les Azéris feraient de même.

Il accompagna celui qui était désormais son hôte et lui offrit un abominable café mélangé de glands et de chicorée qui avait pour unique mérite d'être chaud.

— Comment vous êtes-vous retrouvés dans une telle situation ? demanda-t-il au lieutenant Djabraïlov.

— Vous ignorez comment les nazis traitent les prisonniers soviétiques, répondit ce dernier. C'était ça ou mourir de faim.

Il avait été capturé par l'armée de Paulus alors qu'elle progressait à grands pas vers Stalingrad. Lui et ses camarades s'étaient retrouvés dans des camps immondes, battus, à peine nourris, condamnés au travail forcé douze heures par jour. Toute remarque, tout refus d'obéissance, était puni de mort. Il avait vu ses compatriotes crever comme des mouches.

— Un jour, un homme est passé dans nos rangs, un officier supérieur nommé Mikhail Dudanginsky. Il nous a exhortés à rejoindre la Wehrmacht, à combattre le communisme athée, à nous souvenir que nous étions musulmans. Hitler avait promis de rendre son indépendance à l'Azerbaïdjan, ainsi qu'aux autres républiques soviétiques annexées par Staline. On s'est concertés avec plusieurs camarades, et on a décidé de faire semblant… pour vivre. Mais au fond de moi je suis resté communiste.

En partie convaincu par ce discours, dont chaque parole sonnait vrai, le capitaine Brunete hésitait encore à faire confiance aux déserteurs. Mais que risquait-il ? Pas grand-chose. Les quinze hommes allaient être entraînés loin dans la montagne, interrogés à nouveau par un officier des services secrets. S'ils réussissaient leur examen de passage, ils seraient intégrés dans les troupes de la Résistance. Le capitaine trouvait son interlocuteur sympathique, il ne lui déplairait pas de l'avoir auprès de lui au combat, quand il se serait débarrassé de son uniforme allemand.

— Moi aussi, je suis un marxiste convaincu, même si j'ai pris de la distance avec la tutelle de Moscou, lui annonça Yohann avec un sourire amical. Mais les autres, ceux qui continuent de lutter au sein de l'armée allemande, dans quel état d'esprit sont-ils ?

Le capitaine Brunete sentait bien que, grâce au climat chaleureux créé avec l'officier azéri, il était en train de récolter des renseignements essentiels pour la suite des opérations.

— Beaucoup n'aspirent qu'à rentrer chez eux, mais ils ont peur. Ils craignent de se rendre aux partisans français, et ils redoutent d'affronter la justice soviétique et d'être accusés de désertion. Et c'est pareil chez les Tatars.

— Alors, il ne devrait pas être trop difficile de les faire changer de camp…

— Attention, mon ami !

Bechir Djabraïlov avait levé la voix. Il posa la main sur le bras de Yohann, comme s'il allait révéler une chose primordiale, un danger imminent.

— Il y a encore beaucoup d'adeptes de Mikhail Dudanginsky. Lui est un homme terrible. En 1939, il a participé à la campagne de Finlande dans une armée soviétique alliée à Hitler. Puis il a retourné sa veste en 1941. Il a rejoint les SS et fait partie des Einsatzgruppen, ces soldats…

Il cracha par terre pour marquer son mépris, sembla chercher ses mots :

— Des êtres ignobles… Ils suivaient, en arrière, la progression des forces allemandes… Dans les villages, leur rôle… c'était de tuer tous les Juifs !

— Tous ?

Yohann était soudain lui aussi à court de mots.

— Hommes, femmes, enfants, vieillards… Des milliers, des centaines de milliers… Ils creusaient une fosse et… une balle dans la tête. Parfois, ils les attachaient deux à deux… pour économiser les munitions.

Les deux officiers restèrent un moment silencieux, prostrés, devant l'abominable révélation. L'Azéri était visiblement soulagé d'avoir vomi un secret qui lui pesait sur l'estomac depuis des années. Le juriste lui tendit une cigarette.

— Tu y as participé, toi aussi ?

— Non, je le jure ! Mais j'ai vu.

Des larmes lui montèrent aux yeux à l'évocation de l'insoutenable souvenir.

— Je suis moi-même juif… et allemand, lui révéla Yohann. Et je combats les nazis de toutes mes forces.

— En Azerbaïdjan, nous avons vécu en paix avec les Ashkénazes pendant des siècles. S'il y avait des pogroms, c'était le fait des Cosaques, reprit le lieutenant. Mes hommes sont prêts à s'allier avec toi. Nous affronterons ceux des nôtres qui restent fidèles à Hitler, à Dudanginsky et au mufti de Jérusalem.

Ce dernier nom fit lever la tête du capitaine Brunete. Il ne lui était pas inconnu. Mordechaï lui avait raconté son histoire. C'était étrange comme les frontières se refermaient, comme l'histoire des humains se resserrait jusqu'à tenir dans un mouchoir…

— Que sais-tu de Hadj Amin el Husseini ?

— Il dirige à Berlin un ensemble de radios qui s'adressent, dans toutes les langues, aux musulmans du monde entier. Il les exhorte à rejoindre le camp nazi et à se battre pour la victoire du Reich. Il fait partie des plus fidèles alliés du Führer. Tu le connais ?

— Personne n'a entendu son nom en France. Mais je sais qu'il a rencontré un haut dignitaire de la SS, Adolf Eichmann, en 1937, pour tenter d'unir le monde islamique derrière Hitler. En 1941, il a organisé des putschs pour faire basculer l'Irak et l'Iran dans les forces de l'Axe. Je savais qu'il s'était enfui en Allemagne.

— Eh bien, il y est encore… et toujours aussi actif.

— Je crois que son plan a échoué. Le monde musulman ne s'est pas levé derrière lui. Beaucoup ont combattu dans les armées française et britannique.

Il songeait à ses camarades du kibboutz Ayelet Ashahar secourus par la légion arabe et ses cavaliers au keffieh rouge et blanc, aux troupes indigènes d'Afrique – spahis, zouaves, goumiers, tirailleurs, Algériens, Marocains, Tunisiens, Sénégalais – qui marchaient avec de Lattre.

— Si notre service de renseignement vous déclare aptes, nous serons heureux de vous accueillir dans les rangs de la Résistance, dit Yohann. Nous vous ferons confiance. La fin de la guerre est proche. Que feras-tu ensuite ?

— J'espère pouvoir revenir dans mon pays, retrouver ma famille.

— Tu ne crains pas les foudres de Staline ? Un de mes amis a goûté l'hospitalité de ses camps, il paraît qu'ils sont effroyables.

— Je crois qu'il me pardonnera, qu'il comprendra que nous n'avons pas eu le choix. J'ai foi en la bonté du communisme.

27

L'Armée secrète décida de prendre Brive à la fin du mois de juillet 1944. Elle devait bien cela à son ancien patron : Edmond Michelet croupissait toujours dans le camp de Dachau. Au nord, le colonel Guingouin et ses FTP venaient d'infliger une terrible défaite à la colonne Jesser, au mont Gargan. Après les massacres du Vercors et des Glières, pour la première fois la Résistance avait vaincu la Wehrmacht à l'occasion d'une bataille rangée. Entre le 18 et le 24 juillet, « le Grand » avait perdu une centaine d'hommes, mais malgré l'artillerie, les blindés et les Stukas il avait infligé trois fois plus de pertes à son adversaire. Soixante-quinze Tatars avaient déserté les rangs hitlériens pour rejoindre le maquis. Dépassé, le général Jesser fut obligé de se replier sur l'Auvergne.

Profitant de ce revers, l'Armée secrète du Sud-Corrèze constitua quatre groupes nommés as, d'après ses initiales. Forts de ces atouts majeurs, ils encerclèrent Brive. As de trèfle tenait le nord, as de pique, venu de Dordogne, l'occident, as de carreau bloquait la route de Tulle et as de cœur, arrivant du sud, s'introduisit en ville. Frédéric commandait en second cette dernière unité. Les rues, balayées par les combats, n'étaient sûres pour personne. Les habitants restaient cachés, attendant la fin des hostilités. Tous les jours, des commandos investissaient les artères désertes, pénétraient dans les maisons pour arrêter miliciens et collabos. Gendarmes et policiers passèrent en masse à la Résistance, avec armes et bagages. Les Allemands, démoralisés par le succès du débarquement, laissaient faire et se replièrent sur le collège Cabanis, transformé en forteresse. La ville subit même un inutile bombardement de la part des Stukas du général Jesser. Des convois de renforts furent détruits ou repoussés, à Souillac, Noailles, Cressensac. Du matériel, des camions, des blindés furent capturés en quantité. Huit mille hommes entouraient Brive, hermétiquement close, et serraient la cité gaillarde dans un étau de plus en plus sévère. Rien ne pouvait entrer ou sortir sans autorisation.

Frédéric, chargé d'organiser les barrages, donna des consignes pour que tout civil soit interrogé. Il fit distribuer des photos de son père, redoutant une ruse, une fuite. Le vieux renard pouvait encore disposer de complices dans la place. Il n'était pas question qu'il s'en sorte une fois de plus. La plus grande confusion régnait de part et d'autre. Des combats sporadiques étaient menés depuis les sièges de la Milice et de la Gestapo. Il semblait que plus personne n'obéissait à quiconque. Les Allemands voulaient croire au retour de la colonne Jesser, mais, à l'extérieur, d'autres groupes, dont celui de Yohann, empêchaient tout mouvement vers Brive.

— Tenez bon ! dit Frédéric à son ami par radio. Il nous faut quelques jours pour obtenir la victoire. Si vous êtes attaqués, je viendrai en personne, avec mes blindés, pour vous dégager.

Le plus difficile était de trouver un émissaire crédible qui puisse négocier la reddition allemande. Pressenti pour ce rôle, André Malraux, qui opérait dans la région sous le nom de colonel Berger, venait d'être capturé par la Wehrmacht dans le Lot. On était inquiet pour son sort. Un deuxième ambassadeur était tombé sur des SS et avait été exécuté après un jugement sommaire.

Enfermé avec ses derniers fidèles dans une salle du lycée, Albert Malaterre vitupérait et parlait aux murs.

— Viendra-t-on enfin nous libérer ? Cette attente est insupportable ! Nous avons eu tort de faire confiance aux Allemands pour nous protéger. Ils ne valent pas mieux que les Anglais !

Il marchait de long en large en faisant de grands gestes, lui d'habitude si calme et si froid. Il avait compris que le sort s'était définitivement retourné contre lui. Il y avait péril en la demeure, et toute évasion lui était interdite. Il s'était renseigné, inutilement.

— On ne pourra pas dire que je n'ai pas voulu servir mon pays ! finit-il par admettre dans un soupir, avant de s'asseoir lourdement, comme abattu par une fatigue soudaine.

Il alluma une cigarette et resta silencieux, perdu dans ses souvenirs et ses regrets. Le tableau noir accroché au mur portait encore les traces d'une leçon d'histoire aujourd'hui obsolète.

Par l'intermédiaire du sous-préfet Chaussade, une délégation d'officiers résistants put enfin rencontrer le colonel Böhmer, qui gouvernait la place.

— Je commande toute la Corrèze, déclara-t-il avec hauteur.

Frédéric pensa que, dans les faits, il ne dirigeait plus grand-chose.

— Avez-vous l'intention de vous rendre sans condition ? demanda-t-il.

L'Allemand mégotait, cherchait à gagner du temps, comme s'il espérait un secours du ciel. Il finit par rompre la discussion parce qu'un des Français avait refusé de lui serrer la main. Il revint à la table des négociations au bout de quelques heures et accepta de se rendre au PC du maquis, à Lanteuil. Il y fut accueilli par des officiers français, anglais et américains en grand uniforme, et sept cents soldats en armes lui rendirent les honneurs. Böhmer, qui voulait avant tout sauver la face, signa la capitulation de Brive le 15 août 1944.

Albert Malaterre sursauta quand la porte s'ouvrit brutalement. Il avait fermé les yeux quelques minutes, refusant d'imaginer la suite des événements, après la reddition des Allemands. Il vit entrer son fils, en tenue de commandant de l'armée française.

— Qu'est-ce que c'est que ce carnaval ? jeta-t-il

d'un ton méprisant. Les vaincus de 1940 se comportent en vainqueurs, maintenant ?

Dans la défaite, il avait retrouvé de sa superbe et cherchait à entraîner son visiteur sur la pente de la dérision et de l'humour grinçant. Frédéric ne lui accorda pas la moindre attention. Il redoutait cet échange, qui le plongeait dans trop d'amertume et de tristesse. Le cessez-le-feu prévoyait qu'il n'y aurait aucun règlement de comptes, aucune exécution sommaire. La République devait reprendre ses droits.

— Sergent, dit-il au sous-officier qui dirigeait le peloton, arrêtez cet homme et mettez-le au secret jusqu'à ce qu'il soit jugé. Gardez-le à vue, afin qu'il ne s'évade pas ni n'attente à ses jours. Il ne doit entrer en relation avec quiconque. C'est un traître qui sera puni comme il le mérite.

Puis il se retira sans un mot ni un regard pour son père.

28

Yohann Gutman avait établi son PC au cœur du massif des Monédières. Cette excroissance occidentale du Massif central, un peu au nord de Tulle, constituait une forteresse naturelle inexpugnable. Un entrelacs de bombements et de dépressions, de barres rocheuses et de ravins y rendait faciles les embûches. Au sommet du suc de May, à plus de neuf cents mètres d'altitude, la vue s'étendait quasiment jusqu'en Auvergne.

— Tu te souviens, dit le capitaine Brunete à Jean-Pierre, nous étions là quand cette table d'orientation a été installée, en 1935.

Il leur semblait que cela faisait des siècles.

— Vivement que les combats reprennent et qu'on en finisse, soupira le lieutenant.

Yohann contempla son camarade. Depuis leur brève formation militaire avec Heinrich, armés d'arcs et de flèches, il était devenu un parfait officier de commando. Il était toujours le premier à l'assaut, à la tête de sa section, et un expert en explosifs. La transformation de ce garçon timide et bourru ne cessait de l'étonner. Il se souvenait que, déjà, à Nazareth, il était le meilleur tireur du groupe. Il fallait se garder de se fier aux apparences !

— Pour le moment, notre mission est de protéger l'Armée secrète, qui vient de s'emparer de Brive. Les boches n'ont pas abandonné l'idée de reconquérir la place.

Du haut de leur tour de guet, ils surveillaient en contrebas la route nationale 89, par où devait surgir l'ennemi. La garnison allemande venait de se rendre et Yohann avait appris avec satisfaction l'arrestation d'Albert Malaterre. Il allait prendre douze balles dans la peau. En attendant, il fallait empêcher le retour des frisés.

Yohann remarqua combien Jean-Pierre avait l'air fatigué. Il était sur la brèche, en première ligne, depuis des mois.

« Un soldat n'a pas besoin de repos, avait-il dit à son chef quand celui-ci lui avait suggéré de se retirer quelque temps. Nos pères ont-ils eu des vacances, dans leurs tranchées ? Non, ils ont tenu ! »

Les deux officiers savaient bien que l'heure de la victoire était proche. Encore un petit effort !

— On prendra du bon temps après la libération, dit Yohann en allumant une cigarette qu'il tendit à son copain.

Le lieutenant la prit et la laissa se consumer au bout de ses doigts agités de tremblements, les yeux dans le vague, les traits tirés par la lassitude.

— Tu crois qu'on pourra faire la révolution, après ? Ce serait moche si tout redevenait comme avant.

Le capitaine tira une bouffée de sa propre cibiche avant de répondre :

— Les Français paieraient cher pour retrouver la douce torpeur et les vaines querelles du temps de la paix...

Il acheva sa clope et laissa un instant son regard errer sur le paysage immuable, avant de conclure :

— Rassure-toi ! Rien ne sera plus comme avant. Cette guerre, c'est une révolution.

Après sa défaite du mont Gargan, la colonne Jesser s'était refait une santé avant de reprendre l'offensive. Le général s'était donné pour tâche de récupérer une à une toutes les villes de Corrèze. Le 16 août, Ussel avait été investie après de féroces combats où il avait fait usage de l'aviation. Le lendemain, Jesser encerclait Egletons, où une quarantaine d'Allemands, munis de deux canons antichars, subissaient les assauts de la Résistance. Il s'empara de la place après une violente escarmouche. Puis il fit route sur Tulle, espérant y libérer une autre garnison, avant de foncer, avec ces renforts, sur Brive.

Yohann avait bien préparé l'embuscade sur ce segment de la RN 89. Les maquis avaient fortifié les deux côtés de la chaussée, creusant des trous individuels pour les tireurs, mettant en batterie deux bazookas et trois mitrailleuses qui prendraient les arrivants sous un tir croisé. Le haut talus les protégerait et les Allemands, en contrebas, auraient du mal à les atteindre. La route avait été minée et si le premier véhicule venait à exploser, il empêcherait les autres de continuer. Brunete ne redoutait que l'intervention des Stukas. Pour plus de sécurité, il avait demandé des renforts à Frédéric.

« Je vous enverrai une ou deux sections, avait répondu ce dernier. Si je le peux, je viendrai moi-même, avec les blindés que nous avons pris à l'ennemi.

— Ce ne sera pas de trop », avait grommelé Jean-Pierre.

Depuis quelques jours, l'état du lieutenant avait empiré. Yohann avait remarqué ses absences mentales, son accablement, parfois sa négligence dans le service. Jean-Pierre était à bout de nerfs. Cette guerre permanente, depuis six mois, l'avait usé jusqu'à la corde. Il s'y était donné sans compter, sans économiser ses forces. L'attente lui était encore plus insupportable que le combat.

Planqué dans le fossé, au bord de la route, il devait faire sauter les explosifs au passage du convoi. Il s'était porté volontaire pour ce poste des plus dangereux.

« Plus tôt on commencera, plus tôt on aura fini ! » avait-il lancé d'un ton goguenard.

Yohann aurait voulu le remplacer, lui attribuer une mission moins exposée, mais il était le meilleur artificier du groupe. Lui-même se trouvait sur un rocher, six mètres au-dessus de son camarade. Il pourrait le couvrir.

Cela faisait des heures qu'ils étaient allongés dans la chaleur estivale, à se morfondre en espérant un ennemi annoncé qui ne venait pas. Yohann changeait régulièrement les guetteurs pour préserver leur vigilance.

Peu après la pause-déjeuner, expédiée sur le pouce, un grondement se fit entendre, à l'est de leur position. Un bruit lourd, grinçant et ferraillant. Les soldats, inquiets, se regardaient depuis leurs cachettes, sans faire le moindre geste. Le souvenir de la Das Reich était dans toutes les têtes.

— Ce ne sont pas des camions de troupes ! cria le capitaine à son lieutenant. C'est autre chose. Planque-toi !

Il cherchait vainement à voir dans ses jumelles la nature des arrivants. Des mouvements se devinaient derrière le rideau d'arbres. Soudain, plusieurs masses métalliques, peintes en vert et brun, s'offrirent à sa vue : cinq blindés légers évoluant en colonne. De chaque tourelle dépassait un long canon de 37.

— Des automitrailleuses Panhard ! C'est Frédéric ! cria Jean-Pierre en quittant brusquement sa cachette pour se précipiter au milieu de la route en agitant les bras.

Il voulait éviter que ses amis ne sautent sur les mines placées sous la chaussée.

— Ils ne peuvent pas arriver de ce côté ! Planque-toi ! hurla Yohann en découvrant, avec terreur, la croix noire peinte sur le capot du véhicule français le plus proche.

Une rafale de mitrailleuse hacha Jean-Pierre, le laissant sans vie le long du fossé.

— Feu ! Ouvrez le feu ! commanda le capitaine tout en se précipitant au bas de sa position.

D'un coup de bazooka, Bechir Djabraïlov détruisit la deuxième automitrailleuse, laissant le véhicule de tête isolé. Le blindé, crachant de tous ces canons, avançait de manière pataude entre les obstacles vers le groupe de résistants, qui ne parvenait pas à le stopper. Profitant d'un angle mort, Yohann escalada la carrosserie, ouvrit la trappe du chef de bord et lança à l'intérieur une grenade défensive. L'explosion tua net les quatre hommes d'équipage. Les trois derniers blindés tentèrent une manœuvre de dégagement, mais se heurtèrent à leurs propres camions chargés de troupes. Il ne s'agissait, cette fois, ni de Tatars ni d'Azéris, mais de soldats allemands. Les deux poids lourds furent ravagés par les tirs des fusils-mitrailleurs et finirent par prendre feu. Les SS survivants bondirent de leur siège et entreprirent d'escalader les talus, à la poursuite des maquisards. Un troisième camion, qui s'était arrêté plus loin, avait permis la mise en batterie de mortiers. Leurs salves, qui n'étaient pas encore réglées, s'écrasaient dans la forêt. Aux chutes des obus succédaient de fortes explosions.

— Repli ! cria Yohann en faisant de grands gestes de la main pour renvoyer ses hommes sur les hauteurs des Monédières, où pas un Allemand n'oserait les suivre.

Il venait de faire sauter les pains de plastic, rendant la route inutilisable pour leurs adversaires. Avant de se retirer, il s'était assuré que Jean-Pierre avait cessé de vivre. Ce fut leur seule perte de la journée, tandis qu'une trentaine d'ennemis restaient au tapis. Yohann songea qu'il était le dernier témoin, en France, de l'aventure du kibboutz Machar.

29

La guerre était presque terminée dans le sud-ouest de la France, libéré par lui-même, libéré par son peuple, comme disait Yohann en parodiant le discours de Paris du général de Gaulle. Il s'empressait d'ajouter qu'il n'y avait eu nul besoin de forces extérieures. La colonne Jesser s'était enfuie et fonçait se mettre à l'abri dans la poche de Colmar. Des poches-refuges, il en subsistait encore deux dans la région, vers lesquelles convergeaient les maquis désormais organisés en armée régulière. Royan et La Rochelle allaient subir un siège en règle. Les résistants qui n'avaient pas été requis pour les ultimes combats locaux s'étaient engagés dans la brigade Alsace-Lorraine formée par André Malraux, et partaient appuyer les troupes de Leclerc et de De Lattre à l'assaut de l'Allemagne. Yohann et Frédéric n'avaient pas poursuivi cette aventure ; ils avaient été convoqués au procès d'Albert Malaterre.

L'épuration avait commencé, et ce ne fut pas la plus belle partie de l'épopée. Certains, pour faire oublier leur comportement pour le moins discret pendant l'Occupation, s'érigeaient en justiciers impitoyables. D'autres donnaient libre cours à leur vocation révolutionnaire. Des gens qui méritaient tout au plus un coup de pied au cul étaient fusillés. Certains, ayant tourné leur veste juste à temps, avaient racheté leurs erreurs à prix d'or. Mais d'autres encouraient véritablement un châtiment exemplaire et nécessaire. La République, reprenant peu à peu ses droits, s'efforçait d'installer des tribunaux civils où siégeaient parfois des juges qui avaient vertueusement appliqué les décrets de Vichy. Les cours martiales fonctionnaient sans discontinuer.

En septembre 1944, Albert Malaterre eut droit à un procès dans les formes. Les chefs d'accusation semblaient incontestables : collaboration avec l'ennemi, actes de barbarie, haute trahison, délation. Il les contesta tous. Ses avocats commis d'office s'avérant par trop inexpérimentés, il assuma lui-même sa défense.

— Je n'ai fait qu'appliquer les lois de mon pays, lois votées par un gouvernement légitimement désigné par la dernière Chambre des députés, celle issue du Front populaire, plaida-t-il d'emblée, s'attirant la bronca du public.

Il regardait droit dans les yeux le procureur, dont les convictions marxistes étaient bien connues. Les juges et les jurés étaient tous issus de la Résistance.

— Cela ne vous obligeait pas à collaborer avec les nazis, s'empourpra le magistrat.

— Je ne suis pas comptable de la défaite de 1940. Je l'avais annoncée. La faiblesse du budget militaire était patente. J'ai écrit de nombreux rapports sur la médiocre rentabilité de notre usine d'armement de Tulle lorsque j'étais en poste en Corrèze.

— Vous avez dirigé la Milice à Brive et en Dordogne, vous avez combattu la Résistance nationale, tué des soldats de la liberté.

L'avocat général cherchait un aveu qui eût pu passer pour un regret. Il ne voyait pas une once de compassion chez cet individu roublard.

— Faire la guerre n'est pas un déshonneur. On ne juge pas un soldat, quel que soit son camp.

— Vous avez persécuté les populations juives, fait déporter des enfants ! s'étrangla le ministère public.

— Nous devions montrer aux Allemands l'efficacité française, faire ce qu'ils auraient fait et que nous ne pouvions empêcher, mais mieux qu'eux. C'était la seule manière d'établir la grandeur de la France.

Le public se déchaînait sur les bancs, prêt à se jeter à la gorge du criminel pour le lyncher. Il voulait faire oublier la politique de Vichy appliquée sur tout le territoire.

— Vous auriez pu, pour cela, rejoindre la Résistance ou le général de Gaulle à Londres, dit le juge après force coups de maillet pour rétablir le silence.

— Je ne pouvais me résoudre à trahir une parole donnée.

Malaterre se défendait comme un beau diable, avec ardeur, intelligence et culot. Yohann ne pouvait s'empêcher d'admirer la méthode.

— Il ne va quand même pas les convaincre ! s'inquiéta-t-il. Son procès est joué d'avance.

Assis près de lui, Frédéric, blanc comme un linge, serrait les poings compulsivement. Il s'efforçait de ne pas regarder son père. Même ainsi, emprisonné, enchaîné, jugé, malmené par le procureur, il lui faisait encore peur. Cet homme qui lui avait tout pris, sa mère, sa compagne et son enfant à venir, parvenait à mener le bal, retors comme un maquignon.

Quand ce fut son tour de témoigner, Yohann, bien sûr, parla de la traque qu'il avait subie, avec ses camarades FTP, de la part de Malaterre. Il raconta ses propres tentatives pour l'éliminer.

— Vous voyez bien que je ne pouvais travailler avec ceux qui cherchaient à assassiner de bons Français comme moi ! s'écria l'accusé. Des voleurs, des terroristes qui ne songent qu'à la révolution bolchevique… qui ont exécuté mon épouse, une si brave femme !

Le milicien tentait d'introduire la discorde parmi les jurés en séparant les communistes des autres. Mais Yohann remonta plus loin dans le temps, raconta les persécutions vécues par les membres du kibboutz Machar, les machinations ourdies contre eux, les fausses accusations dont ils avaient été l'objet.

— Albert Malaterre était un nazi bien avant de recevoir des instructions du gouvernement de Pétain, conclut-il.

Puis Frédéric s'avança à la barre. Tous l'observaient comme une bête curieuse. Lui, le fils du criminel et le héros de la France libre, résisterait-il à l'appel de sa classe ? Utiliserait-il sa renommée pour éviter à son père le déshonneur d'une condamnation à mort ? Ils burent ses paroles.

Frédéric raconta le tyran domestique et l'homme sans scrupules qui utilisait des malandrins comme Auguste Villain pour faire « passer ses idées ». Il narra par le menu les brimades paternelles qu'il avait endurées pour avoir aimé, puis épousé une jeune fille juive qui ne convenait pas à son géniteur. Il décrivit l'effroyable vengeance d'une déportation privée, décidée à des fins personnelles. Il conclut en affirmant qu'il n'éprouvait aucune pitié pour cet homme et qu'il ne demanderait même pas à Dieu de lui pardonner.

Pendant tout le temps qu'il eut la parole, il ne jeta pas un seul regard à son père. Il se retira en saluant militairement les juges qui allaient décider de son sort.

Albert Malaterre fut condamné à mort le 25 septembre 1944. Son recours en grâce ayant été refusé, il fut exécuté le 28, à l'aube. Devant le peloton de douze soldats, il ne prononça pas un mot, refusant simplement qu'on lui bande les yeux.

Epilogue

Frédéric et Yohann retournèrent à la tête de leur unité. Pendant six mois, ils participèrent à l'interminable siège de Royan. Ils virent avec amertume les bombardiers britanniques et américains raser la petite ville, dont la garnison allemande refusait de se rendre. L'Armée rouge avait atteint Majdanek en juillet 44 ; les forces des Etats-Unis avaient investi le Struthof, en Alsace, en novembre. L'avancée des troupes alliées plongeait Frédéric dans une profonde dépression : les nouvelles qu'il découvrait dans les journaux ou sur l'écran du cinéma étaient effroyables. Russes et Américains libéraient des camps de prisonniers d'un genre nouveau, des camps où l'on avait exterminé des milliers et des milliers d'êtres humains. Début 1945, les images en provenance d'Auschwitz et de Dachau le mirent à genoux.

« Sarah se trouve quelque part là-dedans… » gémissait-il.

A peine put-il se réjouir de savoir Edmond Michelet vivant.

En avril 1945, les deux amis, libérés de leurs obligations militaires, gagnèrent Paris, où commençaient à rentrer les déportés. C'était une immense pagaille : un million de soldats libérés, sept cent mille travailleurs forcés, trois cent mille hommes enrôlés de force dans la Wehrmacht, tous convergeant vers la capitale. Ils engloutissaient dans leur masse les soixante-dix mille survivants de l'Holocauste, Juifs et résistants mêlés dans une même misère. Le gouvernement provisoire avait nommé Henri Frenay, le grand patriote, à la tête d'un ministère des Prisonniers, Déportés et Réfugiés qui s'efforçait de mettre un peu d'ordre dans le chaos. Il fallait consoler ceux qui avaient souffert, trier malades et bien-portants, séparer le bon grain des victimes de l'ivraie des collabos dissimulés parmi elles. L'hôtel Lutetia, siège de l'Abwehr – les services secrets nazis – pendant l'Occupation, fut réquisitionné pour accueillir cette multitude informe. Chaque rescapé y était interrogé, soigné pendant quelques jours avant de pouvoir retrouver les siens.

Yohann et Frédéric se rendaient quotidiennement au palace du boulevard Raspail dans l'espoir d'y recevoir une bonne nouvelle. Ils restaient en contact avec les nombreuses associations, confessionnelles ou non, qui tentaient d'apporter un peu de réconfort aux malheureux et à leurs familles. Les heures qu'ils ne consacraient pas au Lutetia, ils les passaient à la gare de l'Est, à guetter, dans les trains qui arrivaient d'Allemagne, le visage de la jeune femme. Ils erraient sur les quais, regardaient se vider les wagons d'un flot d'humanité à l'agonie, cherchant Sarah, encore et encore. Ils étaient des milliers comme eux, arborant des photos sur des pancartes accrochées sur leur dos, collant des messages que le vent et la pluie dispersaient, espérant un mot, un témoignage qui allumerait la joie dans leurs cœurs.

Plus les semaines passaient, plus le désespoir se nouait dans leurs âmes broyées.

« Il reste beaucoup de monde dans les camps, répétait Yohann. Des gens malades, trop faibles pour voyager. Sarah est peut-être parmi eux. »

Mais les récits effroyables de ceux qui parvenaient à raconter leur calvaire laissaient peu de place à l'espoir. Ils décrivaient des horreurs qui confirmaient ce qu'ils avaient vu sur les écrans, parlant de centaines de milliers de victimes ; peut-être de millions.

« C'est impossible ! Ils exagèrent sûrement, objectait Yohann. Les souffrances qu'ils ont subies auront altéré leur mémoire... »

Il tentait de rassurer son ami, mais sa voix manquait de conviction.

Ils avaient pu déterminer que Sarah avait quitté la France pour la Pologne dans le convoi du 20 avril 1944, après un bref séjour à Drancy. La destination du train était Auschwitz. Cette découverte administrative, la trace de l'existence de la jeune femme et de son trajet, ranima un moment leur confiance en la rendant plus présente et réelle. Mais aucune information, aucun visage connu, aucun témoin ne vint conforter leurs espérances. La guerre avec l'Allemagne était terminée ; le temps de la reconstruction allait venir, sans la moindre lumière pour éclairer leurs esprits. Les deux amis décidèrent, d'un commun accord, de se séparer.

— Je vais encore rester sur place quelques semaines, annonça Frédéric. On ne sait jamais... Sarah peut revenir.

— Et si... si tu ne la retrouves pas ?

Yohann n'arrivait pas à dire « si elle est morte ». Il ne se faisait plus aucune illusion sur les chances de survie d'une jeune femme enceinte dans un camp d'extermination.

— Je retournerai à l'armée, dit Frédéric après un instant d'hésitation. Nous occupons l'Allemagne. Je m'y ferai nommer, on me doit bien ça. Là-bas, je pourrai peut-être apprendre quelque chose...

Il avait toujours au cœur le mince espoir de la revoir, à tout le moins de savoir ce qu'elle était devenue, fidèle à une ombre, par-delà la mort. Un invisible fil de laine unissait encore Nénette et Rintintin.

— La France se bat toujours en Indochine, contre le Japon, poursuivit-il. Il y aura encore des guerres.

Ils se serrèrent longuement la main, avant de tomber dans les bras l'un de l'autre, le visage ruisselant de larmes trop longtemps contenues. Ils avaient besoin d'un grand nettoyage intérieur.

— Moi, je vais quitter la France, dit Yohann. Plus rien ne me retient ici.

Il avait appris la mort de ses parents à Dachau, avant même la nuit des Longs Couteaux. Cela lui paraissait tellement loin ! Il était un autre homme, à présent. Il avait reçu une lettre de Galilée. Dalia l'attendait toujours, l'espérait, le voulait, l'appelait.

Il avait soudain un désir éperdu de bâtir sa maison de ses mains, de transporter des pierres dures et d'assembler des poutres solides. Il avait besoin de féconder la terre aride de Palestine, comme il avait appris à le faire en Corrèze, au kibboutz Machar. Il y aurait encore un temps pour les semailles et un temps pour les moissons. Il voulait des enfants, ensemencer le jeune ventre de Dalia, l'aimer, vivre auprès d'elle. La situation au Proche-Orient était explosive. Frédéric avait raison : il y aurait toujours des guerres. Elles faisaient partie de l'histoire des hommes, mais elles n'empêchaient pas la vie.

Postface

Ce roman est tiré de l'histoire bien réelle du kibboutz Machar, établi à Nazareth, en Corrèze, par la volonté du baron de Rothschild. Comme je le raconte, la rencontre entre de jeunes Allemands, juifs, communistes et intellectuels, avec des paysans marqués par la guerre de 14-18 fut un grand moment d'humanité.

Je remercie mon ami André Cohignac, président de l'association France-Israël-Limousin, de m'avoir fait découvrir cette étonnante histoire et de m'avoir fourni toute la documentation existant sur le sujet. Les sources, les témoignages sont d'une inestimable valeur (france.israel.limousin@orange.fr).

J'ai également utilisé l'excellent article d'Anne Grynberg paru dans le numéro 30 des *Cahiers du judaïsme*.

Les personnages du roman sont imaginaires, et il ne faut pas chercher de concordances avec les individus réels de cette époque, même quand ils m'ont inspiré. David, le chef du kibboutz, est imaginé à partir de la figure de David Shealtiel (1903-1969), dont la vie à elle seule est un véritable roman. Le capitaine Heinrich Löwe m'a été suggéré par l'officier instructeur Leo Lewin, qui vivait près du kibboutz avec sa famille. L'accueil de ces migrants d'un nouveau genre fut chaleureux de la part du véritable maire, Henri Pradal, de son secrétaire de mairie, Souletie, du fermier Edmond Verlhac et de sa famille, qui louèrent leurs terres. Les villageois, quant à eux, furent longtemps réticents avant d'être convaincus par l'ardeur au travail de ces étrangers. « Les filles en short » faisaient beaucoup fantasmer et un prêtre de la région les condamna en chaire. Les personnages des jeunes kibboutzniks sont issus de mon imagination ; je les ai voulus représentatifs d'un judaïsme intégré, souvent très éloigné de sa dimension religieuse.

Pour décrire la vie au kibboutz, je me suis inspiré de plusieurs ouvrages : *Vers la terre d'Israël*, d'Anne Grynberg (Découvertes Gallimard, 1998), *Le Septième Jour d'Israël*, de Serge Moati et Ruth Zylberman (1001 Nuits, 1998), et *Histoire du sionisme*, de Walter Laqueur (Gallimard, 1994).

Mes connaissances en production rurale étant aussi défaillantes que celles des intellectuels juifs, je remercie le Musée agricole et automobile de Salviac dans le Lot, pour son apport précieux (www.musee-agricole-salviac.com).

Les aventures de Yohann Gutman en Bavière sont imaginaires, mais les scènes à la pension Hanselbauer, où interviennent Hitler et Goebbels, sont bien réelles. Mes sources proviennent de l'ouvrage de Max Gallo, *La Nuit des longs couteaux* (Tallandier, 1999).

Si l'on connaît le rôle d'Adolf Eichmann dans la mise en œuvre de la Shoah, on connaît moins son action, avant-guerre, en direction du monde musulman (Bettina Stangneth, *Eichmann avant Jérusalem*, Calmann-Lévy, 2016). Cet aspect de sa vie ne fut pas évoqué lors de son procès à Jérusalem, en 1961. Les actions que je décris concernant Hadj Amin el Husseini et l'ayatollah Khomeiny sont exactes.

Condamné en 1980, Herbert Hagen, le complice d'Eichmann, n'effectua que cinq ans de prison.

Robert de Rothschild et Jacques Helbronner sont représentés dans leur réalité historique, même si leurs dialogues sont de mon fait (le discours du baron devant le Consistoire, lui, est authentique). Exilé aux Etats-Unis, Rothschild décéda en 1946, en Suisse. Ami juif du maréchal Pétain, Helbronner mourut à Auschwitz.

Le personnage d'Albert Malaterre a été conçu à partir d'un double modèle. Roger Dutruch, sous-préfet de Brive en 1933, persécuta le kibboutz jusqu'à obtenir sa fermeture en 1935. Préfet de Mende sous Vichy, il fut accusé d'avoir dénoncé un réseau de résistants et provoqué la mort de soixante maquisards. Il fut condamné à mort et fusillé le 28 septembre 1944. Chef de la Milice de Dordogne, Victor Denoix causa de nombreuses victimes dans la région. Son fils, le professeur Pierre Denoix, fut un grand résistant. Victor Denoix ne fut jamais puni, ayant réussi à s'enfuir à la Libération. Quand les maquis vinrent à Terrasson pour l'exécuter, trouvant le logis vide, ils enlevèrent son épouse, Rose. On retrouva son cadavre au bord d'une route. La jeune postière était ma mère.

Les amours de Frédéric et de Sarah sont imaginaires, mais l'histoire des poupées de laine Nénette et Rintintin est bien réelle, tout comme les usines clandestines d'automitrailleuses en Sarladais. Recrutés de gré ou de force par les nazis, un grand nombre de soldats soviétiques furent utilisés sur le territoire français pour lutter contre la Résistance. Beaucoup étaient musulmans. Ceux qui retournèrent dans leur patrie furent systématiquement exécutés ou envoyés au goulag. Le personnage de Dudanginsky, le chef azéri, est authentique. Pour cette période sombre, j'ai utilisé les ouvrages suivants : *En automitrailleuse à travers les batailles de mai 1940*, de Guy de Chézal (J'ai Lu), *R5, les SS en Limousin, Périgord et Quercy*, de Georges Beau et Léopold Gaubusseau (Presses de la Cité), *Histoire de la Résistance en Périgord*, de Guy Penaud (Sud-Ouest), *La Grande Histoire des Français sous l'Occupation*, d'Henri Amouroux (Robert Laffont), *La Vie en Périgord sous l'Occupation*, d'André Roulland (imprimerie MGD), et *Mon père, Edmond Michelet*, de Claude Michelet (Robert Laffont). Je remercie également le musée Edmond-Michelet, à Brive (http://centremichelet.brive.fr, installé rue Champanetier, dans la maison même où vécut ce grand homme). Tous les discours, rapports administratifs et articles de presse cités dans ce roman sont authentiques.

Aujourd'hui, Nazareth est un village paisible (commune de Jugeals-Nazareth), à dix kilomètres de Brive.

Une plaque a été apposée sur l'ancien bâtiment du kibboutz Machar et un petit monument érigé au bord de la route. Les descendants des pionniers y viennent régulièrement pour un émouvant hommage à leurs ancêtres.

Si vous visitez le kibboutz Ayelet Ashahar, en Haute-Galilée, vous y verrez les débris d'un avion. Non pas celui (imaginaire) abattu par Magda, mais les restes d'un appareil syrien descendu en 1948, lors du premier conflit israélo-arabe. On ne sait pas exactement le nombre de jeunes Juifs qui sont passés par Machar ; près de huit cents, selon les témoins. Dans son article, Anne Grynberg en recense cent quarante-trois, dont aucun n'a été victime de la Shoah.

« Qui sauve une vie sauve l'humanité tout entière » (Talmud).

Sarlat,
avril 2019-décembre 2020

DU MÊME AUTEUR (*suite*)

Guide secret de Gascogne, éditions Ouest-France, 2018
Guide secret de l'Auvergne, éditions Ouest-France, 2018
Guide secret de la Charente-Maritime, éditions Ouest-France, 2019

Retrouvez en détail les ouvrages
de Jean-Luc Aubarbier sur son site :
www.aubarbier.fr

Vous souhaitez en savoir plus sur les livres et les auteurs de la collection Terres de France ?

Retrouvez toutes les informations sur le site www.collection-terresdefrance.fr et abonnez-vous à notre lettre d'information.

Suivez-nous également sur notre page Facebook, notre compte Twitter et Instagram.

Composition et mise en pages
Nord Compo à Villeneuve-d'Ascq

MIXTE
Papier issu de sources responsables
FSC® C003309

L'éditeur de cet ouvrage s'engage dans une démarche de certification FSC® qui contribue à la préservation des forêts pour les générations futures.

Pour en savoir plus :
www.editis.com/engagement-rse/

CET OUVRAGE
A ÉTÉ ACHEVÉ D'IMPRIMER
SUR ROTO-PAGE
PAR L'IMPRIMERIE FLOCH
À MAYENNE EN SEPTEMBRE 2021

N° d'impression : 98932
Imprimé en France